警探长4

JINGTANZHANG4

奉义天涯/著

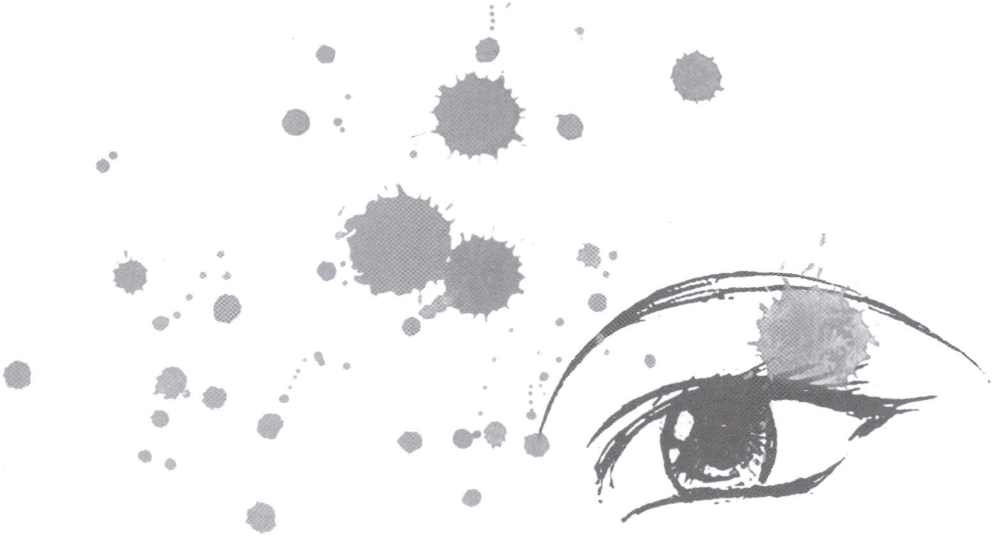

时代出版传媒股份有限公司
安徽文艺出版社

图书在版编目（CIP）数据

警探长. 4/奉义天涯著. —合肥：安徽文艺出版社，2024. 3
ISBN 978-7-5396-7759-0

Ⅰ. ①警… Ⅱ. ①奉… Ⅲ. ①长篇小说—中国—当代
Ⅳ. ①I247.5

中国国家版本馆CIP数据核字（2023）第070953号

出 版 人：姚　巍
策　　划：宋晓津　姚　衎　　统　　筹：宋晓津　姚　衎
责任编辑：张妍妍　花景珏　　装帧设计：徐　睿

出版发行：安徽文艺出版社　www.awpub.com
地　　址：合肥市翡翠路1118号　邮政编码：230071
营 销 部：（0551）63533889
印　　制：安徽新华印刷股份有限公司　（0551）65859551

开本：880×1230　1/32　印张：15.75　字数：450千字
版次：2024年3月第1版
印次：2024年3月第1次印刷
定价：58.00元

目　　录

第三百六十章　严重车祸

一分钟前，白松接到了秦支队的电话。

在九河区为民路高架桥下坡，发生一起严重交通事故。初步统计已经造成一人死亡，五人受伤，伤情不一。

因缺乏关键摄像头，目前事故原因还未确定，但是从现场来看，一辆载重5吨的货车从后方追尾一辆奥迪Q5，奥迪因巨大惯性顶住了前方的本田奥德赛。奥德赛受到强烈撞击，第三厢体侵入量极大，但是好在车上第三排没有坐人。

发生撞击后，奥德赛因主动转向，车头一瞬间猛打，造成了翻车，在地面滑行十几米，所幸未造成人员死亡，但是车上四人全部受伤。

奥迪Q5在被撞击之后，本应向前，但因奥德赛转向倾倒，被迫撞上了高架桥坡底的右侧栏杆，并因撞击其中一根路灯桩而停下。副驾驶位置受到了25%面积的强力偏置碰撞，因力量过大，副驾乘员舱被撞断的栏杆侵入，气囊被扎破。汽车左后方被满载货物的货车高速撞上，后备厢被压平，C柱断裂，后乘员舱和断裂C柱大幅度侵入前乘员舱，但因不详原因，未侵入成功。

后货车内有司机一名，事故发生时车速75千米/时，事故前未采用制动措施，初步认定刹车失灵。因货车司机安全带未扣好，撞击后货车司机从乘员舱撞碎玻璃后飞出，当场死亡。

目前，事故现场已经全部封锁，相关高架桥暂时封闭。受五一假期期间车流量大增的影响，这个路段初步估计封路不会超过一小时，交通与交警部门将全力保障其他道路的运行和车流通畅。

……

这是白松在路上的时候，收到的简报内容。

从接到信息这一刻，白松就带着赵欣桥一起下了楼，直接打车奔赴现场。

“我想去医院看看。”赵欣桥吓坏了，但是一路上看着白松的状态，也不知道说什么，缓了几分钟，坐上了车，才小声说道。

白松从接到电话和收到简报之后，只说了那四个字。

而现在，周璇生死不知！

赵欣桥哪里见过这种事情，此时没有崩溃已经算是很不错的了。

白松死死握紧了左手，双目冷冽，没有一丝情感。此刻的他，脸色铁青，一言不发，左手骨节咯咯脆响，一条条青筋鼓起，右手却又平静如常，轻轻地握住了赵欣桥的手。

“周璇没有大碍，只是惊吓过度，多处软组织挫伤外加一处骨骼错位，现在正按照最高标准治疗，我已经安排人过去了。”白松一句一顿，四月底的天已有些炎热，但出租车司机似乎都感受到了背后的凉气。

“现场的封锁时间不多，这是主干路。先去现场，我要知道到底是怎么回事！”临近目的地，白松目光如炬，似乎要一眼看穿现场的情况。

“好。”赵欣桥紧紧握住了白松的手。

“再过半个小时，周璇的骨骼错位和挫伤治疗得就差不多了，到时候我带你去医院，你放心。”看着欣桥的样子，白松还是多安慰了一句。

“好……”赵欣桥轻声道。

白松从来没有觉得自己这个队长有什么特权，但是此刻，他让支队调动了十几名警力过来处理这件事情！

这辆车，是九河区刑侦支队十大队白队长的车！

这如果仅仅是一场交通事故，那没任何大的问题。

但是，如果这是一次蓄意行为，市局都可能介入。

九河区已经很多年没有对警察实施类似行为的事情发生了，甚至放眼天华市也没有。这根本就不是白松个人的事情，如果真的是谋杀，那事情就大了。

上高架的路口已经被封了，出租车司机看到交警，直接停下了车。

白松交完钱从路口下了车，前面已经被警戒，他跟交警说了一下，出示了证件，交警兄弟立刻表示愿意帮忙把白松送到目的地。

白松顺便麻烦交警帮忙照顾一下赵欣桥，他半小时内就回来。欣桥虽然此时已经松开了白松的手，但还是摇了摇头："我跟你去，我站在封锁区域之外等你。"

"现场可能有点……"白松还没说完，就看到了赵欣桥坚定的目光，他知道，此时再多说别的都是浪费时间，于是点了点头，"好。"

现场的死者和伤者肯定都被带走了，即便有些血迹，问题应该也不大，赵欣桥无论如何也是警校毕业生。

交警开车速度很快，高架桥转瞬即至，白松到现场时，就看见七八个熟悉的面孔了。

交通事故发生的第一时间，没人知道这辆车是白松的，因此白松也没接到电话。

从周璇出去到白松接到电话，时间过了二三十分钟，也就是说，刚开始来的肯定是交警以及刑侦四大队的警察，然后有人认出是白松的车，才逐级上报。

当然，在场的也只有孙杰和王华东知道这辆车是白松的，因为白松是到经侦总队后换的车，九河分局还没几个人知道。

"什么情况?"白松进入现场，先问了王华东。

这种开放式的马路，这类案件，用鞋套等装备就没什么意义了。

"问题很大。"王华东面色也不好，"这里面做了很多看似专业的掩饰，但是我们一看就知道全是问题。这肯定是故意的。"

"大体讲讲?"白松此时愈加平静，他不想因为自己先入为主的想法，影响了大家对案件的判断。

“货车的制动系统不是偶然坏掉的，这辆车虽然是一辆年头不短的车子，但是也不可能出现刹车总泵、前轮快放阀和后轮继动阀全部出问题的情况。”王华东道，“但凡是个货车司机，遇到这种情况，起步后用不了几分钟就知道了。而且这辆车的行车轨迹问题很大。”

白松没有多问，点了点头，慢慢地走向了自己的车子。

第三百六十一章　等你很久了

现场经过简单的消防处理，一些漏油点已经被清理了，但是其他的基本上都没动。这不同于普通的交通事故，交警部门的领导对此也是高度重视。

白松四望了一番，停了十几秒，脑海里大体回放出了半小时前这里的一幕幕。

奥迪车已经变成了两厢车，而且是两小厢，气囊、侧气帘全部打开，刚刚为了把司机救出来，车身已经全部被人工破坏。除此之外，副驾驶和左后侧气帘的气囊也被外力直接捅破了。

得益于白松车内没有任何乱七八糟的东西，包括膝部气囊在内的全部气囊都被打开，前成员仓生存状况良好。

断裂的C柱直接插到了驾驶室方向，却被驾驶座位后方挂着的一个垫子给挡住了。

这一瞬间，白松浑身都在颤抖。

他早上开车回家，光想着把望远镜拿下来，挂着垫子的事情，他忘了！

虽然车子的坐垫本身也有一定的强度，但是面对断裂后与主支架脱离的C柱，坐垫强度远远不够。如果没有乔启送的这个行军垫，白松已经脑补了后果。

呼……

老乔……

我白松，欠你一条命。

没错，是，我欠的。

……

这辆货车满载 5 吨，加上车重足足有 8 吨，时速 75 千米，这里面的动能之大，等同于 1.6 吨小汽车用 167 千米的时速进行撞击。

这种程度的撞击，奥迪驾驶员连个重伤都没有，这真的是邀天之幸。

白松看了看生存空间狭窄的乘员舱，久久不语，如果换作他，以他的身高，头部必然受到很大的损伤，腿部骨折也在所难免。

而且，在事故发生的那一刻，周璇的应对是很迅速的。虽然车子被撞的位置是左后方，但是周璇第一时间并没有失去方向，而是紧握方向盘撞向了前方的 MPV（多用途汽车），使得车子没有第一时间撞在灯柱和栏杆上，否则第一时间的挤压力道之大，车子怎么都扛不住。

如果把周璇换成白松，白松都不能保证做得更好。

如果 MPV 没有打方向盘而是任由被撞，奥迪车并不会失去方向，反而会被后车撞开。但是 MPV 一倾倒，向左的方向被卡，奥迪只能任由后车撞在了护栏上。

当然，也不能怪前车：第一，这是人的正常反应；第二，如果没有这辆车，这事就麻烦了。

白松看明白了这一切，短短的几分钟里，白松已经想到了很多很多事情。

王华东走了过来，拍了拍白松的肩膀："节哀，人没事就是万幸。"

"嗯，我知道。"白松道，"人没事，比一切都重要。"

"是啊，我们被叫过来的时候，我看到是你的车，差点把我和孙杰吓死。"王华东心有余悸，"人没事就好。"

"让你们担心了。"白松长舒一口气，换了话题，问道，"这现场保护得不错，在你们来之前，交警就确定这不是普通的事故了吗?"

"嗯，我听一个老交警说，这么多年，就没见过这种货车正好拉满 5 吨的，基本上都得超载一半以上，所以肯定有问题。"王华东摊了摊手，"我也不知道人家交警是怎么一眼看出来货重的。可能是看后桥行程了吧。"

“嗯，得感谢交警和医生。”白松右手轻轻握拳，捶了自己的胸口三下。

白松看了看整体结构还完好的货车，没有多说什么。

他此时已经不再激动，那种愤怒的情绪早已消失，围着自己车子转了转，看到了一些后备厢内物品的碎片，跟王华东说道：“就是对不起你了，你这个无人机放我后备厢，倒是遭了无妄之灾，多少钱来着？”

“嗐！你跟我说这个！”王华东本来还有些为白松难过，听白松说这个，立刻一拳捶在了白松肩膀上，“这你要是赔给我，咱俩就绝交。”

说完，俩人都笑了，王华东也明白过来，白松是在缓和气氛，接着指了指车里的那块布：“这是啥？”

“我在经侦总队的舍友、一名部队出来的老教官送我的。是个含有芳纶纤维的垫子……”白松解释道，“就是造防弹衣的材料。”

“……”王华东沉默了一下，“要不是这个东西，麻烦就大了。经过这么大力的碰撞，这个垫子还是没事，一会儿吊车来之前，我帮你把这个取出来。”

说到这里，气氛又有些低沉了，王华东很担心白松心理压力过大。

这次能有这个结局，几乎全部依赖的是幸运二字。

白松耸耸肩：“事实证明，这不是伪劣产品。”

“行，你还有心情开玩笑，看样子是不用我担心了。你这车也不便宜，刚刚开了不到一个月，我还怕你难过呢。”

“不难过，这有啥可难过的。”白松摇了摇头，“我无比庆幸换了一辆好一点的车子，如果是我之前那辆车被这么撞，问题就大了。”

“你这么说也对，开车是铁包人，弄成这个样子，车虽然彻底报废，但能保证乘客的生命安全，这也是车子最大的作用了。”王华东看白松没啥事，“这边没啥可看的了，报告回头我们写，你就别管了，一会儿就得让吊车来清理现场了。你先去医院，看看你的女朋友吧。”

“嗯……好，谢谢。”白松指了指警戒线外一个俏生生的身影，“那个才是你嫂子，开车的是她闺密。”

“哦哦，我没仔细看。人直接被 120 拉走了，整误会了。”王华东点了点头，“不过你比我小，那叫弟妹！好了，不和你多说了，快去忙你的吧。”

“谢了。”白松感激道。

“客气啥？不过忙完了，早点回支队，这件事情，可不能就这么完了。”王华东平静地说道，“这事，才刚刚开始。”

“我知道了。”白松深呼一口气，脑海中想到的，是父亲曾经问过师父的话。

这就是父亲担心的事情吗？

白松的面上略微有了一丝隐藏很深的笑意。

既然敢出手，就做好准备吧。

等你出现，已经很久了！

第三百六十二章　解释

九河区中心医院，二人来的时间刚刚好，周璇已经做完了基础的治疗，转入普通病房了。

左侧肩胛骨在汽车 C 柱的猛击下有骨骼脱位的情况，即便被垫子挡住了，没有穿刺过来，但是这个力道依然极大。

看到周璇没事，赵欣桥再也忍不住，直接上前轻轻地抱住了她。

周璇看到白松，反而有些不好意思：“我错了，都怪我，把你的车给毁了。”

她还不知道到底发生了什么，被撞那一瞬间也就是两三秒，接下来她就被迅速弹起的气囊崩得昏了过去。

被救起之后，她伤情不算重，但是车子彻底报废了，第一次开白松的车就弄成这样，周璇不知道该怎么说。

看着周璇抱歉的样子，白松心里闪过一万个想法。

要不要告诉她们其实这不是意外？

白松并不是不想承担这个责任，而是他担心，说了会不会不好？

周璇现在没有任何大碍，医疗费都是分局领导给垫付的，这个其实都还好说，钱不是问题，问题是这事情实在是不简单。

……

想到这里，白松还是觉得即便不和盘托出，也得告诉周璇和欣桥，这件事跟周璇没有任何关系，完全是因他而起。

他不仅要感谢周璇，而且还非常亏欠她。

“这件事不是你的问题，是后面的车有问题，如果当时是我，我肯定也不会比你做得更好。周璇，真的，这个事是我对不起你。”白松组织了一下语言，开口道，“我跟你说实话吧……呲……”

白松瞪大了眼睛，身体僵直，想慢慢转身，但还是没敢转过去。

赵欣桥的手劲这么大吗！白松刚准备说话，被掐了一下直接啥也说不出来了。

果然读过警校的女生都不是一般人……

看样子，去过现场的赵欣桥已经察觉到这不是简单的交通事故了，但是她并不希望这事情让周璇知道，这只会给周璇带来恐惧。

“你俩有啥事瞒着我？”周璇虽然受了伤，但是不傻。

“你没事就一切 OK，”白松打起了感情牌，“知道事情发生那一刻，我和欣桥都差点吓死了，你要是真的在这边出了事，我这辈子都原谅不了自己。”

虽然这话有些肉麻，但确实是肺腑之言。“所以当我得知你没出大事的时候，我说实话，别说车子有保险，就算是没有，也无所谓。”

这几句话把周璇说感动了。她也不是小孩子了，知道这个社会，关系一般的人肯定不会借车出去，而借了车还出了大事故，车主暴怒都很正常，此时两位朋友不仅没有丝毫责怪，反而始终在关心自己的安全，这样的朋友去哪里找？

白松被周璇看得不好意思了，他最理亏了……但是此时只能把话说完：“没有什么比生命更重要。我来过太多次医院，尤其是以前送嫌疑人来体检，多是深夜来到急诊科，上次我还因为车祸来过这里，都进了 ICU。在生死面前，一切都是小事。”

“嗯，我懂了。”经此一遭，周璇也是从鬼门关走了一次，对白松的话理解得很深刻，“现在想想，曾经的那点烦恼无非无病呻吟。对了，说真的，你这车也不便宜，多少钱？我得赔你辆车。”

“不不不，有保险的。”白松连忙摆摆手，即便没有保险，他也不可能找周璇赔钱啊。

“那个撞我的车，我当时从后视镜瞄了一眼，是个破货车，对方估计没有赔偿能力吧。”

很显然，周璇还不知道货车司机已经死了，毕竟那一刻气囊全爆，车子撞到护栏之后她什么都看不到、听不到了。

白松也不想把后车的惨状跟周璇仔细描述，说道：“货车一般都有保险的，即便没有，我的车是有全险的，你不用担心的。”

赵欣桥看了眼白松，接着跟周璇道：“你不用担心了，好好养病就好了。而且白松说得对，他的车有保险，是可以赔这笔钱的。既然说是全险，那么在车险行业，有个词叫作代位求偿。也就是说，发生这类事故后，白松的损失可以先找自己的保险公司赔偿。然后，去找对方车辆及其保险公司要钱的这个义务，由白松投保的保险公司来承担。”①

“还能这样吗?”周璇认可了赵欣桥的说法，“学点法律还是很有用的呢。”

“嗯，你现在就好好养伤，我们刚刚问大夫了，你在医院观察两天就能出院了。”赵欣桥道，“等你出院了，我给你做好吃的。”

“好。”周璇感觉自己很幸福。

……

周璇刚刚做了复位，打了一点麻药，现在还需要休息，二人就先离开了这里。

出了屋子，赵欣桥关上了门，然后望着白松。

本来做了很多种预案的他，此时不知道该怎么解释了。

“是不是在考虑怎么跟我解释?”赵欣桥咬了咬嘴唇，“本来，我不想听的，但是，你还是跟我说说吧。”

---

① 这个说法是为了骗周璇的，实际上保险的代位求偿权在这里不能用。后文第三百七十四章会做具体解释。

“这事情我也不知道怎么和你说。这事情我个人感觉跟我出车祸那一次完全是两码事，那次是我工作失误发生了意外。这次则是冲着我来的。”白松道，“不是针对我现在的工作，我现在虽然也处理了不少嫌疑人，但是不会有人下手这么狠。

“很可能，是我家里的事情，以前我也和你谈过我爸的事情，这里面肯定有什么我不知道的事。”

“叔叔到底遇到了什么事？这什么年代了，再大的仇也不至于如此吧？”赵欣桥十分担忧。

“理论上是如此，可确实是实际发生的。”白松也不知道怎么和赵欣桥解释，只能说道，“不过，现在这个问题暴露出来，也不见得是坏事，我会尽早把这个问题从根源上解决掉的。”

第三百六十三章　细致剖析（1）

“我也不知道说什么。”赵欣桥低下了头，“这肯定不是什么小事情，我……帮不上你的忙。”

白松深深呼出一口气，也不知道该怎么说。

随便做出的保证，没有任何意义，这是最让白松难过的。

面对未知的答案，白松颇有一种“七尺之躯，已许国再难许卿”的感觉。

“我们很多同学都当了警察。”赵欣桥看白松状态不大好，反过来安慰起了他，“这行虽然危险，但是我也都能理解。只是这件事过于特殊，你一定要多加小心。”

“我会的。”白松还是没许诺什么，“等这件事情彻底解决了，我再跟周璇把这事解释一番，好好跟她道个歉。”

周璇是自带流量的网红，这件事提前让她知道，对她来说肯定不是好事。万一她多想或者无意中说出什么，事情很可能就会有其他偏转。

网络的公开性太强了，尤其是网络大V和名人，一句话很可能就会引发很多问题。

……

打车把赵欣桥送回了家之后，白松先去门口饭馆给她叫了个送餐服务。水煮鱼不能亲手做，吃这家馆子的也不错，随后白松打算自己先回刑侦支队。

老板总算是认出白松了，三天都来点同一道菜的人确实不多，他很爽快地答应帮白松送餐。毕竟送的距离不算远，而且这又是老主顾。

离开饭店，白松脑子很乱，本来打算打车回队里，但还是坐在路边的椅子上发起了呆。

这件事情发生得太急，急得让他无法静下心来好好想想事情的来龙去脉。

此时，路上车流不息，行人熙熙攘攘，白松的心却静了下来。

嘀嘀的喇叭声偶尔传来，这边是个路口，附近又是地铁站，临时停的车占了三分之一的马路，加剧了拥堵程度，但总体还是有序的。

这件事情分析起来，其实并不难。

从表面上看，有人想害死白松，买通了一个司机，想制造一起交通肇事案。如果最终能够认定是交通肇事罪，那么肇事者也不会被判太久，交通肇事罪致一人死亡，而且在肇事者不逃逸的情况下，处三年以下有期徒刑或者拘役。如果买凶者许诺的条件好，再拿出足够的利益诱惑，这种推断并不是不可能成立。

但是，从深层次来说，买凶者并不傻。他清楚地知道，警察不会被这么简单的伎俩骗到，刹车失灵这种事虽然可能发生，但是不可能这么巧合。

而所谓的被买通的司机，一旦被认定为故意杀人罪的犯罪嫌疑人，面临的可能是死刑，他怎么可能不招供？

人心有多么经不起考验，谁都知道。

所以，货车出现安全带问题，就是必然的了……司机其实也是受害者，买通他的人根本不想让他活。

只有死人才是最保险的，这非常现实。

白松甚至丝毫不怀疑这辆车子后面的线索以及很多线索都很难查，或者这事还有中间人。

也就是说，雇佣司机的人很可能不是真正的嫌疑人。

如果沉下心仔仔细细地考虑这个问题，这案子虽然可能很复杂，但是掰开了看，还是要找中间人。

这个司机虽然死了，不具有刑事可罚性，但是，这并不代表他就不是故意杀人罪的犯罪嫌疑人。

这个案子，并不会因为犯罪的实施者死亡，就不再立案，相反，二大队已经对此案立案侦查，案由，故意杀人罪。

如此立案，无论是周大队长还是秦支队，都是很有压力的。

这是一起故意杀人未遂案件，从犯罪动机上来说，罪犯一定是有杀人动机的，而且目的也是致奥迪车内的人员死亡。

除此之外，这案子还可以构成危害公共安全罪，虽然行为人的目的是撞奥迪车，可是他用大货车在高架桥下坡路以如此车速去撞击其他车辆的时候，可能面对的被侵害法益就不仅仅是奥迪车里的人，还可能是其他不特定第三人，而行为人对这种可能造成的后果持放任状态。

当然这里可能存在争议，只是这并不是本案的关键，关键还是在于后续的破案问题。

货车司机虽然死了，但这个案子并没有了结。

后面的人是谁？谁是本案的间接正犯？谁是本案的帮助犯？有多少人会为此案包庇、窝藏？

而且，这个案子的间接正犯，也就是幕后的买凶者，他本身还很可能是货车司机死亡案的直接正犯或者间接正犯。这很拗口，意思是，他可能亲自参与或者安排他人对货车司机的安全带做了手脚。一起故意杀人未遂案，后面还有一起故意杀人既遂案。这就是摆在明面上的案子了。

“天下熙熙，皆为利来；天下攘攘，皆为利往。”

白松看着街上的行人，想起《史记》里的这句话，不由叹息，从古至今，人心都是如此，从未变过。越是遇到大事，越是要镇定。人在激动和难以自控的时候做出来的选择非但不具备价值，反而会让事情变得更糟糕。

白松此时并不担心自己的安危，他没出事，真正需要担心的反而是幕后的人。

艾德蒙·洛卡德写的《犯罪侦查学教程》提出过洛卡德物质交换原理，

每一场犯罪，都会有痕迹性、实物性和印象性的物质交换。

白松相信，这起车祸案件，谋划的时间肯定不是一天两天，即便去查这辆车，很可能也不会有什么特别的线索。幕后人肯定用了足够的时间，尽可能地磨灭了相应证据。

但是，如果让他迅速再组织一次对白松的这种行动，那基本上就是找死，肯定会留下海量的证据。

现在的关键问题，有两个。

第一，这个人为什么要现在实施这个行为？如果如白松所想，这个案子真的是和白玉龙有关，那么为什么最近他“暴露”了？被人发现了？

第二，关于货车司机，是否有其他的可以突破的线索？车子、货物等记录，刑警那边肯定都在查了，此外，还有其他的吗？

第三百六十四章　细致剖析（2）

想得越多，白松思维越发散。

这些年，自己好像欠了不少人情债啊。

亲人不提，师父孙唐也暂且不提。李队长对他有知遇之恩，从头到尾都很照顾他；马局长也是如此，为他多次力排众议，而且在他受重伤的时候，耗费了巨大的人情给他找了院士“大佬”治疗，这根本无法用钱来衡量；秦支队对他也很信任，找人给他安排到经侦总队锻炼，而且还给曹支队打电话说好话……

再想想，自己的这些兄弟、朋友，哪个都是有情有义，对自己非常好。即便是远在老家的张伟，也曾经为了帮他更好地完成案子，卧底狼窝。

而现在，连周璇，他都欠了天大的人情……

不知不觉，已经这么多事了吗?

白松苦笑，债多不压身啊。

不过，反过来想，这些年，他也帮了很多人，救过人，他似乎也从未考虑过别人应该如何报答他。

想到这里，白松心情好了不少。

哈，唯一麻烦的还是周璇，她可真的是因为白松而遇上的无妄之灾啊。

不过周璇家境本身就不错，还是个收入不低的大 V，该怎么“还债”呢?

嗯……

大 V?

白松想到这里，好像明白了什么。

这！

好像白松自己，也勉强算是个名人了？他的微博可是有加 V 认证过的！而且，他前些天还发过微博！

那么，第一个问题，似乎就可以解释得通了。

搞了半天，他是这样被人确定的吗？当然，也不一定是这次，去年白松出车祸那一次，甚至在此之前，他就在网络媒体上出现过。总之，应该是与网络有关了。

想明白了这个问题，并不会有什么直接的线索，但是也因此可以继续考虑下一个问题，这幕后的人，是如何知道这辆奥迪是他的呢？

这辆车买的时间并不长，从头到尾也没多少天，如果说有可能被外人得知，那么问题似乎也不难猜。

白松开这个车去过的地方不多，而能遇到乱七八糟的外人的情况似乎只有两次：一次是与柳书元去二手车交易市场调取光头等人买二手车的录像；另一次是在上京市帮郑灿出头。

前者，泄露的可能性是：光头恰好认识二手车交易市场的人，因此白松调完录像后，调取录像的人告诉光头他被人查了，光头对此事很重视，反过来调查了白松一番。

后者，泄露的可能性是：修车摊的人被白松摆了一道，所以找人查了查这辆奥迪车的底细，想找人出气，在某些渠道发布过类似的消息，后被有心人得知。

当然，这两拨人都不可能是凶手，因为他们与白松没这么大的仇。但是，他们调查白松的时候，存在被有心人发现的可能。

这并不烧脑，白松做出这些推理感觉还是有一定道理的。当然这还需要继续查。

白松仔细地回忆了一下最近的情况，他最近好几次在小区里都感觉有些怪怪的，但是之前没有过多警觉。甚至他看到很多外地人时，也有一些怪怪的感觉，但是也没有多想。

这些外地人并不可能是盯梢的，因为这样做没有意义而且还可能暴露。凭白松的身体素质和警觉性，如果有人在白天拿刀向他捅来，说不定都会被他反杀，因此这个幕后之人考虑的是用车祸这种人力不可控的事件。

只能说，这几天他的“第六感”曾经预警，但是他没有多想。

这也很正常，第六感这种东西，没有任何科学道理，谁也不可能按照第六感去生活。

上午他抱着望远镜上楼的时候，脑子里想的是花前月下，根本没有注意有没有人观察过他，但是现在想想，那时候肯定有人在附近观察。

这些人可能根本不认识白松，只认识这辆车，但是也不至于不知道白松是男是女。

这里还有一个细节，就是白松把车子停到了棚子里，因此周璇开车时没有被对方发现不是白松。

追踪车比追踪人要容易太多，车子大，又只能走马路，特别容易被发现，而且追踪的人完全可以站在远处，甚至在某个楼上用望远镜看。

那这个位置，能看得到白松的车，却看不到车内是谁……唔……需要排查的地方有点多，但是也还不算太多。

附近能看到白松停车处的楼不会超过 5 栋，按照每栋四户，17 层算，一共有 340 户。而能看到这个方向的，应该有三分之一户。看不到车内乘客，那从倾斜角度上来说，也是六楼以上的了，这么说来，不会超过 70 户。

这 70 户里，近一段时间对外出租的，估计就更少了。当然，不光是租房的，还得考虑楼道观察者……

从这点继续想，又有一个问题……白松这几天没有开车回来。

因为乔师傅要求跑步，白松这几天晚上一直没开车，这是外人不可能提前得知的偶然因素。

如此的话，那么很可能这几天一直有人在附近蹲守。

蹲守的人还好，心理压力并不会太大，但是从犯罪心理学上来考虑，这几天有个人的心理压力一定极大，那就是货车司机。

他很可能这几天一直把车停在某个监控死角，等着作案，但是白松的车这两天却没有出现。

这种情况下，人会干什么呢?

白松完全把情绪代入了这个货车司机。

这种情况下，无论是谁，都有极大的压力，压力主要来自两方面：一是杀人本身就是一件非常恐怖的事情，有胆量的人十中无一，而敢付诸行动的就更少了；二是，在司机看来，自己即将面对警察的审讯和三年的刑期。

那这种情况，正常人会干吗?

为了防止联络方式以后被警察发现，很可能这个司机除了通过某种方式接收蹲守的人发出的某个信号之外，他的行动非常自由。

这种时候，他会干吗?

当然是去附近稍微好一点的馆子里好吃好喝一场！毕竟他所想的监狱生活，可是没有这种日子了！

白松一下子想到了这几天两次在川菜馆看到的剩菜桌！

第三百六十五章　众志成城

剩菜桌!

白松悚然惊醒，这两天，他在饭店看到的剩菜桌，很可能就是司机吃过的!

毕竟，这是附近最好的一家馆子!

怪不得这两次，桌上都只有一套餐具，都剩那么多菜，敢情是报复性进食。

而且，司机在进行这次行动之前，肯定已经拿到了一大笔钱，正是不差钱的时候，所以点一大堆好吃的也很正常。但是一个人点了五六个菜，再怎么吃，也是吃不完的，所以第一天才挑了肉吃，第二天甚至连肉都吃不完了……腻了。

白松同时想着好几个线索，边想边往回走，他要去饭店调一下监控，这种事情要趁早，不然难免夜长梦多。

当!

事实证明，这样走路难免会撞到杆子……

这一撞力道可是真的不小，白松蒙了好几秒才缓过来，抬头看了看，又是路灯桩。

……

天华市的路灯桩都这么结实的吗？刚刚奥迪车撞了一根，车完了，这回白松亲自试了一下，确实不是假冒伪劣产品……

这下撞得可是不轻，白松头上的大红印很清晰，一直到了饭店，白松的脑瓜子还嗡嗡的。

万幸的是，老板虽然脸盲，但还是能认出来白松的。而白松出示了警官证之后，老板很配合，直接找了个服务员带着白松去监控室。

一般来说，这样调取证据需要两个人带着文书来，但是饭店毕竟是私人的，没那么严格。老板挺给面子，服务员也很客气，很恭敬地带着白松就去了监控室。

这些年，饭店等场所为了避免麻烦，都开始装监控，但同时为了节约成本，用的设备都不咋样，拍出来的正面又卡顿又不清晰。白松大体调了几个位置的摄像头，把相关时间段的视频拷贝到了自己平时随身携带的储存卡里——当年郑彦武给的那个。如果在这里仔细看都不知道要多久，他还急着回队里，虽然一直没有接到队里的电话，但是那边肯定已经忙坏了。

拷贝完，白松群里发了个信息，手续让队里的其他人来补一下就 OK。

忙完这些，再回到队里，已经是下午了，三队的人看到白松，跟他说："秦支队说要是看到你回来了，就让你去一趟他办公室。"

白松点了点头，先去了秦支队的办公室。

不得不说，秦支队是个心思很细腻的人，按理说他直接给白松打个电话即可，但是可能考虑到白松现在心情难以平复，便用这种方法通知他。

敲门进去，秦支队正在看手里的材料。

秦支队的办公室是白松见过的最干净整洁的办公室了，这可能和他的工作习惯有关，不过此时他的桌面上，还是摆了一大堆乱七八糟的材料，看着有点乱。

"坐。"秦支队大致收拾了一下材料，"看你的状态还可以，比我想象的要好……嗯，你的头怎么回事？"

"没事。"白松有些糗，"秦支队您找我干吗？"

"这事，咱们支队立了两起案件，都是故意杀人案。"

"嗯。"白松点了点头。

秦支队见白松丝毫不惊讶，略感满意，他对白松的了解不是很深，这般看来，他就知道白松已经搞清楚事件的来龙去脉了。

“现在针对司机查出来的线索，不是很理想。这司机有老婆孩子，但是不是本地人，在天华市这边打工已经好多年了，平时一般就是在工厂拉货，跟工友的关系不好。”秦支队道，“查他的通讯记录和公司情况之类的，都没什么有用的线索。”

“嗯，估计幕后人和这个司机有任何事都是面谈的。”白松点了点头，表示秦支队说的他也考虑过。

“这个司机昨天给他老婆转了 24 万，和他家里人说是这些年打工攒的。”秦支队道，“钱被他儿子还赌债了。”

“嗯。”

“这钱没法判断是不是买凶杀人的定金，所以这钱也先不追了。”秦支队道。

“嗯……”白松听秦支队这样说话，也明白了什么，直截了当地说，“秦支队，我感觉您有话要问我，没事，您随便问。”

说完，白松又补充道：“秦支队，我不仅看得出来这个司机想杀我，而且看得出他也是个倒霉蛋。甚至，我也明白，这件事情的根源不在我们队这里，而很可能是我的私人问题。”

白松知道，这事并不是针对九河区的警察系统，只是针对他个人。白松说完，接着把自己的想法和盘托出，讲了一下对白玉龙那边的事情的猜想。

这么说，应该会给单位减轻很大的压力，毕竟性质上完全不一样了。

“刚刚我接到局长的电话了。”秦支队听完白松的话，没有接白松的话茬，“不是马局，是殷局。”

听到这里，白松一下子坐直了。

“你说的，我们也都明白。两个小时之前，田局长就通过他在你老家烟威市的老战友，大体了解了一下这件事情的始末，我这边可能了解的资料比你知道的要多一些。”秦支队看白松情绪开始激动继续说，“这件事的调查，是田局长通过私人关系问的，你爸肯定不知道这事。”

“您知道我爸当年到底是什么事了吗?”这件事，白松不能不激动，他怕父亲担心，一直也不敢打电话问，尤其是一旦让老妈知道，那又会多一个睡不着的了。

但是，他对于父亲当初的事情是非常在意的，只是他的同学即便分到烟威市公安局，也不太清楚多年前的事情。这么久以来，他一直也没得知什么关键性的信息。

“也不算太了解，但是大体知道这事为什么会如此针对你了。”

“嗯，谢谢秦支队，通过这案子，我肯定会把事情给彻底解决了!”白松握紧了拳头。

“我叫你来，是想跟你说一句话。”秦支队盯着白松的眼睛，“你现在，不光是白松，还是九河分局的白警官，还是咱们刑侦支队的白队长。

“这事既然发生了，就不是你一个人的事情，如果连我们自己的同志都保护不好，我这个支队长，不干也罢。”

第三百六十六章　白玉龙秘史

秦支队向来比较儒雅，说话也细声慢语的，所以这话听着虽然不是很震撼，但是白松却什么都明白。

无论如何，这都是在挑衅，最起码，也是挑衅九河分局。

从这个人准备做这件事情的那一刻，就应该知道自己面对的是什么。

这件事情，整个分局的人，无论是谁都不会等闲视之。

推己及人，如果自己的同事遇到类似的问题，白松都一定竭尽全力，比平时破案多了一种同仇敌忾的情绪。

白松深呼一口气："秦支队，您能把您所知道的情况，给我讲一下吗？"

"我叫你来，就是跟你说这件事，白队长。"秦支队叫了一声白松的职务。

"我明白。"白松知道，秦支队是在提点他，他现在不是小孩儿白松，而是队长了，无论知道了什么，都不能激动，更不能只考虑个人，"秦支队，您放心，无论如何，我也是理智的。"

"嗯。这个案子在你们当地，其实也是保密的。当然，只要不是绝密，这么久的时间，早就过了脱密期，但是知道的人依然没多少。我先问你一下，你知道你父亲是因为什么被免职的吗？"秦支队虽然说白松不是孩子，但还是似乎在斟酌语句，想找一种最婉转的说法。

白松摇了摇头："我小时候一直以为是他不想当刑警了，后来几次喝酒，我才得知，他当年是个很优秀的刑警，但是不知道犯了什么错误，差点连工作都丢了。"

“嗯，是这样，我这边得知的情况也不是很完整，毕竟过去那么多年，除了亲历的几个人，这件事情大多数人都不清楚。但是大体可以知道的是，当时有个诈骗团伙，走南闯北，骗了不少人。当时和现在不同，不是电信诈骗，这个团伙走南闯北，可不是一般人。而且，这个团伙里的主犯，是个智商很高的女子，据说还是个年轻漂亮、身材高挑的美女，也正因为靠这个本钱，骗了不少大老板。他们团伙的作案手段非常简单，先是勾搭，勾搭之后并不是要钱，而是混入公司，想方设法地了解企业的情况，找机会骗个大的。在最关键的时候，还会采取威胁恐吓等多种手段，多管齐下。

“这些人不仅仅诈骗，还贩卖违禁品，甚至做一些更恶劣的事，主犯手里还有命案。当时你父亲等人追查这个团伙，那时他们应该已经赚了足够多的钱，有人脱离了组织，被锁定了。

“这事，用现在的话说，就是遇到了猪队友。脱离犯罪组织的人，大手大脚地花钱，然后跟人发生纠纷被抓了。

“这个人被抓后，整个组织都解散了，但是即便如此，还是有不少人在排查的过程中被捕，但主犯一直下落不明。

“90 年代那会儿，公安局没多少辆车。有一次，你父亲带人排查的过程中，巧遇了这个女的。警察没有车，而对方有车，一旦对方上了车，肯定就逃之夭夭。

“那个年代，没有网络，也没有摄像头，更没有那么多的联勤联动，就在那个女的即将上车逃走的时候，你父亲就开枪了，一击毙命。”

“嗯?”白松听到这里，打断了一下，“这难道不应该立功吗?”

“本来都以为如此，甚至都准备结案了。但是当时为了更严谨，把曾经案发现场留下的主犯的 DNA 和你父亲击毙的那个人做了比对。你可能不知道，那时候做一次 DNA 比对，差不多要两万块钱，所以刚开始没做 DNA，也就失去了抓捕真正主犯的黄金时间。

“当时那么多警察布下的大网，愣是因为主犯的妹妹被击毙而撤了。

“后来，DNA 比对的结果显示，死者和主犯不是一个人，两者 DNA 相似，推测死者是主犯的孪生妹妹。”秦支队道，“虽然后续也有从犯说曾经见过主犯的妹妹，但是没有证据证实她妹妹参与过这些案件。所以这样击毙那人还是有很大的问题。

“据说，事后你父亲也提出他本来是想打车胎的，但是几十米的距离，加上人在跑动，手枪怎么可能打得那么准。”

白松沉默了，这剧情……

这对于任何警察来说，都是无法抹除的污点，甚至如果放在今天，一个失职罪都跑不了。

发生这么重大的事情，能保住警察的职位，已经算是领导们帮大忙了。

这也是现在很多警察不敢开枪的原因，除非对方真的动刀动枪或者已经对人民生命有严重威胁，否则谁敢随便开枪？

比如说，当初白松在南疆省，被人用弓弩指着，对方如果有攻击意图或者已经射出一支箭，那完全可以开枪，但如果对方是个小偷，见到警察就跑，一旦警察开枪，没有打到要害还好，如果一枪毙命，这事就说不过去了。

“所以，这个主犯至今也没有抓到，是吗？”白松看了眼秦支队桌子上的材料，“也就是这个人对我展开的报复，对吧？”

“理论上是如此。这个女的当年只有 20 多岁，现在 40 多岁，已经被追逃了二十年，但是她依然有作案能力，这个人可不简单。”秦支队道，“你来之前，我们讨论过，这个女的有重大作案嫌疑。不要说九河分局，就放眼市局，这类报复警察的案件也是很罕见的，而且还闹得这么大。当然，分局的意思，并不是把侦查方向全部放在你们家的这段恩怨上，而是充分考虑各种情况。”

“秦支队，我明白。”白松感激道，“我觉得这个方向很正确，感谢领导们的关怀，对了，秦支队，能给我看看这个人的信息吗？”

“嗯。”秦支队递过来一张个人信息表。

白松长吐了一口气，接了过来。

“没有照片?”白松有些发愣，接着记下了这个名字，“奉……一泠。”

“对，没有照片，这是从人口信息库里找的信息，在烟威市局的档案信息里应该有素描图，估计没往这上面传。但是，她死去的妹妹的照片是有的。”秦支队又递过来一张信息表。

第三百六十七章　侦查计划（1）

白松接过照片。

平心而论，这虽然是黑白照片，但上面确实是很标致的一个姑娘了，五官很端正，虽然不是什么大美女，但是很耐看。

白松看了差不多半分钟，才把这张照片放在了桌上。

很难说，白玉龙击毙这照片上的人是对还是错。

你要是心里没鬼，都见到警察拿枪指着你了，还跑什么？但凡是正常人，都不可能跑。

甚至白松都怀疑，这个人肯定也是团伙里的人，而且是和主犯里应外合的最佳人选，百分之九十九不是好人。

当然，这些谁都知道，可猜想只能是猜想，案子已经没什么侦查条件了。

但是，现在不一样了。

想到这里，白松还有点兴奋。

至少，已经知道对手是谁了。

秦支队看着白松的表情变化，不由得有些不解：“你怎么还兴奋起来了？”

“啊？”白松一下子收起表情，“没有的事儿。”

秦支队微微一笑：“我不担心你了。我倒是感觉，这个人这次找到你，却没有把你如何，那算是自投罗网了。”

“我觉得也……呃，我哪有您说的这么厉害。”白松头脑一热，差点把心里话说出来。

他是真的有点激动。

没有任何一个人，会比白松更关注这个案子。

如果能抓住这个奉一泠，并且找到她妹妹当年也参与犯罪的证据，那么白玉龙当年击毙她妹妹的事情不仅不是误杀，还可以算作立功。

父亲当年的事情难就难在，奉一泠把握了最佳的逃跑时间之后，逃得很干净。在那个时代，人跑掉了之后警方能采取的办法很有限，尤其是跑了好几天的时间。

但是这次，她还是露出了马脚。白松甚至想，也许奉一泠自己都不敢相信，在案件发生后如此短暂的时间里，在时隔 20 年、空间距离 600 公里的九河分局，已经把矛头对准了她。

“如果她一直不出来，那我永远也没办法。但是她主动出来，她抓住了一次机会却没有把我怎么样，那就是给我们留下了小辫子，而接下来的事情，就是我们作为主场去办了。”白松看向秦支队，“我觉得这个案子还是应该咱们自己侦查，不要大范围公开，不要让她知道我们在怀疑她。”

“嗯，分局也是这个意思。”秦支队道，“本来我还担心你会莽撞，但是现在看来你可能比你父亲还要沉稳一些。”

“秦支队，咱们……”白松话没说完，秦支队那边的电话就响了。

接到电话，刚刚听了几句话，秦支队就面露喜色，看了白松一眼，接着说了几句话就挂了电话。

有突破了？白松没主动开口问，等着秦支队开口说。

“你是怎么知道那个卡车司机这几天去过那家餐馆吃饭的？”秦支队问道。

“我这几天也在那里吃饭。”

“你去外面吃饭的时候，都能记下所有食客的体貌特征？”秦支队有些吃惊，“你这哪里是脑子，你这是计算机啊！”

“不是不是，”白松讲了一下自己两次看到剩菜的事情，接着道，“因此我就怀疑这个司机在这里吃过饭，所以我就先去调取一下录像看看具体的情况。”

“这样啊……”秦支队表示明白，这还算是在正常人的记忆范畴之内，“就是你刚刚说的这个饭店，你从三队找了俩人去饭店送文书，结果他们在那里遇到了一个人，这个人把监控存储系统给破坏了，正好咱们的同志看见，把他给抓了。”

“有人破坏监控系统？”白松一听，连忙问，“是什么人？”

“不知道，一会儿带回来就知道了。如果真的是跟这个案子有关，那这跟中奖没什么区别，当然，你占头功。”

白松摇了摇头，示意自己并不在乎功劳，而是着急想见到这个人。

这运气也实在是太好了，这么快就抓到一个？

按理说，这个饭店的监控室在饭店后面，平时也没人去，这么多年了也没人去捣鼓，怎么会上午刚刚发生这个案子，下午就有人去破坏监控？这也太巧了。

两人一起下了楼，在三队的大办公室里等着。

所有人看到白松都很高兴，不少人都过来拍了拍白松的肩膀，确认一下他没受伤。

“我说，又不是我被撞了。”白松很感动，“对了，我没看到李队啊？”

“李队在楼下问那个司机的车队老板一些情况。”有人说道，“出了这么大的事情，咱们队比二队还积极，王教和赵队都出去查这个案子了。”

白松谢过大家，接着聊起了案子，不多时，两名三队的刑警带着一个身材中等的男子进来了。

这个人看样子有点像南方人，但是也不好说具体是哪里的，从被抓到现在一言不发。

试着聊了几句，无法交流沟通。这会儿李队也赶了过来，几个领导合计了一下，先按照故意损毁财物案，把这个人刑拘了再说，剩下的慢慢查。

幸亏有警察去了饭店，不然这个人破坏监控，根本就不会被发现，这个收获都算是“白捡”的。

暂时不开口也不是什么大问题，后续有的是办法。

这个人被带走后，李队有些疑惑：“你们有没有一种感觉，刚刚这个小子，脑子好像不是很正常？”

“有。”白松也看了出来，“好像是被控制了似的，看我们的表情都不太像是正常人。”

“这种人是最难办的。”秦支队也表示了同意，“很难跟他产生共情，只能通过外围证据看看能不能把这个人是干吗的先调查清楚，然后再开展下一步工作。”

“好，没问题。这事交给我们队就行。”李队直接揽了过来。

“这事是二队的。”秦支队瞅了李队一眼，“你要是想要这个案子，你去找韩队要。”

“那我们两队就配合，早点把案子破了。”李队说出了真实意愿，“秦支队，那案子不给我们也成，白松现在这个情况，要不先回咱们支队吧？没地方安置，在三队就行。”

第三百六十八章　侦查计划（2）

“不行，他还得回经总那边。”秦支队摇了摇头，“这出于好几方面考虑，一是为了防止打草惊蛇，二是因为这事情暂时不能公开，三也是为了白松的安全考虑。”

“前两个我都明白，为什么去市局那边反而更安全？”李队疑惑地问道。

“这事你可能不了解，今天白松的车子被撞，你知道最大的变数是什么吗？”

“你是说那个垫子？”李队长似懂非懂。

“是，我如果没猜错，这是老乔给白松的。老乔你可能不认识，他在市局还是挺出名的，是挺喜欢提携后辈的一个老教官，跟白松在那边住一间宿舍。这个人叫乔启，曾经服役于某特殊部队，要是动起手来，别看他已经50岁了，咱们这个屋的人一起上都不一定能把他制伏了。让白松去跟他学学也不错。”秦支队笑道，“我刚刚还跟白松说呢，这个奉一泠，真的是找错了对手。”

原来宿舍这么安排，是秦支队帮的忙吗？白松这才明白为什么自己能和乔师傅住在一起、为什么要去经侦总队，如果这都是秦支队的安排，那秦支队对自己也太好了吧？

“别多想，”秦支队跟白松笑道，“你年轻、聪明，性格还比较坚毅，我只不过是找了个最适合你锻炼的地方，咱们同志如果有机会锻炼，无论是谁我都会帮忙的。”

作为法医专家，秦无双真的是太细心了。

这句话也不是只说给白松听，三队办公室里的其他人也都听到了。王亮等人虽然现在不在，但现在三队的年轻同志还是很多。

虽然大家都对秦支队说的那句“咱这个屋的人一起上都不一定能把他制伏了”表示怀疑，但是听秦支队这么说，所有人都挺直了腰杆子。

年轻人谁不希望被领导重视，安排着去更好、更适合的地方呢？

“确实。”李队点了点头，“那我收回之前的话，让白松去那边好好学学吧，他现在如果再多点个人能力，基本上什么也不用怕了，这个姓奉的，也是傻。”

“呃……”白松有点听不明白了，向李队问道，“李队，为什么你们都觉得奉一泠找我算是找错了对手啊？”

“其实咱们这间屋里，你才是最不好惹的那种人，”李队笑着问道，“你知道你比起我们最大的优势是什么吗？”

“我哪有什么优势啊，天华市我一个亲戚也没有。”白松摇了摇头。

“这才是你最大的优势啊。你没有弱点，孤身一人，也没有后顾之忧，你知道这对于我们来说，几乎不可能。”

“啊……”白松一想，好像也是这么个道理，“那我爸妈呢？”

“你还小，想错了一个最基本的道理，这个人跟你无冤无仇，她之所以报复你，是想报复你爸。当年你爸失手毙掉了她妹妹，她妹妹当年 20 多岁，风华正茂的年龄。她俩是双胞胎，亲密至极，所以奉一泠一直没有放弃复仇。”李队道，“你没有为人父母你不懂，奉一泠想报复你爸，最好的报复方式就是把你弄死，而不是直接去和你爸叫板。”

“是啊，”三队的一个老师傅接话道，“人生最大的三个痛苦，少年丧父、中年丧妻、老年丧子，这都是完全无法弥补的事情。如果你三岁那年被她害死，你父母再难过，也能再要个孩子。但是现在则不可能了，你可是你爸妈所有的寄托了，不得不说，这个姓奉的真够狠的，也挺懂人性的。你现在 23 岁，还没有老婆孩子，你要是就这么没了，你爸妈的老年生活基本上就算完了。”

……

白松哪懂这么多？他之前还在想，为什么有人要报复他，小时候不报复，要等到现在？

现在看来，一是刚开始的时候奉一泠没那么大的能力，二也就是这几位领导、老师傅所说的这个原因了。

只有现在对白松展开报复，才是最出其不意、报复最深刻的。

白松听了这些，才第一次真的有些后怕，是啊，他自己可以说并不畏惧死亡，但是这个时候他死了，而且是跟父亲当年有关的事情导致他死了，可想而知爸妈接下来的日子该如何难熬。

人从来都不是孤独的个体，而是社会的一部分。

人生本身是没有意义的，正是因为你的存在对很多亲人朋友来说有价值，才赋予了你人生的意义。

“你也不用担心什么，这个人既然现在敢露出马脚，也是你的机会，不是吗？我们大家，都跟你站在一条线上，咱们这么多人，该惶惶不可终日的人，是她！”李队这话一说，引起了全屋人的附和。

白松也没说话，给大家鞠了一躬，大家纷纷上前给他拦住，不让他鞠躬。

我们是一个集体啊。

聊了一会儿，秦支队回了自己的办公室，三队的人一起开了一个小会。

这个死了的司机非常小心，也许当初他是为了能瞒过警察，伪造这起交通肇事罪，在进行这次谋杀行为之前，他把很多自己与中间人的联系的相关证据主动销毁了，而且这件事也没有告诉任何人。

结果现在他身死，之前他所做的算是给自己挖了坑，使得警察调查他的死因都非常困难。

自己伪造自己的被杀现场，可还行？

王亮不在，不过三队还有其他在视频方面比较专业的同志，大家先一起看了看白松拷贝回来的珍贵录像。

虽然现在所有人都怀疑这件事是奉一泠做的，但是破案不能靠怀疑，而是要从现有证据往前推，寻找更多的证据。

甚至，还有一种最不现实的可能……嫌疑人针对的是周璇。

分析案件，就是应该如此，主要疑点要尽全力去查，但是又不能放过任何一个线索，只依靠先入为主的想法是不可取的。

第三百六十九章　凡走过

这案件的漏洞和线索，在白松看来，实在是太多了。

当你想掩饰一个线索的时候，往往会留下更多的线索。

第一，既然这个联络人与司机之间并不是通过电话等方式交流的，那么是通过什么呢？按照常理来说，想要撞上白松的车子，必然要尽早掌握情报，然后准备追上去，不然的话情报落后几分钟，追都追不到了。

第二，司机在饭店吃饭的事情，联络人一方是如何得知的？为何今天要赶过去销毁录像？为何昨天、前天不去？

今天去偷偷销毁监控设备的人，到底是干吗的？

第三，汽车经过专业的改装，这是谁做的？没有一点汽修水平的人是不可能做这个的。而且，这种改装，一般的汽修店，给钱也不敢干。

这不是改别的，而是把刹车改成失灵状态，这简直就是开玩笑。所以这辆车，肯定是在停车的地方被改的，不可能是改完了开过来的。司机之前的停车点也已经找到了，现场可是留下了不少证据。

第四，车子的安全带是谁改的？司机可不想死，如果安全带已经断了或者看着就是坏的，他不可能不管，他可不傻。

白松不会小看任何一个人，即便是这个死去的司机，也一定不是什么傻瓜。因此他丝毫不怀疑车子的安全带在系上那一刻，表面上是不存在问题的。

直到发生了猛烈撞击之后，车子安全带才出了问题，这也是技术活。而且改安全带跟之前改刹车的很可能不是一批人，因为这次改装是要避开司机的。

第五……

都什么时代了，还敢这么玩……

这是把警察当傻子吗？也许在非专业人士看来，这是所谓完美的犯罪，但是漏洞一大堆，而且每次有人试图弥补一个漏洞时，要么会留下新的证据漏洞，要么会留下新的逻辑漏洞。

一个一个来分析，从联系方式上来说，可能性最大的就是直接联系。也就是说，联系人的位置，是司机可以看到的，二人之间通过手势等直接联系。

结合车子的停车点，白松和大家分析了一下小区的楼房结构，如果说这个联络人要同时可以看到白松的停车位和司机的停车点，那么可以选择的地方并不多，李队直接安排了两个人去现场了。

关于今天有人去破坏监控这个事情，现在这个人的信息也摆到了几人的桌上。

“这个人有问题，我看着不像正常人。”有人提出了观点，“我们得给他做个精神鉴定。”

“嗯，那肯定要做。”李队表示了同意。

“是啊是啊，得做。”有人附和道，“我这就去跟秦支队那边汇报一下。”

“不用。”李队抬手拦住了他，“不急，秦支队那边肯定会有安排。”

这个人叫王树军，是个农民，赣省人，今年40多岁，来天华市有一段时间了，打工的。他很不配合警察，警察问什么都说不知道，问他为什么要去破坏监控，他的说法是，想去偷东西，然后发现没东西可偷，怕被发现，于是破坏了监控。

在大家看来，这个人不会是联络人，而更大的可能是有人雇他来做这件事情，估计也是给了一些许诺。

这个人傻乎乎的，一根筋，估计是拿了钱然后被人利用了。

有些时候，这样的人在哪里都很难被重视，而一旦有人对他施以好意，他就很容易被感动。对于他的分析，大家普遍认为，雇他的人给了不少钱，这些钱足以让他愿意承担被抓的风险。

如果只是故意损毁财物的话，撑死了也就是个普通刑事案件，甚至都不够刑事案件的标准。因此即便这个人被警察抓了，估计他之前也被告知了，只能关 7 到 15 天。

如果是治安案件，拘留处罚，单案最多 15 天；刑事案件的话，这种情况最多是 7 天，7 天后要么逮捕要么释放。

逮捕是不可能的，这案子太小了。

根据刑事诉讼法第 122 条规定：犯罪嫌疑人做精神病鉴定期间不计入办案期限。

也就是说，如果把刑拘的 7 天时间视作一个倒计时 7 天的沙漏，那么一旦开始精神病鉴定，沙漏就停止，直到鉴定结果出来那一刻重新开始。

大家分析了一下，这个被关押的人，一旦被羁押超过 15 天，就一定会对雇他的人产生极大的不信任，这事情就简单多了。

从与对手的博弈中，可以看出，这个对手对很多细节的处理还是很不错的，而且很懂得销毁证据。但是，“凡走过，必留痕”——艾德蒙·罗卡。

曾经有一个炒得很火的话题是，刑侦专家如果去犯案，有没有可能完成完美犯罪呢？

这个问题其实是有答案的，那就是不可能。

这就好像在问，顶尖的医生、院士级大佬，有没有可能懂所有的医术呢？

刑侦专家也一样，在一个行业走得越远，就一定越专业。也许足迹专家可以把自己的足迹处理得天衣无缝，但是他不可能也有能力处理其他的线索。

……

接下来是修车的问题，这么大的车子在维修和改装的过程中，以及停车的现场，还是会留下不少痕迹的。从手法上来说，这个人的手法是有的，但是有多处磕碰。

也就是说，对刹车系统的破坏，大概率是在夜间作业，光线条件差。

破坏这些东西，到底属于什么性质呢?

这些修车的，但凡懂一点点法律，都不可能做出这种行为。

先说破坏刹车的行为。如果这个修理工知道司机要去杀人，那么他就是故意杀人罪的共犯；当然他大概率是不知道的，那么按照刑法第 119 条第一款，他就触犯了破坏交通工具罪，并且已经造成了严重后果，这种情况，在刑期上和故意杀人罪是一样的。

再说破坏安全带的行为，破坏者妥妥的是故意杀人罪的共犯。

白松都不由得为这些人无奈，冒着这么大的罪名，拿多少钱合适?

第三百七十章　视频录像

罪名什么的，还是得等抓到人了再说，当务之急还是把案子搞定。

三队已经有五六个人出去查这个案子了，二队也已经出动了一半的警力，大家聊了半天，把录像也看得差不多了。

从视频录像上来看，司机确实是去了这个饭店吃饭，而且还戴了帽子，来的两次都很小心，也没和其他人说什么，就是点了好几个菜，而且用的是现金。

从录像上来看，司机两次来吃饭，都是为了吃点美食，并不是为了别的，这引起了大家的疑惑。

幕后人找人去损毁录像究竟是为了什么？

这个司机自己去吃饭，这事情，即便录像证明了，又有什么用呢？为什么要多此一举去损毁呢？

是觉得警察不可能这么快就找到了饭店的线索，还是这里面有什么其他的秘密？

白松有点后悔，自己拷贝回来的录像还是不够多，毕竟一张存储卡容量是有限的，看来以后要随身准备一个大容量U盘了，白松暗暗记下此事。

“等会儿，刚刚那段录像，再往回倒一下。”白松一下子叫住了放视频的同事。

“嗯？”李队刚刚在聊天，没太仔细看录像，此时也一下子认真了起来，盯住了屏幕。

白松喊停的这段录像刚刚已经放过一遍了，不过是加速放的。这第一次是正常速度播放，此时又重新放了一遍。

“有什么问题吗？”李队也疑惑了。

“有问题。”白松又看了一遍，“这个服务员，摆盘之后，这个司机曾经动过盘子的方向。”

“那不就是为了夹盘子那边的肉比较方便吗？”有人疑惑地问道，“我要是自己点了五个菜，我也这么吃。”

“所以，他在用这些盘子的摆放方向，来传递什么信息，是吗？”李队听出了白松的言外之意，没有顾刚刚说话的民警，直接问道。

“嗯，有这个可能。”白松道，“就是得看看，有谁这两天都来吃饭，而且都往这个方向看过。如果有人这两天都观察过这些盘子，就有很大的问题，我怀疑这个司机曾经和这个人传递过什么信息……嗯？你们怎么都看我？”

“从录像里看，好像就你满足这个要求……”李队长幽幽地说道。

呃……

白松回想了一下刚刚看到的录像，好像还真是这么回事！

一般很少有人会连续两天去一家饭店吃饭，因此这两天除了司机和白松，没有第三个人两次都来，而且就连给司机上菜的服务员都不是一个人。

“有没有可能是这种情况，”白松看大家眼神都不大对劲，有些不好意思，立刻转移话题，心思急转，“案发后我去现场时被人跟踪了？”

李队听到这句，也端坐起来：“我觉得你的反侦查意识还是很不错的，尤其是发生了这种事情，你在去饭店的路上，被人跟踪了你应该能发现吧？”

“怎么回事？白队你又被跟踪了？”几个和白松关系不错的年轻警察纷纷担心起来。

“正常是这样……”白松又有些不好意思了，摸了摸自己的脑袋，“但是我在街边的椅子上坐了很久，起来之后撞了路灯杆……”

……

“白松啊……”李队伸手摸了摸白松的额头，摆出了一副关爱智障儿童的表情，“你这可算是工伤啊……”

“呃……”白松平时脸皮很厚，但这时候还是有些不好意思，干咳了两下，“我有时候思考问题会容易走神。”

本来有些压抑的气氛，这么一来散去了大半，大家准备听白松接下来的分析。

“如果我被跟踪了，那么这一切就解释得通了，也能解释为什么幕后人昨天不去饭店损毁录像，而是今天。”白松感觉不能在同事们面前自毁形象，推理道，“对方这么做，我认为大概率是因为计划的失败，我去现场的时候，周围没人，但是远处围观的人还是很多的，有人发现我没死太正常不过了。

“毕竟，这幕后的人肯定要看结果的。既然如此，我接下来回家被人发现也不是什么秘密。我可以确定的是，没有人跟我进小区，更没人跟我上楼，但是我离开小区，在长椅上坐着的时候，就不好说了。

“而当我走进这家饭店，想去调取录像，中间时间很长，被人发现也很正常。主要是那段时间我确实是思索得过于用心……”

白松不想再提自己撞路灯杆的糗事，接着道：“我身上有一张存储卡这种事，是小概率事件，所以对方只会以为我去看了录像，而不会以为我已经把录像拷贝走了。既然如此，对方肯定是担心我发现了什么重要线索，所以才着急去破坏。

“如果我回到刑侦支队，办好手续，拿着存储设备再去饭店，损毁录像的人肯定已经得手跑掉了，正是因为我往这里走的时候就已经通知了人过去，对方没有计算好时间差，所以才被抓了。

“从这个角度来分析，这个人不会是临时雇的。临时雇的人，不可能这么容易就找到合适的，所以，这个人肯定还知道别的事情，我们不能小看了他。”

“那……白队，照你这么说，这个人岂不是并不傻？他在装傻？那我们还给他做精神鉴定吗?”有个年轻的民警有些疑惑，直接问道。

这也是刑警一贯的作风，讨论案子的时候，不论官职，大家随便说。

“做，这更得做。”李队没有多解释什么，接着说道，“你的这个说法，虽然有道理，但还是有个漏洞。这饭店的录像到底有没有价值？这个人没必要铤而走险直接去破坏吧？问问老板这几天司机有没有在这里说过什么、做过什么不就可以了吗？这司机连着两天来点这么多菜，老板总不能没印象吧？如果他从老板那里得知这个司机就是来踏踏实实吃饭的，没别的有价值的线索，何必冒这么大的风险来破坏视频录像呢?”

“通常是如此，”白松点了点头，“可是，问题是，这个老板，他是个脸盲。”

第三百七十一章　破伤风

这个破坏录像的人，不可小觑。

白松如此分析了一番，得到了大家的一致认同。

任何事都得讲究合理性，不能把犯罪嫌疑人当成傻子，这是最基本的原则。

这案子对外并没有引起什么轰动，几家媒体也只是报道了交通事故造成肇事方死亡，虽然也上了新闻，但是车祸还是很常见的，逐渐也没人关注这件事了。

分局和支队这边还是非常重视，虽然没有破案限期的要求，但是，从秦支队到每一个警察，大家都非常用心。

到了晚上八点多，已经有了足够多的线索摆在了桌面上。

白松并没有上一线，倒不是他摆领导的架子，而是这个案子其实他应该回避，因为他是受害人。

这样一来，又不得不说到法律问题。

张三捅了李四一刀，导致李四死亡。其间，李四的价值一千元的限量版衣服被刀捅破，价值被毁，那么在考虑张三故意杀人罪的同时，张三是否犯了故意损毁财物罪呢?

当然，衣服价格可能不高。

那么，白松这一次，司机为了谋杀车内乘客，把白松价值 20 多万元的车子撞得报废，是否触犯故意损毁财物罪呢?

当然触犯！只是这种情况是想象竞合，只择故意杀人罪处罚。

可即便如此，并不是毁车的行为就不违法了，所以白松当然也是本案的相关人、被害人，理应回避。

当然了，只是理应，毕竟这是……

刑侦支队的战斗力非常强，永远都不会离开白松不能运转，几乎每过半个小时，就会有新的线索和新的发现。

晚上八点半，一个很重要的线索浮上了水面，二队确认了破坏卡车刹车设备的犯罪嫌疑人的身份。

这个犯罪嫌疑人，之前大家也都大体分析过，应该是个年轻、缺钱、身材瘦小的男性。这并不是大型卡车，离地间隙并没有多高，而这个车子停在这里，也没什么合适的起重设备，所以能钻到车下做改动的人肯定是身材瘦小的那种。

白松作为队长，第一时间拿到了这个犯罪嫌疑人的资料，只看了一眼，他就皱起了眉头，直接跟二队的同志道："这个人不用抓了。"

"嗯？"二队的人有些不解地看着白松，"为啥？这个人已经被其他单位抓了吗？"

这种情况倒是常见，公安破案的时候经常会出现类似的情况，追了好几天的一个小偷，眼看就要抓到了，结果被另一个分局的警察提前抓走了。

这也是没办法的事情，这么多分局，甚至还可能有外省的警察，案子又那么多，怎么可能每一个案子都通气？再说，人家不知道你也发现了这个案子的线索不是？

"不是，他已经死了。"白松叹了口气，这案子比想象的还麻烦。

"啊？"

"嗯。"

这不是别人，正是光头手下的那个小瘦子——曾经爬电线杆，后来死于破伤风的那个人。

这个人的病历白松看过，曹支队当时从医院拿到了这个人的资料和其他材料，白松看了一眼关键内容。病历里很清楚地写着，患者爬杆子，不小心被生锈的铁器划破皮肤。

他并不是被人谋害而得了破伤风，确实是自己不小心，但是后来病情没有被重视倒是真的。

按照时间推算，这个小瘦子去破坏刹车设备的时候，已经得了破伤风。

破伤风是有潜伏期的，而且刚开始发病也没那么凶，所以这段时间他去做这事也不是不可能，即使发病了想赚一笔钱也算是正常。

白松觉得这个事不会这么巧，立刻找人通知了三队的警察，打算叫到一起再开个会。

之前就自己的车子被发现一事，白松怀疑过光头，因为自己曾经在饭馆吃饭时，被光头扔了一盆骨头……

有些可能是偶然事件，比如说白松第一天去没有饭卡，然后走进了那家大骨头店，这就是巧合。

但是天底下会不会有那么多巧合？这显然是不可能的。

假设想杀自己的人是奉一泠，那么白松很可能被对方跟踪已经有一段时间了，只是对方还没有准备好。

后来白松去了天北区上班，让对方的某些准备发生了偏差，于是对方紧急联系了天北区的“地方势力”，也就是光头等小流氓，对白松进行监视和观察。

这就能解释两个问题：一是为什么光头会给白松扔一盆骨头来显摆，这是他想进一步观察；二是解释了为什么光头等人可以收到那么多钱。

十万，就安装几个高塔上的“路由器”？怎么可能？这事白松之前一直也没想通。

但如果是奉一泠安排人偷偷调查白松，那就很容易说得通了。奉一泠在这方面，可是真的不差钱。

这么说来，这些发霉的钱就来自奉一泠了？这也说得通，一个 20 年前就能到处骗钱的主儿，即便隐姓埋名，凭她的本事，想搞到大量的钱还是不难的。

只是，为什么这么多年她还没有被抓？这也不现实啊……

最近，一大堆案子都指向湘南啊……

白松有点激动，这案子牵扯的面之广很可能超过他的想象，这要是全破了……

“白队，你叫我们来开会，怎么流口水了？”几个人走进办公室，打断了白松的联想。

“啊？”白松吸溜一声，“没有的事！”

“也不早了，”李队也跟着走了进来，跟旁边的一个年轻的刑警说道，“这都快九点了，下午给大家买的汉堡根本不顶用。小胡，你去找一下刘金，跟他说去买点吃的，要硬一点的！”

“硬一点？哦哦哦就是肉，对吧？”

这傻孩子……

白松看到李队来了，连忙岔开了自己流口水的话题：“李队您怎么来了？”

他通知大家开会，是通知两个班组的人，李队可是上级领导啊……

“大家都这么辛苦，我也不能在办公室坐着啊。”李队明白，现在最辛苦的还是二队，但他是三队的大队长，只想着自己的人也没什么问题。

第三百七十二章　专案

案子要办，会要开，饭也要吃。

三队几乎全员加班了。

按理说是不必要的，这案子目前没有专案组，那么就是归二队管辖，但是三队除了出差的人全都在，王教导和赵队也赶了回来。涉及白松，大家都很重视。

会议室里大家吃着牛肉面，聊得还算是热闹。

这可是真正的牛肉面啊，每碗面里至少加了半斤牛肉！

白松知道这顿饭是啥意思，很可能，他很快就会被这个案子隔出去了。

大家一边吃面，一边听着白松讲他在天北区遇到的一些事情，除了涉及健康医院的那部分，白松基本上全说了。他怕现在不说，就来不及了。

这案子现在捋一捋，可能涉及的面真的有点广了，在白松这里，本来是一堆散着的线索，被这一次车祸，全穿到一起去了。

而且可以预见的是，这里面的事情，比白松遇到的要多上几十倍、上百倍。

事实上，健康医院和这个案子肯定也是有关联的，不然不会出现在黑电台的广播里，而且还采取了这么隐秘的手段。当然，也有可能两者只是合作方，这在很多案件里屡见不鲜。

不过关于健康医院的事情，他答应了曹支队以及柳书元，白松还是很在意这里的保密问题。

大家听着白松讲这个瘦子是怎么死掉的，话题引起了热烈的讨论。

按说这个时候大家都应该讨论案子，但是案子的线索往往就在一些类似案件的讨论里。

人的生命有时候非常顽强，曾经有一位木工被5厘米长的钉子插进心脏，钉子被心脏瓣膜夹住，去医院却被抢救了过来；有时候生命也十分脆弱，有的颈动脉窦综合征患者，对外界刺激反应极大，有时被女朋友“种草莓”（亲吻），也会反应强烈、脑供血不足甚至心脏骤停死亡。

瘦子的死，在白松看来，也算是被人利用。有人知道他罹患破伤风需要治疗，却告诉他不用治也不用打针，然后让他再去从事类似的事，等他死了，便死无对证。

实际办案中，还真的有类似情况。有的人到癌症晚期，已经没救了，被人利用也好，自己没有人性也罢，总之是做出了一些人神共愤的事。

饭后，李队跟秦支队做了汇报，把今天一整天的工作做了报告。

二队还有不少人都在外面忙，秦支队就把二队、三队、四队还在队里的领导及探长都叫到了小会议室开会。

这个案子从一开始，四队就很忙，好多现场需要细致勘查。之前找到停车现场的毛发，并且确定了瘦子的身份，就是王华东的杰作。

不过王华东现在又被派出去了，去天北区的几个工厂做鲁米诺测试了。

虽然白松说瘦子是意外导致的破伤风，但是这种事情涉及了案件，就得细细查一下，这可不是简单的工作，估计得忙上一段时间，还得动用升高类的机械。

二队现在的主要任务还是审讯已经抓获的这个农民以及抓光头等人。白松这里有这些人的信息，但是现在证据非常少，也没有任何证据可以证实光头等人参与了这次行动，目前也只能秘密调查。

三队安排人去了上京一趟，查白松提到的那个郑灿修车的店。

除此之外，技术部门等也早就参与了办案，此时也不断地给大家提供线索。

忙了一整天，案件基本的架构其实已经有了，加上白松提到的可能涉及多起案件，秦支队还是决定跟上级汇报一下，成立一个专案组。

毕竟支队这么多案子，不可能一直有这么多人在这里耗着，这案子肯定是要成立专案组的，这不是小事。

该来的总会来，白松有些伤感。他明白，自己是不可能进入专案组的，这案子他以后可能连碰都碰不到。

“那个，白队，你也签一份保密协议。”秦支队拿过来一份保密协议。

“啊?”白松愣了一下，“我怎么也要签?”

这案子搞到现在，其实白松是有些不舒服的，因为他现在还处于借调经总期间，而且这个案子他必须回避，这是一种很无力的感觉。

“你对这个案子了解这么多，怎么能不签?”秦支队还是递了过来，“你必须要对此保密。”

这一幕，大家都看着，也纷纷表示白松需要签一份协议。

白松有些感动，领导这样做其实是不对的，从一开始这案子就该把他赶出去，但是拖到了现在，使得白松“不经意间”知道了这么多，从而不得不保密。

如此一来，白松虽然不是专案组成员，但是大家对情报互通有无，并不违规。

当然，专案组成立后，白松也该撤出了，这里留着他也没多大用处。这有点像去年的那次车祸，他作为躺在床上的那一位，只能等待着集体的努力。

现在，虽然他并不在专案组，但是情形完全不同，专案组在明，他在暗，完全可以好好地当一个观察者，从另一个角度统领全局，推进案件进展。

掌握全局的感觉，还真的是很不错呢!

大家开着会，白松向大家告了别，就离开了会议室。

接下来的案件调查，似乎更有趣了一些。

入夜的刑侦支队灯火通明，白松一个人慢慢下了楼，没遇到任何人。

从下午过来到现在，待了六七个小时，白松一直在看录像、谈案子，手机也没怎么看，这会儿才闲下来，回复了几条信息。

这个事还算是保密了，同学、家人和其他朋友都不知道具体的情况。

如果能背着老爸把这个案子破了，然后抓到人……

嘿嘿！

第三百七十三章　你是人间四月天

车没了，白松其实还是非常沮丧的。

今天的事情太大，让他没有时间考虑车子的问题，此时打车回家，路上白松才感觉到非常心疼。

回到小区门口，白松看了眼手机，已经十点了，却没收到一条赵欣桥的信息。

白松拍了拍脑门，自己也实在是忙乱了，女朋友吃没吃晚饭都给忘了！

让司机拐了个弯，白松先去快餐店打包了点吃的，才回了家。

一路上，白松很警觉，不过可能是天黑，他警觉了半天也没发现有人跟踪。也对，现在还来主动跟踪白松，这基本上是“送人头”的行为了。

到了家门口，白松一手提着吃的，一手掏出钥匙，准备开门，然后愣了一下，接着把钥匙放到口袋里，敲了敲门。

没人，白松好像明白了什么，又敲了敲门，说了声：“是我。”

门这才开了。

赵欣桥进了里屋，白松也跟了进去，随手关上了门。

家里的窗帘拉上了一部分，灯光也不算亮，电视机开着，正播放着一部美剧。

“反锁一下。”

“哦哦。”白松随手反锁，这会儿听到赵欣桥嘱咐道，“以后你一个人在家，一定把门反锁了。”

啊？

白松有一种看自己老妈的感觉，想吐槽一下赵欣桥，却看到她有些文弱的样子，不由得心软了：“好。”

“案子怎么样了？”赵欣桥主动关心了起来。

“挺顺利的，抓了一个嫌疑人，还有一个嫌疑人前一段时间就意外死亡了，估计用不了几天，在天华市这边的几个，一个也跑不了。”白松肯定地说道，“放心，这个案子肯定能破获。”

“你怎么样？”赵欣桥走上前来，端详起白松的状态。

“我？我挺好的啊。”走近了，白松才发现她这一天肯定是很担惊受怕的，蓦地有些心疼。

“我下午给周璇打了电话，本来我想去陪陪她，但是我怕自己出去会有其他麻烦，就和她在电话里聊了半天。”赵欣桥道，“我做得没错吧？”

“嗯嗯！”白松肯定地点了点头，没人知白松家的具体门牌号，因为从来没人跟踪过他进楼，最多只是被人知道是哪一栋楼。赵欣桥也是怕她出去，被人跟踪了却不知，给白松带来什么别的危险。

“你是不是还没吃饭呢？我给你带了吃的。”

“你冰箱有苹果，我吃了。”赵欣桥接过白松带的食品，放在了一旁，“今天这件事，太吓人了，我吃不下东西。”

“对不起……”白松很惭愧。

沉默了一会儿，赵欣桥换了个话题：“你的车子怎么办？你接下来的时间，没车子了。”

“我上班坐地铁，反正也是跑步。”白松洒脱地笑了笑，“等保险的钱到了，我再买不就是了。”

赵欣桥轻轻歪了下头，静静地看着白松。

白松都有些不好意思了……

好吧……事实上，没人会赔白松这笔钱。虽然保险法确实是有代位求偿这个说法，但是，那是普通的交通事故。这个案子根本就不是交通事故，而是由第三方造成的故意犯罪，保险公司怎么可能赔？

周璇不懂这么细，赵欣桥怎么可能不懂？

“等我抓到背后的 boss（头目），提起一个刑事附带民事诉讼不就好了？”白松显得很轻松。

“周璇的医疗费有多少？”赵欣桥问道。

“没多少，下午的时候我把钱给我们单位了，这个钱不应该单位来出。我跟单位解释也是说保险公司会赔。”

说这些时，白松还是很洒脱，不过事实上，他卡里只有一两千块钱了。

“这张卡你拿着。”赵欣桥给白松递过一张银行卡，“万一遇到急事也能用得上，我上学不缺钱。”

“我没你想的那么穷……”这时候肯定打肿脸也得充胖子，白松从抽屉里拿出自己之前置换二手车的时候得到的那一万元现金，“你看，我家里的钱都放得发霉了。”

……

赵欣桥看到白松拿的钱确实是真币，这才放了心，把卡放回了自己的口袋里。

白松拿着钱，双手有些无处安放，看着赵欣桥的样子，他第一次这么心疼，便松开了手，把钱扔到了一旁，抱了上去。

白松准备说点什么，他觉得自己很对不起她。

有赵欣桥这么懂事的女朋友，白松感觉自己实在是太幸福了。

当警察本身就不容易，军人更是如此。但是有时候比他们更难的是警嫂、军嫂，因为她们不得不面对更少的陪伴和更大的风险。

每一个军功章上，都应该有两个人的功劳。

白松认识的警察里，几乎就没见过离婚的，警察本身就觉得亏欠家里了，怎么还有精力去闹矛盾呢？反过来说，能选择警察作为丈夫的这些女性，又有哪个不是通情达理之辈呢？

“有你在，我觉得比什么都踏实。等这个事情过去之后，也不会有你想的那么多危险的事情发生了。”白松轻轻按住了赵欣桥的肩，“你放心。”

“我很放心，你也不用担心我。”欣桥声音很轻，“你一定注意你自己。”

“那肯定。今天是 4 月 29 日，下周我过生日，每年的这个时候，天气都非常好。”白松呼了一口气，闻着欣桥身上淡淡的香味，不由得轻声道，“不过，这最美的时间，也不如有你在让我更舒心，没有什么比你更好了。我想起了那首诗：

“你是一树一树的花开，是燕在梁间呢喃，

“——你是爱，是暖，

“是希望，

“你是人间的四月天！”

赵欣桥静静地听完，还是有些隐忧，吐露了心声：“我一点忙也没帮到你，这些年，你身上发生了很多事，作为同学，我没有帮过你什么，现在发生这么大的事情，我也是一点忙都帮不上……”

“谁说的？你帮了我很大的忙了！”白松一听这个有点着急，“无论是司法考试还是……”

说到这里，白松突然觉得这样解释下去没有什么用处，直接轻轻拥住赵欣桥，吻了上去。

第三百七十四章　现场照片

月光很柔和，照耀着阳台上的两人，留下浅浅的影子。

白松开了点窗户，微微的风拂过，时间仍在流逝，美好的东西有时候确实是无法长存。

最美不过四月，即便是月末，宜人的气候依然舒缓着白松一天的疲惫感。

无论如何，这个五一假，还是要过。白松打算明天带欣桥出去逛逛街，后天周璇出院，再坐高铁把她和周璇一起送回上京。

白松很清楚，赵欣桥是绝对不会有什么危险的，毕竟奉一泠要报复的是白玉龙，赵欣桥如何，对白玉龙又没什么大的影响，而且每次报复行动都不是简简单单说一下就完事了。

不过，即便如此，白松依然做好了明天加强戒备的准备，一旦有什么发现，第一时间就能处理。

此时此刻，白松住的这个小区里，其实还有三四名二队的警察身穿便服正在四处转悠着，明天依然如此，不过白松并不知道罢了。

……

正和欣桥聊着天，白松处于很满足的状态，手机突然响了。

“接啊。”响了五六声，白松还没接电话，赵欣桥催促了一下。

这个时间，单位的同事是不可能给他打电话的，白松本来以为是骚扰电话，结果拿起来发现是王亮的。

“你干吗呢，接电话这么慢？”王亮上来就先吐槽了一句。

“欣桥在我这里呢，刚刚没注意。”

“在你那里？你家？就你俩？没外人？真的假的？”王亮一句比一句声音大。

“怎么了？”

“……”本来王亮打电话是想关心一下白松的，听到这里，他沉默了几秒钟，惆怅地道：“唉，狗被撑死那一刻，没有一粒狗粮是无辜的。”

“你大晚上给我打电话，就为了说这个？”白松隔了几秒才知道王亮话里的意思，“你又不是单身狗！”

“屁！我在外面忙死忙活，你在家里卿卿我我。你没事也不知道给我打电话说一声！”王亮愤愤地道。

“啊？我今天不是还在群里说话了吗？”

“我担心你一天了。群里的消息我可是一直关注，我看这会儿半天都没人说话，估计是成立专案组了，你肯定又进不了专案组，才想着给你打个电话，问问你状态怎么样。”王亮一口气说了这一大堆话。

“呃……”虽然王亮平时不咋靠谱，但这么一说白松还是觉得挺感动的，“我的错，我没啥事，别担心。”

“我怕你过于激动，你没事那就行，等我们回去我请你吃大餐。”王亮听白松的语气还不错，放心了，再次道，“你没啥事就好，回头我帮你把人抓到，你再请我！”

“那都好说。”白松突然有点疑惑，“你是怎么知道我没加入专案组的？”

王亮这个脑回路，居然能想得这么快？

“孙探长跟我说的啊。”王亮嘿嘿一笑，“东哥确实是有水平，什么都懂，而且看事情极准。”

“我就说……对了，你们那边怎么样了？”

“有人干扰，不过也不是坏事，本来我们找左萍萍还费劲，但是这医院好像担心有什么事，也在找左萍萍，可能是想提前找她问清楚到底发生了什么事。这医院一帮忙反而简单了，我们得到线索，后天左萍萍会去一趟医院，我们装作不知道，然后守株待兔就可以了。”

“可以啊，你们这也够有门路的，这都能有消息源，是你在医院装什么设备了吗？”

“怎么可能？”王亮道，“是王探长在这边有同学，他的同学好像有什么门路。”

“那就行，你们注意安全。”

白松和王亮继续聊了几句，就挂掉了电话。

“是王亮吗？”赵欣桥问道。上周在上京市吃饭的时候她曾经见过。

“嗯，他在湘南那边出差。”

“出差啊，是不是挺危险的？”

“不危险啊，你看我出差这么多次，不也啥事没有吗？”

赵欣桥白了他一眼：“你那是命大。”

白松一想还真是，自己的几次出差，就没有一次没遇到什么危险的，每次都得遇到点生死时速的事情。

……

不过白松现在纠结起一个问题，王探长……如果白松没记错的话，王探长是天华市警校毕业的吧？怎么会在湘南有同学，而且还恰好在长河市？这也真的是有点巧啊……

走了会儿神，白松接着和欣桥讲了一下白玉龙的事情，算是跟她交代了一下来龙去脉。

“你不打算给你爸爸打个电话问问吗？”赵欣桥听完，说，“如果真的如你所说，你爸爸那里估计还有什么别的资料。”

“不跟他说了，他那里的资料性的东西我们近日就能调取出来，到时候这边也就都清楚了。但是即便有这些资料，过去这么多年了，估计用处也不大。要是告诉了他，他除了担心也不会有别的。”白松道，“这些年，我也是习惯了报喜不报忧，去年我出车祸那次，如果不是我昏迷了，我肯定不让单位通知父母。”

“那，这样算是孤军奋战了。”

“不会，我有这么多同事……你也帮了我很大的忙了。”

“我没有，”赵欣桥拿出手机，“对了，今天上午，你在现场看那个车子的时候，我在旁边录了像，回来没事，我把这段视频里的每一帧画面都做了汇总，有点小发现，你可以看看。”

“你在现场拍视频了？”白松一脸惊讶，“视频在哪里？”

“在你电脑上。”

听了这话，白松直接就跑到了卧室，看到电脑里的一大堆视频和图片素材，有些心疼：“你这忙了多长时间啊……”

“本来白天就想跟你说，不过我觉得我一个外行也帮不上什么，自己先处理了一下，你看看有价值吗？”

赵欣桥把有疑点的视频做了整理，白松看了几眼，就不得不佩服起来：“你这……太有价值了，真的帮了我大忙了。”

作为一名直男，白松此时所有的精力全部都投入到分析这几张照片上。

第三百七十五章　温暖

白松怎么也没有想到，还有这等意外收获。

当时几乎所有人的精力都集中在了案发现场上，没什么人会关注围观人群，但是现在想想，从那么多围观的人里，多多少少还是有可能看出些问题的。

甚至，白松只是看了一眼，就从赵欣桥整理的几张重点图片里看到了今天抓获的那个农民的身影！

当时这个人确实是在现场，后来跟踪白松的人应该也就是他。

沉下心来，白松仔细地分析了一下，指了指电脑屏幕：“你标注的这个人，我们今天抓到了。”

“他是什么人?”赵欣桥有些疑惑，“你也没跟我说今天抓了什么重要人物啊。”

“他是不是重要人物我不知道，但是有这个视频在，那他是百分之百有问题的。”白松继续看了几张图片，“你是怎么发现这个人有问题的?”

“步态和神态都不正常。”欣桥指了指另外几张照片，“你看看对应的视频，这人看起来很紧张。”

“紧张?”白松看了看视频，点了点头，“确实是，不过紧张的话，说明他确实不是什么关键人物，也就是小喽啰，以他为突破点估计也查不出什么。”

“嗯，你再看看这个人。”赵欣桥指向第二个人，“这人曾经看了好几眼刚刚你说的这个人，而且他还戴着耳机。”

白松打开第二组照片，又仔细地看起了视频。

手机视频毕竟清晰度有限，如果仅仅是看一遍，不可能看得出来每个人的状态，这所有的照片，都是从视频里抠出来的，而且做了重点标记。

人双眼的水平视角可以看到188度的范围，但是集中注意力的视角只有25度的范围，而聚精会神地盯着一个点去看的话，这整个视频里，也只能观察一个人物。

也就是说，别看这段视频只有20多分钟，但是如果要细细分析，能看很久，赵欣桥这是不厌其烦地看了很多遍才统计出这些可疑之处。

细细看了几分钟，白松才发现，这个人确实是有问题，他曾经“不经意”地看了那个农民两次，而且还戴了耳机，嘴巴也在说话，虽然听不到他说了什么，但是可以肯定的是，他并不是和身边的人说话。

视频还是不够清楚，如果不仔细盯着这个人看，不会有任何收获。

白松重新把视线转移到那个农民身上，他有没有戴耳机，根本看不到。

“对你有帮助吗?”赵欣桥问道。

“有，而且非常大。”白松很感谢，看完了这些视频，感动得站起身准备抱一下赵欣桥。

“起开，快去忙你的案子去。”赵欣桥一把把白松推开，接着转身进了次卧，“这个事情，也别太急，我不会多想的。”

……

白松看着赵欣桥去了隔壁，自己看着电脑傻乐了半分钟。

要不要再给王亮打个电话秀个恩爱?

听说马志远的妹妹和马志远可不是一个性格，可能是马志远很溺爱妹妹，虽然妹妹学习不错，但性格还是像小女孩那样，谈个恋爱都差不多把王亮累个半死。

算了，还是当个人吧。

白松想了想，直接把第二个人的照片发到了秦支队的手机上，接着给秦支队打电话说了这个情况。

“这个人是这个农民的上级吗?”秦支队问道。

“农民从头到尾没说话，而他说了几次，看样子像是指挥农民，每次他说完话，农民就会多看几眼之类的。”白松解释道，“视频太大了，从邮箱里发不过去，我一会儿放网盘里面。”

“行，发过来我们研究研究。”秦支队道，“这个发现很重要，说不定这就是案件的关键。这是谁拍的?”

“我女朋友。”白松顿了几秒钟，还是决定实话实说。

“你女朋友?”秦支队这回还真的没想到，“行吧，你有点厉害……我知道了，注意保密。”

这画风有点变，白松轻轻咳嗽了两声：“您放心……呃，秦支队，我还有一件事情想说。”

秦支队可能是被刚刚白松那句话给噎住了，轻轻嗯了一声，想听听白松准备说什么。

“是这样的，咱们今天抓到的那个农民，他的手机里倒是很干净，而且也没有耳机，我怀疑一件事，他们使用的并不是我们一般的 2G 到 4G 网络通信，而是采取他们自己搭建的无线电台进行联系的。”白松道，“我刚刚突然想到，我在天北区的时候，白天遇到了光头等人，晚上就恰好见到他们去了那个工厂，这不是偶然。

“很可能这些人安装的这些设备，虽然本身确实是可以控制黑电台等，但是也可以用于他们自己的通讯，这种通讯只要我们不提前知道，就几乎不会被发现。

“所以说，天北区本来是有一些类似设备的，但是我去了经侦总队之后，他们掌握了我的行踪，就去那边临时安装了一个。

“这种设备，在九河区一定也是有的，我觉得咱们可以采取技术手段反制一下，说不定能发现一些非法的信道，并且能逆向找到一些关键的东西。

“我考虑的是如果发现了，咱们可以先进行监控，不急着打草惊蛇。”

“好，你抓紧时间把视频发过来。”秦支队听到白松的话，严肃了起来，

“你在家好好休息，这事情我知道了。”

挂了电话，白松操作了一番，把视频和赵欣桥整理的一些照片都发到了一个网盘里，然后把账号、密码给了秦支队，自己就倚在床边准备休息了。

想了半天，白松有点睡不着，从阳台把望远镜搬了出来，闲着没事到处看了起来。

小区里有人在假装不经意地看着他这里？

白松一下子紧张了起来，现在还有人在观察他，而且知道他住哪一户？

偷偷地把望远镜对准了那个人，慢慢聚焦……

嗯？这不是二队的老孙吗？

白松仔细地看了看，还真是！

天哪……

白松接着用望远镜四处看了看，又发现了一个熟悉的身影。

唉……

这就是自己深爱的集体啊……

第三百七十六章　进展很顺利

一切都好像很顺利。

办案真的不怕这种大现场，现场“大”，证据多，可以走的线路也很多，只要展开，有无数条路走得通。

相反，类似李某案那种不知道现场或者发现现场时已经过去很多年的案子是最难的。

在白松五一放假的这段时间里，支队像一台严丝合缝的精密机器，捋清了所有的线索，一个个相关的人员也被深挖了出来。

王亮等人五一当天就返回了，本来不好找的左萍萍在医院的“帮助”下迅速被找到，并被带去了当地的公安部门进行了讯问。

在巨大的压力之下，左萍萍承认了自己的所作所为，承认了石某只准备给她五万元而她却想侵占全款的犯罪行为。

侵占罪是自诉类案件，实施的是“不告不理”原则。石某的父母得知了石某真正的死因之后，刚开始还接受不了，一度认为警察和左萍萍串通好了骗他们，但是当一个个证据和分析都罗列在了二老面前，二老也只能认可了这个说法。

知子莫如母，虽然石某这么多年一直在外奔波，但是为人父母自然是一直牵挂着自己的孩子。其实，二老并不是不懂儿子，对于倔强却没什么作为的儿子最终的这个选择，除了接受，还能有什么办法呢？

也正因为如此，这笔钱分给左萍萍一部分，也算是石某的遗愿之一了。而可能是因为二老对钱的需求并不大，收回了左萍萍剩下的 20 多万元后，就表示不追究左萍萍的责任，被侵占的钱也不追了。

毕竟，临死之前，左萍萍也算是石某心里代表的“善”的部分，二老并不想破坏。

而对于左萍萍来说，这笔钱把她的脸整了一半，鼻子的手术需要做好几次，但是接下来的几次只能放弃或者通过别的手段获取钱，这对她来说，也算是咎由自取了。

不知道为什么，自从白松发生了这起车祸之后，王亮等人在湘南省的工作就变得非常顺利，短短两天，石某自杀案全部结案。

王亮等人一回来，就迅速进入专案组，一起对白松的这个案子进行攻关。

在他们回来之前，除光头在外的另外三个人，也就是光头五人组中除了光头以及瘦子之外的三个人也全部抓捕到案了。

这三个人对案件的了解并不多，更像小混混，跟着大哥到处跑来跑去，让干吗就干吗。而目前看来，光头肯定是知道点什么，但是光头几天前就没音讯了，目前的线索表明，他已经不在天华市了。

光头的车子，作为犯罪所得，已经被扣押了。这辆车被找到的时候，正是这三个小弟其中的一个开的，据说因为光头把钱全拿来买车，曾经引发过内讧。

5 月 2 日下午，专案组成员在一家大酒店里抓到了赵欣桥拍摄的视频中的“指挥者”——田欢。

赵欣桥和痊愈出院的周璇早已经回了上京，5 月 1 号和 2 号这两天，白松一直也没什么事，就是在家锻炼锻炼身体、读读书。

有点变形的垫子被白松费了好大的力气才整理好，白松在家做着俯卧撑，电话响了起来。

是王亮的电话，从王亮激动的语气中，白松得知了田欢被抓的事情。

王亮很兴奋，白松听到这却不是非常激动。

“你咋不高兴啊？”王亮看白松不咋说话，有些不明白，“这是案件的大突破啊。”

“高兴……”白松喘了一口气，刚刚运动了半天还有点气喘。

“放屁！”王亮感觉自己一拳打在了棉花上，“我还不了解你？你真的高兴不是这状态，你都不主动问问我别的事情。”

“呃，这不是知道你会主动说嘛……”

“滚，我这就挂电话……”王亮沉默了不到一秒，“算了，不和你一般见识，不说出来更难受。昨天晚上开始，我们就……”

白松虽然吐槽王亮，但还是认真仔细地听王亮把其中的经过都讲了一遍。

这些天，由于白松并没有参与案子，虽然知道案子的一些主要情况，但是对细节还是不够了解，和王亮讨论了半天，才知道了前因后果。

整个天华市的非法定信道都被获取了，根据一些信道里的交流，相关人员全部缉拿归案。当然说起来简单，这里面的事情也很多，王亮也和白松大体讲了一下。

这也算得上是大规模的行动了，九河分局把这个事上报之后，各个分局都开展了相关的行动，拆卸了大量的黑电台。

“赵欣桥跟你说的视频里的那个人，完全对应得上，不得不说，弟妹还是很厉害的！”王亮做了总结。

“那肯定是厉害啊，怎么说她也是警校女生，对吧。”

“但我感觉你确实是不怎么激动，为什么啊？”王亮又把话题拖到了最开始。

“这没什么可激动的，田欢这个人，现在审了吗？配合吗？”

“不知道，已经进了讯问室有一会儿了，具体的我不大了解。”

“现在我们取得的所有的进展，其实都源自第一天掌握的那些显而易见的线索。如果田欢还有其他几个合作者还好办，但是现在的情形是，这个田欢好像是真正的领导者，其他人都是他的手下。”白松有些担忧，“如果他不招供，从他这里的线索断掉了，基本上这个案子就麻烦了。”

“不会吧？他如果不是主事者，难不成主动求死？”

“那不好说，得看看结局再高兴也来得及。”

“你先等等，我去看看他的讯问情况，一会儿回来给你打电话。”

说完，王亮就匆匆挂掉了电话。

第三百七十七章　完美犯罪

挂了电话，白松越来越觉得不对劲，这个田欢，居然没跑？

光头都跑了，不在天华市了，这个田欢怎么会不跑呢？难不成他还在筹划第二次袭击吗？

如此想策划，也不是不可能。

心事重重，过了差不多10分钟，白松又接到了王亮的电话。

接通电话过了几秒钟，王亮一直不说话，白松只能主动问道："你怎么不说话？"

"呼……"王亮缓了一口气，"你这乌鸦嘴，被你说中了。"

"啥？怎么怪我了？"白松感觉自己躺枪了。

"被你说中了，这个田欢很配合，不仅承认了对你的袭击的这次谋划，还把所有的事情都揽到自己身上了。"王亮的语气也有些不开心。

"他不怕死吗？"白松有些无语，"这个人胆子也太大了吧！"

"并不是。你没死，哦，不对，是周璇没死，那么田欢他很难被判死刑。至于司机安全带被动了手脚，他不承认，而这个现在我们也没找到证据证明到底是谁干的。"王亮说起这个很生气，"这司机真的是自己找死，他把很多线索都给掐断了，然后他自己死了，搞得我们死无对证。

"现在咱们支队这边，有人怀疑安全带的事也是瘦子干的，但是瘦子死了，现在也没法说是怎么个情况。"

"也就是说，司机的死亡目前没有任何线索，我们所有的工作，都是针对我这起案件来进行的。这个人如果被认定为杀我的案件的主犯，则会因为周璇她没有受什么重伤，而不会被判死刑是吗?”白松想了想，“这情况别说死立执，我感觉死缓和无期都不大可能。”

白松说完，自己都无言了。

这就是完美犯罪吗?

做得越多，破绽越多。这起犯罪，针对的是白松，因此在这起交通事故中，涉及白松的这个案件，线索非常多，以至于三四天过去，就已经汇总成今天这个地步，抓到了这么多人。

但是，涉及司机死亡案，仅仅动了一下安全带。

别的杀人案，即便是动了安全带，也没作用啊。

谁会去高速碰撞别人的车子？谁会把自己的通话记录之类的证据都尽可能地隐藏起来？谁会和家人、朋友断了联系在外面待上好多天就为了这么一起行动?

白松想了好几分钟，司机被杀案还真的没有什么行之有效的思路。而针对他的案件……属于杀人未遂，根本判不了死刑。

这……

“那你们问过这个田欢没有，他针对我这起案子的动机是什么?”

“他说，他和王千意是好兄弟，曾经一起出生入死，王千意被你抓了，然后现在被你搞得已经枪毙了，他为兄弟报仇。”

“放屁!”白松都忍不住骂街了，这是什么狗屁理由？天底下还有这种人？如果有，也不可能是他啊。

“我们也都这么认为，”王亮也很生气，“但是他确实是了解了一些王千意的事情，说得头头是道。这个也没办法，王千意这种社会人，关系面极广，也确实是有几个好兄弟，而且他做的都不是什么正经行业，外人也不敢肯定他的具体社会关系。事实上，随便去找几个人打听打听，关于王千意的事情，多少还是能说一些出来的。”

“真行……谁死了跟谁攀交情……”白松突然觉得，要是王千意没被枪毙就好了，以王千意那种枭雄气质，肯定是不愿意与田欢同流合污的。

“是啊，王千意被枪毙了啊……”王亮也觉得所有人的拳头都打到了空气上。

“所以，他就没有别的人际关系了吗?”白松还是觉得有些奇怪。

“从线索上来看，最近这段时间，至少这几个月，他一直在天华市这边。现在有线索表明，他在这边搞黑电台，也和一些乱七八糟的药厂、医院合作，赚了不少黑心钱。如此说来，他是个独立的犯罪组织，跟别人没什么牵扯。”王亮道，“就连发霉的钱，我们也都问了，他说是当初和王千意一起合作的时候赚到的钱，他一直埋藏了起来，现在拿出来帮王千意报仇。”

“其他的钱找到了吗?”

“他自己招供了一个位置，说还有十几万，支队已经派人去了。”王亮叹了口气，“感觉不会有什么明显漏洞。”

“这……”白松有点无语，还是有些不死心，“既然他说他和王千意是好兄弟，还有一笔钱，那他们一起干过什么事，他总得招了吧?”

“说出来你别生气，反正差点把我气死。他说了一起 20 多年前的走私，这玩意去哪里查？再说这案子都过诉讼时效了吧。”

“嗯？不对。”白松抓住了问题的关键，“20 多年前的钱，怎么会是第五版人民币?”

“他说最早的时候没钱，赚到的钱早就用掉了，后来赚了钱，又去藏了一些，因为他是做黑电台的，怕遭绑架，把钱埋起来就是为了放心。”

“行，牛。”白松终于知道自己这么久以来一直担心的是什么了。

果然，案子并不会那么简单。如果说，从田欢这里，能审问出来奉一泠的线索，从而直接抓获了她，那才显得不真实。

而现在这一幕，似乎是白松好几天前就已经预见到了。

如果这真的是一个简单的对手，怎么会轮得到自己遇上？老爸早就解决了吧。

“所以，支队下一步的方案是什么?”白松问道。

“提讯王若依，看看她会不会认识田欢。虽然我们都认为这个朋友关系是伪造的，但还是要去核实一下。”王亮想了想，“现在已经对光头实施网上追逃了，光头如果能抓到，问题应该就有思路了。还有，你说的那辆车子，就是那辆湘南省牌照的大排量皮卡车，我们也已经查了，整个天华港，就没有一辆卖到湘南省的。这路也算是没戏。”

“好。”白松听明白了。

“还有，秦支队让我告诉你，注意安全。既然他们能筹划一个田欢，就可能还会有张欢、王欢，你可得自己多注意安全。”王亮有些担忧。

“放心吧。”白松战意盎然，“我倒是希望他们再来！”

第三百七十八章　告一段落

不能把任何人当傻子，如果你把自己的对手当傻子，很可能最终变成傻子的人是你自己。

白松感觉自己一直没有低估对手，但是现在还是难受。

他一直觉得，不会有人去顶命案的罪。毕竟顶了自己也得死，谁的命不是无价的呢？

这案子能算完美犯罪吗？这要看怎么分析。

实际上，天底下谁也设计不出真正的完美犯罪，但是有的案子因为占据了天时地利，在种种条件下成了悬案，也就可以被后人如此定义了。

这个案子针对白松的行为，可以说是一塌糊涂，甚至连人都找错了，但是针对司机的行为，却在某种角度上成了悬案。

有人说了，既然田欢承认自己要找人杀白松，那么司机的安全带的事情，一定与他有关联啊！

很可惜，这个“一定”是没有法律效力的。

难道就不可能是有外人跟司机有仇，偷偷干的吗？

现代办案，为了避免冤假错案，并不是把一个案子的逻辑搞通了就行，这类案件，必须有唯一排他性。

所以，司机被杀案，相当不好查。

……

针对白松的这起案子严重吗？

很严重！

这个交通事故，谁敢说不严重？

但是，说到底，针对白松（周璇）的行为也只是故意杀人未遂。

而且，不知不觉中，因为白松这个特殊的身份和大家对司机本人的那种“活该”的认定，所有的侦查资源，都一股脑地倾斜到了这起杀人未遂案。

而司机被害死的案件，一直排在了二线。

这似乎，没有任何人警觉！

这甚至都让白松怀疑，这个案子是不是冲着这个司机去的？

如果是，那真的有点“完美犯罪”的意思了……

这有点像某国的那起杀妻案，全世界的人都知道是他杀了他妻子，但法律上就是证明不了是他所为。

……

而到了今天，案子似乎是破了，田欢也抓了，但是事情却悬着了。

司机作为行凶者和被害者，使这个案子成了一个近乎悬案的状态。

甚至，就目前的证据来说，安全带都可能是司机自己没有扣好？或者心情过于激动以致没扣紧？

这真的有点让人头疼，如果不是找了专业的人来看过，安全带确实是被人动了手脚，那现在大家都真的要把这个案子撤了……

而即便是田欢安排瘦子做的手脚，那么现在谁来证实？

……

当然，无论如何，抓到了主犯田欢，专案组的工作量还是大减了。

为什么说田欢是主犯呢？

因为本案至今，对所谓的“幕后黑手”，那都是猜想。

现阶段的证据链所展示出来的，田欢就是主犯。

田欢涉嫌故意杀人未遂，甚至可以结案了！

从程序上说，真的是可以结案了，哪怕光头外逃也不影响。

为什么白松觉得背后真的有一个可怕的对手，就是因为这个……奉一泠成功地把自己从本案的嫌疑人名单中择了出去。

王若依确实不知道这个田欢是谁。但这是个可证明不可证否的事情，田欢成功地用三个死人，把一个不可能圆得出来的谎言，愣生生地排成了证据链。

……

当然，专案组并不会就这么算了。

秦支队做了决定，即便是为了侦查司机被杀案，专案组也要继续下去。

而作为本案的关键人物，白松这一刻倒是很平静。

再完美又如何？

你终究还是出现了，不是吗？

……

不过，他最近还是有点难。

这几天，他虽然没有去刑侦支队，但是每天都自掏腰包，给刑侦支队那边订一些水果、饮料、面包之类的外卖，因为人数多，所以这也花了不少钱。

他不是小孩了，好歹也是队长，同事们在为他而忙他站后面看虽然是理所当然，但是总得学着更好地做人做事。

一点水果、饮料，不能代表什么，但依然是一份心意，表达一份态度。

而这直接导致，他身上仅剩的一两千块钱，就快干涸了。

最主要的是，王华东的那个无人机，白松还是要赔的。

人家不要是人家够意思，自己不赔是自己不懂事。

考虑到王华东已经买了新的，而且也不可能收下白松的钱，白松只能想办法送他一件礼物。

给赵欣桥买礼物都没这次这么难……

实在是囊中羞涩的白松，做了决定，下个周末，把自己手头的一万多块发霉的钱去银行兑换掉。

这些钱本身最大的价值，就是让白松知道有这么一回事。

钱不是特定物，此刻的这些钱并不会因为发霉就成了涉案物品，白松留了差不多一千块钱放好，剩下的一万元，白松准备去几家不同的银行存入自己的卡里。

这几天，白松非常忙。

早上五点半起床，坐第一班地铁去距离经侦总队 10 公里左右的地方，然后跑步去经侦总队。到了之后洗澡、吃早点，接着上班，出去提讯。

五一之后的第一周，白松每顿饭都在食堂吃，上下班全是坐地铁，中午接受乔师傅的训练之后，下午继续出去提讯，晚上在食堂吃完饭，然后跑步去地铁站。

如此下来，确实是很省钱，一周也只花了几十块，而且锻炼的事情一点也没落下，别的不说，伪装倒是跟乔师傅学到了一点点皮毛。

白松车子被撞的事情，他没打算跟任何人说，自然也没跟乔师傅说。白松已经做了决定，等自己这个案子彻底完结，一定要好好感谢一下这些对自己有恩的人。

一周下来，关于“怡师”的笔录算是取得差不多了，白松配合着专业的师傅，绘制了主犯的人面素描，并且与几个对主犯印象比较深刻的证人做了核对，进一步确定了主犯的长相，并且在专案组里做了更新和备份。

据曹支队等人的分析，这个主犯，很可能早已出境了。

白松接下来的工作，还是跟整个专案组的人一起，整理案卷，收拾材料……这是项旷日持久的工作了。

第三百七十九章　新的思路

因为五一休了四天假，5 月 3、4 号两天正常上班，5 号休息了一天，接着又是新的一周。

5 月 11 日，白松的资金状况才彻底好转起来。

他这段时间，分别跑了十几家银行换钱，主要也是为了问问银行的工作人员有没有见过这种发霉的钱，得到的回答还确实是有。

银行作为残损货币的富集点，遇到残币、霉币和火烧币的情况还是很多的，所以多多少少都遇到过类似的情况。

但是白松了解了一下，基本上银行遇到的都是居民自己在家中放置很久的一笔钱发霉的那种情况，似乎与他的这些霉币的来源并不是同一个。跑得越多，反而越没有什么好线索了。

昨天发了工资，加上手头的钱，白松找朋友买了一个进口的剃须刀，作为送给王华东的礼物。

晚上，几个好哥们又聚到了一起，这次他们找了个单间涮火锅，聊天会比较自由一些。

一把剃须刀，花掉了白松一个月的工资。

虽然物品的价值有时候没必要追求得那么细致，但白松还是很在意这种细节。

“你给我送礼物算是哪门子事情？”王华东有些不解，“上周你过生日，我还寻思着给你送礼物，你咋给我送礼物了？”

“给你你就拿着，废什么话。”白松直接扔给了王华东，算是了结了心中的一件事。

“那行吧，正好我还给你补了一份生日礼物。”王华东明白了白松送东西的意思，也只能收下，接着给白松递了一个盒子。

“这是啥?”白松边说话，边疑惑地看着这个盒子。

“打开看看合不合身。”

“啥? 衣服?”

其实哥几个从来也没有互送生日礼物的习惯，有时候谁过生日，大家就是聚聚餐，如果知道某人最近喜欢什么，也有人给对方买，但是并不刻意记着。

而买衣服这种事情，肯定不会出现在哥几个之间，白松半信半疑地打开了盒子。

全是英文，看了一下，白松就知道这是啥了。

轻便装的防割 T 恤衫。

这是一种近年来才出现的新材料，具体成分白松不知道，但是这件衣服肯定比那个刮胡刀还要贵。这种衣服就跟普通的 T 恤衫没什么太大的区别，透气，可以水洗，只是略微硬一点点，但是能防住各种常见刀具的割裂和刺伤。当然，并不能防弹。

这还能说什么?

白松只能接了过来，然后拿起酒杯和大家碰了杯，一饮而尽。

“白松，你这个车的事情，怎么解决?”王亮问道。

“只能这样了。我最近这段时间虽然上班路程比较远，但是并不需要车，也没啥需求。”白松秀了秀肌肉，“最近每天锻炼，非常 nice（优秀）!”

“那这也不是个事啊。”王亮吃了一口肉，“最近田欢的律师，往咱们支队跑了好几次，想找你聊聊和解的事情。”

“和解?”白松没明白什么意思，“和解是啥意思?”

“和解是啥意思你不知道?”孙杰给白松倒满了酒，“你这脑子最近练得不转弯了啊。”

“哦哦哦，和解。”白松琢磨过来，“那我肯定不能同意啊。而且这个事，跟我和解有啥用，不得去找周璇吗？周璇才算被害人吧。”

“不一样，他的律师不傻，肯定是想搞定你。”王华东道，“搞定你了，周璇那边怎么都好说。”

“无论是为了我，还是为了周璇，再或者是为了大家，我也不可能和解的。”白松摇了摇头。

和解并不是治安案件里的调解，而是刑事案件里的一种谅解方式。

一般来说，取得被害人的谅解，确实是降低量刑的一种有效方式。和解是一种三赢的事情，对于被告来说，能降低量刑，对于被害人或其家属来说，能获得赔偿，而对于公检法机关来说，总体上来说也算是好事，毕竟这也是能够缓和社会矛盾的一种措施。

但是，和解并不是一定会影响量刑。比如说一个人穷凶极恶，杀了七个人，手段很残忍。然后他花了 7 个亿，把七个人的家属全部说服了，都和解了，但这也没什么用，该枪毙还是枪毙。

但是田欢如果和白松和解了，那确实是有机会降低量刑的。

“这个事吧，支队那边的意思，是你自己考虑。毕竟如果和解，对方的情况你也知道，给你拿个百八十万都不是问题，只要你张口。他可能少判几年，但是也不影响案件其他问题。”孙杰给白松讲道，“这事没任何人会代替你做决定。”

“那不用考虑。”白松摇了摇头，这不是钱的问题，是态度问题，“和解是不可能和解的。哪怕和解后他一天刑期都不减，我都不会和解。大家为了这件事情忙了这么久，而且案件还没破呢，我在这时候和解了，那我就不是白松了。这事不用再提，我等着过几个月开庭提起附带民事诉讼，把我的车钱和医疗费要回来就行，该怎么判就怎么判。”

“行，你自己定就好。”

大家其实也猜到了白松的答案，但是为了坚守一种态度能拒绝这么多钱，也真不是一般人可以做到的。

“案子现在有什么新的进展吗?”白松接着和大家聊起了这个事情。

“小进展倒是有，就是把案子更细化了，该处理的也都处理了。”王亮道，“但是你想问的那种进展是真的没有，这个田欢把事情做绝了。”

“我这些天一直在考虑一个问题，你们看看能不能作为破案思路。”

“嗯?”三人都很重视白松接下来的话，都坐直了。

“很显然的一件事，田欢之所以出来扛雷，是因为行动失败了，扛雷反而是最优解。但是这肯定不是最早的计划，最早的计划是成功地把我搞掉。”白松分析了一番，接着问道，“而一旦这事成功了，你们觉得，为了断掉后面的线索，奉一泠会怎么做?”

第三百八十章　正向推理

会怎么做？

白松的分析是，既然有了一个司机，那么就一定有第二个“司机”。

事实上，田欢又何尝不是一个“司机”呢？

如果田欢成功地完成了任务，按照奉一泠的行事准则，田欢可能就凉了。

而且，很可能是类似于司机这种“被自己的手段害死”。

那么，杀田欢的后手是什么？

针对司机的这件事，堪称“完美犯罪”，针对田欢的呢？

田欢自己肯定不知道，因为任务失败他才能这般活着。

如果任务成功，那个给他许诺的也许完美的后路，其实会葬送了他。

当然，这也是分析，可是白松却深思熟虑了很久。

如果这个分析属实，那么，奉一泠没有用掉的“后手”是什么？

会不会是套着的后手？就是田欢最终死于他当初给司机处理安全带这件事的后续？

换言之，如果任务失败，现在的选择是 B 计划，那么逆推一下，A 计划呢？

这推理并不是不可能。

没有任何一个人，比白松更加重视自己的对手。

他从不吝于以最高的警戒来面对自己的对手，更不会觉得把对方放在比自己还高的位置而感到羞愧，只要能破案，他愿意付出一切！

“你说的这个思路，其实支队也在查，也就是查这个案子的‘原计划’。”孙杰明白了白松的意思，“但是现在也没什么进展。”

“既然对方没有实施这个计划，那么直接逆推是不会有证据链的。”白松摇了摇头，“我们现在不能逆推。我觉得，咱们应该正推。”

“正推是什么意思？”王华东有些不解。

“我懂白松的意思了。”孙杰喝了口啤酒，“白松是想自己设计一起原计划，然后从这个计划上找线索。”

“对，”白松道，“我想针对现在已有的案发情况，设计一个关于田欢死亡的完美犯罪。”

“你这有点过分高估后面的人了吧？”王亮举起的杯子都忘了放下，感觉脑子有点不够用了。

“不不不，我觉得白松说得有道理，”王华东好像听出了点什么，跟白松道，“你细细聊聊。”

“是这样，我们假设田欢任务完成，就是我死了，那么按照我的推理，后面的人肯定会想办法把他除掉。”白松从桌上拿了几个花生米摆了起来，“假设这个是田欢……总之，后面的人肯定是给田欢设计了一条后路，比如说送他出国之类的。毕竟这个案子还是很复杂，我们想找到田欢，最快也要几天，其间让他出国也并不难。

“但是，按上面司机这个案子的情况，对方肯定会有一个后手，能够让田欢人间消失。这种方案非常难，因此不会有很多方法，可能只有唯一的解，答案可能就藏在我们现在已知的线索里。

“也就是说，我们如果能推理出来幕后的人给田欢留下的后手是什么，正向推理杀人方法，就可以去试试找一找这条线。

“这条线如果已经出现，可能就没有任何有价值的线索了。但是现在田欢还在，这条线说不定就能挖出来。”

白松的这个思路倒是引起了大家的兴趣。

这确实是大家思维的盲区，一般警察破案，都是想着抓凶手。虽然有时候，也会尝试着去从凶手的思维出发，但是很少会考虑正向推理一起没有发生的案件。

“可是，已知线索就这么多，这真的有点为难人。”王亮终于放下了杯子，“司机死亡案，纯属有人扛，田欢咬死了而已。而且恰好瘦子又死于破伤风，这案子目前也没有其他意外死亡的人了，我就不信还能搞一个完美犯罪出来。”

“确实是不太现实，这个田欢找王千意作为理由都够牵强了，但是从道理上来说倒是也能说得通。可是，如果再死一个人，田欢也死了，那肯定得暴露一大堆新的情况，总不可能再出来一个人为后续的事情顶罪吧。”

“再找人顶罪，确实是不可能。”白松很肯定地说，“但是却存在一种可能，田欢会死于某个后手。而且，这个后手，很可能是田欢自己主动跳进去的。”白松再次强调。

“越说越玄乎了……这田欢可不是傻子啊……”大家也都没啥好的见解，即便都是警察，也几乎不太可能在这个案子里把田欢设计死。

“我觉得，有时候要考虑人性。”白松也没什么好的思路，便随口说了一句。

他一时半会儿也没什么好的想法，作为警察，他觉得这个话题更难。

“对了，那个农民怎么样？招了吗？”白松问道，“他现在已经关了十多天了，总该服气了吧？”

“招了。”王亮说起这人，又有点气，闷了一杯酒，“估计早就商量好了，这个农民现在说的话和田欢说的完全能对上，肯定是在此之前，就有什么B计划了。按照这个供述，这农民就只是所谓的‘不知情’者，被雇佣去破坏个摄像设备而已。”

“不对啊，他也不知道田欢被抓了吧？”白松有些不解。

“那能有什么办法？这么多天过去了，律师早就会见了。”王华东耸了耸肩。

“律师也不可能给传话啊。”白松气愤难平，随即明白了……这是田欢的后手。

估计是之前就跟农民说好了，如果田欢被抓，就会给农民找律师。而农民只要见到了律师，就明白了田欢被抓。

也就是说，见到律师那一刻，律师根本就不用说任何话、有任何眼神，农民就知道自己该说什么了。

真是一环扣一环啊……

除了涉恐和国安案件，是不能不允许律师会见的，其他案件都可以，这是公民的基本权利。

即便是上述两种案件，也只有侦查期间可以禁止律师会见。是可以禁止，而不是必须禁止。除了这两种，其他案件公安局都不能拒绝律师会见。

第三百八十一章　回归正轨

真麻烦……

“是不是破案都这么难……”白松都开始怀疑人生了，“怎么就不能全是之前二队那个屠夫杀妻案那种？”

确实，大部分的案子，哪怕是杀人案，也都是激情杀人，关系非常清楚。

“鬼知道，反正你遇到的几个案子，就没一个简单的。”孙杰也一口闷了自己刚刚倒满的酒，“一般的案子，就是在做四则运算数学题，但是你遇到的这些案子，都是奥赛题。”

“也不全是，”王华东也干了酒，“比如，这回这个，是哥德巴赫猜想。”

“啥也别说了，都在酒里吧。”白松能说啥？

……

也许是这个案子用尽了九河区附近其他犯罪分子的气数，在这个案子之后，无论是二队还是三队，侦办的多起案件都顺风顺水，各种“送人头”“搞笑贼”层出不穷，直接拉高了最近一段时间的破案率。

天气越来越热，三队最近还处理了一个送货上门的警情。

公交车上有人手机丢了，被盗的女孩喊了一声以后，没人帮她，司机怕小偷跑了，当时正好车子就在刑侦支队附近，直接就把车开到了刑警队的大院里。

公交车进刑警队，也算是“活久见”系列了。

但是小偷到了刑警队依然不承认，他觉得反正警察总不可能随便搜身，手机也关机了啥也不怕。

不过他考虑错了两个问题：第一，警察确实是有权力搜身的；第二，他太胖了。

一般人口袋里装点东西可能看不出来，这个小偷由于太胖，裤子口袋里的手机的轮廓非常明显，以至于小偷一下车站好就被警察发现了。

当然，这个案子最终还是移交到了辖区派出所，不过却成了大家茶余饭后的笑料，都表示，这年头，就连小偷这个行业都开始歧视胖子了。

……

很快，一个多月过去了，专案组的成员仅仅剩下了四人。

本来专案组都可以裁撤了，因为案件相关的其他材料，二队直接就可以接过去。但是在多方斡旋下，还是保留了四个人。

二队两人，三队王亮，四队王华东。

而且这个专案组并不是一天到晚搞这一个案子，最近更多的是挂职状态，负责专案组工作的同时，还得在各自部门做好自己的本职工作。

也因此，这个专案组也算是常设专案组了。

白松也算是进入了正轨，现在他没了车，也不需要出外勤跑看守所，每天的工作就是帮着整理案卷。

他不是王队那般的专案内勤，这份工作对他来说，倒是真的不费心。很多账目对于别人来说，尤其是对一些年纪比较大的老民警来说，整理起来非常费时费力，但对他来说还是很轻松的。

早上开会之后从王队那里领一些材料，拿回去整理、备案、登记，然后过几天送过去，再领一批新的，就这么简单。

剩下的时间，就是按照乔师傅的安排，日复一日地训练、跑步。

乔师傅又被借调走了，为期两个月。

乔启已经知道了白松车祸的事情，针对这个事情单独给白松做了急训。

跟踪和反跟踪一般人其实是不用学的，这东西学了也没啥用，而且如果干什么都要四处注意，那也非常累。但是这个技能对白松很有用，直到这个案件被侦破之前，白松都要始终保持一种更警觉的状态。

在乔启看来，针对白松的反跟踪训练，主要是通过望、听、停、转、改变路线和步频等方式，筛查附近人员中对白松关注度更高的人或者摄像头，从而反制。

与一般的女生被跟踪后如何甩掉跟踪者不同的是，白松要做到的是发现被人跟踪之后如何找到并抓到跟踪者。

乔师傅才是真正意义上的“宝藏男孩”，白松学得很充实。

而令所有打赌的人都大跌眼镜的是，大家之前打赌白松能坚持多久的时候，也没人多想什么。乔启虽然有名，但总是各地跑，即便有人能跟着他学几天东西，等到乔启离开，也就坚持不下去了。但是白松每天都不曾放松。

用乔启的话说，白松现在每天的跑步和中午的力量训练，虽然辛苦，但是只能算是强化训练，根本就不是什么真正意义上的学习搏斗。

这只能算是“新兵连”前三个月的体能训练罢了，等乔启忙完两个月之后回来，如果白松还没有放弃每天的训练，乔启才会教他一些难度更高的东西。

乔启走了半个多月，白松还雷打不动地坚持着，每天中午去活动室“自虐”，并且每天给自己增加一点点训练量。

万事怕认真，更怕坚持。没有人知道白松每天这么练到底图什么，要知道这与普通的增肌健身根本就不同，更多的是和韧带过不去，每天的拉伸都让白松痛不欲生。

图什么？

没有人知道，但是却让经侦总队的很多人记住了这个每天雷打不动地自虐的小警察。

人一旦成了焦点，就自然而然能成为被讨论的对象，逐渐地，很多人，包括总队的领导，也都知道九河分局有个年轻的副大队长，算是乔启真正的徒弟了。

这并不需要什么拜师仪式来确认，乔启这十年里，陆陆续续地教过很多人，这么自律的人就他白松一个。

很多人觉得不可思议，其实也可以理解。

毕竟这里的人，都不是少年了，没有谁是意气风发的 18 岁新兵，没有谁需要上阵杀敌，以一当十。很多技巧尤其是杀伤力很强的搏杀技，在现实社会中还不如会说话更重要。

但是并不代表白松就不被尊重，自己做不到别人却可以做到，还是很多人会佩服白松的，以至于还真有几个年轻人现在中午也来活动室陪着白松一起做做运动了。

这种日子，让白松很充实，他的生活逐渐回归正轨。

而他自己都不知道，乔启徒弟这个身份，在后续的总队案件侦办中，给他带来了多大的便利。

第三百八十二章　校园生活

有一个准确的“人设”，是好事还是坏事呢？

这真是一个值得讨论的问题。

这个词，本身其实来源于文学创作，形容作者笔下的角色。但是实际上每个人都或多或少有这样一种属性，以至于大家往往会对一些特定的职业有一个先入为主的观念。

当我们提到某些人从事什么职业的时候，下意识地就会思考这些人的性格，给这些人“安装”人设。

这些人设正确吗？

理论上没什么不对，毕竟任何一个人都会受到职业的影响，而且选择这个职业也有家庭、社会等种种原因。

但实际上每个人又都很独立，如果仅仅靠人设来分析人，那一定会片面。

很多男生喜欢一个女孩的时候，会拼命地分析对方是个什么样的女生，并且问身边的一堆朋友做参考。

一旦得知，这是一个或温柔，或有个性，或细腻的女孩，就如同获得了秘籍，似乎懂得了女孩的人设，就知道该怎么投其所好。

这简直错得没边，活该单身一辈子。

知道了一个女孩的人设之后，更应该去了解她的个性而不是共性，这样才能更好地与她交流。

在办案中也是如此，殊不知即便是一个农民、工人，也有很多自己的想法，一定不能让先入为主的观念影响了判断。

而白松的人设呢？正义的警察叔叔？

而田欢和这个农民的人设呢？

……

“啧啧啧，大学就是好。”白松不由得感叹道。

“对对对，大腿……啊不对不对，大学真好啊……”王华东跟白松一起感慨起来。

天华大学，这个周末，迎来了两个新“学生”。

唐教授回学校开课啦！

这在学校论坛里，是个很轰动的消息。

很多人觉得一些学者、教授的知名度不如明星，表面上看虽然是这样，但是每个大佬在自己的领域依然是从者如云，只是外行人不知道罢了。

而这些人有一个共同点，那就是越是有本事越是没架子，而且他们也不一定讲的都是高深的东西，更多的时候是把基础的东西讲得很透彻很通俗。

今天唐教授的化学基础课，就吸引了很多人，以至于学生会成员都开始在阶梯教室门口查听课人的学生证了。

这是个很有趣的现象。天华大学与天南大学的关系，类似上京大学与华清大学。虽然前者不如后者，但是两所学校的学生互相蹭课的现象很普遍。

一流大学的学生在考虑怎么蹭课，二流大学的学生在考虑怎么逃课，三流大学……考虑啥啊，逃课也没人管啊。

“同学，我自己带凳子了，让我进去吧。”阶梯教室门口，两个眼睛灵动的女生在和天华大学的学生会成员商量，“我也是我们学校学生会的，你以后如果去我们那边，有啥事，提我名字好使。”

“对不起，今天预计本校的学生都不够坐，这个情况希望你们能理解。毕竟唐教授的课来听的人实在是有点多。”两个大一的“萌新”一身正气。

“学弟，你们还单着呢吧？把微信号给学姐，我和你们说，天南大学数学系今年有几个小学妹特别漂亮，还都是单身……”

……

俩“萌新”学弟哪里是这俩研究生学姐的对手？三招过后，还是把两人放了进去。

这似乎鼓励了后面的一众猛男，纷纷拿出自己珍藏已久的学妹微信号，试图也想照葫芦画瓢地来一次，却被几个正义的化身板着脸拦住了。

那身影之威严，哪里还有刚刚羞涩的感觉？

不过站在门口的学生倒也不急，虽然现在他们被拦着，但是学习这种事，在任何学校总归是最鼓励的，一会儿到了开课前五分钟，如果教室还能挤进去，那么大家还是可以进去站着听课的。

能让学生坐满，是制度。

能让学生站满，是本事。

“唉唉唉？那俩人拿了啥，怎么不出示学生证就可以进去？”

几个人对学生会学弟给美女师姐放水也就忍了，毕竟换位思考他们自己也顶不住。

研究生学姐啊，提到这个词，足以让猛男落泪。

但是这俩人，看着都不太像学生，风尘仆仆不说，就出示了一张纸就让进了？

说完，几个人也往前挤了挤，想趁机跟进去。

“想什么呢！人家有唐教授签了字的助教证，当然可以进。”几个学生会成员说完，也有些底气不足。

看着最多也就二十三四岁的人，是助教？

“哪里有助教证这种东西？”

“就是啊，打印的吧？”

……

“别胡说，有唐教授签字！”几个大一的学生会成员解释道。

“你们怎么知道这是唐教授签字？”

“就是啊，早知道我签个名字，也能混进去。”

“就是就是，那俩看着比我还小呢，怎么可能是助教?”说这话的应该是个博士老哥。

听着这三言两语的，几个学生会成员不淡定了，连忙派人进去找白松二人。毕竟万一混进去心术不正的人可就麻烦了！

“我怎么就没想到这招呢……”

说这话的，也是那个博士老哥。

……

阶梯教室有几百人，想找两个陌生人又何尝是简单的事情呢？白松二人一坐下，看着也很像学生，而见过他俩的学生会成员也就两三人，其他人没见过，也没办法帮忙找。

半天也没找到他俩，搞得学生会成员都人心惶惶。

不过好在课程按时开讲，整个阶梯教室都坐满甚至站满了人，还有一些在旁边坐着自带的小板凳。学生会成员“虎视眈眈”地盯着教室，一刻也不敢松懈。

这一切，始作俑者根本就不知道，俩人正愉快地看着周围的学生，颇有一种隔世感。

毕业这么久，王华东还是第一次感受到这种气氛，即便是白松也有一年没有这种感受，不由得非常舒服。

最美的时光，莫过于求学时了。

天底下，也许什么都会背叛你，但是，学到脑子里的知识不会。

时光飞逝，唯一能与时光抗衡的，也只有努力了。

第三百八十三章　御姐

学生会的人找不到白松二人也是很正常的，他俩进来的时候，教室前面的十几排都坐满了，所以学生会的人就只能在后面座位上到处找。

而实际上，俩人坐在了第一排中间靠边的位置，上面专门放了个牌子，上面写着“助教”。

白松一进来就看到了这个牌子，这里有三个座位，没有任何人占用。

坐下以后，周围好多人都在看他俩，白松有些不好意思，直接把牌子拿下放到了桌洞里。

能坐到前几排的，都是早早就来了的好学生，也没人窃窃私语，更多的是拿着书在那里自学。

这情形，白松大学期间都不曾见过。

这天底下本就没那么公平，而一些已经很优秀的人可能更努力，从而进一步拉大了他们与普通人的差距。

但是即便这么说，在这个有些嘈杂的环境里，那些依然能一心一意读书的人，活该人家以后有出息。

唐教授准时到来，教室里大家纷纷鼓起了掌，唐教授压了压手，足足有三四百人的大教室一下子安静了下来。

今天的唐教授，跟白松在地摊上看到的那个卖书的老唐有不小的区别，虽然都是穿着很舒适的衣服，但是眼前的唐教授明显更干净，头发也仔细地打理过，还戴上了眼镜。

他现在就这么在校园里一走，不认识的人也会觉得他是一名教授。

唐教授的身后，跟着一个女孩，看着应该有二十六七岁，身材很好，标准的S形曲线，也戴着眼镜，清秀的面容与火辣的身材形成了强烈的反差。

“喂，你看得有点着迷了。”王华东用胳膊拐了一下白松，小声说道。

“我看她有点眼熟。”白松绞尽脑汁也没想出来。这女子特征如此明显，按理说只要见过就肯定不会忘记，尤其是在他记忆力这么好的情况下。

“你看美女都眼熟。”王华东面庞未转，嘟囔道，“你小心我把这个事告诉你对象。”

“哦哦哦，我想起来了。”白松声音细若蚊蝇，这话王华东倒是没听见。

如果白松没猜错，唐教授给自己的那本书，上面的笔记，就是出自这个女子之手！

字如其人，怪不得当初赵欣桥看到书上的字还问过他这女的是谁。能记下这份笔记的人，自信、有学识、有风采是必然的。而有这些特性的女性，大概率是美女。

毕竟，被人追捧是形成强烈自信的一种很有效的外部环境。

这种“看字识人”的能力，如果是在大街上看到她，白松肯定认不出来，但是这女子出现在唐教授身后，那就很容易让人联想到了。

“你去那里坐。”唐教授小声跟旁边的姑娘说了一下，接着指了一下王华东旁边的位置，接着便走向了讲台。

王华东感觉自己整个人都要窒息了！

作为科技发烧友、酷客极客的他，平时一直以不近女色、单身贵族自诩，此刻，他的心脏都被揪了起来。他没听到唐教授的话，只是看着那个身影越来越近，呼吸越来越困难！

越来越近了！

“您好，我能坐在这里吗？”声音很空灵。

啊……王华东整个人都蒙了。

白松坐在最外面，旁边是王华东，再旁边是目前整个阶梯教室唯一的空位，也是三个助教位中的一个。

本来白松打算让王华东往里坐，然后自己也往里坐，把最外面的位子留给这个姑娘，想了想，他还是没有挪。

让王华东和她坐一起吧。

白松第一次看到王华东这个样子，估计这堂课王华东是听不进去了。

给兄弟创造机会嘛……白松站起身来，示意女孩可以进去，王华东则傻坐在原位上，被白松一把拽了出来。

女孩浅浅一笑，往位子上走去，一下子看到了白松桌上摆的一本化学书很眼熟，想拿起来看一下，却感觉不太礼貌，只是多看了一眼，女孩就坐到了第三个位子上。

白松从她的眼神那里，看出这本书的前任主人确实是她，于是先把王华东推到座位上坐下，接着把书递给了姑娘，小声道："你这本书教会了我很多。"

女孩接过书，跟白松笑了一下，没有说话，翻看了起来。

这让白松有点尴尬了……本来就是和女孩客气一下，而且他只是外行，书里他也写了一些笔记，在专业人士眼里估计是漏洞百出的。

这下搞得白松也没精力认真听讲了……

果不其然，随手翻了翻，女孩就发现了一些问题，似乎想用笔标注一下，却苦于没有带笔，就在这时，她左侧的男生默默地递过来一支笔。

这一页本来就记满了，但是白松的化学式写得有问题，倒不是不对，只是理解的角度错了，女孩想写下来，却发现没有纸。

接着，她左侧的男生默默地递过来一个本子……

女孩的笔唰唰地写着，很快就写了几个新的化学式，然后看了一眼王华东，意思是能不能把这页撕下来夹进去。

王华东恨不得表示把本子撕了都无妨，但还是很绅士地做了一个"请"的动作。

看完这样一本书，普通人要几个月，但是对于女孩来说，看本科阶段的化学书就好像一般高中生看十以内的加减乘除，随便翻了翻，指出了白松几个错误，20 多分钟就把整本书翻完了，然后递给了白松。

既然老师把书给了这个男生，那他也是师弟了，而且看样子他学得也很认真，女孩不介意帮上一把。

不过，此时她对书没了什么兴趣，反而对王华东的本子有些感兴趣。

王华东也不是学生，平时哪有什么笔记本，来这里听课差点就带上了自己的理论学习本。不过那本子不能乱写，于是他拿来的是自己学素描的本子。

这是犯罪人物画像的学习本，上面有几十张或完整或残缺的素描，人物形象被勾勒得很传神。

一般画画都是先画形，或者总体有个规划。但是这种人物形象素描，往往是伴随着听和脑子分析，画得更有特点一些。

第三百八十四章　什么是科学（1）

今天唐教授讲的是比较基础的课，白松刚开始还走神，后来书到了自己手里之后，他便没了别的心思，听得就比较认真了。

整个教室里，只有俩人没听课……

一个是根本不用听，另一个是听不进去。

白松知道书上标注的这些，虽然对女孩来说是简单的几笔，但是他要仔细地分析，估计得看上两天。

这就是专业的与业余的差距了。

白松这些天学的化学，到了什么水平呢?

如果比起非化学专业的人，他还算是知道一些东西，但是随便一个学习不错的化学专业本科生，都能轻松吊打他。

专业学科的划分已经足够细，早已不可能有任何人可以掌握所有行业的知识。

这会儿，唐教授讲到了勒夏特列原理。

这个原理在座的只要是学化学的都懂，高中化学就有涉及，但没有任何一个人表现出不想听的意愿。

这原理很简单：在一个已经达到平衡的反应中，如果改变影响平衡的条件之一，平衡将向着能够减弱这种改变的方向转移。

勒夏特列原理、牛顿第一定律以及楞次定律很相似，都是惯性定律。

也就是说，在化学反应、经典力学和电磁学方面，都存在惯性。加速的时候，有“阻力”（也就是惯性）来限制加速，而要减速了，也会有惯性来限制减速。

而白松对这个原理，也有着他自己的解释。

一个策划庞杂的案子，在筹划阶段，有惯性的阻力，筹划得越复杂需要付出的精力越多。而案子结束之后，想把案子停下来，依然有惯性会阻止案子终止。

警察破案，就是要在案件还在移动的期间，趁客观条件的限制还存在，趁着速度还未归零，尽可能地提前搞懂这个案子，然后把人抓住。

“讲完这个基础的化学原理，我想先问一下大家，有多少人在听课之前，就对这个原理有一定的理解呢？”唐教授和大家简单地聊了几句。

唐教授说完，差不多有一半的学生举起了手。

唐教授看到这里，大体明白了，然后接着问道：“那么，现在我讲到这里，大家对这个原理还有什么问题要问吗？”

这下一个提问的也没有。

这确实是很基础的化学原理，没人提问也是正常，所有人都可以掌握这条科学原理。

唐教授点了点头，接着问道：“来这里的同学，有的是化学系的博士生，有的是非化学专业的学生，既然来这里那么你们对化学肯定是很感兴趣的，那么我要先和大家聊一聊了，什么是化学？有谁愿意说一说吗？”

课堂还是很活跃的，好几个学生都起来表达了一下自己的看法，有的仅仅是表达了化学是一门科学，也有的提到化学是一种创造新物质的反应过程，更多的人是把化学的定义说了一下。

课堂气氛很不错，唐教授很高兴，见同学们聊得差不多了，便开口说道：“可能很多人也听说了，之前我离开了学校一段时间，在外面，我摆了个书摊，也见识了不少事情。

“在学校里，有像你们一般优秀的大学生，也有一些在各个领域颇有建树的教授老师，但是终究居庙堂之高了。

“前段时间，有个年纪比我大一点的妇女，来我这里买了一本菜谱，我还和她聊了几句。她提到一个酸碱食物理论，跟我说，食醋是碱性食物，还言之凿凿地给我分享了这里面的理论。

“这让我感觉很有趣，难道我离开学校半年多，化学已经有如此大的发展了吗?”

稀稀拉拉的笑声响起。

唐教授停了一下：“很多同学没有笑，是不是也觉得她说得有道理呢?

“化学这门学科其实很有趣。

“当你们上了高中，会发现初中学的好多东西是用不到的，而上了大学，又会发现很多高中的知识点是用不到的。

“我曾经看过中学的化学书，上面提到了四氢化一氮这种化学物质，当然，这在目前是不存在的，但是依然不影响中学生做题。

“只是，我们不能嘲笑学过的简单知识，作为一门学科，即便是初中开始的第一课，都是有它的道理的。

“我们知道，所有的物质，哪怕是纯净水，也是化学物质。我们知道，物质由原子构成，我们也知道，物质不会凭空产生，更不会凭空消失。

“这些都是对的，即便到了质能转化领域，你也不能说这个就是错的。

“但是，这段时间里，我却发现了很多有意思的事。

“有人相信一些别的金属可以催化成黄金；有人相信水能被催化生成氢气，然后被应用在氢燃料电池中带动汽车前进；有人相信吃一点烤肉就会致癌；还有人迷信各种保健品。最有趣的是，我们很多的学生，面对一些拐了几个弯的骗局，都会相信。”

唐教授说了很多，话锋一转：“所以，化学是什么？化学，永远都是一门严谨的科学。你在研究它的时候，你可以永远对它保持质疑并尝试去发现新的问题。但是，不能让学到的东西不属于自己。大家不要觉得这种事就不会在自己身边发生，我问一下，在场的有没有学生物的女生?”

教室里十几个女生举起了手。

“那从生物学的角度上讲，面膜对皮肤到底有什么作用呢?”

十几个女生一个说话的都没有……

从科学的角度上讲，就是没有一点点用处！但是，这些女生都在用……

“那我再问一下大家，很多人都觉得吃猪皮甚至鱼胶等能补充胶原蛋白，这个大家认为正确吗？”

“不正确。”终于有几个人鼓起勇气肯回答了。

“大点声。”唐教授认可了这几个人的回答，“我们大家是学科学的，就一定要信科学。人体从来都不可能直接吸收蛋白质，无论是什么蛋白，到了肚子里都是被消化成多肽链之后再分解成氨基酸。吃那些所谓的‘高胶原蛋白’的食物，其实，完全不如吃鸡蛋。”

大学的课堂里，这几近辟谣的话，让很多人深思起来。

读了这么多年书，怎么读傻了呢？

第三百八十五章　什么是科学（2）

仔细想想，唐教授说的都对。

皮肤是隔绝外部物质的一层防御组织，又不是胃，怎么可能吸收面膜里的物质？最多也就是补一下水，而且时间非常短，也就能保持面膜揭下来后的几分钟的时间。

那些非常昂贵的补品，吃到肚子里，不仅和普通的食物没什么区别，还可能重金属超标。

学过生物，都知道食物链对重金属的富集效应，但是依然会中意虎骨、鲸鱼肉这类东西。

学过化学，知道钻石就是碳元素，人工合成的和天然的没有任何区别，但是就是相信广告上面的话。

这就是我们学习的科学？

这些，在座的本科生、研究生们，难道就不懂吗？

但是为什么绝大部分的人，依然乖乖地交智商税呢？

这是一个很严重的问题——学到的东西，还没有归属自己。

多次烧开的水亚硝酸盐含量高？天然的弱碱性水有利于健康？磁场能把杯子里的水变成小分子团便于吸收？但凡动动脑子也知道不可能。

可是，大家习惯了不动脑。

唐教授这段时间以来，发现了很多很多对科学的错误解读。这些错误解读，有的是为了吸引流量，还有的是确实没有科学思维。

这倒不是最大的问题，但是很多大学生甚至博士，依然对这些错误理论选择了接受，甚至还成为这些错误理论的推广者，这让唐教授有些发自内心地心寒。

“科学，并不是让你一定要对它保持坚定不移的相信，但是我们每个人，在任何地方学到的东西，我都希望属于大家自己所有。”唐教授道，“不然，学到任何东西，都不是自己的。

“说完这些朴素的化学道理，接下来我要讲一件事情。咱们学校今年九月份开学后，会有一个新的省级重点项目，是关于量子化学在锂离子二次电池中的应用的课题。今年底，我可能会带一批博士后，有这方面意愿的同学，可以关注一下学校的官网。而且，现在只是本科或者硕士在读的同学也不用灰心，这个项目时间会比较长。”

前面的话都是讲给普罗大众听的，这段话才是很多博士生来这里的目的！

众所周知，科研是“大佬”才可以接触的领域。普通人到毕业那一天，做的实验都只是重复前人的过程，有已知结果。而科研不是，它需要强大的心脏，不断地打破常规、违反常识，而且能承受失败。

但是，这是皇冠上的明珠！这是无中生有的过程，这是人类智慧的最高体现！

关于量子理论的研究，一般是两种人在做。一是大佬们在追寻着普朗克时间层面的微观世界，二是吃瓜群众习惯把这东西当成科幻。

有的科幻小说里，啥事都用量子来解释！

“接下来我开始讲课。能跟上进度的同学，可以考虑一下我之前的话。”

唐教授说到这里，王华东右边的姑娘终于抬起了头，准备听课了。

“今天主讲的内容是分子及凝聚态系统物性的计算模拟……”

唐教授说完这一句话之后，白松就明白了，后面的不用听了。

然后翻开了自己的书，细细地品读了起来。

半个小时之后，白松才看懂了女孩指出的两三个问题究竟何为，就这还是用手机上网查询的结果……太难了……

呼……白松打算继续听会儿课。

“用 abinitio 分子轨道法对掺锂的芳香族碳化合物的研究表明……”

……

还是继续看书吧……

一堂课，也可以说是一次讲座，差不多两个小时。后面一个小时的课，有三分之二的人完全听不懂，只有几十人可以听得懂。这部分内容，虽然没办法听懂，但是听唐教授讲一些泛函分析在化学中的应用等内容，还是很受启发的。

当然，不用怀疑，白松属于那三分之二。

这也是明星效应了，后面虽然听不懂，但是几乎没人离开。

课讲完了，白松还是舒了一口气。

说真的，他坐的这个位子号称“助教”，他还真的怕老唐脑子一抽，让他上去讲讲课，那基本上一次就出名了，毕竟这课程是有录像的，所有的课程录像都会被保存起来，发到大学的网站上……

现在的白松并不怕出什么名，就算他再有一点名气，哪怕重新进入某些人的视野，他也已做好了十足的准备。

他真的怕这些人不来！

可是，他虽说是不怕出名，但是也不想丢人啊……

课程结束后，同学们纷纷鼓起了掌。

唐教授也放松了起来，走下了讲台，走到了女孩这里。

“下堂公开课在下周六，我不过来了，你替我备备课。”唐教授跟女孩说完，接着看向白松，“你也是助教，你也备备课。下堂课，前半场你来讲，后半场让建国来讲。”

“什么?”白松还蒙着呢，让他来讲前半场?

前半场他也不行啊！这根本就是开玩笑的吧?

还有，建国是谁?

这姑娘名字叫建国?

白松感觉，自己又相信科学了……

第三百八十六章　侦探社

唐教授和建国小姐姐从小门一起走了，临走之前，女孩打算把自己刚刚记下来的东西从本子上撕下来带走，华东连忙拦住了，把本子直接送给了她。

小姐姐说了声谢谢，也就带走了，毕竟只是一个本子而已。

同学们有序离场，坐在第一排的白松二人准备最后再走，主要是俩人都有点站不起来。

王华东是在梦游，约等于没睡醒。

白松则是在头痛，开什么玩笑，他讲课？那岂不是丢人能丢到南极去？

给中学生讲课，白松是没有压力的，毕竟即便有学生提问也不会超纲。

给大一的“萌新”吹吹牛的话，他大体也能应付，但是，这些……

老唐到底想干吗？该不会他觉得自己骨骼清奇，一本书看下来就能给博士生授课了吧？白松遇到事习惯地当成案件来分析。排除掉唐教授阿尔茨海默病的这个可能性，唐教授应该是希望学生也有不断学习的习惯？

恐怕只有这一个可能了。

毕竟大部分人并不是真的喜欢学习，很多都是为了应试，正如今天讲课所言，很多知识都被学死了。

按照这个思路的话……

好吧，还是不行。

唐教授是白松见过的最有思想的教授了，学术水平高低自有他人评价，白松尚无资格。但是从他这骑着三轮车路边摆摊卖书这么久的情况来看，老唐是有情怀的。

知识永远不是研究人员的专属，而是属于每一个人。

几乎所有学校的图书馆都是免费的，即便是一些专业的科研成果，研究者也会主动发表到相应期刊之上，这也说明了人类为什么进步至今。

人类之所以未来可期，主要就在此。

白松今天看到了教室里很多女同学，对于唐教授提到的面膜之类的事情有些关注。

这也就是唐教授说，这要是她们男朋友说，估计……

想到这里，白松好像知道自己可以讲什么了。

美容啊！

四月份王亮去湘南的时候，跟白松讲了不少关于整容医院的趣闻，也让白松对这个行业多了一些新的理解。

整容与美容，确实是个生活学和医学专业话题，但是跟化学的关系也很亲密。

哪一支药品不需要化学知识支持呢?

当然，白松现在知识量还是不行，他需要一周的时间多准备准备，以他的水平，准备一周，讲讲美容里的化学知识，再讲讲别的东西，凑一节有意思的课应该还可以。

就比如说今天唐教授讲到的胶原蛋白，它进入人体，确实是会分解成和鸡蛋的分解产物一样的东西，但是，在美容行业，这个东西是可以直接注射的。

而且，可以往身体里注射和安装的东西非常多，不仅仅有常见的假体、硅胶、玻尿酸、肉毒杆菌，还有大量别的东西，很多东西把化学方程摆在大家面前，简直是触目惊心。

而且，这里面一大堆东西，其实是有毒性的。什么“与人体完美兼容”，胡说八道呢，只是一些能骗过人体免疫组织的化学物质罢了。

……

“走了走了。”白松拉了王华东一把，他想明白了方案，华东还愣神呢。

“啊？哦哦哦哦哦哦。”

“你卡住了?”白松笑得很开心，“不至于啊不至于。”

“我没事。”华东一下子清醒过来，让白松看笑话了。

“喜欢就去追啊。”白松倒是很支持，“人家王亮能找个比自己小四五岁的，你找个大四五岁的我也支持你。”

“什么跟什么啊，我不是颜控！哪有第一天见面就……”

“哦哦哦，我懂我懂。”白松道，“那你倒是起来走啊。”

很多博士生导师其实并不喜欢带女学生，尤其是唐教授这个层次。人言可畏这种事是真的存在，有不少教授看到漂亮的女学生，都是直接拒招的。

到了他们这个年龄，学术造诣如此之高，真的还会乱想的其实不多，但是一旦有一个出了问题，那就成了热点问题，很多别的教授都会跟着躺枪。

再加上做科研其实是很费体力和精力的一个过程，男学生明显更听话、更能坚持。

这也能从侧面体现一个道理，这个疑似博士后的御姐，非常不简单，很受老唐的重视。

与之相比，华东就有些……

走在校园里，白松心情还不错，打算去图书馆逛会儿，两人溜达着，还是先去了超市，打算吃点东西，再买点喝的。

没在地方院校读过书的二人，在学校里散散步还是很开心的。警校的大学生活相比这里，要枯燥得多。

这附近就一个超市，不过还是蛮大的，超市门口还有卖奶茶和一些小吃的。二人来的时候超市的人挺多，估计都是刚刚从阶梯教室里出来的人。

这堂课讲得比较长，有不少来听课的外校学生，没有这里的饭卡，因而这会儿超市非常热闹，门口草地旁也围了好几十人。

“人有点多啊。”白松进了超市，看了看排队的人，“你饿吗?”

“要不咱俩出去吃吧？你说去图书馆，也没必要去学校的图书馆，你没有学生证，书也借不出来，还是得去天华市图书馆。”王华东给出了建议。

“也行啊，出去吃吧。”白松看着这里的人，也有些不想排队了。

超市门口的草地旁，十几张桌子依次摆着，围了几十个人。

刚刚去超市之前，二人想买点东西吃，没有多注意这里，出来之后大体看了看，发现这是一些社团活动。

本来没什么值得看的，但是几张照片还是吸引了大家的目光，该校的一名学生，研究生一年级，在读期间申请去山区支教，后来，在支教期间罹患急性再生性障碍贫血，学校的同学组织了一次募捐，现在很多学生社团也出来做一些义卖活动。

围在这里的，也有不少外校的学生，有个别人买下了义卖物品。

这里不是捐款点，捐款点设在专门的地方，这里只义卖。

既然看到了，还是要帮一把的，二人看了看，走到了一个叫“侦探社”的社团旁。

第三百八十七章　捐款

急性再生性障碍贫血，俗称“再障”，是一种骨髓造血功能衰竭症，比白血病要凶得多，很可能几天就要人命。现在很庆幸的是，这个女研究生已经找到了骨髓配对，但是高额的手术费和后期费用还是难住了她。

这个义卖活动组织者估计也是听说今天有讲座，就选择在超市门口举行。逐渐地，超市里的人买完东西也都出来了，人倒是越来越多。

所有义卖的物品，都是同学们捐的或者社团的一些财物，比如说文学社有人义卖书法作品，二次元社有人义卖手办，等等。

所有卖的钱将全部送往医院。

因为与患者完全不认识，所以二人虽有些惋惜，倒也不至于难过。围着侦探社的两张桌子转了转，两人还是看到了不少有趣的东西。

我们国家的侦探类小说生态链很差，基本上最有名的都是靠“真相只有一个”和“当排除了所有其他的可能性，只剩一个时，不管有多么不可能，那都是真相”两种类型的书来维持国内的生态链。

相关的手办和东西很多，主要是动漫里出现的一些物品，除此之外，还有不少两人都不认识的东西。

放大镜、指纹胶带、保密包之类的白松大体还认识，但这怎么还有紧身衣？还有这个像小型雷达的东西是什么？

还有，那个皮绳，真的是侦探设备吗？

怀着些许好奇，二人跟几个学生聊了一下，大体知道了一些奇怪东西的用途。

除此之外，这里还有一些书和本子在卖，两人翻了一下，白松一下子看到了熟悉的字迹，接着递给了华东。

“怎么了?”王华东接过白松递过来的一本侦探小说，翻了翻，看到上面写了一些字，还有几幅画得不错的肖像画，有些疑惑，“这书有什么问题吗?”

“没什么问题，就是这书上的字，是你心心念念的建国小姐姐的。”

白松这话一出，王华东立刻认真地读了一下，立刻跟侦探社的学生说道:“这本书我买了，多少钱?”

“是这样的，咱们侦探社的东西，都不标价，您出多少钱都可以，爱心都是无价的。”

这倒是个很不错的义卖方式，虽然看似很容易吃亏，但是毕竟这次义卖是为了筹集急重症患者的医疗费，也不会有人故意少出钱，而且还是在大学象牙塔这样的地方。

“怎么付钱?”王华东拿出钱包，“咱们这里有 POS 机（销售点终端机）吗?”

“POS 机?”几个学生互相看了看，这是什么意思?

白松看了眼王华东，知道他这是要上头啊……不过毕竟是做好事，王华东这种土豪多捐点，白松也不拦着。

“学长……咱们这里没有 POS 机，不过，超市门口有 ATM 机（自助取款机）……”一个学妹怯生生地指了指超市的方向。她这个角度，是能看到王华东的钱包里是有钱的，虽然看不清多少钱，但是有百元钞还是能看出来的，他这是打算干吗?

王华东也没跟白松多说，直接就去了超市。

白松摇了摇头，没有多说，他看到几本书不错，从中选了一本心理学的书，以 300 元的价格买下来了，引起了附近好几个人的关注。

虽说是义卖捐款，但大多是学生，花 100 元买件东西都算开价很高了。白松倒不是有意要争啥，要不是最近他的财政状况实在不好，估计他能捐

500 元。

几个学生很高兴，把白松这笔钱记了下来，还特地问了白松名字，做了简单的登记。

不一会儿，王华东从超市那边过来了，走到侦探社的桌子旁，从自己的衣服口袋里拿出了一沓钱，递给了几个学生："这本书我买了。"

王华东把几十张红票子直接摆在桌子上，虽说没什么大的震撼力，但是还是引起了周围不小的轰动。

"学长，您这是要买多少本书？"几个学妹不淡定了。

"就这一本。"王华东抱紧了这本书，"现在属于我了吗？"

"属于属于。"之前那个师妹连忙点了点头，把钱数了一下，5000 块，周围的人不由得赞叹起来……

登记好了金额，小学妹眼睛里都有了些光芒，拉着王华东签了字，并且还登记了电话号码。

嗯？

白松刚刚没登记电话号码啊，这里面还有这个流程吗？

看了看小学妹的眼神，白松明白了啥意思，没有多说话。

拿着书，在多人的围观下，二人离开了学校。

"土豪。"两人到了学校的门口，看没什么人跟着了，白松才不由得夸赞了一下王华东。

"被你看出来了？"王华东瞥了一眼白松。

"你以为我是那个呆萌小学妹吗？你这醉翁之意不在酒。哦哦哦，也不能这么说，酒确实也很重要。"白松知道王华东是故意留名字和电话的。

这种事，在学校很容易传开，而且卖的所有东西都是要登记的，这事情肯定会传到建国小姐姐的耳朵里，这可比主动去要电话想认识什么的高端多了。

"你这什么脑子啊？"王华东仿佛整个人都被看透了似的，盯着白松看了好几秒，"你这一天到晚什么事都能发现本质吗？"

“并不是啊，这个有点显而易见了吧。不过，无论从哪个方面说，你都是做好事，这个，好样的。”

“虽然被你夸了，但是没秘密的感觉还真是不好。”

“没事，一会儿吃饭我请客。”白松哈哈大笑起来。

白松为什么过得这么仔细？他一向如此，什么事都很小心很仔细。在派出所工作，无论什么时候，他的扣子永远是扣得一个不差，帽子上的警徽永远是正的，出警永远是带着执法记录仪的。

白松觉得，和王华东相比，他从小犯了错，并不会有人替他去轻松解决，所以一直保持谨小慎微，而王华东则可以活得更轻松。

但事实上又不全是如此，人家张伟家里也没什么大本事，但是活得可比白松洒脱多了，究其原因，也许就是白松一直背负着点什么吧。

也许，当背负的东西消失了之后，白松才会彻底蜕变。

第三百八十八章　熟悉的信道

吃着饭，白松和王华东聊了半天关于案子的事情。

聊着聊着，王华东不经意间问起了白松：“你最近看车了吗？”

“没啊，哪有钱？”白松无奈地说道。

“你再换车是不是就打算换新车准备结婚了？”王华东好奇地问道。

“结婚？早着呢吧。”

“马上你女朋友就读研三，明年就毕业了，你不准备这个？”

“她直博的，最起码还得再读个四五年呢。”白松解释道。

“要读博士？你这压力不大吗？”王华东咂舌，“都说女博士不是一般人啊。”

“怎么？你找个博士后我也没见你压力大啊。”白松揶揄了两句。

“我……”王华东沉默了几秒钟，如果是刚刚捐款之前，他还能对白松反驳几句，但是现在他没话说，只能岔开了话题，“好吧，那你要是不准备买新车，肯定就买二手车了。我正好还想跟你说，我妈的公司，有辆车准备换。这是他们公司跑业务的一辆车，2007 年的，第一款国产迈腾，用了六年，公里数也不大。他们公司想把车换成奔驰，这车就得卖了，你要是需要你就买走。”

“我不需要。”白松摆了摆手，“现在不怎么用车。”

“你别多想，确实是真的要卖车，还挺急着卖的。”王华东道，“迈腾这车还行，我开的就是这款啊。”

“说得好像二手车我就买得起似的。”白松摸摸自己的口袋，示意自己已经没钱了，“你知道我是什么人。”

“行吧。”王华东知道白松不会轻易接受好意，所以也没强求，接着道，“主要是我听说，你现在在经侦总队那边过得太逍遥，都不怎么出去查案了，还想着找辆车给你找点事情做。”

白松懒得揭穿华东拙劣的借口，王华东这就是想找个由头给他点帮助罢了，接着问道：“咋了，是柳书元和你说什么了？”

“是啊。”王华东也不避讳，他和柳书元关系还算不错，“你这段时间天天在办公室看材料整理线索，可把柳书元给憋坏了，他跟我说，就怀念刚来跟你出去到处跑到处查案的时候。”

“那还不简单，他有车啊，让他开车出去跑不就是了？”白松笑道，“不过，我现在手头也没别的线索，出去也没啥事。”

“你是那种手头没有线索的人？”王华东瞪大了眼睛，“我信你？”

“才不是。”白松摇了摇头，“你不知道，我现在忙的这个案子，该抓的都抓完了，现在就是基础工作。”

“这不像你啊。”王华东喝了口水，“这两个月感觉你变化不小。”

“还好吧，就是安静了一点。”白松指了指自己的杯子，“帮我也倒一杯。”

“谱这么大了。”王华东吐槽了一句，不过还是给白松倒了杯水，“发生了那么多事，过去了这么久，你应该查到了不少东西吧？”

“还好，有一点。”白松道，“不过我最近想去提讯一下田欢，也不知道怎么去。”

“那肯定不行，这个田欢有律师，他一点也不傻，你别让他挑到刺。”王华东道，“你还是得回避的。不过，几次给他取笔录的视频都在，你可以去看看。”

“嗯，有空我去看看。”白松想了想，“明天周日，我去。”

“那不难，你到时候找韩队就行了。”王华东给出了主意，“你要是有什么新的发现和证据，你可以跟韩队说，他们负责去讯问。”

“行，到时候再说。”白松也明白，实体正义与程序正义都是很必要的，若不是这个案子涉及父亲，他估计不会过多地参与。尤其是学了那么久的法律，白松与很多老警察想法不太一样，有些很多人理解不了的程序性规定，他基本上都能遵守。

“嗯，有啥事你也能跟我说，或者王亮，我们一直都有时间，我俩也都是专案组的人。”王华东最近一个多月都没有新的线索，可把他憋坏了。

“肯定。”白松想了想，“等年底，这个案子能判了，我刑事附带民事的钱拿回来了，回头找你帮我再看看车。”

“行，我让我妈把车给你留着。”王华东挺开心。

“你不是说近期就要卖吗？”

“哈，也不着急。”

“不和你闹，我还是得买 SUV（运动型多功能车），轿车长时间开都有点难受。”白松拒绝了华东的好意，私人问题他可以找朋友帮忙，但是并不愿意让朋友费心太多。

“行，明白了。”王华东明白白松的想法，“那等回头再说。”

俩人吃完饭，聊了几句，白松就跑到图书馆借书去了。

王华东还有自己的事情，把白松送到图书馆之后，他就直接离开了，白松借了几本书，就准备一个人回家。

白松的身体素质，在这两个月的时间里，已经发生了很大的变化。

身体是一切的基础，白松明显感觉这段时间的精力和反应速度有了很大的提高，虽然每天肌肉酸痛，但如果再遇到当初和“二哥”等人搏斗的情况，他能处理得更好。而乔师傅说，下个月回来再正式训练他一段时间，他会有更大的变化。

这段时间，白松并不是情绪低沉，而是更加平静。只要离开家，他就一直保持着平静而警觉的状态，持续至今。

路上，白松没有任何发现，打了个车就回家了。

两个月来，没有任何一个人跟踪过他，白松对此很确定。

这是打算过几年再搞他，现在先让白松放松警惕吗?

白松自然明白有这个可能，但是，他今年才 23 岁，他还年轻得很呢!如果拖下去，再过几年，这事情他更不怕。

回到家，白松去健身房游了会儿泳，接着看了一下午书。

到了晚上，白松再次打开了收音机。

这些天，每天晚上，他都会主动打开收音机，调到那几个容易被盗用的频段搜寻什么，基本上每次都是正常的，今天，终于听到了不一样的。

第三百八十九章　广播内容

我国的 FM 信道是有限制的，这是一段很便于通讯的米波频段，主要是集中在 87 到 108 兆赫兹，这些频段在没有获得批准的前提下是不能私自占用的。

关于无线电的管理，有很多相关规定。比如说 1400 到 1427 兆赫兹频段是国际公约规定的天文观测频段，全世界任何人都不能占用。也就是说，当你在太空中观测这个频段的信号，整个地球都是安静的，如果观测其他频段，则信号源多到爆炸。

而对于 FM 电波的管理，其实也是这样。

为什么黑电台可以占用官方电台的频段？

主要是功率更大！

如果在你们家楼上安装了一个黑电台，那么在这附近，它的辐射频率将达到日常无线电辐射的百倍以上。

如此高的小范围辐射水平，能抢占这附近的官方信道也是情理之中了。

这么多天以来，白松每天晚上都在收音机上找几次，今天终于第二次遇到了！

《资本论》里关于足够的利润可以引发犯罪这个说法，白松是认可的。只要还会有人上当，这个犯罪链就不会因为被打击而完全消失，总有复燃的那一刻。

完全杜绝犯罪是不可能的，只能依靠更严谨的法律和更高的破案能力去抑制犯罪发生，而让所有人都提高防止犯罪的意识……真的是很难。

这个工作公安部门一直在做，却依然收效甚微。有的人给骗子汇款，警察去拦着他，他能为了把钱汇过去，都能跟警察打起来……

白松每天都在这几个信道里找，基本上这个时间段里，这几个信道应该播放什么节目、什么歌，主持人叫什么他都耳熟能详。

但是，今天这个不对。

今天成了专家讲坛栏目。

黑电台基本上覆盖面积都不算很大，主要是针对居民区，而且播放的内容，一般人也听不出来是黑电台的。

正常的频道也有这类专家说法、健康指南栏目，一般人就是听到了这些，也只会切换下一个频道，谁也不会多想。

但是白松会。

这个信道，如果他没记错，现在应该是播放相声的时间。

为了确定这点，白松想了想，给柳书元打了电话，说明了这个情况。

“你等等啊白队，我找找家里有没有收音机。”柳书元对这个事情自然是了解的，实际上，白松车祸这个事情，他也是经侦总队为数不多的知道真相的人之一。毕竟家里是……这种事上级肯定都知道。

过了几分钟，柳书元跟白松说道：“我这边调到这个频道，是老郭的相声。”

“行，我知道了。”白松表示明白，和柳书元聊了几句就挂了。

这下子确定了，现在这个频段，确实被黑电台侵占了。

也就是说，这附近又有人架设黑电台了。

清理这东西并不容易，并不是个人就能解决的，甚至分局层面也不见得有很强的设备，上次清理，分局还是联系了无线电委员会和其他相关部门一起找的。

白松决定，先听听这个黑电台到底在讲什么。

熟悉的桥段。

病友打进了热线电话，专家给讲课。

刚开始的两个都是肝病很严重的患者，都是有气无力的老太太，听着这声音基本上就知道人行将就木了，她俩讲自己病情非常严重。

老教授很负责，给俩老太太讲了两个稳妥的方案，同时告诉她们，这种情况，应该去九河区中心医院等几家专业的肝病定点医院做检查治疗。

白松一听，这是正经讲座吗?

九河区中心医院，确实是正儿八经的天华市有名的治疗肝、胆、胃病的大医院。

几个经典的病例解释，让白松这个外行都相信这个专家有水平了!

若不是白松知道这里一定有问题，差点都信了！不得不说，现在的骗子都下了血本，这个“老专家”，虽然不可能真是专家，但是糊弄一些非专业人士绝对是足够了。

接下来的几个，就出现问题了。

有的人并不是很严重的情况，只是重度脂肪肝、酒精肝等，这专家就介绍了几种特效药物，说这些药物效果非常好，都是中药成分，无毒无害无副作用，打进电话直接就可以购买。

不得不说，中医被黑成现在这个样子，这些浑蛋“居功至伟”。

而这几个电话之后，再接到的就是感谢电话了。

几个老太太、大爷，简直是在飙演技！这一刻都演技爆棚，秒杀某些我们不敢得罪的大流量明星……

基本上就是说，他们本来身体素质就差，下地都不行了，现在吃了几服药，基本上就行了，各种行，总之就是身体倍棒，感恩戴德!

这一刻，这“医生”基本上就不是医生而是神了。

然后又是一波促销和限购。

节目持续了差不多40分钟，白松还想听听下一个节目是啥，但是没想到接着就切换成正常信道了。

这个窝点今天肯定是打不掉了，但是白松并不想让他们赚到黑心钱，于是给柳书元打了电话，把这个团伙留下的联系方式给了柳书元。

他相信，柳书元一定有办法让这个电话的主人今天一个电话都接不到，而且顺藤摸一下瓜。至于为什么这个事交给柳书元，白松有自己的想法。

接着，白松就真的听了一会儿相声，过了半个多小时，这频段里又听到了这个广告，不过是重复的内容。

白松再有耐心也听不下第二遍了，把收音机关了就早点休息了。

这个发现让白松很振奋，他绝对相信，这个黑电台肯定是和田欢有联系的。

犯罪分子可不会有什么好心，这个地方你占了我就走这种事不可能出现在他们身上，除非极个别黑社会才能做到这一点。

而上次顺藤把瓜摸到，现在过了几个月才出现，多多少少是有联系的。

想到这里，白松又给秦支队打电话汇报了这个情况。

在警察待业当领导的，24 小时都要保持电话畅通，秦支队接到白松的电话之后，很是关注，认真地听白松把事情说完。

第三百九十章　倒霉的黑电台

这些年，雷朝阳的日子犹如过山车一般。他今年 40 多岁，在道上也算是出了名的老江湖了。

提起这个人，那真的值得说道说道了。

他 18 岁那年就因为盗窃被抓，然后劳教了三年。21 岁出来之后，偷电缆，不小心挖到了光纤，那个年代的光纤贵得惊人！而且挖到的是与国防相关的光纤，于是被判了 9 年。

28 岁提前出狱，他开始做点正经生意，跟着别人一起做点电子产品，有了一点起色。

那个年代的电子产品，其实就是收音机之类的东西，后来出现了 BB 机和大哥大。

第一次接触大哥大的雷朝阳，简直是惊呆了，天底下还有如此高科技的产品？

于是乎，他跟着一个能拿得上大哥大的大哥，开始了贩卖大哥大的日子。

那个时代，这东西不是谁都用得起，也不是谁都买得到的，因为办电话卡并不像现在这么简单。但是，这个大哥还是有办法有渠道，也比较看重“局子经验”丰富的雷朝阳。

雷朝阳天天跟大哥后面，唯其马首是瞻，什么事都说大哥牛，各种夸大哥厉害，说自己不行，惭凫企鹤，任劳任怨，终于得到了大哥的认可，负责去进一批货。

然而，他老毛病犯了，把这些东西偷偷藏了起来，然后被抓了。

要说他也是硬气，死活不说出主谋，颇有点王枫藏黄金的中二症。

在那个时代，这可是大案子了！经历了时代的洗礼，他居然还是不招，就这样被判了十几年。

服刑到第六年的时候，雷朝阳就后悔了。

后来进监狱的人说，大哥大已经不行了！刚开始他还不信，结果进来的人都这么说，而且他还见过有的狱警开始用“小个子”的手机了！

罪犯又不是傻子，而聪明的老雷更是机智无比，主动跟监狱的管教自述自己的犯罪经过，供出了自己埋藏大哥大的地点。

要说，这还是有用的，虽然这些大哥大已经不值钱，但他还是得了个态度良好，总归是能减一点点刑期。

去年出来之后，他听说之前的那个大哥到处找他，想报复他，因此也就一直没敢在社会上抛头露面，过起了躲躲藏藏的日子。

他毕竟在这里还是有几个亲戚朋友，如果离开天华市，估计更不好过。

而天华市这么大，总归是不好找他的。

就这样，到处混日子的他，接触到了黑电台这个领域。

暴利啊！凭借着自己多年的入狱经验，他几经周折找到了田欢，并愿意当田欢的小弟。

要说这个人，在当小弟这块还是挺有造诣的，聪明如田欢依然看上了他，只是好景不长，田欢被抓了。刚开始他还在观望，后来才知道田欢居然涉嫌杀人案。

这种事还管什么大哥？能跑多远是多远。

藏了一段时间，没钱又没事做的雷朝阳感觉风声过了。

之前和田欢合作的几个人，又找到了他。

这些人也都跑了，现在才回来。他们也有人被抓了，但是这些人最多只知道田欢，其他什么也不知道，跟杀人案没什么关联。

都不是什么好人，他们大多是卖假药、卖假货的，这些人苦于没有宣传渠道，于是好几拨人找到了雷朝阳，想把他扶持起来，并愿意提供一点扶持基金。

这可把老雷感动坏了，人间自有真情在啊！

要说起倒腾半导体和电台，这本来就是他的老本行，跟着田欢干了一段时间也算是门儿清，于是，很快几个黑电台就搭建了起来。

有了这个稳定的赚钱渠道，雷朝阳感觉人生已经到达了巅峰，委托他的人都说有了效果，希望进一步扩大范围。

老雷胸脯拍得震天响，从各个上家那边拆借了五六十万，想来一票大的！

钱都花出去了，设备也都安装好了，最近是第一次大规模试运行，结果，除了前 20 分钟接了几个电话，后面居然一个电话都没有！

第一天还没什么，第二天第三天依然如此，老雷没慌，其他人都慌了。

怎么办？明明能收到电台讯号，为什么没人把电话打进来？一个都没有？

老百姓都已经聪明如斯了？

隔了几天，雷朝阳坐不住了，这个电话号码有问题！

要说这些电话号码，其实也都是虚拟号，本来隔一段时间都要换的，但这次的情况着实是让人担心。

这些黑电台技术含量不高，想在广播里改电话号码，只能去各个点换 SD 卡。

谁去？

这些人并不傻，很多人已经猜到可能被警察盯上了。

如果警察已经把电台拆了，那大家都知道怎么回事，可是电台没拆，每天电费哗哗地跑，但一个电话接不进来，这招也太损了吧！

这是哪个警察干的啊？

重赏之下，必有勇夫，最终，有人临危受命，去了各个点，换了所有的 SD 卡，万事大吉，没有被抓！

“你有没有被警察跟踪?”雷朝阳看到小弟完成任务很高兴，但还是有些担心。

“怎么可能?大哥，我是什么人啊，我警觉着呢!”小弟炫耀地说道，“再说了，警察要是发现了我，肯定就把我抓了!”

“好，你居功至伟。这么说来，上次只是意外。”雷朝阳奖励了小弟一万块钱!

当天晚上，雷朝阳满怀期待，结果，还是没有一个人打进新的热线电话!

这就算是傻子，也知道自己被盯上了!

这么快吗?!

这是根本不给他一点回血的机会，还把仅剩下的棺材本也搭进去了!最关键的是，那些借钱给他的人，哪个都不是好对付的!

逃吧。

雷朝阳准备连夜逃走，凌晨三点多，他开上汽车，仓皇出逃。

七扭八拐，保证了没有“尾巴”，雷朝阳终于舒了一口气，呵，这些警察又怎么知道他会跑得如此快?又怎么知道其实他还准备了一条后路?

想到这里，雷朝阳颇为自己的机智感到愉悦，不得不说，这就是老江湖的本事!

而雷朝阳、他的小弟以及那些与他们合作的人不知道的是，当天下午，九河分局刑侦支队的十几间讯问室，就已经全部清空了!

第三百九十一章　全端

上次抓田欢没有准备，抓住田欢之后，田欢嘴硬，很多线索都断了。一些知情人士和相关人士听到这个消息之后，全跑了。

田欢确实嘴硬，很多人都没有供出来，因而大家也都放了心，逐渐都回来了。

这一次，从白松第一天发现这个问题开始，九河分局就和市局通了气，做好了不放过一个人的准备，终于等到了今天。

无论是田欢还是田欢后面的人，其实都有点低估人性了。

总体来说，我们永远不能低估人类的愚蠢程度，这可是影响历史的最重要因素之一。

雷朝阳的这个选择，基本上是必然的。而这个选择所对应的结果，也是必然的。但是，他自己完全没有意识到。

而白松，一直都等着呢。

雷朝阳被抓的时候还是有些蒙的，他甚至怀疑是因为自己开车超速了，而当他被带到刑警支队，看到了众多熟悉的身影时，他明白了一件事……之前借的那几十万，应该是不用还了。

想到这里，雷朝阳还有点如释重负的感觉，毕竟之前被一个人追着撵着，现在即将面对一大堆人的围追堵截，到了这里，颇有一种到站了的感觉。

白松也赶到了刑警这边帮忙，今天抓的人不少，连后面生产黑电台的窝点都给端了，一共有市局的两个总队和三个分局参与了抓捕行动，而最主要的几个人都被九河分局抓到了。

整个行动中，功劳最大的，是柳书元和王华东。

这是因为一方面白松主动隐去了自己的所作所为，毕竟涉及田欢案，需要回避，另一方面则是白松这段时间欠下的人情债太多。

柳书元确实做了很大的贡献，而王华东和他比较熟，很多联络工作都是他俩完成的。

两个颇有能量的年轻人，共同协助策划了这一场精彩的抓捕。

这案子来得急，大家也都很忙，共同奋斗了多日只为今天获得完美的收官。支队里忙得热火朝天，大伙儿都说，这个案子干得漂亮！

白松悄悄地赶了过来。

上个周末的时候，他来过一趟，看到了所有关于田欢的讯问录像，今天晚上他过来，只为了了解一件事。

为什么这次的黑电台广播里没有了关于健康医院的事情？

当然，以前的黑电台广播里也没有，这类广播的内容主要是通过中继器来转播的。这次看样子是没有用之前的中继器和里面的相关文件，或者说中继器根本就没有了。

那么，这些人里面，到底有谁知道中继器的来路？

这才是白松唯一关心的问题，如果黑电台与中继器是两个方向，那么沿着后者所指的方向，大概率就能找到本案的真相了。

白松亲自提讯雷朝阳。

白队长的提讯视频，引起了众人的围观，会议室的电脑屏幕前围了不少人。因为今天的人手很充足，加上大部分犯罪嫌疑人被其他分局领走了，所以不少人抽出了时间，来看白松的提讯。

有对他比较熟悉的，想看看他现在什么状况，而另外的人，更多的是想见识一下这个最年轻的队长到底是什么样的水平。

很想知道问题答案的白松，在看到雷朝阳的那一刻，就明白了一件事。

今天这件事，必须拿出来点真东西了！

雷朝阳的个人信息他早就看了，这是一个在监狱和劳教所待的时间占据了他人生大半的老油子了。

进入提讯室，白松坐好，旁边是一个比白松大几岁的三队民警，主要负责打字。

雷朝阳这几个小时里的心情起起伏伏，一直想着如何说才能最大限度地减轻自己的刑罚，而看到白松这一刻，他好像看到了希望。

公安局居然找这么年轻的警察来讯问他？这说明他不是主要分子，他是因为别的事被牵扯进来的？

想到这里，他马上又给自己泼了一盆冷水，刚刚看到了那么多人，很显然是因为这件事。

怎么回事？还未开始，雷朝阳就糊涂了。

有一搭没一搭地聊着，白松简单地问完了基本的信息，示意同事接下来的东西暂时不用记录，接着和雷朝阳聊道："你有没有觉得，你不是个犯罪的料？"

"嗯？"雷朝阳好像嗅出来了什么特殊的味道，直接说，"你这个问题和本案无关，我拒绝回答。"

本来雷朝阳觉得，他这么一说，白松这种年轻人，多少会有些气恼，但是他却在白松的脸上没有看到一点表情变化。

"你刚刚说的本案，是指什么呢？"

雷朝阳刚刚准备回答，白松接着道："你觉得你的事，大吗？"

"我不知道你在说什么。"

"你有什么事想说吗？有的话，主动说一下。"白松还是很平静。

"没有。"

"那好吧。"白松点了点头，"今天，我来找你，其实跟黑电台无关。关于这件事你一句话都不用说，你的小弟会把你的每一件事怎么做的、每一块钱怎么来的怎么花的，都说清楚。我来是想问问你，包庇田欢的事情。"

"没有，我没有包庇田欢。"雷朝阳思路被白松牵着走，脑子里全是关于黑电台的事情，一听到这个，他连忙解释道。他最怕的就是扯上命案，这种事太吓人了。

“这么说，你还是知道田欢是谁了？”

这一次，雷朝阳没有反对白松的话，他知道白松说得对，他不说，他的小弟也会把知道的一切都说出来。

沉默了一会儿，雷朝阳道：“能给我一根烟吗？”

白松看了一眼身边的警察，示意可以给雷朝阳来一根。

虽然这里规定是不行，但是问题不大。

雷朝阳接过烟，明白了一件事。眼前的这个年轻人，一点都不简单。他其实只是想看看，他要烟这种行为，白松会不会拒绝，会不会找人请示。但是如此看来，白松本身就是可以主事的人，白松之淡定，让他心里一点底都没有了。

这个年轻的警察，到底知道多少东西？

“我先说黑电台的事情吧。”雷朝阳斟酌了一下语句，他知道这件事不说只会被别人捅出来，早点说出来，也能算个坦白不是？

第三百九十二章　白队长的审讯（1）

雷朝阳是傻子吗？

当然他不是什么聪明人，可是也绝对不傻，能少判几年他自然是乐意至极的。

他之所以想坦白这件事情，也有两方面考虑。第一，坦白从宽，毕竟无论是什么原因，既然他被抓，而且这跟头栽得很彻底，他也不得不服这些警察了。

科技进步了，警察的科技进步似乎更快啊……

第二，他则是想探探白松的底，在交流的过程中，看看白松到底还知道什么，毕竟言多了还是有失的。

但是，他失策了。当他主动想说黑电台事情的时候，白松就不说话了，全程是另一个警察在问，然后做着笔录。

白松就在那里坐着听，似乎对这个黑电台的案子一点也不在意。

事实上，不用装，他确实不太在意，毕竟这些天的筹划中，该知道的也都知道了。

警察的所作所为，事实上还在给雷朝阳降低罪数呢，毕竟任何犯罪，造成的后果的严重性大小、侵害的法益程度高低，都是会影响量刑的。

雷朝阳的干扰无线电通讯行为，因为警察的提前介入，并没有造成严重后果。

大约过了一个小时，雷朝阳基本招供了自己购买、架设黑电台的全过程，几个生产保健品、药品的犯罪团伙也被他供了出来。

反正大家都被抓了，不说难不成留着过年？雷朝阳不用想都知道，那些人没有一个会不松口，这些人最恨的就是他了。

基本上他交代的情况和警方已经掌握的没什么太大的出入，白松全程就在那里坐着，无论雷朝阳说什么，都没有多问一句。

直到雷朝阳供述了自己如何利用田欢给他的电话号码购买黑电台的情况，白松才突然插了一句："你没必要强调这个手机号码是田欢给你的。"

雷朝阳没有明白白松的意思，白松的这句话让他有点怀疑自己刚刚是不是说错了什么，想问白松又不能问，一问岂不是更露怯了？

"确实是田欢给我的，我曾经帮他买过设备。"雷朝阳觉得自己还是有必要解释的。

"你为什么说设备，不直接说黑电台？"白松随口问道。

"都一样，怎么称呼都行。"雷朝阳终于缓过来，反问道，"我以前卖过不少电子设备，都这么称呼，你不知道吗？"

白松不由得笑了："也不知道你卖大哥大赚了多少钱。"

雷朝阳有些恼了，他知道这些前科警察能查到，但是揭人不揭短啊："我确实是很懂电子设备的，你别小看人！"

警察不是也希望他合作吗？不然为什么刚才他要烟警察都给了？现在这般，是不在乎他了吗？

"这个，我知道。"白松点了点头，"你确实是很懂电子设备。"

白松说得很认真，雷朝阳听完这句话，发现自己刚刚气恼的那句话，似乎又犯了严重的错误。

见白松似胜券在握，雷朝阳决定避其虚实，接着讲自己的黑电台犯罪行为，这次，一直到笔录记完，白松也没插嘴，这倒是让他莫名有点心虚。

"田欢并没有给你电话，是你自己偷偷发现的，为什么要编这么简单的故事呢？"白松轻轻敲了敲桌面，接着问起之前的情况。

田欢怎么可能会把这种电话主动给别人？也许，雷朝阳都没有白松更了解田欢，田欢做的事，根本就不是黑电台这么简单。

而且这个雷朝阳一向是有反骨的，偷偷去寻找这种事情自然是太正常不过了。

“确实是他告诉我的。”雷朝阳直接道。

“你觉得田欢有可能为你再背一个‘传授犯罪方法罪’吗？”白松声音略带嘲讽，“搞了半天，到现在，你都不知道田欢到底是什么罪名，是吗？你觉得他就是个杀人犯？”

“我没骗你，我不会骗警察的，不信你去翻翻我以前犯的几次事，我一向都很坦白。这个厂家的电话号码，确实是他告诉我的。”雷朝阳准备死扛到底了。

“你怎么说都行，你不说，我也理解。无非就是你偷看他手机的时候，看到了别的东西不想牵扯进去。可是谎言是无法圆下来的，最终的结局无非还是包庇。”白松摩挲着下巴，“很多事，就怕半懂不懂。”

“你认识田欢这么久，却一点也不了解他。”白松接着说道，说着，他看向雷朝阳，“比起这件事来说，你刚刚自述的时候，隐瞒的关于电台价格回扣和你准备搞到外市的一些途径的事情，都不算什么了。”

“你别诈我，没用的。”雷朝阳把头斜了斜，掩饰着心中的惊涛骇浪，他自认为隐瞒得很自然了，白松怎么知道这么多？

“你这么肯定我是在诈你吗？”白松嘴角轻轻上扬，“咱俩聊到现在，只有你在诈我。你故作肯定，这么说来，田欢的事情你知道得不少，这事没那么巧合，你解释一下吧。”

从和白松交流的第一句开始，雷朝阳就很谨慎了，但是他逐渐发现，这个话不多的年轻警察，似乎总能找到他话里的问题。

“我真的不知道，真的是巧合。”雷朝阳还是没有开口。

“什么是巧合？”白松接上了雷朝阳的话。

“就你说的那些。”雷朝阳接着道。

“我说的哪些？”白松继续问道。

雷朝阳不说话了，他感觉这么说下去肯定会被找到更多的问题，他需要一点时间思考一下怎么说。

“你知道吗？我真的希望这件事是个巧合，我更希望曾经发生的很多事都是巧合。”白松没有继续逼问雷朝阳，而是叹了口气，“你也许不知道，为什么我会知道这么多事情。实际上，在田欢招供了之后，我一直都在等你。”

白松说完，看着雷朝阳瞬息变幻的表情，继续说道：“事实上，田欢被我们抓到，并不是我们多么厉害，而是他自己也做好了准备吧？这件事，你是少有的知情者，对吗？因为田欢的手机，就是你帮忙处理的，对吗？”

第三百九十三章　白队长的审讯（2）

田欢被抓之前是带着手机的，后来抓他的那一刻，他的手机就没了，至今都没有找到。

这件事大家都知道，肯定是田欢自己已经提前做了销毁或者让别人做了销毁。自己销毁的话，可能会留下很多痕迹，于是他就委托了小弟雷朝阳。

手机有密码，他并不担心会被发现什么。但是，他真的低估了雷朝阳对电子设备的了解，更低估了雷朝阳挖自己老大墙脚的能力。雷朝阳上次吃了大哥大的亏，这次出来之后确实是自学了很多电子知识。

事实上，一个行业只要你认真学一段时间，你就能比普通人多了解很多内幕，这些并不能让你成为专家，但是至少能让你知道这个行业的专家是什么样子的。

拿到田欢的手机后，雷朝阳还是去找了专业的人士，做了解密处理，并且发现了里面的一些东西，从而联系上了黑电台的厂家。

田欢的手机里其实并没有太多东西，田欢与幕后的人之间不是通过手机交流的，但是依然有着一些在雷朝阳看来触目惊心的东西。

“你只需要回答我一个问题，问完这个问题，我今天保证不会再问你其他的，你看如何？”白松看雷朝阳已经要流汗了，问了一句。

雷朝阳没有说话，但是他已经做了决定，只要这个问题不涉及要害，他就一定说，早点让白松走了吧！

“田欢和健康医院之间有什么关系？”白松问了一个跟之前所有问题都无关的问题。

雷朝阳眼神一下子凝滞了，他死死地盯住了白松，似乎想知道白松到底还知道什么，但是他仅仅盯了三秒就失望了。

这些年，和警察打了很多次交道，雷朝阳还是第一次如此无力。倒不是因为白松面色平静，而是因为这个年轻人似乎能懂非常多的东西，每一次都令他猝不及防。

雷朝阳感觉自己很累很累了，两个多小时的审讯，他这才感觉到，后背的衣服已经被汗浸透，紧贴在了后背上。

要知道虽然这是夏天，但是这个讯问室里的空调可是只开到 23 度。

深呼了一口气，雷朝阳准备回答这个问题。

当他做出这个动作时，白松就已经得到了答案，略微有些放松。

并不是每个问题有了回答，才算是得到了结果。对他来说，有时候只要看到一个眼神和态度，就已经能明白下一步的情况。

白松的表现，在雷朝阳看来，似乎表明警察已经知道了结局。

这并不是第六感，而是经验丰富的他的真实感受。

真的是……无从下手的感觉，对面的这个警察，没有漏洞啊！

“我不知道他和这个医院有什么很深的联系，但是我从他手机通讯录里看到过这个名字，应该是合作方。但是，之前我偷偷复刻的一张 SD 卡里并没有这个合作伙伴。”雷朝阳道，“我真的只知道这么多，我曾经还想去联系这个大医院，但是我暂时还没有把业务铺到天北区，所以就还没尝试去找。”

白松点了点头，他相信雷朝阳说的是实话，跟三队的民警做了个示意，接着看了眼摄像头，没有再说一句话，就离开了讯问室。

他刚刚离开，就有人替换了他。毕竟讯问必须两个人进行。而新进来的人是二队韩大队长。

雷朝阳有反骨这是本性，很多事情从这个角度推理，就什么都知道了。这次黑电台播放的这些内容，都是以前的，就连一些联系方式也都是田欢之前的合作伙伴的，如果说他没有提前备份或者提前想好其他城市的发展模式的话，白松是不信的。

说到做到，白松直接去了会议室。

雷朝阳哭了，这警察倒是真的讲信誉，这就走了，但是……新来的这个似乎也不是善茬啊……

只是一眼，他就明白了一点，这个新进来的中年警察，一定是个狠人！

一般来说，每个分局的刑警部门，无论有多少个部门，总有负责重案的。而韩队作为二队的大队长，可能没有三队李队长考虑问题周密，也可能没有四队周队长细致，但他一定是一个见惯了很多大场面、抓过无数大坏蛋的人。

这种人，眼神一凝，可以让孩子止啼，但是柔情一笑，也能让人如沐春风。

如果第一个面对的是韩队，雷朝阳觉得自己还能试一试，硬气点，什么也不说。但是刚刚他的表现，已经被白松发现了很多漏洞，现在不少地方已经岌岌可危，韩队这个体量……

雷朝阳想擦擦汗，但是手上还锁着铐子，他尝试了一下，无法轻易地做到。

他想低头，把头上的汗在手背上擦一擦，但是手背上也都是汗，而且他不想这么快低头。

额头上的横纹完全拦不住受重力影响的汗滴。

眉毛做了无效的抵抗之后，一滴夹杂着盐分和灰尘的汗液流进了雷朝阳的眼睛里，他一下子闭上了右眼。

酸、楚、涩、痒……雷朝阳最终还是没绷住，习惯性地在手铐的限制下最大幅度地抬起了后侧肩膀，然后头尽力向右下侧倾去，终于，他的右侧短袖擦到了汗液。

他想再擦，却觉得这个动作很㞞。

但是，已经擦了，此时放下，也是无用，不由得僵了三秒，继续擦了擦。

右手被绑在面前的手铐勒得很疼，但是痒的感觉更加难受。

终于，他放下了肩膀，雷朝阳看到的不是意料之中的嘲笑和轻视，而是韩队递过来的一支烟。

韩队的胳膊黝黑，粗壮的胳膊上纹理极为清晰，有一种强烈的中年大叔的韵味，此时他自己已经点了一根烟，给雷朝阳的这一根也已经点燃。

这一刻，这根烟，雷朝阳无法拒绝。

雷朝阳如释重负，本来想吸上一大口烟，但是他没有。

轻轻地吸了一口，大约也就是三分之一口，雷朝阳就吐出了烟圈。接着，他深吸了一口气，缓缓吐出，才正儿八经地抽了一口，然后在口中品了几秒，看着韩队长说道："这里面的事情，你们想知道什么，就问吧。"

第三百九十四章　白队长的审讯（3）

“以后你别问我任何事情。”有人看到白松进来，拍了拍白松的肩膀。

“对，以后你喝酒别叫我。”

“还喝酒？吃饭都不能和他一起吃。”

……

白松回到会议室，被大家调侃了一番。大家都觉得以后要和这个提讯时闷声不语但是总能抓住对方心思的白副大队长远一点。

经此一事，再也没有人把白松当成小孩子了，很多比白松年纪大不少的副队长也纷纷称呼起“白队长”来，给足了他面子。

气氛一片祥和，这个案子已经有了突破点了。田欢是很聪明，但是千防万防，家贼难防。也许，再完美的犯罪也会有漏洞吧。

调侃了几句，有的人在这里继续看二队大队长的审讯，还有的去忙自己的工作了，白松离开了会议室后，被秦支队叫了过去。

“你提到的健康医院，是怎么回事？为什么前期我们的线索里一点也没有相关情况？”秦支队问道。

“是市局那边的涉密案子，涉及了上……”

秦支队打断了白松的话：“那就别说了。”

“嗯。”白松点了点头，“可能是涉嫌别的案子，如果有和这边案子的必然联系，我汇报给曹支队，到时候估计曹支队会跟您联系。”

“行。”秦支队道，“明天周五，你还得回那边上班，时间也不早了，你早点回去休息。”

“谢谢秦支队，我等韩队提讯完。”白松看了看时间，已经十一点，看样子倒不会太晚。

秦支队点点头，没有多说，去忙别的事情了。白松则去了三队那边，帮了点别的忙。

三队的人基本上也都在忙，白松习惯性地去档案室待了一会儿。档案室有了两三套桌椅，上面摆着一些案卷和笔记本，白松翻看了一下，都是三队的年轻人留下的，他看到这些颇感欣慰。

晚上十二点，其他嫌疑人都已经取完了笔录，一大堆人带着这些人去体检了，白松一个人在会议室看着韩队的提讯视频。

笔录已经取完了，打印了十几页，雷朝阳基本上都招了，一会儿他签完字，这份笔录就会被送到秦支队那里，同时，会被复印或者复制几份，白松也能第一时间看到。

“仔细看看，看完以后每一页签上名字，签好犯罪嫌疑人诉讼权利义务告知书和认罪认罚从宽制度告知书，在最后一页上面写上‘以上笔录我看过，和我说的相符’。”负责记录的刑警不厌其烦地给雷朝阳重复着。

雷朝阳很细心，一点一点地读完了自己的笔录，确认无误后签字。

由于都是打印的A4纸，页数也比较多，翻动起来有点麻烦。雷朝阳搓了搓纸，还是有点不方便，不得不蘸了点唾沫才翻开。

白松看着雷朝阳笨拙的样子，不由得有些好笑，蘸个唾沫都这么费劲。白松不由得想起了田欢，田欢都没有雷朝阳这么讲究，蘸唾沫都蘸得比他熟练得多……人和人的差距，在这方面也能显现出来吗？

这个雷朝阳，未来很多年又要在监狱里待着了，下次出狱也不知道是什么时候了。

想到这里，白松离开了会议室，进了讯问室。

“白队，你怎么过来了？”韩队看到白松，有些不解，不过看得出来，韩队心情还算是不错。

“我看笔录取完了，过来再和老雷聊聊天。”白松笑眯眯地说道。

雷朝阳看到白松，莫名有些发怵。他用几秒钟的时间简单地回想了一下，自己好像没有撒谎啊！

谁想和你聊天！

雷朝阳感觉还是韩队更亲切一些。他总觉得这个年轻的警察能看穿他的很多秘密。

白松哪里知道雷朝阳心里想这么多，露出了和煦的笑容："感觉怎么样？"

"你不是说今天不会再来找我吗？"雷朝阳开始使用战术了。

白松笑容不减，指了指墙上的电子表。

雷朝阳看了一眼，过十二点了？

这也行？

雷朝阳丧气地低下了头。

"我只回答你一个问题。"雷朝阳谈起了条件。

"五个。"白松笑眯眯地讨价还价。

"最多两个，没商量。"雷朝阳一下子把口封死了。

白松很高兴，他其实只想问一个问题，说五个只是为了让雷朝阳觉得回答一个问题很划算，不过能多问一个也无妨。但是，这不重要，白松直接问道："你在监狱里待了这么久，都是怎么度过的？"

就连韩队都不知道白松为什么问这个问题，不过他并没有打断白松，而是静静地坐着，仿佛什么也没听到。

雷朝阳本来想说他可以拒绝回答这个问题，但是想到就俩问题，而且这个确实不难回答，于是张口道："不同的监狱不一样，这些年，我干过裁缝，干过汽修，也做过一些计数件。监狱里我反正就是按时吃饭睡觉，听命令听指挥，每天都劳动，但是给的钱少得可怜，换不了几根烟抽。

"我也没啥大的本事，就是喜欢研究研究电子产品，可惜了，时代发展太快了，大学生都那么多，我这样的根本没什么用。"

白松点了点头，现在监狱已经没烟抽了，但是以前可以换烟抽，他是知道的。他接着问道："你爱好电子产品，那田欢有什么爱好？"

这个问题也不难答，雷朝阳舒了一口气，看来这个警察确实是来聊天的，俩问题都很友好啊……

不过，雷朝阳想了半天，还真的想不起来田欢喜欢什么，纠结了十几秒，脱口而出："他喜欢钱。"

"喜欢钱算什么爱好，谁不喜欢钱？"韩队嗤之以鼻，"你不喜欢？"

"不是不是，他喜欢钱，也喜欢数钱，而且几次去找女人他都不去，喝酒也不喝，反正我只知道他喜欢钱。"雷朝阳回答道，"这人其实挺没劲的。"

"嗯呢，好，问完了，老雷你不错，很配合，这个事我们会和检察院、法院那边说的。"白松抛下了个甜枣，跟韩队打了招呼，就离开了这里。

第三百九十五章　审讯结束

白松回到会议室不久，就拿到了笔录的电子稿，因为笔录比较多，这样比较省纸，白松直接从第八页开始看……前半程他已经知道了。

韩队的讯问特色白松也是比较了解的，并不是很严谨，但是却很有效果，基本上嫌疑人都怕他，雷朝阳交代得也比较彻底。

实际上，在九河区这个地方，类似于韩队这种人，在某些圈子里名气是很大的，很能镇得住场子。

白松仔细地看完了雷朝阳的笔录。

雷朝阳给田欢帮忙有几个月了，其间对这些黑电台的安装还是很熟悉的，但是从来没有接触过中继器的事情，只是偶然间从田欢的手机里看到过“设备”这样的词，但是语句不完整。

关于光头，雷朝阳并不知道这个人。

这事白松倒是能理解，光头等人的履历白松早就看过，确实是一些小混混，本来就不怎么出名，这次估计就是被田欢临时雇用的。

根据白松的估计，田欢这次来，是带了不少钱的，而且大部分都是那些发霉的纸币。

至于为什么要用这种钱，白松估计是因为数量太多，在当地实在是难以兑换。无论是雇用光头等人，包括后来安排光头跑路，还是雇用司机和购买黑电台，都是要疯狂用钱的。

当然这些也属于推测，白松只见过光头那部分钱。

不过，这些钱虽然多，但是并不属于田欢，估计只有最后剩下的十几二十万，以及后续的一些收益是田欢的。

田欢的资产状况其实也是差不多公开的，他自己卡里的钱只有几十万，这笔钱无法证实与犯罪有关，除此之外，从他当初找律师的那个情况来看，他应该还有更多的钱，是现金。

雷朝阳获得的田欢的手机，是恢复了出厂设置还加了密的，但还是被雷朝阳想办法恢复了一些数据。白松看到这里，都觉得田欢倒霉不冤枉，如此挖墙脚的能力……

能拿着老大的手机去做数据恢复，这可不是一般人可以做到的，尤其是在 2013 年！

现如今，手机早就已经被他销毁了。

今天的收获很多，白松对这案子有了更深刻的理解，似乎距离真相又进了一步。

回去的路上，白松打了一辆车，没有让任何人送他。一路上，白松都在想这个案子，但是即便这个状态，他依然没有放松警惕，这已经逐渐形成他的习惯。

时近七月，天气已经很热了，白松打开了车窗，迎来了习习凉风。

看这样子，今天晚上有雨啊！

白松很喜欢下雨天，从小就喜欢。

今天是个阴天，看不到月亮，但是白松知道，只要今天刮了风、下了雨，那么明天肯定是难得的好天气。

这几年雾霾很严重，再加上城区严重的光污染，白松已经一个多月没看到完美的星空了，还有两天就是夏至，这可是一年里少有的观测星空的好日子。

因为车子没了，白松一直也不方便把望远镜带到单位去，事实上，天北区是拥有更好的天文观测条件的。

“无论在任何时候，都不要忘了自己还有一些爱好。”白松轻轻地自言自语道。

呸，说完这句话白松自己都觉得有点无耻了……爱玩就直说……

下了车，风更大了，白松四处望了一番，回了家。

第二天早上不到六点钟，白松就出门了。

他背着一个二十多斤重的长筒包，向单位跑去。

这个包有一米多长，即便白松个子高，也觉得很别扭。尤其是望远镜这个东西本身并不重，但是为了保持稳定，要配赤道仪之类的设备，加起来还是有点分量的。而最关键的是，望远镜下面有一大块铁坨坨，是用来配重的。

如果不是白松已经跑了两个月，这样背着重心不稳的东西跑几步估计就没力气了，但是现在还好，顺利地跑完了10公里。

昨晚到底还是下了雨，路面有些湿滑，这一趟白松跑了一个多小时。

这段路白松现在最快已经可以在50分钟之内跑完了。

努力地做了做深呼吸，白松继续散步了几百米，打了个车，直接去了经侦总队，带着望远镜是不可能坐地铁了。

到了单位，才七点半，白松先回了宿舍，收拾东西洗了个澡，吃完饭才去开会。

今天的工作还是整理材料，白松开完会准备回宿舍，被柳书元叫了过去。

“你这是急着干吗去？”

“回办公室啊。”白松扬了扬手里的材料。

“还打算看案卷啊，你真行，我听王队说，你这段时间从来没有间断过看案卷，我是真服了你了。”柳书元道，“而且据说你整理的卷一点毛病都没有？”

“那可是捧杀我了，都是人，谁敢说自己没问题啊。”白松摇了摇头，“你找我什么事？”

“晚上想一起吃个饭，我约了华东还有几个咱们学校的师兄，你有时间吗？”柳书元问道。

“你都这么说了，我当然有时间啊，在哪？”白松很诧异，柳书元最后一个邀请他，这是多重视他啊！也就是说，如果白松今天没空的话，那柳书元就算是白组织了。

“地点你别管了，晚上下班跟我走就是了。”柳书元很高兴，“这件事，我们家老爷子都夸我干得漂亮，干净利索，该拿下来的东西都拿下来了，我这上班两年了第一次被夸啊，我可得好好谢谢你。”

“谢谢我？”白松语气夸张，“你要是这么说，我可就不去了。”

“别啊，哈哈，不谢不谢。我这不也帮你忙了吗，对吧？”柳书元说话倒是丝毫不顾忌。

“那是，扯平了。”白松丝毫不在意。

“行，晚上再说。今天白天，你要是不着急，跟我去调个银行流水行吗？我在这里待得太无聊了。”

“也行，我也出去透透风。”白松道，“今天我把望远镜拿过来了，一会儿忙完了，我们一起去健康医院转一圈。”

“好！”听到这个词，柳书元眼里有着些许精光。

第三百九十六章　伪装实战

柳书元常开的车不止一辆，今天开的是一辆新款的“红旗”。这车很大，车长近五米一，柳书元不常开。他平常一般开一辆“大众”，今天看样子是为晚上聚会提前准备了。

虽然是轿车，但是白松把望远镜放到车子的后备厢一点压力都没有。本来白松还以为这辆车的后备厢会很满，打开才知道基本上是空的，只有一个透明的塑料箱子，里面放着一套换洗衣服和一双鞋。

“你这拿的什么东西?”柳书元看着白松拿了个望远镜和一个箱子，有些不解，“怎么看着像化妆盒?”

“嗯，化妆箱。”

“我去，真的假的？你还有这东西?”柳书元被吓了一跳，白松还有这个爱好？这化妆箱这么大，到底有多少化妆品啊？

“怎么了?”白松一脸不解。

“没事没事，看来完美的人是不存在的……”

“……”白松一脸“黑线”，“这箱子是乔启师傅的，他这次出差之前把它留给我了。”

“乔师傅的？啥意思?”柳书元有些不解。

“做伪装用的化妆品，这可是百宝箱啊。”白松卖了个关子。

“好吧，那我大体了解了。”柳书元这才了然，明白了是怎么回事。

“去哪个银行调证据?”白松上了车，把箱子放在了后座，接着问道。

白松出来前跟王队说了一声，当然，即使他一天不回去也没人会过问。

“天华银行，”柳书元道，“就是去取个东西，很快能忙完。”

“那你叫我出去干吗？”白松问道。

“这案子搞得我这几天热血沸腾的，在单位闲不住啊，咱们得乘胜追击，看看有没有其他线索啊！”柳书元握了握拳头。

从上个周末白松发现黑电台的信号，到昨天晚上，这四五天的时间里，白松还每天跑步上下班，而柳书元则一直奔波不停。

四天的时间集结如此多的力量，把这样数个犯罪团伙给打击掉不是一件易事。要知道，这个新发的黑电台的案子，没有什么被害人，也没人报警，按理说不会引起领导的高度重视。纯粹内部侦查，却能如此高效，让白松来组织都没什么可能。

这也没办法，毕竟领导都太忙。白松现在还好，是个借调在外的副职，一旦他回到单位负责相关工作，或者以后有机会担任哪个部门的一把手，再想休息什么的都是奢望了。

“你们九河分局审讯得怎么样了？有没有什么大的进展？”柳书元问道。

“雷朝阳说他从田欢的手机上见过健康医院的消息，这说明田欢和健康医院的人有其他关联，这种关联本身，超过了黑电台合作的范畴。”白松道。

“田欢做这种事怎么会让雷朝阳知道？会不会有诈？”

白松摇了摇头。

柳书元虽然开着车，但是余光依然看到了白松的动作，不疑有他：“如此说来，这案子可能还连着呢？”

“是这样。”白松问道，“健康医院的事情，不涉公的，你了解吗？”

“没有，我了解的全是那方面的事情。毕竟这块地的土地性质按理说是有问题的。”柳书元道，“这事我也是听我舅舅说的。”

“这地方不能小觑，我有一种预感，这后面的案子可能会很大。”白松把头贴紧了头枕，望着前方，默默无言。这柳书元家里到底是干吗的啊？看来他爸还不是他的家族里最大的“地基”，不过想想也是，他爸刚刚五十岁，还算是年轻的呢。

“很大？”柳书元兴奋了，直接看向了白松，“没事没事，大点好啊！”

“你开车认真点！”白松吐槽道，这自信的语气啊……真的是……学不来……

银行的事情还是很简单的，两人一起进了银行，签完字，领完材料，很快就搞定了，又直奔健康医院。

这会儿这附近还有点热闹，监狱门口停了几辆车，医院门口也有几辆车。

上次两人来的时候是下午，这会儿是上午九点多。

可能是今天有什么重要的犯人刑满释放，门口有不少人准备迎接。

“还挺有排面的啊。”白松看着监狱门口的几辆车，随口说道。

“也不知道是哪个大要要出来了，”柳书元也没看一眼，准备开车进医院，随口道，“反正看着不像什么好人。”

“嗯，这里面哪有什么好人。”白松点了点头，仔细地看了看，“我怎么感觉不大对劲？”

“怎么了？”柳书元把车减了速。

“我感觉门口这几辆车不像是一伙的。”白松疑惑地说道，“这几辆车的停放让人感觉互相戒备。”

“这你都能看出来？”柳书元不置可否，“这不就是瞎停吗？这边这么偏僻，也没交警管。”

说着，车子开进了医院里，白松也没多想，把目光投向了医院。

车停在了一个没什么人的地方，这车比较长，柳书元也不想跟别人的车靠太近，就停在一个偏僻的地方。白松看了看医院的人，拦了一下柳书元，道：“先别急着进去，上次咱们来过一次了，这次做个伪装。”

“伪装？”柳书元来了兴趣，“可以可以，怎么做？你帮我弄。”

“行。”

十分钟后，两个看着三十多岁的青年男子从车子上下来了。

今天柳书元本来就穿着比较正式，被白松整理了一下，看着颇有成功人士的样子。

而白松自己则更像是一个保镖，脸部的线条变得很粗犷，脸上满是岁月的痕迹。

这种伪装其实并不难，在乔师傅的教导中，这算是基础的东西。

“你从后座下车。”白松准备从驾驶座位下车，示意柳书元从右后座下车。

做戏要做全套。

柳书元听了白松的话，把座椅拉到最后，然后轻松地爬到了后排。白松则爬到了驾驶室，然后重新给柳书元整理了一下伪装，就先下了车。

停好车子，白松去给柳书元打开了车门。

第三百九十七章　医院探秘

医院毕竟是医院，上次他们遇到的医生还算是认真负责，因此二人这次来，就打算“看病”。

进了门诊楼，二人先去看了看坐诊的大夫，然后想找个好糊弄的大夫开个单子，接着俩人就可以在医院里到处转转，如果被人问起也不会被人怀疑。

在挂号处随便报了年龄和姓名，交了10块钱挂号费，二人就去了二楼。

这次的“病因”是柳书元身体不适，根据导诊的建议，二人去看了中医。

进了门诊病房，里面的中医是一名三十多岁的女性，戴着眼镜，显得很文静，看到柳书元便示意他坐下。

简单地聊了几句，柳书元交代自己最近饮酒过多，有些精力不足，胃口也不好，医生看了看柳书元的肤色，便提出要号一下脉。

柳书元的胳膊擦了一层简单的水粉，此时看着也没有那么细嫩。医生不疑有他，号了一会儿脉，面色有些凝重，接着便要求号另外一只手。

柳书元看着这大夫好像有两下子，不由得有些担心，难不成自己真有什么问题？

“大夫，我这脉象有什么问题吗？”柳书元主动问道，他故意压低了声音，显得年龄大一些。

“你这脉象和你的面相，不像同一个人。从脉象看，你身体健康得很。”医生摇了摇头，“你这情况我看不了，你去验验血，化验一下吧。”

听到医生的一句话，白松和柳书元瞬间惊呆了。

倒不是瞧不起中医，只是二人觉得这地方的中医肯定技术不行，而且二人还特意挑选了一个年轻的女中医。

这真的就是经验主义害死人。在这个年龄的中医，尤其是女医生中，反而不太可能出现什么骗子。她多半是正规的中医大学毕业的高才生，估计若不是学中医有时候不那么好找好医院，这个医生也不会来这里。相反，倒是真的有很多岁数大的中医没什么真本事，全靠一副仙风道骨的样子忽悠人。

毕竟越是骗子越在意卖相。

这医生“望”“闻”都能看得出柳书元身体不适，很可能出现肝脏问题的前提下，仅仅依靠把脉，就能确定他没什么问题，这是有真本事。

“医生，你的意思是我其实一点事也没有，对吗?”柳书元戏精附体，虽然很惊讶，但还是一瞬间就恢复了过来，“那太好了。”

接着柳书元转头便跟白松说道：“我就说我没事，你偏说路过医院让我来看看。”

“嗯，没事就好。”白松也配合着深呼一口气。

这么一来，倒是女中医有点不确定了，她也不敢说柳书元一定没事，毕竟蜡黄的脸色在这里摆着呢，所以还是强调了一句：“我建议你去化验一下血，测测血象和肝功能。”

柳书元见医生不再有什么怀疑的情绪，淡定地说：“行，这样保险一点。”

女医生在电脑上迅速地打了条，示意柳书元拿着这个单子去交费，然后就可以去化验血了。

二人知道，中医在学校里也会学习西医的基础知识，毕竟中医本身并没有西医那样成建制的科学体系。所以一旦验血结果出来，这个女医生一眼就能看明白。

拿着医生开的单子，两人缓步离开。

这就是做贼心虚啊……

二人轻松地慢慢走楼梯上到了六楼。

六楼以下还是有些人的，因此楼道里也有点亮光，而六楼以上因为没有开放，所以挺暗的。

而今天有点特殊，七楼也亮了灯。

大楼是单向玻璃，从外面倒是看不到哪一层亮灯，所以二人看到七楼灯亮，立刻就从楼梯间爬上了七楼。

本来两人还以为能发现什么秘密，结果到了七楼才发现，这里和六楼没什么区别，就是普通病房，只是多了一个护士站，不过只有两个人，估计是从六楼暂时调上来的。与此对应的，病房也只开放了三四间。

没什么收获的二人有些失望，又回到了六楼。

六楼人比较多，二人混在人群中，溜达了一阵。

就在二人准备细致观察一番的时候，突然护士站的铃声响了。

一个护士接起了电话，过了几秒钟就挂掉了，接着喊道：“张医生、李医生，楼下来了几个病人，需要紧急手术，急救室喊你们过去。”

这话一出，立刻好几个大夫都出来了，远不止两个人，几个护士也跟了过去，上了电梯。

远远地，白松听到医生跟电梯员说道：“一楼。”

白松二人不方便跟着挤同一部电梯，便选了另外一部，也去了一楼。

此时一楼跟二十分钟前完全不同，整个都乱套了，不少人围在这里，警察也不少。空气中都弥漫着一股淡淡的味道，说不上来是什么味。

刚刚，医院对面真的有人打起来了！

柳书元看了白松一眼，眼神像是看外星人，白松这是什么预言能力？

除了下来的好几个医生，医院领导部门的几个人也下来了，毕竟来了不少警察，总得了解一下是怎么回事。

这些警察里，不少都是柳书元认识的，但是大家都没有认出柳书元。

趁着这个机会，二人对医院的管理层大体有了了解，只是看着其中一人，白松有些凝神，轻轻地碰了碰柳书元，二人慢慢地退离了一楼大厅，到了楼道里。

“怎么回事?”柳书元问道。

“那个院领导，你看着眼熟吗?”白松问道。

柳书元摇摇头：“没印象。”

“上次来，咱们第二次坐电梯的时候，遇到了一个男电梯员，你还记得吗?”白松语出惊人，“就是他。”

柳书元一听，后背冷汗一下子就下来了。白松这句话让他在脑子里飞快地回忆起来，然后两幅画面缓缓地对应了起来，确实如此！这个医院的领导，确实跟上次的电梯员是一个人！

第三百九十八章　10层

白松并不是记忆力真的这么好，而是上次他就对这个人有了一点防范。

这些年，他去过很多次医院，从来没见过男电梯员。

上次他就留了个心眼，多看了一眼这个人。

而这次，幸亏做了点伪装，虽然二人不知道这个医院的领导为什么会在电梯里等他们，但是可以断定的是，上一次，敌暗我明，很可能二人的所作所为都有人盯着。

主要是上次两人的行为看着就“很警察”，到处转到处看，难免被人注意。

好在这次来，相隔了两个月，如果他们在上次来了之后，第二天又来，估计即便换车再化装也能被人认出来，毕竟白松这个身高有点不太好隐藏。

“上次，你觉得咱们是什么时候被盯上的？”柳书元再次确认了一下一楼楼道里没有监控录像等电子设备，“是咱们去图书室的时候吗？”

“可能是，也可能更早，不过那不重要。”白松道，“上次咱们开的是单位的车。”

柳书元沉默了几秒，不再纠结这个问题：“这楼道里有监控吗？”

“下面的楼层肯定是没有的，但是上面的楼层不确定，太黑了。”白松道，“咱们坐电梯去十三层玩会儿。”

“行，保持好状态。”柳书元迅速入戏。

电梯都被人占用了，这会儿还有好几个人在等电梯，这算是医院难得的比较忙的时候了。

听着等电梯的人聊天，也多少听到了一点事，那些打架的人算是聚众斗殴了，受轻伤的和轻微伤的不少，还有两人伤情重，一个被另一家医院拉走，另一个正在这里抢救。

要说起来其实这种事情不常见，但性质非常恶劣，这边不断增派警察，一些没什么伤情的“小弟”都被警察围着取笔录了。

这一趟出来一个人，估计又要进去十几个。

难得这么热闹，等电梯的越来越多，电梯下来之后，电梯里进去了十几个人。

“五层。”

“六层。”

“七层。”

“十三层。”

大家纷纷报了楼层。

女电梯员一一按完，还维护了一下电梯里的秩序。

人有点挤，白松侧对着摄像头，挡住了柳书元，柳书元则悄悄伸出了手，按了一下“10”。

没有任何人注意到这个情况，直到一半多的人从六层下了电梯，电梯员才发现这个情况。

电梯继续向上，电梯员面色一变，想取消十层按键，却发现根本就没有取消这个功能。

这情况电梯员也没遇到过，按了好几次才发现这样是不行的。

七层的人下去了，电梯门关上了，电梯员才发现已经来不及了。

一般来说，按错了电梯楼层，中控那边也可以取消。比如说电梯员可以让电梯停在七层，然后打电话给中控。

但是现在电梯已经开始上升，到达十层也就是几秒的事情，现在做啥也来不及了。

去十三层的这几位，都是常常去楼上运动或者看书的，这电梯都不知道坐过多少次，但是从来都没有人在十层停过，这么一来，他们都有些好奇，想看看十层是什么情况。

不得不说，好奇是人的共性了。

本来白松二人还打算掩饰一下自己的好奇心，但是几个大爷大叔都快把头伸到电梯门口了，二人也恰到好处地表现出了一些好奇。

电梯向上的程序是不可更改的，很快电梯稳稳地停在了十层。

电梯门缓缓打开，白松看到，外面距离电梯一米左右的地方有一堵墙，墙上有道木门并且锁着。

这一下子吸引了两三个人伸头去看，电梯员连忙拦住："这一层是实验室，有病毒的，平时不开放的！"

几个人一听"病毒"二字，立刻把脑袋缩了回来，身体贴紧了电梯内壁。

二人也学着大家，从开始的好奇到听了"病毒"二字后的远离，有样学样，表现得还算可以。

这堵墙看样子已经修建有一段时间了，因为光线很暗，基本上看不清，不过白松可以判断出，这里已经很久没人来过了。

门缓缓地关上了，楼道里一阵阴潮的味道进入了大家的鼻腔，几个大爷纷纷掩住了口鼻，生怕吸入病毒。

白松二人也装着掩住口鼻，但是没有真捂，主要是电梯员不为所动，说明这肯定没啥问题。

这股味道，不是什么怪味，白松很多次闻到过这种味道，尤其是以前在派出所出警的时候。

这就是很久没有见到阳光、阴暗潮湿的霉味。

按理说这里作为实验室，怎么着也应该有点福尔马林之类的味道啊……

门关上之后，电梯继续上行，白松敏锐地看到电梯员有些担心地望了眼电梯监控摄像头，可能在叹息要被罚鸡腿了。

虽然这些人薪酬不高，但是因此被罚工资白松也没啥不好意思的，毕竟这些人多多少少还是知道一些事情的，只是知道得不多。

在十层并没有什么意外的发现，很快，电梯到了十三层。

电梯里的人像逃一样地离开了电梯，顺便拍打拍打身上的“病毒”，生怕沾染上一点。还有两个人仔细地看了看电梯号，估计是想一会儿下去的时候避开这部电梯。

这个岁数的人，特别迷信“辐射”和“病毒”这类词。

迷信的主要原因，就是他们不懂。

这是很奇怪的事情，越是不懂吧，越信。

二人也学几个老年人拍打了几下，接着就去了活动室附近。

第三百九十九章　少一层

这一层楼道里也有监控，白松已经可以习惯性地发现监控了，这种能力之前也有，普通人也会有。但是经过乔师傅的反跟踪训练，白松这方面的能力大大加强，只要不是远处的针孔摄像头，他都可以轻而易举地发现。

两人很快地到了活动室门口，进去找了个乒乓球台看别人打起球来。

这边是两个老大爷正在打乒乓球，双方你来我往，技术很高，观赏性也很强，十几个人围着看。

这扣球和接球的技术之高，白松都为之咂舌，怪不得人家说小区老大爷的水准足以一战国乒呢。但是即便如此，还是有几个大爷在一旁表示“也就那么回事”，他们每个人都拿着一个拍子，跃跃欲试。

白松不懂这些拍子，和柳书元聊了聊。柳书元对一些高端的品牌大体有些了解，什么凯斯汀、达克，总之一个拍子基本上是白松一个月的工资。

正儿八经地买拍子的，都是买一只，没有买一对的，来这儿的大爷都是土豪啊……

很快，一个大爷败下阵来，立刻有人接替了上去……

下来的大爷有些挫败感，给自己的拍子贴上护板，放在了窗台上，看来是有点累了。

“老孙，你这都赢了七轮了，还不甘心啊？”有人调侃道。

“不服老不行啊，体力跟不上了！”老孙听到这话，很高兴地说道。

看得出来，活动室里很多人都互相认识，但是这些人性格很好，丝毫没有多注意白松二人。

对不熟悉的人，不总盯着他看，是一种很礼貌的行为。

二人聊了会儿，找了个监控的死角，这边有把椅子，白松这才聊起了刚刚的事情。

“你还记得，我们上次爬楼的时候，看到的那个实验室是在几层吗？”白松问道。

“没印象了。”柳书元摇了摇头，“应该就在十层吧？”

“嗯，我印象里也是，可是我总感觉怪怪的。”白松有些皱眉。

“怪怪的？哪里怪？”柳书元丝毫没感觉有什么问题。

“你不觉得，上次咱们从实验室下到六层，好像只走了三层吗？”白松眉头皱得更深了。

“你的意思是，在九层？”柳书元有些疑惑。

“不，我印象里，从十三层下去，到实验室，也是三层。”白松道，“但是我没数，不确定。”

“那么阴森，谁数这个东西啊？”柳书元指了指外面，“要不咱们再去数一遍？”

“不行，我总觉得这个楼道有问题，咱们再贸然走，不知道会遇到什么事情。”白松很谨慎地摇了摇头，楼道太黑了，他不愿意做无意义的冒险。

“那怎么办？”柳书元想了想，“我觉得还是你神经敏感，上次咱们根本就没考虑这些事，你咋能确定层数？”

“可是……”白松咬了咬下嘴唇，“刚刚我默念时间计数了，电梯从七层关上门那一刻，到十楼打开门，用了 9 秒钟左右。但是从十楼关上门那一刻到十三层，用了 12 秒左右。”

“你确定？”柳书元对白松强大的心理素质表示惊叹，刚刚柳书元的注意力完全被十层的情况所影响，别的事啥也没想，又怎么会考虑计数这种事？而且这计数是为了啥？

“误差小于一秒。”白松点了点头。

柳书元一方面震撼于白松说的话，另一方面对白松的“变态”也有了更深刻的理解。这根本不是计数和计秒的能力问题，口头数秒能在一分钟内误差小于一秒的人有的是，但是这种环境下白松还顺便考虑着数秒的事情，这就让柳书元有点无语了。

但现在不是考虑这个的时候，柳书元现在有点过分相信白松的话，他下意识地开始考虑这到底意味着什么。

假设电梯不存在不同楼层变速的问题，那么，这六层到十三层中间，少了一层！

“不可能啊，”柳书元想了想，才发现不对劲，“从外面看，这个楼确实是十三层啊！”

“当然是十三层，排除一切的不可能，”白松指了指楼上，“有可能，这上面还有一层。”

柳书元愣住了，他往下想，觉得白松说的有可能是真的！

任何建筑，消防通道和安全出口都是必须有的，因此这里的向下的楼道，平时一般不会封上，但是医院封住向上的一层却属于常规操作了，从来也不会有人去查。只要医院不出现着火之类的事情，也不会有人要求去天台检查什么。

再加上这个医院可能还有点后台，如果这一层真的是十二层，楼上还有一层的话，没有相关部门来挨层挨户调查也是正常的。

而大楼因为打不开窗户，而且是单向玻璃，有时候真的没办法确定通常意义上的顶层是哪一层。

这医院在监狱对面，附近也没有高层建筑，而且还属于无人机的禁飞区……如果这真的是十二层，也绝对不会有人发现。

有几个人会跑到阴森的楼道里数层数去？

柳书元变得有点兴奋，这种大发现，往往意味着大问题！而大问题，往往充满了不确定性！

白松看到柳书元这个样子，心中稍定，道：“咱们得撤了，如果这边真的有这么大的问题，那么咱们这般就真的容易被发现，到时候即便我们没有危险，但被他们知道了，提前把违法犯罪的东西转移或者销毁了也就不好了。”

“嗯，撤，回头派生面孔的老警察过来慢慢查。”柳书元同意了白松的说法。

“不急，他们露出马脚了，怎么都好说。”白松依旧冷静。

这会儿应该没人注意监控，楼下的事情还没有忙完，如果真的是白松二人所推测的那般，这医院有大问题，那么医院对警察就会非常敏感，刚才一楼那么多警察，引起这么大的关注也是正常的了。

白松很擅长利用各种环境掩饰自己，不过现在估计楼下也都恢复正常了，再待下去就很容易出问题，二人直接离开，坐另外一部电梯下了楼。

现在是最安全的时候，但是两人再也不能来了。

第四百章　准备方案

如果白松没有记错的话，这次二人乘坐的电梯是上次下去的时候乘坐的那一部，但里面的电梯员是女的了。

这本身就存在问题。就这医院的人流量，其实完全没必要给四个电梯都配备电梯员的。两个配备，另外两个不配备，反而是最优解。

因此，上次来，白松就总觉得有问题，这次基本上算是发现了，但是还不能确定。

一楼的人还是很多，二人慢慢地离开了医院，上了车，白松深呼一口气。

“这医院真的有毛病，”白松又喃喃了一句，“能配四个电梯员，居然没人收停车费。”

“现在确实感觉有问题，但是还没有直接的证据。”柳书元揉了揉太阳穴，思考下一步怎么安排。

“我觉得，实验室不在第十层，这个十层是假的，很可能你按九层电梯也是在这一层停。”白松道。

“如此说来，实验室其实是在九楼，跟七楼之间有两层。我们所谓的十三层，其实是十二层。”柳书元坐在车子的后排，透过车窗观察起了这个大楼。

这个车窗玻璃也是单向的，贴了膜，从外面看不到里面的情况，但柳书元还是有一种能被人看到的感觉。

医院有的地方本就略有些阴森，想到这后面的未知的事情，柳书元似乎能感受到凉意。但是与之相对的，他内心燃着熊熊的烈火，迫不及待地想要知道这里面的秘密。

“总觉得有人会关注我们。”柳书元道，“咱们要不要回去换辆车？”

“没事，咱们之后也不来了。”白松开着车离开了医院，把车停在了监狱附近的一片空地上。

这边也有几辆车子在等，而且还有一辆警车。

白松的这辆“红旗”格外显眼，他刚刚准备停车，就有两个警察围了过来，白松心道麻烦了……二人做过伪装，外表和证件照片可是不符的。而且这周围并不都是警察，解释起来很麻烦，也很容易暴露。

想到这里，白松没有停车，直接开车就离开了，警察看着车子开走，停下了脚步。

“你们这警察不行啊，”白松调侃道，“咱们看到警察就开车跑，警察居然不追。”

“这车有人认识。”柳书元不咸不淡地说了一句。

这话没法接，白松咳了咳，把车开到了附近一个没人的地方。

“就在这里吧，这边清静。”白松把车停好。

这里树挺多的，距离监狱大门和医院大门有一二百米的距离，两人好好地把这个问题分析了一下。

“你为什么不走楼梯确认一下？”柳书元道，“我看也没啥危险啊。”

“主要还是怕打草惊蛇，”白松道，“即便不走楼梯，我也有办法确认楼层。”

白松看了看四周无人，从后备厢把望远镜拿了出来。

这里距离医院大楼的直线距离超过500米，用望远镜看医院窗户非常清楚，尤其是在今天没雾霾的情况下。

很快，白松调好了位置，看了半分多钟，深呼了一口气：“确定了。”

柳书元听得心痒，连忙凑了过去。

整个视野里是一面玻璃，也就是大楼的外幕玻璃，玻璃很完整，柳书元不太会操作这个望远镜，也不知道怎么调整横纵向的位置，不由得疑惑道：“怎么了这是？”

“你看这个玻璃的右下角，里面隐隐有一道三四厘米的黑印，很不清楚，但是与众不同。”白松提醒道。

“哦哦哦，还真有，就是不太清楚，这是啥？”柳书元抬起头看向白松。

白松没说话，打开了后车门，把手伸到了车里：“你这样能看到我的手吗？”

柳书元摇摇头：“看不到，这车的隐私膜还是挺好的。”

白松接着把手贴到了车玻璃上，问道：“你看这样能看到我的手吗？”

“能看到了。”柳书元好像明白了什么。

“这种镀膜类的玻璃，不完全是单向玻璃，之所以一方可以看到另一方，而另一方看不到，最主要的就是这层膜对入射光和反射光的通过能力以及折射不同。这种膜都是多层的，折射后的光线经过不同介质，从外面就看不到里面真正的样子了。”白松解释道，“但是如果你很贴近这个玻璃，还是会有少量的反射光逸散出来，让我们看到一个印。”

“所以，你说的这个印是啥？”柳书元明白了白松想表达的意思。

“那个大爷把乒乓球拍放到窗台上了。”白松轻松地道，“从这里看，这个乒乓球拍在十二层。”

乒乓球拍……

柳书元被这么提醒了一下，也想了起来。

那个乒乓球桌有七八个人在轮着玩，输了就换人，二人看到的那个连赢了六七轮的大爷输了之后，想再上场打，怎么着也得半个小时以后，所以……

柳书元一直觉得自己也挺细心的，但这会儿还是很受打击，不由得有些哀怨地看着白松，心中很难过。

柳书元的成长可谓是顺风顺水，虽然遇到过很多牛人，但那大多是长辈、教授，年龄都比自己大，他都能接受。而白松还比他小一岁！最关键的是，这个医院，白松和他一样，都是来了两次，而且这两次俩人全程在一起！

无论是上次还是这次，总有一些看起来是司空见惯的东西，可以被白松发现作为线索，他却不能，这让他颇有挫败感。

“你咋了?”白松有些不解，这会儿他已经把望远镜收了起来，“我给你卸装。”

“我自己来。”柳书元还是会卸装的，进了驾驶室，他从白松那里拿到了卸妆水和卸妆棉。

乔师傅的这些化装和伪装的东西与外面的不太一样，但是卸装的就是普通的卸妆用品，二人很快就把脸上的伪装“拆”了下来。

“下一步，找人去确认一下。”白松坐在副驾驶，看着柳书元，“这里面的事情，肯定是天北分局管辖了。”

“那肯定。”柳书元听到这个，精神头儿还算不错，“我来解决。”

第四百零一章　车子

白松确定了一个大体的方案，安排一个人去“十三层”，找个窗户在那里放一个小设备就可以确定具体的楼层。接下来就是继续搜集情报，然后想办法确定顶层到底有什么内幕，最后一举捣毁。

在得到情报之前肯定不能贸然行事，万一十三层也只是个障眼法，其实什么都没有呢?

而且，二人交流后还认为，即便在医院建设之初便准备把十三层腾出来做点什么，直接把电梯设计到十二层也是不现实的，这样的建筑是没办法通过验收的。

因此电梯肯定是可以到达真正的十三层的。

从那个电梯员看向监控摄像头的那一刻可以看出，这里面一定有专门的中控室，而且中控室的位置大概率就在四到六层。这么说，最主要的则是因为那些医院的领导平时就在四到六楼。

所以电梯之所以按了 13 会停在十二层，那肯定是因为改了电梯的程序了。电梯的程序非常好改，很多电梯公司在安装电梯的时候，就可以按照客户的需求提供相应的程序。

比如说有的大楼，一边的电梯只停单数层，另一边的只停双数，都是很容易设定的。

白松想到了王亮。

上次在南黔省，王亮通过安装远程设备改掉了那个基地大门的小程序，让白松记忆很深刻。这边的电梯，虽然说没办法知道电梯里面如何，但是基本上也离不开两个弱电井，还是有办法的。

白松把这个情况也跟柳书元说了一下，这个事情不必派王亮来做，天北分局也有这样的人才，他只是提出其中的思路。

“我不想走，咱们在这里，看看能不能发现什么。”柳书元略有不甘。

“如果想在这里发现啥，估计也得等医院的人下班。这医院到了晚上，我估计多多少少是有问题的，现在在这里待着，你这车这么大，时间久了，也会增加暴露的风险。”白松道，“这件事，你还得回去汇报给领导，从长计议。”

“哎呀，”柳书元纠结了起来，“我怕耽误事……”

“你这做事有点磨叽啊。”白松这两个月来和柳书元关系很近了，玩笑也开得起了。

“唉……这毕竟是大案。”柳书元很想表现自己，越是这种家庭出来的孩子，有时候越是要强。

“那也没什么意义啊，要不今天我来陪你等一晚？”白松肯定地说道，“按照常理，以我的经验，这种事不会在白天……”

刚刚立完 flag，柳书元一下子打断了白松，指了指从医院里出来的一辆货车：“你说，这车是干吗的？”

白松脸皮多厚啊，几秒钟就把自己刚刚的话忘了个干净：“常理之外……嗯，才正常，毕竟这可都是一些聪明人。”

柳书元哈哈一笑，也没刻意揭穿白松：“既然你也觉得这辆车有问题，咱们就得跟上了。”

从这个位置，只能看到医院门口出来了一辆货车，其他的什么也看不清，柳书元直接就跟了上去。

“你就这么跟？”白松惊讶了，“你不怕被认出来啊？”

“没事。”柳书元心情很好，油门踩到底，车子咆哮着追了上去。这车确实是很大，204 匹的马力还算是充沛，不一会儿就超了车。

“这是什么操作？”白松还是第一次看到有人跟踪先超车的。

柳书元也不说话，得意地把车开走，然后拐了个弯，把车停了下来，接着拨通了电话。

“孙哥，哎，对，是我，嘿嘿，这不是想您了嘛……”柳书元一番客气之后，接着道，“我查一个案子，现在我需要跟踪一辆货车，您那边帮我个忙如何?”

接着，柳书元把车牌号码给对方说了一下，接着又客套了一番，就挂掉了电话。

白松这才知道，这个孙哥，也是今天晚上被柳书元邀请来吃饭的人，应该是在市交警指挥中心上班。

“这是用天网吗?”白松问道。

两年前开始的摄像头铺设工作，诸如三河桥派出所等试点已经取得了卓越的成效，现在开始全市铺设。但是在此之前，交警部门的摄像头早就遍布各个角落，只要有公路的地方，摄像头是少不了的。

“嗯呢，就是交警的设备，让他们给这辆车上个控，每隔一会儿给咱们发个位置，最终去哪里了基本上就能确定了。”

“厉害。”白松佩服地说道，“咱们静候佳音吧。”

俩人聊着天，过了半个小时左右，柳书元接到了电话，听着听着，柳书元面色略暗，还是道了谢，才挂掉了电话。

“这车要上高速了，看样子要出城，离开天华市，方向是唐市和秦皇市，具体去哪里没办法跟了。”柳书元道。

“出城了吗?”白松也有些意外，“这真的是去采购药物和医用器材的吗?”

“不知道。”柳书元摇了摇头，这事后面有牵扯，他也不敢找人大规模监控医院的车子，那样会适得其反。

“那就没办法了，你跟他说继续把这个车牌号加入系统吧，等这车回天华市之后，有相关的行车情况，再跟你说。”白松道。

“行。”柳书元没有再打电话，给他朋友发了微信，顺便把车牌号码又发了一遍。

白松活动了一下胳膊：“回去吧，今天应该没啥收……”

他还没说完，柳书元电话响了起来。

“嗯？哪个高速口？哦哦哦，好，我知道了，我立刻过去。你顺便跟那边的同志说一声，千万别动，等我去处理。”柳书元越说越激动，挂了电话，跟白松道，“有新线索了。”

白松挠挠头，今天他这个嘴开光了？

“啥事这么激动？”白松问道。

“那辆货车进高速口的时候，车速有点快，过减速带时颠簸了几下，结果车子的后挡泥瓦掉下来一块，被监控录像捕捉到了。”

“掉东西了？”白松一听，立刻也坐直了，这可真的是意外之喜啊，“那还不快点去！”

“哈哈，坐稳了！”

第四百零二章　偷电瓶

现场拉了一个警戒绳，关闭了一个车道。

今天是周五，车子倒不多，但是为这件事关闭一个车道，柳书元都有些不好意思了。也不知道孙哥怎么给这边收费站打电话说的，他们还真的过于重视了。

白松撇撇嘴，对这种做事风格表示了明显的鄙视（实则羡慕），车子停好之后，二人在收费站几个工作人员的目视中下了车。

就是一块汽车挡泥的部件，基本上是硬塑料制成，这次脱落的，是厢式货车挡泥瓦上方与箱体之间的一块钉在上面的铁皮，倒也不大。

“你打算怎么处理?”白松打算先征求一下柳书元的意见。

“这……你来决定吧。”柳书元也没什么太好的主意。

“带回去，化验一下，看看有没有什么乱七八糟的东西残留。”白松道，“你车上有密封性比较好的袋子吗?

“没有，就后备厢里有个塑料箱，就放那里面吧，密封性还是很好的，我把里面的衣服拿出来就是，箱子就不要了。”柳书元道。

“那行，别用手碰这块铁。”

……

很快，二人就直接用箱子盖把这块铁皮收拾起来，匆匆离开了这里。

刑科所距离这边比较远，开车要将近一个小时。路上，白松再次见识了柳书元的人脉，居然他在刑科所这边也联系到了朋友，一会儿直接对这个东西进行简单的检测。

化验其实也是很复杂的，毕竟各种物质不可能直接展示出来，而是通过不同的试剂，来确定到底存在什么物质。

如果说，想查查这个铁皮上是否存留微量的血液、违禁品等情况，并不难。但是如果说，“我也不知道这里面有啥，你帮我看看这里面都有什么物质”，基本上化验员会很难办。

刑科所，全称刑事科学研究所，白松和这边也打过不少次交道了，在这里工作的警察，如果单论执法办案侦查等能力，肯定是不如一些职业刑警的。但是这里更加专业化，上次提炼黄金，就是这里的实验室做的。

驱车赶到，这里一如既往地清静。作为公安部门少有的从事科学研究的地方，这里一向不是嘈杂之所，但是今天，似乎格外安静。

“怎么回事，院里一个人也没有?”柳书元问了问大门口的保安。

“不知道，大清早的出去一堆人，也不知道干吗去了。”保安对此不太了解。

二人进了主楼大厅，和前台的小姐姐聊了聊才知道咋回事。

这里面，昨天晚上进小偷了!

要说起来，这地方高墙大院的，并不是容易招贼的地方，但就是招贼了，哪里说理去……

当然，小偷并没有进入任何一个房间，只是在停车场里溜达了一番，偷了四个电动车电瓶。这可算是正儿八经的技术活了，丢的电瓶可都是铅蓄电池的，没有一个锂电池电瓶，每个都重达三四十斤。

小偷翻高墙进来，居然能偷走四个电瓶!

这真的是有点水平，由于这个角度没有监控录像，一大票专家围着这里做起了勘查。

作为现成的课题，谁也不想放过，毕竟谁把这个案子破了，估计一直到退休，在这个大院里，都是值得吹嘘的资本了!

白松听说这事后，不由得为小偷默哀，花式作死，高手!

柳书元提前约好了人，倒也没有多等，直接把盒子拿了过去。

“有什么需求?”说话的是一个三十多岁的女警，姓张，跟柳书元应该很熟。

“测测这上面有没有常见的违禁品、毒品。”柳书元大致说了一下。

“这还用测?”张姐道，“找条缉毒犬闻闻不是更准吗?”

“呃，也对。”柳书元道，“这样吧张姐，您帮我检测一下这上面有没有乱七八糟的化学物质，呃，我知道这样很难测，您尽力而为。”

“行吧。”张姐点了点头，“你说的那个我也顺便帮你测了，三个小时出结果。”

张姐拿着箱子走了，白松在门口有些幽怨地看着柳书元。

三个小时?他平时过来送检材，除了一些大案要案的能很快出结果，其他的有时候能拖上好几天甚至更久，而在柳书元这里，三个小时就可以?

“你们这什么关系啊……”白松再次对柳书元表示了“鄙视”。

“哈哈，别看我，毕竟咱们的案子，也不一定不是一般的大案要案，对吧?”柳书元看出来白松想说什么，“老老实实在这边等三个小时吧，一会儿去找点东西吃。”

柳书元这么一说，白松还真的有点饿了，这来回跑了几趟，已经到了中午吃饭的点了。

“让人家大中午检测，是不是不太好?”白松问道。

“我也在考虑这个问题，走吧，咱们开车出去买点水果，顺便给人家科室的几个人带点吃的。”柳书元道。

说完，两人开车出去转了转。但问题是，这边实在是太偏了!距离这里最近的几个有人气的地方都是农村，白松打开地图看了看，除此之外，这附近也就只有几所学校了。

柳书元开车去了其中一所学校，估计是个职专，学校不大，管理也不严，转了半天，除了一家大一点的超市，就只有食堂可以吃到东西了。

食堂必须用饭卡，两人本来想找学生代付一下，不过还是没好意思，就从超市里买了一大堆水果和零食，抬着上了车。

回到刑科所已经是十二点多了，白松吃了几根火腿肠还是觉得饿，跟柳书元道：“你有这边的食堂饭卡吗？”

“没有，不过我认识好几个人，去蹭一顿还是没问题的。”柳书元也觉得光吃零食有点寡淡，尤其是刚刚路上还掰了根香蕉吃，更激起他的食欲了。

“那敢情好，这边我一个人也不认识。”白松指了指几个袋子，“先把水果送到楼上吧。”

两个人一起把买的水果拿到楼上，办公室也没人，俩人放下之后就直接去了食堂。

第四百零三章　破案

这边中午开饭时间是 11 点 40，现在按理说已经没什么人了，柳书元还担心会不会一个认识的人也遇不到，但是到了食堂才发现，食堂里还有二三十人在吃饭。

柳书元环视了一下，发现确实有两个认识的人，便走了上去借了饭卡。

食堂的午餐价格还是很便宜的，基本上互相用几次饭卡谁也不会在意，很快，二人打了两份饭，端着盘子加入了吃饭大军。

坐好之后，听了一会儿，二人才知道，之所以这么多人吃饭比较晚，是因为去追这个小偷去了！

白松有些惊讶，这么多人！当然，肯定有一大半人是去看热闹的，但是依然说明大家对这个事情还是很重视的。

这个小偷还比较专业，戴了手套，所以没有发现指纹，因为是翻墙进出的，所以留下了几个脚印，但并不是很清楚，还被雨水冲刷了一番，其他的线索也不是很多。

即便如此，现场的痕迹专家、足迹专家和其他研究员还是从这里获取了证据线索，只是没有发现 DNA 检材。而且这里非常偏僻，小偷翻墙出去之后，附近根本就没有摄像头，使得这个案子陷入了胶着状态。

这么多专家，居然被个蟊贼难住了。

白松明白，只要抓住这个贼，无论能不能找到电瓶，现场的证据都足以给他的行为补足证据链。

但是，这一切的前提，还是得抓到他。或者说，知道这个贼的身份。

大家吃完饭，继续聊着这个案子，其中好几个人的电瓶丢了，颇有些义愤填膺，显得格外激动。

查到的一些资料和线索以及照片就那么摆在食堂的桌子上，吃完了饭的人也都没走，在这里交流着案情。

这院里也没什么外人，这案子更是丝毫不涉密，派出所已经受理了案件，这些资料如果今天没办法转化为战果，也会送到派出所。

白松看了看这些照片和一些简短的报告，陷入了沉思。

“谁第一个把这个人抓住，今年下半年开课题的话，我主动退出和他的竞争。”一个丢了电瓶的老研究员说道，看得出来这人还是很有号召力的，此话一出，立刻又有几个人附和，都是丢电瓶的人。

丢东西事小，失节事大啊！

不过，即便有这样的承诺，依然没人说什么。

谁还能变出小偷来不成？

一时间，食堂里，众人又陷入了讨论。这个现场是昨天晚上留下的，现在已经过了十个小时左右了。事实上，具体是昨晚几点发生的事情，没人知道。

毕竟这不是命案还能让法医来推算被害人死亡时间，另外昨晚还有雨，现场能提取到这些东西，已经是高手中的高手了。

大家讨论得激烈，白松看得也很入迷，过了一会儿，他看了眼柳书元，示意他凑近一些。

“什么事？”柳书元小声地道。

“我好像知道这个事是谁干的。”白松压低了声音，“怎么着，你告诉他们还是如何？”

“你知道这个事是谁干的？”柳书元吓了一跳，声音颇大。

“小点声……”白松想拉住柳书元往外跑，但是已经来不及了，所有人的目光都盯着他呢。

“呃，我也不太确定……”白松有些心虚，在座的这么多大佬，按理说哪有他说话的份?

“没事，小同志，你说一说，有什么话，可以畅所欲言。”最开始说话的那个老研究员说道。

“就是就是，说说无妨。”

大家一下子都来了精神，看向了白松。

刑科所这边的人，明显比白松待过的几个一线单位的人要更纯粹一些，也没那么多弯弯绕绕，考虑问题非常简单，即便大家都抱着怀疑的态度，但是依然都不再说话，想听听白松的说法。

白松到底还是见过大场面的人，清了清嗓子：“虽然时间不长，但是各位前辈做的这些侦查材料太专业了，可以说是我生平仅见……

“所以，我仅仅看了几十秒，就能看出来这个嫌疑人的作案特点。这个作案特点，与我之前处理过的一个惯犯的作案特点非常相似，手法也是高度一致，而且从脚印的深度和尺寸所确定的这个人的身高、体重也能对应上，所以，我也是大胆猜测，这是一个人所为。

“嗯，从脚印的方向来看，步频和步态也能对上。最关键的是，我怀疑的这个人，算算时间，前一段刚好刑满释放。”

白松曾经整理过马局长以及整个三队的诸多案件，后来还带队抓了那么多人，虽然主要集中在九河区一带，但是现在小偷流窜作案是一种常态。

“你说的这个人的信息有吗?”几个人问道。

白松想了想，打了个电话，不到三分钟，三队值班的同事就把一份个人信息表发到了他的微信上。

收到信息后，白松直接把手机给了几位前辈，然后众人都凑近了观察起来。

“就是他，没错。”

“对，这个跟我分析的形态一模一样。”

“八九不离十，这个人一看就是个小偷……”

“把这个人信息发给派出所，让派出所去抓……”

……

大家显得很是振奋，虽然说没见过这个人，但是几乎都觉得白松的推测是对的！

柳书元都惊了，这居然真的是嫌疑人？

他立刻趴到了白松刚刚看过的几份资料上，仔细地观察了半天，却一无所获。

“小同志哪个单位的？”立刻有人凑了过来，“你这功底，我看蛮深的嘛！”

“九河分局刑侦支队的。”白松道，“也是巧了，正好这个人我抓过。”

“不巧不巧。”之前那个老先生笑眯眯地道，“想总结犯罪的特点，没几百个案子，下不来的。不知小同志师从何人，说来听听？”

“没……”白松想说马局长，却怕这样说好像是给自己脸上贴金，但要说自学成才那更是扯淡，只能说道，“我是凑巧、凑巧……”

趁这个机会，白松和几个老前辈互留了联系方式，也算是认识了这里不少人。

第四百零四章　开课啦

下午三点左右，这块铁皮的化验结果出来了。

并没有任何违禁品，而是检测出了微量的次氯酸钠。

这东西特别常见，也就是84消毒液的主要成分。

84消毒液的主要成分次氯酸钠，虽然是氧化剂，氧化性并不强，但次氯酸钠在光照条件下水解产生的次氯酸会分解产生微量的盐酸和氧气，所以能轻微腐蚀金属，也能腐蚀金属的一些粘合剂。

根据检测结果，这块板子之所以会脱落，与盐酸长期的腐蚀有很大关系，也就是说，这地方被84消毒液消毒了不知道多少遍。

这并不是车厢内，为啥要消毒得这么彻底？

白松甚至都怀疑这个楼里在研究什么细菌武器了！

“怎么着，这会不会是什么涉密机构，被咱们大水冲了龙王庙？”白松问道。

柳书元摇了摇头，他知道的事情还算比较多，如果真是如此，他不可能不知道。

“也不好说，很多生产药品的单位或者说研发生物制品的机构，对消毒的把控也很严。”负责化验的张姐说道。

“嗯，太感谢您了。”柳书元和她继续聊了几句，带上东西和简单的报告，就和白松踏上了归途。

……

回到单位，白松收拾了一下东西，也就快到下班的时间，在屋子里做了做俯卧撑，就跟着柳书元去了晚上的饭局。

今天没有外人，都是系统内的，而且不单单是公安系统，还有一些政府部门工作的人，最大的也没超过 35 岁，全是青年才俊。

除了白松、王华东和柳书元，还有五六个是本校的师兄。白松的这些师兄毕业后，基本上全是直接分配到了市公安局，现在也都是各个机关、科室的中流砥柱。

因为都是自己人，说话就没那么拘束。柳书元没有郑朝沛那种土豪架势，只是找了个安静的大房间，气氛却显得更和谐一些。

愉快的晚餐很快就结束了。

这一天收获很大，无论是在刑科所还是晚上吃饭，都给白松积攒了不少人脉。这也是他第一次在九河分局之外有了一些朋友。

当然，经侦总队也有，不过正如之前所说，来这边即使做得不好，也不怕得罪什么人，因为以后接触得少。同样的，这里接触的朋友以后合作的机会确实也不多。

但是今天认识的这些人，可都是以后几十年工作里都会长期合作的战友，毕竟战壕更接近一些。

小酌了一杯酒，白松打车回了家。

从四月的那次事件之后，白松从来都不会让自己处于一个比较不清醒的状态。

到家之后，白松准备了一下明天的课程，感觉差不多了，才沉沉睡去。

明天的课还是非常重要的，能够在这么多高才生面前讲上一堂课，如果再能赢得一点掌声而不是嘘声，那一定是让人难忘的经历了。

……

周六上午，王华东开车过来接上白松，二人直奔大学。

“你今天收拾得这么精神啊！”白松看到王华东，颇有些无语。认识他这么久了，第一次见他这西装革履的样子！就连昨晚的聚会，也没见他捯饬得这么利索。

"这不是听你讲课嘛，穿得正式点，给你撑撑场面。"王华东笑哈哈地道。

"拉倒吧，想追人家姑娘就直说，哪那么多事……"白松讽刺道，"一看你就是没经验，哪有穿西装去追人的，看着多老气。"

"啊？"听白松这一说，王华东还真的紧张了，"是吗？"

"瞧你那个样子。"白松一脸嫌弃，"不过，我帮你打听过了，这个姑娘确实还是单身，你加油。"

"你还有这个人脉呢？"王华东听了很高兴。

"我直接打电话给唐教授问的呗。姑娘叫丁建国，今年29岁，博士后第二年，和我是老乡。老唐说了，要是我认识什么青年才俊抓紧给他介绍，这姑娘一般人驾驭不了。"白松笑眯眯地道，"我直接把你的事跟唐教授说了。"

王华东一脚刹车踩到了油门上，车子一下子蹿了出去，差点就追了尾。白松这自然切换"老唐"和"唐教授"的节奏，让王华东都搞不懂白松到底是调侃他还是说真的了，骂道："你有病吧？我还没说什么……"

"老唐说看你不错，本来他还想给他这个学生介绍个海归博士见见面，我这一说，他就暂时不安排了。"白松打断了王华东的话。

"……"王华东沉默了半秒，"哥，晚上你想吃啥，我请客。"

……

今天人更多，上次的课件在校园网上引起了一定的讨论。

人有时候是迷信权威的，哪怕说的是同样的道理。

比如说你是高中生，你学完了电磁辐射原理，回家告诉你爷爷，手机其实是没有辐射的，高压电也没有，他是不会信的。但是如果院士大佬这样说，他就会信。哪怕说的话一个字都不差。

唐教授恰好就是权威之一，因此他说的几个话题在某乎、某博上也上了热搜。

这确实是碰了很多人的蛋糕，尤其是化妆品行业的大蛋糕，但是今天的课，并没人来找事。

万一老唐今天讲一天量子化学，下面听课的很多人连刺都不会挑岂不是尴尬了？

当然，谁也没有想到，今天的课，唐教授压根就没来！

找自己的博士后代课，在正式的课堂上是不大行的，毕竟老师讲课也是工作之一。但老唐这个咖位明显不受限，而且周末这种公开课，学校行政部门也不会严格要求的。

而且，丁建国在学校名气也是很大的，美女博士生。哦，不，现在已经博士毕业了……这位也是传奇人物，据说她 20 岁左右的时候还不怎么出色，后来逐渐成熟，魅力大得让很多人连追求的勇气都没有了。

可是，谁也没想到，先上台讲课的，是一个年轻的男生。

这一下子引起了下面人的私语。而上次拦着白松听课的几个学生会成员眼睛都直了！

他还真的是助教！

白松笑眯眯地看了看几个学生会的成员，看得几个大一的孩子心里直发毛。

第四百零五章　破局的契机

“各位同学好。”白松先鞠了一躬，同学们立刻安静了下来。

很少见到老师上来就鞠躬，因此白松还是一下子引起了大家的注意。

“我是一名警察。”白松语出惊人，引起了很多学生的惊呼，他们读了这么多年书，还是第一次见到有人上来之后说自己是警察。

“也许大家没人认识我，事实上，上节课，我也坐在下面听课。唐教授可能是看到我上课不认真听讲了，这不，把我叫上讲台了……”

白松的冷幽默还是逗笑了大家，气氛好了不少。

这时候，有人窃窃私语起来，有人认识他！要说起来，白松也算是个小有名气的博主了，尤其是上次那个黄金案，在化学系的学生中还是引起了一定的讨论的。

因为涉及氢氟酸腐蚀楼板，这在实际操作中，即便是专业人士也不太敢做，结果闹出了那么多的后续，着实也算是个有趣的案子了。

这一来二去，大家互相一传，很多人都知道了，白松确实是天华市的警察，而且还是刑警，引起了很多人的八卦。

也许是受电视剧影响，很多人默认特警比刑警牛，刑警比民警牛……所以大家一听到他是个刑警，立刻多了一些兴趣。

这还没开始讲，就有了不错的课堂效果，这是白松没有想到的，刚刚上来时的紧张感基本上全没了。

白松展开双手向下，示意稍微安静一下，接着讲道：“今天，我们来探讨一下生活中的化学，主要是讲跟整容有关的化学。”

白松足足备了一周的课，还是有不少东西可以聊的，尤其是在整容、美容以及药物这些方面，这话题确实引起了很多人的兴趣。

讲课进行了二十分钟，白松的手机响了。

工作原因，白松从来都不会给手机设置静音，白松拿出来看了一眼，是柳书元的，他不知道是什么事，只能给同学道声歉，关掉了麦克风，接了电话。

“什么事？”白松表情有些严肃。

“今天阴天，我们这边派人去了医院，结果十三层不开放。”柳书元道。

“没事，阴天不开放也是正常。”白松压低了声音，捂着嘴说道。

“会不会是因为我们打草惊蛇了？”柳书元有些担心。

“不会，打草惊蛇的话，昨天他们就不会在我们刚出来不久就让那个货车出来。”白松道，“阴天，十三层如果灯开得太亮，外面容易发现。”

“那就好，”柳书元这才轻呼一口气，“对了，你在干吗呢？声音怎么这么小？”

“先不聊那些，我在讲课。”白松恢复了正常音量。

“讲课，哦哦哦，昨天你说过……”

“嗯，就这样，案子有其他进展再跟我说。”

白松说完就挂了柳书元的电话。

……

“警察小哥哥严肃起来的样子好帅啊……”

“是啊，突然就变脸了，真的有点帅……”

……

虽然白松没开麦，但是他压低音量说的那几句话，前几排还是有人能听得到，大体知道白松临时接了一个案子，这引起了大家的八卦之心。

白松耳力不错，他一静下来，下面聊的啥他都基本上能听到，现在听下面这么聊，不由得有些脸红。

啪啪啪……

有人鼓起了掌。

白松一看，不是王华东还有谁?

鼓掌是可以传染的，大家纷纷鼓起了掌起哄，让白松把案子讲一下。

“很抱歉，这案子涉密。”白松给大家道了歉，“还是接着聊刚刚的话题。”

聊这些，白松还是感觉挺舒心的，也许是大家素质高也不为难他，所以面对几个提问他也能回答上来，课堂气氛逐渐恢复。

在讲到一个关于皮下注射类药品的时候，白松讲着讲着突然愣了一下，还是有些不熟练，不得不翻了翻自己的本子，接着讲了下来。

老唐让白松讲一个小时，白松则打算讲 45 分钟，结果一来二去讲了 50 分钟，效果还不错。

白松甚至还看到几个人记笔记，这真的让他成就感满满。

“感谢大家听我的交流，化学是一门魔术，我希望以后大家都能用好手里的魔法棒，成为各个领域的人才，谢谢。”再次鞠躬，白松下了讲台。

再一次听到了掌声，白松给丁建国做了一个请的手势，把讲台交给了她。

结果，小姐姐刚刚站起来，整个课堂上掌声就雷鸣般响起。人家还没有上讲台，就比白松的效果好无数倍了!

而且，第一排助教位置上的那个男的，差点把手都拍折了!

白松本来还因为王华东鼓掌想表达一点感谢呢，看到这直接无语了。

这就是兄弟?

丁建国的声音很有感染力，今天不是讲一些深奥的化学理论，而是给在座的读硕士的化学研究者讲一些关于毕业论文写作和实验的经验。

这可是实打实的有用的知识了，在座的大部分人，只要不是已经博士毕业，都面临这个问题。而上面讲课的这位，据说博士论文还发表在了国际知名的刊物上，SCI 之类的发到手软。

但这个对白松用处不大，研究这些专业知识他是肯定不行了。

人力有时尽，即便是爱因斯坦，也有很多地方是不如普通人的。

比如说……他的中文没有在座的任何一个人好！

王华东拐了一下白松，在本子上写了几句话，递给了白松。

“我看你刚刚讲课的时候愣了一下，是有什么事情吗？”

他还是很了解白松的，每次白松一愣神，往往就是脑回路连接到了某个事情上，而这经常就能让某个案子有了突破口。

“你啥时候观察力这么敏锐了？”白松拿笔写在了本子上。

“别忘了我是干什么的。”王华东接着写道，“什么事，方便说吗？”

“不着急。”白松写道，“我有一个想法需要验证，如果是真的，那么，这个案子的破案契机，应该就有了。”

第四百零六章　人性的弱点

有的时候，白松可以如蛟龙出海，一击必胜，面对一些案子，他可以迅速冲上去，一瞬都不会停歇。

但是他遇到很大的事情时，也可以很冷静，尤其是经历了上次的事情之后。

公开课上，白松从头听到尾，丝毫没有表现出急躁，课后还陪着王华东一起请丁建国吃了个饭。

之所以要陪着，是因为王华东请客的时候怕尴尬，而且这样邀请，即便女生不答应，也不算尴尬。都是“助教”，工作餐嘛……

丁建国呢，倒是答应了两人，不过是在食堂吃的。

这就有点尴尬了，两人都没饭卡，结果请客的是……

……

不过，这算是开了个好头，用王华东的话说，这样找到了下次请小姐姐吃饭的理由了。

分开之后，白松上了王华东的车，一坐上车，他立刻拿出手机拨通了秦支队的电话。

“秦支队，我有个想法，想验证一下。”白松直言。

“你等一下。”秦支队正在市里开会，听后直接就离开了会场。

过了差不多二十秒，秦支队道：“你说。”

“我想对现在被扣押的田欢的那笔钱做一个化验。”

“化验？怎么化验？”秦支队有些疑惑，“这笔钱我们做了检验，没什么违禁品。”

“每一张都检验了吗？”白松问道。

“那肯定没有，但是四队还从六队找了专业的缉毒犬。”秦支队不明白白松想说什么。

听白松不说话，秦支队补充了一句：“你有啥想法，只管说就好。”

“好，”白松也不怕唐突，直接道，“这一摞钱，尤其是最下面的几摞，我想化验一下，看纸张里是否含有剧毒物质。”

“有具体的毒物猜想吗？”秦支队冷静地说道，他是法医出身，对这方面的理解远超白松，自然也知道缩小检测面的好处。

“肉毒杆菌毒素。”白松说出了猜想，“但具体是哪个株型我没有头绪。”

“肉毒杆菌毒素？”秦支队琢磨了一下，“好，我知道了。我马上安排人送检刑科所。”

“谢谢秦支队，我和王华东也赶过去。”白松挂掉了电话。

……

挂掉电话，王华东立刻掉转车头，问都没问，就驶向了前往刑科所的路。

“为什么钱里会有毒？”王华东问道。

“我也不确定，只是猜测。”白松如实道。

“你从来没有做过无厘头的猜测，别卖关子了，快告诉我。”作为专案组成员，王华东无比渴望知道更多。

“我一直在考虑幕后的人如何策划一起关于田欢的完美犯罪。”白松看向了车窗外，“如何能让田欢因自己而死。”

“所以？”王华东还是没明白。

“你看过田欢的提讯录像吗？”白松问道。

“看过好几遍，我还参与过提讯，没发现什么问题。”王华东摇了摇头，开车也有些走神。

“你还记得，他翻笔录的时候有个习惯吗？”白松问道。

“习惯？翻笔录能有什么习惯？”王华东拼命地回忆，不确定地说道，“他比较爱蘸唾沫？”

“对。”白松道，“他是南方人，在北方待着，多少会觉得有些干。也不知道是什么原因，他每次翻纸，都喜欢蘸唾沫，这习惯比一般人要明显一些。上次我把他和雷朝阳对比了一下，更是如此，要知道雷朝阳也是南方人。”

王华东更糊涂了，这有啥关系？

“你觉得，四月份的那次车祸，如果我死了，田欢任务完成了，他的计划是什么？”白松没有直接回答。

“跑呗，出国再说。”王华东脱口而出。

“这当然没错，但是这样的案子，跑了就安全了吗？”白松道，“如果杀了我，他即使逃到国外也没人保护，早晚要被引渡回来。”

“所以，”白松肯定地说，“田欢自己其实也不知道，如果他成功地完成了任务，那么他肯定也活不下去，他背后的人连司机都不放过，怎么会放过他？所以，田欢一定会死，而且他的死因跟现有的线索有关，只是很难猜到。

“按照常理来说，我们查获的这笔田欢招供出来的钱，如果田欢不说，我们是找不到的。

“但是，在车祸案失利之后，田欢拿出这笔钱，以一己之力就把事情扛了下来。

“也就是说，这笔钱是 B 计划的一部分。

“可是，如果他得手了，执行 A 计划的时候，这笔钱他会怎么处理？

“他肯定知道，坐飞机出境是不能携带这么多现金的，但是他真的会放弃这么多钱吗？当然不可能。

“这时候，田欢肯定想私占这笔钱，而且他在天华市没有家人朋友，这笔钱他又不敢去银行兑换或者存起来，那他只有一个选择，就是藏在一个谁也不知道的地方。以后如果他还有机会回国，或者他的家人朋友来天华市，还可以取走这笔钱。

“而田欢那么喜欢钱，肯定要数一数的，毕竟逃跑这种事情，机票还没买呢，没必要那么争分夺秒，他肯定会亲手把钱数一遍。

“这些钱之前可能有上百万，但是放在下面的这些，在一开始的计划里就是不能花的，这是B计划的一部分。

“所以，靠下面的几摞钱里，如果有一些剧毒成分，喜欢蘸唾沫数钱的田欢就会死。

“而且，并不是瞬间毒发身亡，如果是肉毒杆菌毒素，一般要几个小时。

“他数完钱，藏好，然后离开，接着毒发身亡。

“等他死了之后，我们连这笔钱、这些毒素的来源都找不到，因为是他自己藏的。

“到时候想再破他死亡的案子，就真的难如登天了。”

“发霉的钱，他还会蘸唾沫数吗?”王华东听得有些蒙，这都能联系上啊?

“发霉的钱，对我们来说是证物，我们一定会使用手套，直至案件结束，这个钱也会送到人民银行进行置换。但是，对他来说，发霉的钱也是钱。”白松撇了撇嘴，“你这种有钱人不懂，实际上，即使100块钱掉入粪坑里，都会有很多人会想办法给弄出来，何况这么多钱。”

第四百零七章　ABC 计划

王华东把车开得很快，路上一直在琢磨白松的话。

对人性的理解，每个人都可以说几句，警察更是如此。

自己害死自己，在司机案上就有所体现，在田欢这里，再次得到了体现。

又是自己杀自己！

王华东心里有些发毛，如果白松真的死于车祸，然后田欢又死于这些钱上的毒，这案子的线头在哪里？

要知道，现在的很多线索，其实是来自田欢以及后续雷朝阳的招供，但是如果田欢没有立刻被抓，他对黑电台的安置肯定不会这么草率，这样也许就根本不会有雷朝阳再次出来的事情。

而且如果白松死了，可能也不会有人还对黑电台的事情如此上心，这个案子想破，那真的是一点眉目都没有了。

想到这里，王华东感觉到了心凉。

人性，真的是这样吗？就如此经不起考验？

……

肉毒杆菌，是一种革兰氏阳性厌氧杆菌，具有芽孢，全称为肉毒梭状芽孢杆菌。这是一种臭名昭著的致病菌，它本身无害，但其在厌氧环境中可产生毒素，即肉毒杆菌毒素，简称肉毒毒素。

肉毒毒素是目前发现的毒性最强的生物毒素之一。它到底有多毒呢？肉毒毒素比氰化钾还要毒上万倍。简单地说，1 克肉毒毒素就可以放倒九百万人。

对，9000000 人。

肉毒杆菌毒素的毒性，在所有已知的生物毒中，排名第二。

排名第一的，是肉毒杆菌毒素的 H 型，致死量在 2 纳克左右。

1 克等于 1000 毫克，等于一百万微克，等于十亿纳克。

十几克这东西，理论上能灭绝我们这个物种。与之相比，什么砒霜、二噁英，或者箭毒蛙、蓖麻毒素，都是弟弟中的弟弟。

2 纳克，也就是几亿个分子而已，比你肉眼所能见到的任何灰尘都要小。

白松把这些给王华东做了科普，简直颠覆了王华东的三观。

“你的意思是，很多人用来除皱纹的这种肉毒杆菌针剂，用的就是这个东西？”王华东整个人都不好了，他印象里好像老妈还打过这个针？

“没错啊。”白松点了点头。

“扯犊子吧！那人不都……”王华东本来要说都死了，但是想到可能会波及老妈，没有说后面的话。

“化学上有句很经典的话，叫离开剂量谈毒性，纯属耍流氓。”白松道，“给人体注射的这个东西，稀释了不知道多少万倍，按照现在常规的医院使用的肉毒毒素，一次性注射 50 支以上才有危险。”

“50 支？那岂不是也很危险？”听到白松这么说，王华东还是很担心。

“你这问题说的，感觉你是没上过学啊……我给你举个例子，一个人每天吃 10 克食盐没事，但是一次性吃 50 倍，也就是 500 克盐，那基本上会电解质紊乱，心跳过速直接死亡。”白松有些嫌弃地说道，“剂量不够，基本上没任何问题。”

“哦哦哦，那我就放心了，”王华东这才舒了一口气，“对了，这东西真的有效吗？”

“我刚刚讲课你没认真听啊……”白松更嫌弃王华东了，“肉毒杆菌毒素能够阻断神经肌肉释放乙酰胆碱，使得皱纹不再紧锁，能持续半年。甚至还有人提出能治疗脱发，这个我就不懂了。

“但是，这东西到底不是好东西。因为有的人对这东西严重过敏，打了这个针出现医疗事故，毁容、面瘫的大有人在。上次王亮他们去湘南，在整容医院还遇到过不少人整容失败找医院闹事呢。”

“嗯，那我也得劝我妈三思一下……”王华东喃喃道。

车子很快开到了刑科所附近，支队那边的人还没过来，王华东突然想到了什么，问道：“A 计划中，万一，这个田欢没有数钱，或者就没碰到毒物，没死，怎么办？”

“你这怎么回事？”白松看向王华东，“你这有喜欢的姑娘了，智力下降了？”

被白松吐槽了三四次，王华东依然唯唯诺诺，一句话也不敢多说……无他，技不如人啊……

不过听白松这么一说，王华东还是缓了缓神，一拍脑门：“咳，我傻了。这种事哪有百分之百的，如果田欢侥幸没死，估计会有其他的计划，在国外等着田欢了。但是能让田欢死在自己手中，自然是最好。如果没有也无妨，对吧？”

“聪明，”白松赞许地说道，“就是这样。”

“那这么说，司机那里，也有后手吗？”王华东反应神速。

“这个……”白松一下子被问住了，是啊，司机那边，有后手吗？

如果安全带没有断开，如果司机没有飞出去，而是卡在了方向盘上，如果司机没死，那怎么办？

“哈哈哈，笨蛋。”王华东终于找回了场子，“司机就算没死也没事，只要田欢死了不就还是连不上吗？司机才知道点什么？这个案子里最关键的点，终究是田欢啊。”

白松不好意思地笑了笑，丝毫没有不开心：“但是，田欢不会立刻就死啊。这么说来，如果司机没死，司机涉嫌故意杀人罪被起诉，然后司机扛不住压力，把田欢供了出来，那么田欢怎么办呢？他如果也面临着被枪毙的压力，会不会招供出后面的人呢？”

“嗯？”王华东刚刚兴奋起来的样子，被白松一说，一下子憋了回去，“你这脑子到底怎么长的？这后面的人怎么可能像你这样想得这么周全？”

白松没说话。他心里默认的就是，后面的人，就是可以把这个事情想得那么周全！

“那我想不到了。”王华东认输了。

“其实很显然，这里面不仅仅有我们认为的 A 计划和 B 计划，还有一个 C 计划。一旦司机没死，那么，田欢就必须迅速转移，执行 C 计划。到时候，田欢被迅速送到国外，然后在国外再想办法。”白松道，“涉及国外的事情，这个咱们没办法考虑，但是如此说来，这计划是行得通的。”

“脑袋疼，让我缓缓……”王华东揉了揉太阳穴。

第四百零八章　神嘴白大队

很快，支队的车来了，来的人是李队。

单单从人员安排上，白松就看出来秦支队的重视和细心。

不仅安排了大队长亲自过来，而且还是和白松关系很不错且非常细心的李队。

“钱全带来了，秦支队说了，听你的安排。”李队也把车子停到了刑科所的门口，下了车便直接跟白松说道。

白松看了李队一眼：“李队，虽然我不在您那里了，但您可不能明目张胆地欺负我啊。”

“这是秦支队的安排。”李队笑眯眯地说道。

“别，我才疏学浅，难当大任。”自从白松担任副队长之后，和李队的关系更近了一些，说话也随意了很多。

见李队不为所动，白松没办法，上前求道：“我错了李队，我就一个想法，这边刑科所我也不熟悉，这事我办不了啊……”

“你不熟悉？”李队瞥了白松一眼，“昨天晚上十点多，我还接到电话，说这边有个偷电动车电瓶的案子破了，有我们三队的功劳。我还以为咋回事，谁的手伸这么长，后来问了才知道，敢情你昨天还在这边当了一次福尔摩斯……”

“啊？”白松有些愣神，“这……我做得没错吧……”

“我说你有错了？”李队反问道。

呃……

白松无话可说……心里碎碎念（我没错你说我干吗？）

“这种好事情提前跟我说一声，”李队道，“你在外面这几个月吧，有些事你可能不清楚。这种事应该成为一阵风，吹进咱们分局。”

白松听李队这么一说，还真的有点似懂非懂。

“你懂就行了。”李队点了点头，“你昨天应该认识了刑科所不少人吧？这事交给你处理，今天你就当我没来。”

也许王华东还听不明白这里的事，白松可是听懂了。

人红是非多。

白松 23 岁任职副大队长，在讲究排资论辈的体制内还是属于一枝独秀的存在，本来他在这里的时候，每周都有点战果，能多少抓获一些嫌疑人。但是在他走了的这两个月，可是一点点成绩都没有。

石某自杀案，白松把功劳全让给了王亮，虽然这活干得漂亮，但是在很多人眼里与白松并无关系。

再加上前段时间白松车被撞，他忙活了两个月，除了刚开始的一些战绩，也就抓了个雷朝阳。

只是，抓雷朝阳这事，白松又把功劳让给了王华东和柳书元。

白松提讯雷朝阳的事情，也仅仅是刑侦支队内部知道，分局的其他支队、科室可是不知道。

因而，分局中多多少少是有点不一样的声音的。

年轻本身有时候就是一种偏见。

李队肯定是觉得，白松应该把自己做的一些事说一说，传到九河分局内部，这并不是为了证明白松多么厉害，而是证明马局长的识人之能……

“李队，您别担心，等这个案子破了，一切都没问题。”白松也不希望自己最终辜负了爱护自己的几个领导的期待。

“好。”李队满意地点了点头。

激情似火，沉静如水。这小子，历练了这么久，已经成才了啊……

“对了，你今天提的这个什么肉什么菌的事情，秦支队说了，他可是在市局开会的时候夸了你一顿，就看你揭晓谜底了。”李队语出惊人。

“说了?!”白松吓了一跳！秦支队怎么会把这件事说出来呢?

这事谁敢提前立保证书啊！这就是一个猜想，概率很低！

“李队，我就是瞎说的!”白松追悔莫及，“我只是怀疑有这个可能，并不是说我已经有了足够证据啊!”

“秦支队说的，也不是外人。要知道你这个案子，涉及了民警人身安全。市局领导一直也很重视，他作为支队长，和负责刑侦的马局长一直压力很大，”李队长道，“你可能都不知道，这俩月，市局下了好几个问询的通知。”

“啊?”白松顿感压力很大。他这才知道，这段时间，这案子的压力一直都是领导给扛着，而且从未放松。

雷朝阳的招供，也仅仅是暂缓了一下压力，但这只是扬汤止沸，真正解决问题的办法只有一个，那就是抓到幕后的人。

“秦支队是个心思很细、话不多的人。”李队叹了口气，“今天去市局开会，你给他打了电话说了这事，他散了会就跟领导说了，这说明他的压力比我们想象的还要大。”

“嗯……”白松不知道该说什么，秦支队虽然不怎么表现出来，但是不可能有人比他压力更大，这一刻他还是觉得很温暖。

“你也别太担心了。”李队看着白松紧绷的样子，又有些心疼，“你这个推理很有道理，也很符合这个案子背后的人的行为方式，即便不是你说的那个毒素，也可能是其他剧毒物质。秦支队还是很谨慎的，看得出来，他对你也很信任。”

“嗯!”白松用力地握了握拳。

白松提出有剧毒这个猜想，王华东可能猜不出来白松的想法，但是秦支队和李大队长很快就想明白了白松的这个推理的关键点。

这个猜想和头绪本身是最难的点，有些时候，一个案子的破局，就在一个特别特别小的东西上。

“交给我吧。”白松说道。

“好。”李队微微一笑，乐得清闲。

昨天白松在这里破了电瓶被盗案，事了拂衣去，深藏功与名，今天还有不少人聊着这个案子。尤其是有了确定的对象后，这个人昨天半夜就被抓了，经审讯确实是他偷了电瓶，信息传回了刑科所，白松的这张嘴可就出名了。

九河分局有个刑警队长一眼看出嫌疑人是谁，并且说得神准！

一时间成为热点话题。

现在是下午两点左右，这个事也成了大家茶余饭后的谈资。

小偷抓到了，这么多人做出了贡献，所有人都觉得自己的脸上有光。

虽然说主要的功劳不在大家身上，但是，现在的情况，绝对比抓不到嫌疑人要好得太多了。

因此，不知不觉，白松在这里获得了一个“神嘴白队长”的称号，也算是各位大佬抬爱了。

第四百零九章　战意盎然

白松听了这称号有点不乐意，为什么不是神眼？

不过他也知道，“神眼”这种纯褒义的称号哪有那么容易得到？反倒是“神嘴”这种略带调侃的称号比较易得。

这已经是难得的称号了，人设这玩意，其实会迅速增加人的知名度，哪怕不那么准确。

白松今天来找人化验，就跟昨天的情形完全不一样了，大家都很客气。

“这能确定有肉毒杆菌毒素吗？”负责化验的张姐有些好奇，“这钱确实是发霉了，但是纸浆上怎么会有肉毒杆菌呢？”

“这也是推测，不能确定。”白松道，“如果没有，那么还麻烦您帮忙看看是否有其他的剧毒物质，致死量在微克或者毫克级别的常见毒物。”

“这化验可能要刮下来一些钱的表层物质，不碍事吧？”张姐态度很好，细致地问道。

“不碍事不碍事，您这边怎么方便怎么来。”人家客气，白松就更客气了。

今天的化验，显得格外顺利。

因为有定向的查询要求，很短的时间里就有了化验结果——确实有一摞钱里检测出来了较高浓度的肉毒杆菌毒素！

肉毒杆菌这种细菌本身产生的毒素如果不经过人工富集，是达不到这个检测浓度的！

也就是说，这上面的毒素是人为的！

根据刑科所的鉴定结果，如果真的有人误服了一点这上面的物质，死亡时间可能会比常规的中毒要快，去医院都来不及。

“你们这是什么情况?”化验室的张姐有些好奇，“这种浓度的，我还是第一次在实物上见到。”

“涉密案件，抱歉了张姐。”白松显得有些振奋。

“厉害，不愧为‘神嘴’队长。”张姐竖了竖大拇指，“你说是肉毒杆菌，还真的就是!”

“别别别……”白松不好意思，“不过，张姐，咱不开玩笑哈，这个案子真的涉密，这事可不比昨天的电瓶的事情，您可不能跟任何人说。”

“行，化验报告你等会儿拿。”张姐也不再多问，她对白松印象也不错，作为检验员，各种案子见多了，涉及保密的问题，再八卦她也不会多问。

等报告的时候，李队第一时间把化验结果给秦支队报告了一下。

汇报完，一行人暂时走到了院里，等待结果。

李队难得点了支烟。

他知道白松和王华东都不抽，但还是给二人各递了一支，理所当然地被二人婉拒了。

“白松，对这个毒素的源头，你有什么想法吗?”李队吸了一口烟，问道。

“李队，您还记得我上次询问雷朝阳的那个地方吗?”白松声音不大，李队和王华东都听懂了。

李队颇有深意地点了点头，没有继续问下去。

……

这些都是小线索。

包括这个毒物本身，也是小线索。

在外人看来，这个事情有啥意义?

也许很多人会问，发现这个毒物又有什么用处呢?

难不成毒物会说话?

这确实是个好问题，但是在法律以及证据学的角度，物证本身确实是会说话的。

这里面有两个最直观的思路。

第一，通过这个发现，去动摇田欢的忠诚和安心，让田欢知道，他后面那个所谓给他安排后路的人，其实最是除他而后快，他所效忠的对象，根本不把他当人。

也许有人会说，田欢如果招供，岂不是给自己添罪？

当然是如此，可是田欢通过这个事，他也知道，公安局能查到这个毒，就能查到别的东西。也许田欢之前还觉得他后面的人算无遗策，没有任何漏洞，但这一刻，他也会动摇。人都有缺点，事也都有漏洞，这是必然的。

这种时候田欢就面临两个选择，是坚决不说，到最后听天由命，还是全力配合警察，争取一个特大的立功表现？

这是其一。

白松并不会把一切的期待放在田欢身上。

其二就是查毒源。

这个本来也是很难的事情。目前相关的毒物肯定是受管制的，很少有机构拥有合成和提纯相关物品的许可。

而且这东西几乎不可能是从合法的地方流出来的。

但是，目前有一个很明显的指向——健康医院。

关于健康医院到底是从事什么违法活动，白松一直想知道。

到底是干吗，还需要一个医院、一个实验室作为掩护？

这说明了两个问题：第一就是这里从事的活动，一定是相关生物制药或者相关化学品生产的，需要医院和实验室作为掩护，以便车辆进出；第二就是这里面的利润足以令很多人疯狂。

对，是很多人，而不是几个人。这个犯罪链条上可以养活非常多的人！

上次左萍萍花了十几万整容，居然还没有整好，让白松颇感无语，有人为了美真的是什么都敢干啊……

整容真的是一件非常非常昂贵的事情。

很多几千几万一针的东西，真的不一定出自某个名号很响亮的国家，而是国内不知道哪里的作坊，成本可能就是几块钱。

如果说，真的相貌有缺陷或者非常迫切需要整形，也一定要去正规医院。

所谓正规医院，绝不是你们宿舍有三个人去了都说好的那个。

“这事，你跟秦支队说了吗?”李队看白松不明说，知道这里面可能有别的事，就没继续往下问。

“他肯定知道，”白松看着飘散的烟雾，“说不定他正在和经侦总队的曹支队联系，一起办案呢。”

“那敢情好啊!”王华东很高兴，“这么一来，你又可以回来办案了!”

李队瞅了王华东一眼，心道也就他不是四队队长，否则看自己的手下对自己不全心全意，反而盲从十队的一个副队长，肯定得气坏了。

不过，他也只是这么一想，白松，他太了解了，确实有自己的个人魅力。

“嗯嗯，我也想亲自办这案子，哪怕只是让我去打杂。”白松看向了李队。

“你别看我。”李队掐灭了烟头，“这事我说了不算，你有事可以直接跟马局长汇报，你们十队比较特殊，一把手大队长也不主持工作。你有事和秦支队或者马局长说都行。”

“好!”白松一口答应了下来。

第四百一十章　我未曾踏过山巅

“近日，本市出现了多起黑电台、黑广播案，犯罪嫌疑人赵某、王某等人，在天北区多地安装可以侵占合法信道的电台设备，宣扬一些假冒伪劣的保健品……本台讯，天北市公安局将于近期开展排查工作，对一些高层建筑进行地毯式排查……”

“据交警部门统计，近期酒后驾车、醉酒驾车的情况保持增长态势……”

……

行动伊始，健康医院的几位医生就被公安部门带走进行了询问。这部分医生主要是白松和柳书元曾接触过以及近期经了解没有任何问题的。

但凡是有本事靠医术谋生的医生，几乎没有与医院同流合污的，因此这些人对医院的一些违法情况根本不了解。

这几位医生在医院待了这么久，多少也能察觉到一些，只是平时并不往这方面想，所以也没人发现任何问题。

但是通过几位医生的叙述，确实是确定了一些问题。

这医院的经营理念是有问题的，而且是很大的问题，根本不符合正常医院的经营模式。

任何私立医院都是要赚钱的，而这医院基本上不宣传，地点也不好，附近没有居民区，医生们也都比较闲，这情况居然能发得起工资，也真的是比较邪门的存在了。

白松甚至觉得，医院通过黑电台宣传，以及开放十二层作为休闲的地方，纯粹就是让这个地方人稍微多一点，看着有点人气。

事出反常必有妖，当确定医院十三层有问题后，各部门很快做好了相关的准备。

根据市里的统一部署，虽然尚未掌握这个医院的情况，但是依然要彻底清查一遍。

公安部门以查黑电台为由要求到医院顶楼清查。

消防部门以消防协查为由要求检查医院。

食药监部门核查资质。

交警部门最近将开展交通大检查。

行动的主要部门是市治安总队和刑侦总队、经侦总队以及天北分局、九河分局，目前的总指挥是孙副总队长。

孙副总队长这次的指挥显得格外轻松，事实上，他只负责挂名，具体的工作由现场各部门的领导负责。

他的主要任务，就是看今天有哪些人会把电话打到他这里。在他身边，是市某委的同志……

白松只身一人，直接来到了院长办公室。

提前掌握的情报中关于十三层的并不多，但是七层之下的结构还是很清楚的，白松推门就进。

院长就坐在自己的桌子旁，神色自若地看着白松。

白松直接大大方方地走向前去，没有坐院长对面的椅子，而是坐在了沙发旁的茶几上面。

“五分钟前，我就看到你带了两个人来。”院长丝毫不在意白松的行为，“两个月前，带人来的也是你吧？”

“你这话说的，让我有点失望。”白松叹了口气。

院长设想了白松的很多种说法，但是唯独没有想到这个，一时间他没明白白松到底是什么意思。

院长沉默了。

事实上，白松到他屋里的时候，他就觉得今天的事情可能会偏离他的预想，但此时，面对白松，他还是觉得自己胜算颇大。

“陪你来的两个人，你让他们进来就行，不用在外面戒备什么。”院长接着道。

“他们去了别的屋子，这边就我一个人。”白松耸耸肩，丝毫不在意。

他现在完全可以感觉到这个院长的外强中干，这两个月的训练，让他对一些事情颇为自信。

“你现在回去，继续你的工作，继续你的仕途，不会对你有任何影响。”院长继续开口道，“你应该明白我的意思。”

白松从兜里掏出了自己的手机，轻轻地摆在了桌上。

他的动作让院长眼神一缩，他明白白松的意思！

时间不急不慢地过去，院长的脸色越来越难看。

白松把手机屏幕打开给院长看了看：“我没关机。”

话已经摆在天窗上说了。

院长的意思，白松明白，无非就是“再过几分钟，你的领导就会把电话打到你这里，让你撤离”。

而实际上，这个节骨眼上，不仅不可能有任何电话打到白松这里，而且，谁打电话谁倒霉。

院长的表情越来越严肃，但还是没有表现出什么：“我知道你是九河分局的队长，我这个屋里也没有监控之类的东西。这事，你走，不要过问，我可以给你意想不到的好处。”

“唉……”白松深深叹了口气。

“你不问问价格吗？”院长似乎没理会白松的叹息。

“一辆奥迪 Q5，如何？”白松反问道。

“也不是不行。”院长面色一喜，可以谈就是好事。

白松头疼了……

“你知道我为啥叹息吗……”白松无奈地说道，“你居然对两个月前的事情一点都不知道！”

但凡院长知道白松两个月前车子被撞这件事，也应该知道这里面有一种不可调和的矛盾，根本不可能尝试用这么低劣的手段收买白松。

白松看到院长的表现，很失望，因为情况很明显了，院长知道的内情非常少。

听到院长说完第一句话，白松就很失望了。

不谋全局者，不足以谋一域。也许院长觉得他和他认识的人可以根本不把白松放在眼里，但对于白松来说，他从未把这些人看作对手。

“你拿我开涮？你信不信，今天我能让你们三个人一个也出不去？”院长色厉内荏，挥动着双手。

“那你信不信，我能让这个医院的所有人一个都出不去？”白松摆摆手，丝毫不在意地道，“跟你说话费劲，你后面的人是谁？找个聪明人来和我说话。”

“年轻人，可莫要张狂，你还小，不懂一些事。”院长感觉白松是个愣头青，“你官职不高，所以你不知道一些事情，很多事远超你的想象。”

“我未曾攀登过巅峰，”白松坐得很稳，“所以，我何惧跌落低谷？”

院长的手，开始抖了起来。

第四百一十一章　发现

院长是被白松架着离开办公室的。

人有时候很强大，但是有时候也很弱小。

当发现自己所以倚仗的东西都虚无缥缈之时，信念崩塌，就显得格外弱小。

没有人知道，白松进入院长室后，在长达一个小时的时间里，究竟发生了什么，两人进行了什么对话，但是，好多人都看到了，当白松从屋子里走出来的时候，表情并不是很愉快。

很显然，院长并没有让白松满意。

院长以为白松只带来了两人，其实，在今天行动开始之前，就已经混进来了十几个人，而在白松带了俩人进医院之后，陆陆续续地又进来了几十人。

白松知道，这个院长的屋子，其实是很危险的，他之所以强烈要求自己一个人进来，就是希望能获得一些更有用的线索，希望从一些细枝末节中找到这个医院的内幕。

时间已经过去了一个小时，医院的问题已经露出了冰山一角。越来越多的人进了医院，越来越多的问题被发现，而冰山整体被发现，已经不需要怀疑了。

白松进屋伊始，就在观察和交流，想弄明白这个事情到底有没有什么别的问题，但是一个小时过去了……

白松一出来，就有两个人凑了过来，帮白松一起架住了院长。

院长已经瘫软了，两个人把他带走，白松带着数人到了十二层。

今天，这里的所有外人都已经被请了出去。

院长有些精神恍惚，不提供钥匙，到了最后，他甚至已经说不出话了。

“白队。”几个天北分局的警察看到白松，纷纷打起了招呼。

“袁所。”白松也打起了招呼。

这位是附近派出所的一把手袁所长，虽然职务比白松高，但是袁所一直很给白松面子，从来也没有做过什么指挥，反而和白松商量了起来。

“我已经和指挥部确定了，这个医院除了你谈的那个院长之外，还有两个管理层，也都承认了十三层非法制造假药、劣质药的情况，只是能控制电梯的，只有院长一个人。”袁所道，“这个院长还是拒不配合吗？”

“呃……”白松有点不好意思，“他可能是被我吓傻了，得缓缓……”

……

在场的好多人面面相觑，这个来自九河分局的白队长，到底是什么人？怎么这么牛？人家好歹也是个院长、堂堂的犯罪团伙头目之一，居然被吓傻了？

这下子，好多人看白松的眼神都变了。

袁所也有些无语，但还是没有说别的，而是问道：“我联系了消防部门，这个楼道里的门，虽然是很结实，但还是可以破拆的。”

这里的两个楼道门都非常坚固，白松第一次来就发现了，破拆难度很大。

“要不先让我们的人试试吧。”白松道，“能文尽量别武，主要是十三层的情况不好说，万一有一些有毒有害的物质，因为破拆产生了泄露就麻烦了，咱们的预案依然不能保证。”

“你的人？”袁所道，“需要跟领导汇报一下吗？”

“不用，已经在这里了，而且之前也谈过这个预案，就是咱们把电梯的程序改回来。”白松道，“袁所你看可以吗？”

“这当然可以啊。”袁所颇为惊奇，“没想到你那边还有这个技术条件。”

“试试吧。”白松也不敢夸大，把王亮叫了过来。

这一次，九河分局精锐尽出了。

从白松和院长交流的那一刻起，很多人就开始了对这个医院的排查，都未发现有什么问题，所以一切的一切，都集中在七层以上的某个未开放楼层了。

王亮把电梯控制程序连接上了电脑，为了这次行动，王亮提前下载了这个电梯的控制程序，因此王亮对这个任务也是有一定的信心。

王亮有些激动，这一定是个很大的案子，白松的这个安排，给了他大显身手的机会啊……

电梯的程序非常简单，王亮连接好了之后，几经调试，就发现这里面连加密都没有，估计就是找电梯厂商改了最基本的程序，因此这非常非常简单，恢复出厂设置即可。

这根本不需要任何技术，初中毕业就会，但是发现这个问题还是需要一定的水准的，在外人看来，这个九河分局的小伙子，用了短短不到 5 分钟，就把四台电梯搞定了，着实是高手，黑客水准啊！

一行超过 30 人，同时乘坐四部电梯，到达十三层。

这个方案也是指挥部定下的，每个人都戴了防毒面具和手套，每个电梯里也都配备了好几支枪械，为了应对不同的情况。

四扇电梯门同时打开，眼前这一幕让所有人都非常震惊，但是似乎又在情理之中。

十几个身穿医生制服的人，各自搬了椅子，坐在了电梯口，此时，正在准备束手就擒。

这里灯光很明亮，但是所有的玻璃都被封住了，里面的光线无法透到外面去，数条科技水平很高的生产线现在也全部停了下来。

“你们谁是头头？”袁所长一脸严肃，看着这里的人，“这是你们所有人吗？”

一个看起来 70 多岁的老头颤巍巍地站了出来，“这是我们所有人，我们……自首。”

“这也能算是自首?”袁所长道,“被堵在这里,能算自首吗?”

“我们出不去啊……”几个年轻的男人急了,“一个小时前我就说去自首了!”

在场的警察都笑了,纷纷上前,把这些人一个个地上了手铐,如果这也能算是自首,那么天底下所有被抓的都算了!

……

白松倒是很客气,把岁数最大的那个叫了过来:“这里面的东西,哪些是有危险性的,都是些什么东西,给我讲一下。”

……

现场没有任何人乱动,这里的战果,非常惊人!

在场的人,第一时间把这里的情况全部汇报给了上级,引起了剧烈的震动!

这件事情,明天,不,今晚,绝对能上各大媒体的头版头条!

第四百一十二章　风雨之后

这起行动从正式开始，就满城风雨。

从开始到结束，一共持续了两天，不仅仅是医院本身，就连与这里合作的几个黑分包点、中转站以及司机、车辆，全部落网。除此之外，一家小规模的药企也因此停业，这家药企同样涉嫌生产假药。

白松等人发现十三楼的情况之后，这信息像插了翅膀一般，层层汇报，最终到了哪里白松也不知道。

这里的发现其实是符合白松的预计的，但是对于很多没心理准备的人来说，还是过于震撼了。

经初步核算，这个假药生产基地，每天的非法经营所得都在七位数以上，因缺乏足够的监管，或者说监管本身就有问题，这里的生产从医院建设之初就已经开始了，总涉案金额达到十位数。

有这样的一个基地支撑，医院估计一个病人都没有也照样可以轻松养活这么多的医生和护士。

这一层两千多平方米，一共有两间专业的实验室，在这边从事药品生产的，不乏一些名校的高才生，但更多的就是普通人，负责设备的看护和使用，吃住都在医院里。

这里不负责研发，只负责一些成品的制造，而经过查验，田欢的钱上面的肉毒杆菌毒素，就是这个基地制造的。除此之外，很多玻尿酸等常见的美容、整容类的药物也都是来自这里。

但是问题比较大的是，这个基地生产的肉毒杆菌毒素，并不是分装成小瓶。这里地方比较小，对于此类药品并不分装，而是培养出一定程度的菌落并富集之后，就把这些毒素一起放入大一点的瓶子里统一送出，然后在那个小药厂进行稀释、加工。

也就是说，这里送出去的东西，相当一部分具有很强的毒性，一旦运输的车子出现车祸，后果之严重，简直不堪设想。

天北区一些部门失察的问题是跑不掉了，食药监部门更是如此。但是这都并不是最重要的，毕竟这是在没有产生重大事故之前发现了。

……

“你怎么不去开会？”于政委从三队的办公室里找到了白松，“那边都等你呢。”

“政委，这么大的事，我就不去了。”白松摇摇头，“有市里的领导在呢。”

“你不去怎么行？这个事情是你发现的，功劳最大的就是你，你怎么能不去？”于政委有些恨铁不成钢，“离新闻发布会召开还有一个小时，你快点把衣服换好。”

见白松还有些话要说，于政委面色一板：“这是命令。”

白松知道躲不过，慢腾腾地起身：“政委，我的衣服没有放在这边。”

“在哪？我派车送你去拿。”于政委不管白松说什么都不给他拒绝的机会，直接道。

还是躲不掉。

白松觉得这像是捡了一份功劳，所以没什么特殊的感觉。但是其他人不这么认为，无论如何这都是九河分局的荣誉，即便这个案子案发地点在天北分局的管辖范围中。

而事实上，自打从院长办公室出来，白松就有些情绪低沉，好几个人问他怎么回事，他都没多说。

新闻发布会如期举行，白松被交代了一番，坐在了主席台的一侧。

之所以这么快举行发布会，主要就是因为牵扯面实在是太广，不仅本地的媒体对这个案子比较关注，就连天华市上一级的媒体和好多家外省的媒体都对这案子表示了极大的关注。

而且这个问题的严重性，还体现在没有被监管上。很多生产假药的公司本身也是正规注册的公司，然后利用自己的生产线和一些优势生产未经许可的药物，但是本案完全是“黑窝点”，完全不可控。

而且与这个医院合作的小药厂，有一部分车间在地下，也存在类似问题。

虽然白松没什么精神头，但还是强打起精神参与了整个发布会。

在一定会被问到的“怎么发现的”这一问题上，白松按照于政委的吩咐，一字不落地、圆滑而不失风度地讲述了一下。

白松讲完后，全程就踏踏实实地坐着，一动也不动，当起了“吉祥物”。

发布会并不长，因为案子还有很多东西待办、待处理、待统计，会后大家都迅速投入到了工作之中。

白松走了出去，看到了马局长，刚要过去，马局长一下子把目光转移到了白松旁边的一个人身上。

顺着马局长的目光，白松看到一个肩扛一麦两星的领导向他走来，连忙向马局长做了眼神求救。

他不认识啊……

马局长紧赶两步，主动向这位领导打了招呼：“王区长好。”

白松一听，立马也打了招呼，然后马局长给白松介绍了一下，这位是天北分局的一把手王区长。

王区长为天北区副区长兼公安局长，和九河分局的殷局长是一个级别的。一般这种情况，内部的人都称呼局长，外人都称呼区长。

“白队长你好啊。”王局长主动伸手。

白松受宠若惊，立马伸手和领导握了握。

“说起来，我是来感谢你的。”王区长心情不错，“要不是你帮我们查到这个隐患，哪天要是真的出现了问题，我难辞其咎啊。”

跟领导说话，永远不能只理解这句话表面的意思，白松把自己的姿态放得很低：“王局，这事是我运气好，而且咱们那边的柳书元也做了很大的贡献，后面更是有你们这么多领导的支持，不然凭借我一人之力，说不定进去就出不来了。”

白松换了称呼，也是想拉近一点关系。

“小柳啊？我知道他。”王区长点了点头，笑眯眯地道，“你们年轻人多接触接触，这世界总归是你们的。”

领导都很忙，说完，王区长跟马局长打了个招呼，就走了。

白松这才呼出一口气，领导那么多，他不可能都认识，而且他也不需要和每个人搞好关系，但是……绝对不能得罪……

马局长听到白松这么说，也很满意，心情格外愉悦。

第四百一十三章　突发奇想，并案侦查

“你这两天到底是怎么回事？”马局长把白松叫到了一个角落，问道。

虽然是在市局，但是认识马东来的人依然很多，他想跟白松单独聊聊，还是得躲一躲。

当然，白松现在知名度更高一些，不熟悉他的人虽然不会和他打招呼，但是总归会多看他几眼，以至于二人找了半天才找到一个没人的地方。

“我没事，马局长您不用担心。”白松说完，知道这样搪塞不了马局长，接着道，“就是有点灰心。”

“是因为没有找到奉一泠的线索吗？”马东来对白松的了解比白松的大部分朋友都更深一些。

“嗯，是这样。”跟马局长聊天，白松丝毫也不避讳什么，“这个案子已经很大了，牵扯的人和事也非常多，但即便是那个院长，居然也不怎么了解后面的人的情况，这让我很是无奈。”

“别灰心，这才哪到哪，这个案子被破获，就够把所有对你有意见的声音，都清除掉了。”马局长见过那么多案子，对他来说，案子本身已经不是那么重要了，能培养几个合格的后辈才更有用，毕竟这些后辈可以解决无数个案子。

“嗯，谢谢马局长。”白松这么一听也是很高兴，毕竟他也知道之前的一些传言，对马局长都有着不好的影响，这次能解决这个案子，也算是了了一桩心事。

“没事，慢慢来。”马东来丝毫不掩饰自己对白松的欣赏，这些年遇到的这么多后辈，白松是他见过最特殊的一个了，“你还很年轻，别背负那么大的压力，平时放轻松一点，这件事，我肯定会报给市局，给你申请一个一等功。”

“一等功?”纵使白松天天口口声声说自己不那么在乎这些东西，但是听到马局长这么一说，还是呼吸都有些急促了起来。根据相关规定，获得一等功及以上奖励的个人，可以提前晋升警衔!

“申请归申请，”马东来一乐，他看着白松闷闷不乐的样子已经好几天了，不拿出点真正的“大杀器”，还真是没法让这个执拗的白松转过弯来，这句话一说，白松立刻就变得有些难以抑制地兴奋，这让他颇为欣慰，但还是实话实说，“虽然可以由市局办理记一等功事宜，但是需要市局的上级批准，这事情可没这么简单。不过，能参与申报本身就是一种莫大的荣誉，你明白吗?”

其实白松还是小看了这件事。毕竟上级的媒体都来了，而且如果是小事的话，王区长也不可能单独过来跟他聊上几句。

白松兴奋的感觉稍减：“嗯嗯，我会继续努力的。”

“好。”马局长满意地点了点头，“记住一点，你最大的优点就是遇事冷静，而且很多事能触类旁通，切不可因为这件事情，就不冷静了。”

白松凛然，这才发现自己还真的是不冷静了……他感激地看了看马局长，“马局长，咱们一起分析一下这个案子吧。”

“好啊，当然可以。”

“您说，为什么后面的这个人，会与这个医院的联系这么少?以至于咱们都查不到背后的东西?如果不是我对这个院长有一定的了解，我甚至怀疑这个院长就是医院假药案的真正主使了。”白松说出了自己的疑惑。

“嗯，这种情况确实是很少见，我也看了这个案子里的报告，我可以很直观地看出来，这里面的头目，刚开始可能还比较在意这个医院，但是近几年，丝毫都不在意这里的发展了，这个院长从中牟利数千万，后面的人也没有管。”马局长道，“这种情况在常规犯罪中非常少见。”

“如果后面的人真的是奉一泠，这个事情还可以解释，应该是她并不想抛头露面，所以后来就身居二线了。”白松道，“但是，马局长您说，这里面有超过10亿的利润，她居然可以不那么在意，这真的可能吗？”

“这有什么不可能的？”马东来对这个事情倒不纠结，“我记得你们那个经侦总队的专案，现在统计的涉案金额已经快到300亿了，主犯不是早就跑了吗？”

白松一直也没过过什么有钱人的生活，包括生活工作中遇到的大部分都是普通人，为了一点点钱四处奔波或者铤而走险的白松见得很多，但是，对于有的人来说，钱本身真的已经不重要了吗？

“这境界，有几个人能达到啊……”白松叹了口气，作为一个穷得车都买不起的人，让他去体会对10个亿都无所谓的人的心态，这怎么可能啊？

“确实是，事实上，我也是第一次遇见这种人。”马局长丝毫不介意和白松说实话，“可能我见识的也比较少吧。”

“您也第一次见？”白松喃喃道，他似乎发现了什么……

马东来看了一眼白松，忙道：“你有想法，就说出来。”

“这种事，可能根本就是个例。”白松道。

马东来眼神微微一缩：“你的意思是说，这两个人，可能是一个人？”

“对！”白松微微颤抖，“就是一个人！”

马局长看着白松道：“给我讲讲这个人。”

白松曾经给几十个人取过笔录，对于笛卡金融案里的主犯“怡师”的了解还是很深的，现在逐渐把两个人的形象进行对比，确实是高度吻合！

怪不得身为一个“男性”，“怡师”会显得那么清心寡欲，看来这性别根本就不对，他的真实性别其实是女性！

没有任何一个人，比白松更了解“怡师”。他曾经用几周的时间，和每一个和“怡师”接触过的人都细致地聊过。

而也没有几个人比白松更了解奉一泠，这可真的是一个合格的对手。

白松此时哪还顾得上什么保密不保密的，把自己对“怡师”的所有的理解，都不带任何主观色彩地跟马局长说了一下，然后不再表达自己的看法。

马局长沉思了几秒："你先回队里吧，我向殷局长汇报一下这个情况。"

第四百一十四章　新专案组

这段时间里，健康医院的情况得到了彻查，相关涉案及其他问题的人员纷纷落网接受调查，引起了轰动。

时代的车轮滚滚向前，有时候一些自以为很强大的人会把自己看作一座大山，可以拦得住车轮，或者至少可以使车轮让路。

而实际上，这些人只是螳臂挡车，自己跳进了深潭，连一朵水花都没有。

就在所有人的关注点都放在了医院的案子上时，九河分局悄无声息地与经侦总队成立了联合专案组，共同侦办笛卡金融案。

因涉及保密问题，专案组的地点定在了经侦总队，九河分局将包括白松在内的四人借调到经侦总队来负责这个案件。

白松是队长，王亮和王华东是队员，除此之外，还有三木大街派出所的一个年轻警察任旭，他是天华大学毕业的，通过社会招考，二月份入警，刚刚完成两个月的培训就加入公安队伍，是一名见习警察。

因为王华东已经离开三木大街派出所有一段时间了，所以大家也都不认识任旭。

白松刚刚参加工作的时候，有时候派出所借调人，就是调他这样的新人，因此这次从派出所调来一个新人，他也是见怪不怪。

四人小组以白松为首，曹支队专门给白松等人安排了一辆车和一间屋子，有两个上下铺。

“白队，我早就听说你了！”任旭看到白松莫名有些激动，“我听好几个人都说过你，说你是九河分局最年轻的队长，破案专家啊。”

“他们还说什么了?”白松一听有人夸他，立刻饶有兴趣地继续问道。

“还说你是当局长的苗子，深得马局长真传，目光如炬!”任旭说得很激动。

“还有吗?”

“还说……”任旭往后撤了一步，心道也没听说这个队长脸皮这么厚啊，“还说咱们分局好几个大案都是你破的！很厉害!”

白松满意地点了点头：“没事，你继续说，我在听。”

王亮和王华东都无语了。白松最近这是咋了？哪来的这个恶趣味啊？王亮不由得打断了白松的话，客气地说道：“你最近几天这是咋了?”

“啥事这么高兴?”王华东也有点无语，白松这样子还真的少见，“这几天怎么这么高兴了？不就是破了个医院的案子吗？不知道的还以为你得了个二等功呢!”

“呵呵……我看他的样子是得了个一等功。”王亮嘲讽道，接着身形一顿，缓缓转身，盯着白松道，“你不会是真的能得个一等功吧?”

“我啥也没说啊……”白松显得有些委屈，“我是那种人吗?”

王亮和王华东重重地点了点头。

白松叹了口气，在“萌新”面前的形象基本上崩了一半了……

不过话说回来，白松心情真的很不错。忙了这么久，终于发现了奉一泠的最新动向，这可是父亲这么多年都没有做到的事情。

也就是说，关于奉一泠的线索，一下子从近二十年前，追到了一年之前。

现在关于奉一泠与“怡师”是同一个人的说法基本上是大家的共识了，虽然没有很明确的证据，但是大家都对这个案子有着比较深的了解，所以才促成了联合专案组的成立。

不过，猜想毕竟是猜想，不然也不会只派他们四个人过来参与专案。

通过白松对这个奉一泠的理解来看，她已经蜕变得很厉害了。当一个人

20 岁的时候就能在江湖八大门中崭露头角，再给他 20 年，往往所求已经超脱。

钱？

多么低级的东西……

奉一泠这些年来，手段越来越高，早已脱离了“低级趣味”。

健康医院，十几亿的收入，说撤就撤。

笛卡金融案，她早在“创业”中期就不再出现，对数百亿的资金丝毫不在意。

当然，白松认为，她并不是真的有比数百亿还多的钱，但是她一定很有钱，甚至可能已经洗白成某个正经行业的老板。

正因为如此，有些违法行为，当开始大火、能赚到很多钱之后，她一定是拼命地想降低存在感，防止以后被抓。

这就是明显的犯罪有瘾。

但是，过于“优秀”的犯罪者，就像纸里的火苗，除非彻底熄灭，否则谁也拦不住他露头。

如果一直降低存在，火苗特别小呢？

那要么氧气耗尽而亡，要么给纸抠个洞。

而这个小洞，终究会漏光。

四人到了这边，除了曹支队等几人知道他们是负责另一起案件的，其他人都以为是来帮忙查笛卡金融案的。

经总这边每个月都有不少人借调来，也有不少人借调走，这并不是什么显眼的事情。

在这边时间久了，加上有了乔师傅徒弟这个身份，白松已经混得很熟悉了。前段时间处理了健康医院的这个案子，更是让他在这边也有了一定的名气了。

大家刚刚安顿好，内勤就跑了过来，主动给三个人办理了饭卡，这跟白松第一天到这里的待遇有着天壤之别。

“以后有啥事给我打电话就成，不用什么事都麻烦白队长。”内勤嘿嘿一笑，跟白松打了个招呼，给几个人留下了自己的电话号码就走了。

“这边人都不错啊。”王亮道。

“还行吧。”白松没有给几人多说什么，“在这边得注意点自己的行为举止，这边领导多，还是谨慎一点。”

“嗯嗯。”任旭点了点头，他第一次离开派出所，平时去分局都感觉有压力，在这边更是有些担心，人在这种情况下往往都需要一个主心骨。

白松刚刚那副不正经的样子给了任旭一种很不靠谱的感觉，倒是他这么板着脸说一下纪律，让他心里安定了一些。

“对了，任旭，你大学是学什么专业的?”白松有些好奇，天华大学他最近可是常去了。

“我是学历史的。”任旭怕自己被小瞧，“不过，在学校的时候，我也是侦探社的人，对警察很向往的!”

“侦探社?”王华东立刻来了精神，“我有点事，得问问你。”

第四百一十五章　准备会见

王华东从任旭这里侧面了解了一下丁建国的事，心满意足，四人的关系迅速拉近。

“田欢的提讯，你昨天在那边参与了，感觉如何?”聊了几句工作外的话，白松接着问起了这事。

田欢的提讯他还是得回避一下，录像和笔录他都看了，但还是想和王华东聊聊现场的感觉。

“别提了，这个田欢油盐不进，估计是觉得我们在诈他。”王华东摇了摇头，“不过，他其实也心虚了，情绪波动挺大的，不知道什么时候心理防线能破。”

“你觉得他情绪波动大的原因是怕我们找到他杀司机的证据，还是怕我们抓到奉一泠，使他的事全部暴露?”白松感觉自己看视频没办法体会到田欢的真正情绪。

“嗯……”王华东仔细地想了想，“我感觉都不是。”

白松没有打断王华东的话，静静地等他继续说。

“我感觉，他好像是一种信仰动摇的状态?”王华东不太确定地说。

“信仰崩塌?”白松问道，“你这么一说，我觉得挺有道理，我昨天看他的情绪变化，在我们跟他说他可能面临极刑的时候，那状态不像是害怕，而是你说的这种。”

“不不不，不是崩塌，是动摇。”王华东有点肯定地道，“你这么一说，我倒是能确定了。对，就是那一刻，他不知道是因为什么而信仰动摇了。”

"嗯。"白松陷入了沉思。

如果说，田欢有什么信仰，白松只会觉得是钱。但是，也不能排除他对奉一泠也存在一些特殊的情愫。

这种情愫不会是爱，因为他俩差距太大，而且奉一泠这些年装扮成男人的模样，白松感觉更有可能是一种思想上的控制。

这也是白松曾学过的一个东西。

这些年，有一个称谓比较火，叫"搭讪艺术家"，英文名叫 pick up artist，简称 PUA。

这是通过建立自我完美形象，贬低另一方，从而形成心理控制和对方的服从状态，进而完成自己的某些目的的一种情况，很多人受控了还不自知，甚至拼命地借钱、网贷来满足另一方。

恋爱是平等的，虽然可以付出，但是如果对方不爱你，一些事确实是没必要。

而奉一泠，显然比一些为了骗钱骗色的"搭讪艺术家"要高级很多，有些常人理解不了的东西，真的可能发生在奉一泠身上。

"那就是还得继续烧把火，让他的信仰再动摇动摇。"白松道。

"这有点难吧?"王亮看俩人聊了半天，这事他也算是比较了解的。

"是啊，奉一泠都想弄死他了，他居然还在想着奉一泠，这老头该不会是喜欢男人吧?"王华东吐槽道。

"那倒不可能，"白松道，"我有个办法，有些话从我们嘴里说出来，田欢可能不信，他总觉得我们在诈他，所以还在抱着什么期望呢。"

"那除了我们，"王亮插了一句话，"还有其他人能和田欢对话吗?"

"有啊，他的律师。"王华东倒是明白白松想说什么，"但是，他的律师我们是不能随便见，也不能随便聊的，这是规定。"

"你们不能，我能啊……"白松道。

"你能？你应该回避的……"王华东说了一半，突然想起来了，"我忘了，你是本案被害人之一，本身就是应该回避的，而且这个律师之前还找过你，希望你能对田欢的所作所为达成谅解。”

王华东越说越兴奋：“对啊，你完全可以找他的律师谈谈，反正律师也有查证权，一些事情让律师知道完全没什么问题……”

“嗯，我也正想找机会跟他的律师聊聊：一方面，我得通过他的律师，故意传递给田欢一些信息，而且是正确的信息；另一方面，我也可以去和他的律师谈谈价格，看看能不能旁敲侧击一下，这个田欢是不是还在别的地方藏了钱。”白松道。

“可行……就是你别小看律师，可别被发现什么……”王华东有些担忧，他总觉得白松这么做有点冒险了。

“他？”王亮为律师打抱不平了，“那律师要知道白松是什么智商，并且如果知道白松司法考试几乎比分数线高出来一百分……”

“也对……”王华东接着开始为律师担忧起来。

任旭在旁边听着，满眼的小星星。

队长大佬果然恐怖如斯！

之前那么遵照回避制度，原来还有如此高瞻远瞩之意吗？

任旭就差喊 666 了！

在派出所的两个月，哪里接触过这样的案子啊！

且不说这后面的奉一泠，就单单说已经被抓的田欢，就是个非常难缠的对手了！

这比起在学校里，设计几个密室，推测凶手是谁要好玩多了！

作案技巧和设计密室什么的，总归是“做题”，有人出了题，大家做题。

最为明显的案子就是王枫盗窃黄金案，玩的是技巧和科学。

当然，也有人性。比如说在泥土里发现了钻石，就会让人觉得泥土里没有黄金了。

但是，现实可不只是做题。人性之复杂，远非小说可比。

“那下一步就等你联系那个律师吗？”王亮问道。

“并不是啊，不能这么快，不然显得很被动。估计这些天田欢会主动找他的律师，在这个事情之后，他的律师应该会尝试联系我。”白松说得比较肯定，因为律师想在这个案子里有所作为，最好的办法还是取得白松的谅解，白松道，“在此之前，你们还得好好看看案卷，熟悉一下这个案子。”

“嗯嗯。”任旭点头如捣蒜。

初来新单位，任旭是最紧张的一个。在不知道该怎么做的时候，学习经验丰富的人，总是没错的。

“你要这么说，这段时间你干吗?”王亮突然问道。

“我?”白松道，“我等律师找我啊。”

“啊？那等律师的这段时间呢?”王亮有些无语。

“锻炼身体啊。”白松理所当然地道，毕竟乔师傅马上就回来了。

“让我们天天看卷，你锻炼身体?”王亮一脸问号。

第四百一十六章　博弈（1）

并没有出乎白松的意料，没过几天，田欢的律师费了很大的周折，联系到了白松。

这都快让白松有些着急了，甚至想帮帮这个律师！

联系上白松都这么难，这能力有些堪忧啊……

……

白松“很不情愿”地见了田欢的律师。

电话联系上之后，白松和律师在一家意大利风格的咖啡厅见了面，这家店比较僻静，客人不多，因此服务更为周到一些。

这个律师的信息白松早就看过了，早在开始的时候就做过一定的了解，她是个有十年工作经验的女律师。

看照片没什么感觉，但是真人还是挺有气质的，一看就是个很知性的成功女士。

“您好，不好意思我来晚了，想约您可真的是不容易，您喝什么?”女律师来得比较晚，看到白松表达了一些歉意。

事实上，她已经比约定时间早来了半个小时，只是没想到白松居然已经到了，这让她有些被打乱节奏的感觉。

“你点你的就行，我自己的我点完了。”白松没有多说什么。

律师面色稍霁，略有些不自然地笑了笑，接着叫了侍者过来点了杯咖啡：“一杯 coffee latte（拿铁咖啡）。”

从点咖啡的情况来看，这位律师应该也是小资人士了。毕竟白松点的时候，第一句话就是问：“你们这儿最便宜的……”

“嗯，您好，我今天约您来的目的您应该也知道了，咱们开门见山，对于您这次受到的伤害，我们这边深感歉意，我想听听您的想法。”律师把手机放到了桌上。

“我没有感觉到你的诚意。”白松随口道，他并不想这么快被摸到底线。

这会儿，侍者给白松端来了一杯黑乎乎的东西，他也不喝，就摆在桌上。

“不不不，我们很有诚意。”等侍者走开，律师跟白松说道。

作为辩护律师，她并不是代表自己。

“那你为什么要在包里放录音设备呢？”白松没有看她的手机，指了指她的包。

从她对放包的位置的调整，和那种若有若无的关注，白松早就看出了问题。

律师指了指自己的手机，似乎想缓和这个尴尬，接着看白松径直指着她的包，让她很是难堪。打开也不是，不打开也不是。

白松肯定是说对了，但是她不可能承认，否则后续没办法聊下去了。

这会儿侍者送来了她的咖啡，这律师经验也极为丰富，直接道：“既然白队长不那么相信我的诚意，我解释也是徒然，那就把包拿开好了。”

接着，律师叫过侍者，示意他把自己的包放到远离这里的位置，从而证明自己的诚意。

这律师很是聪明，这么一来，缓解了尴尬，有了继续聊下去的可能。甚至她还主动把手机打开给白松看了一眼，示意自己的手机没有录音。

白松自然明白手机没有录音，但还是点了点头，表示对她的这个举动的满意。

而对律师来说，这也是无奈之举，她包里有不少东西很重要，但是好在这个咖啡厅是她找的，档次也比较高，侍者肯定会妥善保管她的包。

“上次我们提出的那个补偿金，您这边还满意吗？”律师显得有些洒脱，丝毫没有任何不开心，脸上依然保持职业化的笑容。

“补偿金?”白松轻声表示疑问，但是没有在这个问题上和她纠结，“你这边最多能给多少钱?”

“白队还真是直接，我考虑过，您的车子就算市价40万，我们这边补偿您80万元，您看如何?”律师从自己的口袋里拿出了便笺本和笔。

白松的车值不了40万是所有人都知道的，但是她故意这么说，算是为了让白松高兴一些，若不是白松不可能和解，这条件确实是让人心动。

“你也知道，田欢的钱和一些固定资产都被冻结了，他拿什么给我钱呢?”白松把皮球踢了回去。

“是这样，您也知道，我的当事人有一处房产是多年前购置的，来源也并非非法，这处房产虽然被冻结，但是我们已经申请了解除冻结。等案件侦查阶段结束，进入审查起诉阶段，这处房产如果被解除冻结，我的当事人会委托我卖掉这处房产，把钱给您。”律师拿出本子，刷刷刷地算了几笔，“根据现在的房价，这处房产的市场价至少240万。”

“那你的意思是，我不能立刻拿到钱?”白松面色一紧，显得有些不耐烦。

“您不必着急，我们的协议可以去公证处做公证的。”律师显得很专业，“您大可放心，这房子的冻结情况您是清楚的，价格您也了解，即便房价再怎么跌，也不可能跌到100万以下。”

“你的意思是，一个正在被公安部门因涉嫌故意杀人案冻结的房产，你一个辩护律师，可以有权力去公证处以及房管局，以这个房屋的不动产所有权的价值为标的，签订一份合法的公证书吗?”白松声音不大，但是说得很清晰。

女律师深深地看了白松一眼，随即喝了口咖啡，微微起身：“您等一下，我去包里拿一份协议过来，当然，您可以跟着我，以便确认我没有从包里取出什么所谓‘录音设备’，可以吧?”

“不急不急。”听到这里，本来板着脸的白松一下子露出了笑容，“坐坐坐，我当然相信你，你和我先聊聊，我听听。”

“好。”律师点了点头，轻轻坐下，屁股却没有坐实，“是这样的，我的当事人在国外有一笔合法资产，虽然转回来有一定难度，但是只要您这边同意签字，我可以做主，跟您做这个许诺，先去把这笔钱取回来，然后您可以看到钱再签谅解书。”

“哦?”白松饶有兴趣地问道，“那我岂不是可以狮子大开口了?”

“白队长，他并没有那么多的钱，这已经很有诚意了。”律师咬了咬牙，有些许焦虑。

“那行，我再考虑考虑。”白松话锋一转，“不过有件事情，我还是得跟你说。”

第四百一十七章　博弈（2）

律师心里感觉有些不大舒服了，她的包里很多东西价值很高，长时间不在身边，她有些不放心，但只能迫不得已地坐在这里听白松讲。

“是这样的，我想让你告诉田欢，他想减刑，关键问题其实不在我这里，而是如实坦白。”白松心里算了算时间，“我当然回去也会好好考虑这个事情，但是他更应该好好考虑，不然一些事败露，吃枪子可就不好了……”

律师第一次打断了白松的话：“白队长，您说的这个问题，是办案机关应该考虑的。作为律师，我维护的是我的当事人的合法权益，我做好我的本职工作即可。再者，您现在的身份并不应该说这样的话，这应该是其他警察跟我说的。”

言外之意，白松是被回避的非办案人员，别掺和别的，只谈钱就好。

“哈哈，也对也对。”白松打了个哈哈，看律师有些不耐烦了，他知道，可能下一秒律师就会站起来准备离开，于是自己先起身，道：“我有点事先走了，你慢慢喝。”

说着话，白松还是不紧不慢端起了杯子，慢慢地喝完了自己的咖啡。

出于礼貌，律师只能等着白松喝完，慢慢地踱步离开，才抓紧时间起身，跑到吧台要回了自己的包。

“没人动我的包吧?”律师连忙问道，边说边打开包看了一下，没有丢失任何东西，这才舒了一口气。

“您过来，我和您说个事。”吧台的一个人把律师单独叫到了一个监控死角。

女律师神色一凛，似乎有不好的预感。

“您是我们店的老客户了，我偷偷告诉您，刚刚您在那边坐着的时候，来了两个警察，带了搜查证，检查了您的包，还要求我们对这个事情保密……”吧台的人员说道，“您可别跟任何人说是我说的。”

“警察?”女律师一下子声音高了八度，随即才缓了下来，四望了一下，发现有几个人看了她一眼，沉住气道，“他们凭什么翻我的包? 拿走什么东西了吗?”

“人家是警察……我有什么办法……”这人接着道，“东西没拿走。”

“那很感谢你了!”律师随便搪塞了一句，她知道不关咖啡店的事，快步走回了吧台，把包背到了身上，接着对跟着自己走过来的吧台人员道，“我想看看你们的监控。”

“女士抱歉，我们这里的监控不能随便看的。”吧台人员很无奈地说道。

“我跟你说，这几个警察的行为可能是违法的，我能去法院申请文书的。”律师道，“或者我带着我们单位的介绍信来……”

“您带着您申请的文书来就可以了。”吧台人员可不认什么律所的介绍信。

“好。”律师有些生气，愤愤地离开了。

……

咖啡厅对面，一辆五菱宏光上，四人正看着咖啡馆的方向，只见过了三四分钟，女律师一脸气愤地走了出来。

“这办法真的可行吗?”王亮问道，“这律师要是查到我们是谁，也是个麻烦事。”

“呵……法院能听律所的那也新鲜了。”王华东倒是不在意，“我把她的录音笔关了，这段录音文件也保存了下来，她仔细看看就能发现被拷贝的记录。身为律师，在这种情况下违规取证，我们也算是互相有把柄了，但问题是，她对我们的把柄是虚的。”

虽然录音里没录到很多，但是刚开始和白松聊的两句话还是录到了的。

“别贫了，”白松跟王华东道，“你让吧台人员告诉那个律师她的包被翻了，会不会露馅？”

“不可能，”王华东道，“吧台人员一天到晚见那么多形形色色的人，谁还不是个好演员了？”

“那他不会把这件事也告诉那个律师吧？”王亮还是有些不确定。

“我可是给了他 200 块小费啊，他全说实话能有什么好处？只是单单地告诉律师她的包我们翻了，然后实话实说，按规矩办事即可，还算是赚了律师的人情呢。”王华东不以为然，“就是不知道，白队长，这个钱能报销吗？”

“你是四队的，你去找你们队长报销。”白松撇撇嘴，200 块钱？呵呵，这不开玩笑吗？

他刚刚点的那杯咖啡还没人报销呢！

“就知道……”王华东倒也不是真的在意。

“行了，你知足吧，这也算是表达我的态度了。”白松仰天长叹，“八十万就这么没了。”

律师肯定不傻，经此一役，她明白白松肯定就是在拖延时间，和来搜查的警察是一伙的，并不是想和她聊什么合约。

但是，最重要的是，她明白，这条路走不通。而且，警察已经掌握了很多线索了，她必须得和田欢谈谈坦白的事情了。

根据《律师服务收费管理办法》第十二条规定：禁止刑事诉讼案件实行风险代理收费，也就是说，律师和田欢签订的并不是风险代理。

但是田欢给她的费用不低，而且还承诺了她关于房产销售的委托金——20 万。

也就是说只要这处房子能解除冻结，田欢就会委托她来销售，到时候给她 20 万的委托金。

这个算不算风险代理，估计律协也没法确定，毕竟只是口头承诺。

“这样利用这个律师，会不会不太好?”小“萌新”任旭弱弱地说道。他从头看到尾，虽说他也知道这个设计很精彩，但还是有些不大得劲。

王亮和王华东刚刚要说什么，白松直接道：“你说得对。只是这案子对我来说，实在是太重要，为了真相，我愿意付出一切。”

任旭看了看白松的眼神，似乎明白了白松下一句要说什么，那一定是“即便付出生命”。

白松接着顿了顿：“我对律师没有任何偏见，他们也是法制建设里不可或缺的一环，我女朋友以后都有可能成为律师，嗯，估计也是很优秀的律师。”

“好好好，我知道了白队。”任旭点点头，“可是，你这怎么还秀起了恩爱啊……”

第四百一十八章　乔启归来

可能是白松的行为确实激怒了这个律师，连着好多天，这个律师也没有去申请与田欢见面。

对这个问题，白松也不着急，反倒是更放下心来。

小孩子才置气，成熟的人只讲究利益。

如果这个律师一点也不生气，转天就去会见田欢，那倒是会让白松有些担忧，毕竟这种人可不好对付。

其实，王华东和王亮，根本就没有真正打开律师的包检查所有东西。

律师，尤其是这种有十年经验的律师，怎么会在包里放下什么能让自己倒霉的东西呢？

二人做的其实很简单，就是奔着录音笔去的，而且从侧面告诉这个律师警方的决心。

……

这几天，王华东等人也逐渐熟悉了这个案子，并且借阅了白松的每一份笔录，四人开了几次内部的小会，多次分析了这个案子。

白松提出的关于奉一泠性格的猜想虽然一度让大家不能理解，但是最终还是达成了共识。其实，最能理解白松的说法的还是王华东，毕竟他家庭条件好。

当你穷困潦倒，给你5万让你去把一个人打一顿，可能你只会考虑一个问题："真的假的？"

但是当你身家亿万，再出现这种事，你第一时间考虑的一定是："哪个弱智想害我？”

而且，最关键的一个问题，奉一泠的藏身之处基本上被锁定在了湘南省，现在范围算是缩小了不少。

郑灿上次在湘南省拉货，白松怀疑就是跟奉一泠有关。

毕竟，郑灿的那笔钱就来自那一次拉货，而且白松当时就怀疑郑灿拉了一车钱，大约两亿。如今想想，能把这么多钱放到发霉，也确实是奉一泠能干得出来的事情。

聊到这个话题的时候，王亮问道：“你们说，这个姓奉的，她既然有皮卡可以拉走这些东西，为啥要雇个大车？”

“她那辆皮卡是辆走私车，‘水车’，估计不敢进长河市区吧？”王华东分析道，“最起码，她不敢上高速，还是找个手续齐全的货车最保险，而且一般来说，怎么会有司机能猜到拉的是钱。”

“如果按照这个推论来说，那么奉一泠的这笔钱，现在应该就藏在那个GPS点的附近，在湖谭市，对吧？”王亮对当初自己找了好几天才找到的那个GPS位置被蒙尘表示愤慨。

“这只能说明把钱放在那里，人不一定在。”白松摇了摇头，“如果是这样的话，我更倾向于她人在长河市，毕竟对于有钱人来说，大城市生活肯定更舒服。”

“照你这个说法，在全世界任何一个地方都可能。”王华东吐槽道。

“不不不，太远了也不方便，”白松摇了摇头，“现在都是猜测，所以还是以可能性最大的情况来考虑。只是即便如此，长河市也是千万人口的大都市，哪有那么容易找到人。”

“确实，现在的线索去长河查无异于大海捞针了。”王亮曾经去过长河出差，如果不是整容医院“帮忙”，很可能现在他们还找不到左萍萍。

“慢慢来吧。”

大家还在继续积极寻找线索，为厚积薄发做准备。

现如今，与健康医院有关联的整容医院纷纷被查，长河市的那家王亮去过的医院赫然也在其中，现在已经停业整顿。

全国各地与之相关联的整容机构都逐一被查，一些相关线索将汇总到这边，四人还寄希望于这些案子里可能存在什么线索。

天气越来越热，白松每天跑步明显感觉到出汗量越来越大，但是这已经成为一种习惯了。而每天中午的训练，他更是科学安排，一次也不曾停歇。

刚开始的时候，每天中午，四人一起去活动室运动，从第三天开始，就再也没人跟着白松一起练了，这训练量实在是让三人坚持不下来。

也只有任旭坚持到了第三天，其他两个人练了一天就放弃了。

这天，白松正在做拉伸，一只手搭到了他的腿上。

白松一惊，差点抽筋。

以他现在的警觉性，一般有人靠近都是能发现的，但是这次却完全没有感觉，把他吓了一大跳，这才看到是乔师傅回来了。

“乔师傅！”白松迅速转惊为喜，“您什么时候回来了？”

“上午回来的，刚刚在你旁边看了你一分钟，你都没发现我，这警觉性不行啊。”乔师傅哈哈一笑，心情不错。

“那是您……别人我肯定能发现……”白松颇有些委屈。

乔师傅再次按捏了白松的基础关键核心力量区，一如两个月之前。

“还行，你还算听话，营养也跟上了。”乔启从最开始的时候就很重视白松的饮食，进行高强度的训练除了需要合适的方法之外，饮食一样重要。

说得有些随意，乔启其实还是很高兴的，他用一生所学在公安部门虽然带出了不少学生，甚至去过不少地方当教官，但是真正按照他的要求每天都训练的几乎没有。

而事实上，每年都有那么几个警卫局的苗子不错，年龄也小，没有家庭压力，但是还没等到乔启训练呢，这几个苗子就被上面挑走了。

“嘿嘿……”白松被夸还是很高兴的，“乔师傅，您看，我是不是可以进行下一步的训练了？”

“嗯，基本上可以了。从今天起，你不用每天跑这么多了，有氧运动太多对你已经不是什么好事了，而且以后的跑步应该开始负重了。”乔启问道，“你现在10公里什么配速了？”

“如果作为锻炼的话，50分钟，如果尽全力，45分钟应该也没问题。”白松如实道。

“嗯，足够了，你的跑姿我看过，蹬地、送髋、触地，都算是比较不错的，这成绩基本上也算是业余里比较不错的了。”乔启并不想把白松变成职业跑者，有氧运动太多的人，肌肉的力量是不够的。那些能跑进半小时以内的健将级运动员，无一不是身形苗条。

“嗯嗯！”白松猛点头，能被认可还是很高兴的，“乔师傅，您是不是可以给我安排下一步的计划了？”

第四百一十九章　新技能——脱困

“不急不急，我先问问你，”乔启摆摆手，“我教你的伪装，学得怎么样了？”

“还行……”白松也不知道怎么评价自己。

“还行就够了，你身高超标，再怎么学伪装效果也不会很明显。”乔启接着问道，“跟踪与反跟踪是伪装里面的知识，这倒是你需要重点掌握的，你刚刚没发现我，还是有些松懈。

“我知道你刚刚练完腿很酸，而且在警局里面自然而然地有些放松，但还是要注意，慢慢地把自己和任何环境都能融合起来，成为环境的一部分。

“这并不是靠嘴说，而是当你到了任何一个地方之后，第一时间要发现这个建筑或者地形结构什么地方是可以藏人、藏摄像头以及电源线路的，什么地方可以进出人，什么位置是比较安全的，什么位置是‘鬼探头’，在脑海中有一个完整的建模，并且分析每个位置出来人的可能性。

“这并不是一件简单的事情，但是我发现你有这个天赋。想成为一名职业警察，体力是必要的，脑力则更重要。”

白松若有所思，其实乔师傅说的这些他日常也有感触，但还是没有想那么多，如今这么一听，感觉颇有道理，这还需要具体地跟乔师傅请教。

“下一步我要教你两个很关键的技能。”乔启道，“不过，这些技能其实都是相辅相成的。”

“是搏斗吗？”白松满眼小星星。

“不是，是脱困和生存。”乔启面色严肃，“这是非常重要的两个技能，对你来说，更是如此。”

白松这两个月在健身房的训练非常苦，最关键的问题就在于并不是纯粹练力量，而是通过力量训练松弛肌肉，接着开始拉韧带。

这个年龄拉韧带有多苦可想而知，所以能坚持的人寥寥无几。

“脱困和生存？”白松伸出手来，“是学习怎么开手铐之类的吗？”

“也算，你这段时间要学习很多知识，包括所有的绳结打结和解结的方式，学习开锁，学习一些心理战术以及生存技能。”乔启道，“这么说吧，如果你成功地学会了这些，你可以成为一个优秀的小偷。”

“小偷？”白松瞪大了眼，乔师傅是想培养他当小偷？

“学不学？”乔启白了白松一眼，“一般人想学还学不了呢。”

“当然学！”白松知道乔师傅的意思。

这是正儿八经的保命技能。

乔启目前教他的所有东西和接下来要教的，都是在逆境中如何更好地生存的相关技能。白松不知道乔启是不是只对他这么安排，但因为自己车子被撞的事情，乔启始终都优先考虑白松如何在逆境中生存下来。

有些技能，比如说搏斗，没几年工夫基本上很难有大的作用。功夫，没有时间来沉淀是没什么用的。“功夫”这个词本身，就代表着时间。

不过好在白松的底子很不错，学习乔启所说的这些还是能事半功倍的。

“好，从今天开始吧，”乔启微笑道，“正好，我也开始记录一些你的变化，写到我的本子上。”

“您要出书吗？”白松听乔启这么一说，有些好奇，“是关于您刚刚提到的那个‘职业警察’吗？”

“有这个想法。”乔启没有继续聊下去。

乔启当了很多年兵，在部队里，有一个概念，叫职业军人，指的是士官。义务兵之后，都可以叫职业军人，吃住都在部队，几乎完全属于部队。

十年公安生涯，乔启去了很多不同的部门，也接触过公安的最前沿的工作，他想提出一种新的概念，叫“职业警察”。

警察作为一个职业，大多数警察除了值班每天都要下班，有双休日，有自己的家庭，这当然是应该的。但是，乔启觉得，如果可以对某些有特殊能力、破案能力优秀、职业素养极高的警察专门训练，也能出现一种新的产物。

这不同于特警，特警是专门处理突发事件和攻坚的，一般是战斗组，对案件的侦办之类的并非擅长。

这也不同于专家，专家是个人奋战，解决专业领域中的“疑难杂症”，而且专家大部分年龄偏大，很多案件处置能力较为单一。

这应该是采两者之长，经过严格的挑选，成立这样的小组，简单来说，这个小组的成员，年龄应该都在 30 岁左右，能力和智力都非常突出，不仅各方面都有着不俗的实力，而且各有各的专长。

没有完美的个人，但是，有完美的团队。

无论发生任何事件，对于市局来说，都可以迅速地把这个小队投入进去，根据事件的情况安排数人进入这个事件的基层指挥岗位。

一句话，把专业的事情，交给最专业的、最职业的一批人，这批人，是警察里的警察。

想实现这个配置，就必须考虑一个问题：这部分警察在本小组服役期间，如何对其家庭予以特殊的照顾，比如解决其子女上学和住房问题等？

目前乔启只从白松一个人身上看到了这样的警察的雏形，他是一个有梦想的人。虽然已经 50 岁，但是他想出一本用于内部交流的书，也算是自我实现了。

白松打心眼里佩服乔师傅，这种鞠躬尽瘁，死而后已的行事准则，真的是非常令人钦佩。

乔启上班没什么准点，白松现在工作也比较自由，下午乔启就给白松上了脱困课。

顾名思义，这门课是教人从困境中离开，到达一个安全的地方。这并不仅仅是物理学上的意义，也是心理学上的意义。

因为确实有的时候，施困者会用一些心理上的压力对被困者实施控制。

因此，无论在任何时候，在任何境地，如果被困，第一件要做的事一定是坚定自己的信念，并且让自己冷静下来。

无论此时此刻你在经历着什么，都要冷静下来。

白松学得非常认真，他知道，在不久的将来，乔师傅教他的所有技能，可能都用得到。

也许，就是明天呢？

第四百二十章　警探小组雏形

这段时间里，白松进步飞速。

成长，是为了什么？

其实仔细想想，成长，能给你越来越强的能力，让你有能力、有资格去应对越来越难的问题。同样的，学习能力也会越来越强。

白松在乔启的教导下学习得很快，对生存和脱困这一问题的理解进入了全新的境界。

而最令乔启欣喜的是，白松带来的三个年轻警察里，有两个也非常优秀。

一个眼光卓著，一个技术过硬。

眼光这方面，白松至今远不如王华东。作为普通的寒门学子，白松很难拥有王华东那种从一个人的穿着和行为上分析出来这个人的生活环境的能力。

而在人与人的交往中，这个能力非常重要，这也是一个合格的现场勘查人员、侦查人员应该具备的条件。

甚至在这一方面，王华东比乔启还要优秀。

乔启明白，王华东才应该被培养为伪装学和反伪装学的专家！

身高、体重都是中等水平，熟悉和认识各种各样的化妆品，对衣服、发型、潮品、奢侈品的理解满分，而且作为绘画水平不低的肖像师，王华东的伪装一定可以达到满分水准！

一个合格的画家，手非常稳，即便有一天拿起手术刀也能游刃有余，就更别提化装工具了。

不得不承认，如果一个富二代本身既努力又谦虚，那就真的有点恐怖了。

乔启认为，王华东应该做一些关于脱困、方言等方面的训练。

对，方言也很重要！

而王亮则有着一种技术人员特有的气质，虽然看着总是没正形，但是，技术为王。

优秀的程序员拼到了一定程度，在对所有工具和软件的掌握都算得上炉火纯青之时，需要再拼的，往往就是逻辑能力和想象力了。

甚至，擅长逗乐反而是一个很不错的品质，能给自己缓解不少压力。

作为幕后专职的S（support，辅助，支持）位置，王亮应该学习的是大数据风险分析。

这算是现代技术上的进步，在风险分析上，大数据分析会比曾经的人工分析更加客观、准确、高效。

咱老乔可不是个死板的人哩！

正如部队里教导的一些技战术，从不会一股脑地搬运中国武术的某个流派或者使用很多人鼓吹的跆拳道，而是取百家之长，与时俱进。

尊重和理解历史与传统，相信科学。

乔启的这个培养计划，怎么能避开柳书元的眼睛？

人有时候很奇妙，一种训练你自己一个人坚持未必能做到，有几个人陪着却能！

柳书元早就知道白松在被乔启训练，但是他一直认为这种训练只有非同一般的人才会去做。

但是，自从王亮和王华东加入训练的队伍，就连那个瘦瘦的新警任旭都开始咬牙坚持，柳书元就坐不住了。

人，很难接受身边比自己稍弱或者和自己差不多的朋友迅速进步。

比如说，班上成绩第一的那个人，成绩继续提高，以后很可能考上上京大学或者华清大学，可能很多人没什么感觉。

而和自己成绩不相上下的同桌，突然要努力并且开始着手准备，那就很容易让人有危机感。

这也是乔启最欣赏白松的一点，能独自默默承受孤独和劳累。虽说他做的这些事与那次车祸有关，但是依然难能可贵。

当灾难来临时，精神意志是人类的第一序列武器。

白松的精神意志与冷静分析的品质，均是难能可贵的。而这样的品质是后天难以培养的。

乔启早知道柳书元这个人，但是柳书元有些玩世不恭，这次凑过来主动求练，带他一个也不多。

“白松，真没想到，”乔启看着几个已经累趴下的年轻人，对白松道，“你这里竟然聚集了这么多优秀的年轻人。”

对白松来说，乔启亦师亦友，而且对他有大恩，所以他一直都很敬重乔师傅：“这还不是因为有您在，愿意培养我们。”

“我看出来了，”乔启道，“其实你自己可能都不知道，这些人变得这么敏而好学，跟你有很大的关系。你们有同样的起点，他们也都很优秀，不愿意被你落下太多。”

“哪有您说的这么好……”白松有些不好意思，“我觉得他们都各有所长，也是我可以依赖的好伙伴。”

“嗯，是这样，不过这个团队还不算完备，还需要两种人：第一种就是法医，职业医生，经过专业的医学教育，除此之外，这种人也应该有着比较完备的侦查理念和丰富的工作经验；第二种就是科学指导，毕竟现在的犯罪越来越呈现高智商化，需要一个在物理、化学、生物等领域都有所建树的人。至于毒理，这个还好说，法医就可以承担。”

听着乔启的话，任旭越听越失落，作为历史系的学生，这两点他都不怎么符合。任旭知道，除了他之外，其他人都工作了两年，经过不少案件的历练，比他优秀是应该的，但他还是有些不甘心。

“法医有，”王华东也听着呢，“我们一起的一个哥们，是医科大学法医学研究生，水平非常不错，深受我们秦支队赏识。至于您说的科学指导，白松就可以担任，乔师傅您怕是不知道，白松前段时间都去天华大学的阶梯教室给大学生甚至博士生讲课了呢，就是化学课。”

“还有这回事？”乔启被说得一愣一愣的，白松都去给博士生讲课了？这得是什么水准啊！

“那这么说，你们五人小组就算凑齐了。”乔启满意地点了点头。

“别啊，乔师傅！算我一个！”任旭鼓起勇气，“我会喊‘666’啊。”

第四百二十一章　事情是这样的

7 月 26 日，中午。

四人来这边已经有一个月了。

除了本专案的工作之外，四人还积极参与了笛卡金融案的相关工作，帮专案组整理了不少材料。

本专案依然没什么突破性的进展。

如果说有，医院院长那边还是有一定突破的，从他那里顺藤摸瓜，前几天抓到了一个与奉一泠有关的人。

这个人跟田欢有些类似，据推测也是奉一泠的手下，只是被抓后也是基本上什么都不说。

所以也不能算大的突破。

……

上午工作忙完，中午还是雷打不动的训练时间，乔启这一个月哪里也没去，精力旺盛地教导着这几个年轻的小伙子，似乎又回到了他在部队的时光。

本来他还有一起外出培训的任务，都被他称病推辞掉了。

人都是自私的。

培养“自己的人”和“别人的人”，感觉还是不一样的。

除了白松之外，其他三人的体能水平在乔启看来，满分 100 分的话，连 20 分都没有，需要加练。

其实三个大小伙子都是警察，比起大街上普通人的平均水平还是高不少的，但是在乔启看来实在是太弱了。

因为底子太差，进步就显得比较快，一个月下来，三人基本上都能达到30分，而白松大约达到了60分的及格线。

其他人都在锻炼，白松一个人正在宿舍里专心致志地学习解绳结，手机突然响了。

打电话过来的，是三队的赵队长。

估计是有什么重要的事情，但是他正被捆着呢……不仅仅是手被捆着，脚也被捆着呢……

白松艰难地转换了一下方向，跳着从背后用手把电话接了起来。

“田欢招了，”赵队道，“你们抓紧时间回来一趟，咱们支队下午要开会了。”

白松没有按免提，触屏手机的免提模式他也打不开，但是由于足够安静，他还是听到了。

“田欢招了！”白松一蹦三尺高，本来解了一半的绳结，一下子缠成了死扣。

“目前是这样，咱们前段时间才抓的那个人，田欢的律师也知道这个事了，估计有了一些危机感，陷入了囚徒困境。昨天他的律师和田欢又谈了谈，田欢今天早上就说要检举奉一泠，李队和韩队刚刚取完笔录。”赵队道，“明天周末，下午你和那边的领导说一声，你们三个一起回来开会。”

“好。”白松毫不犹豫地答应了。

“那行，具体内容回来再说，我得先去忙了。”说完，赵队就挂了电话。

这会儿其他几个人还在健身房陪着乔师傅做训练，白松哭了，解不开啊……

我们常见的绳结，尤其是为了捆绑人而设计的一些绳结，其实并不难解。如果有个人在你身后帮你，除非是死扣，其他都能解开，找着绳头一点一点往外抽不就行了？

但是白松是被捆绑的一方，绳结在他的背后，一个复杂的绳结解了一半突然被拉紧，绳头都卡死在结里面了……

手机倒是能拿得到，但是手被绑在身后，也没办法打电话。白松无奈，只能一点一点地蹦着出了自己的屋子。

这大中午的，楼道里也没人……

白松又不好意思喊人，这被捆绑着，如果再把人喊出来，不知道的还以为九河分局的白队长有什么特殊的癖好呢。

失节事小，“出名”可就完了，白松知道，因为这种事“出名”往往比办了个大案什么的要快多了！

慢慢地蹦着，蹦了几十米，两层楼，白松才到了活动室门口，这大热天，白松满头大汗，衣服都快湿透了。

今天活动室外格外安静，白松也没法敲门，直接用身子把门撞开了。

可能因为是周五，活动室里的人格外多……总队长也来这边锻炼，这会儿正在和乔启聊天，抬头便看到一个身材高大、浑身被绳子捆着的男子撞门而入。

这一幕……

所有人都蒙了。

下午一点多，三人回到了刑侦支队。

任旭并非专案成员，于是留在了这边。

回到队里，白松第一时间就跑到了三队，三队的领导都在。

遇到李队，白松有点心急，说想看看笔录，结果李队看到白松之后，张嘴便是：“你中午在经总那边干吗了？大中午的拿绳子捆自己是咋回事？”

白松一脸幽怨地看了眼赵队，要不是他的电话……

赵队看到白松这眼神，一下子被吓到了，连忙跳开：“白队，我记得你可是有女朋友的人！”

“什么啊……”白松知道又得解释一番，“事情是这样的，我在那边跟一个特种部队转业的教官学习绳索的使用和脱困，我自己一个人在宿舍里解得好好的，突然赵队给我来了个电话……”

“你怎么连这个都学?”李队对白松的话表示了一点怀疑。

“事情是这样的,”白松接着道,“乔师傅对我有个脱困课和生存课的训练,也是为了提高我的某些能力,之前我还跟他学了伪装、跟踪与反跟踪……”

“哦哦哦,这么回事。”李队表示理解,毕竟白松这段时间在那边学到了很多本事,他还是有所耳闻的,只是他没想到如此专业。

“嗯嗯嗯!”白松感激得都要哭了,“李队,我先看看笔录吧。”

“你们来得正好,咱们马上就要过去开会了,笔录我复印了几份,一会儿你到支队的会议室再慢慢看,咱们先一起过去吧。”李队道。

“好。”白松点了点头。

一行人来到支队会议室,秦支队等人已经来了。

白松跟着李队刚刚进屋,秦支队便道:“白队,你回来了?我刚刚听他们说,你中午……”

“事情是这样的!”白松连忙打断了秦支队的话,把刚刚跟李队聊的事情又完整地说了一遍。

“哦哦哦,这么回事啊,你也不容易,先坐吧。”秦无双也理解了白松。

白松刚刚坐好,擦了把汗,准备看笔录,会议室的门一下子开了。

是马局长。

马东来环视会议室,目光在白松身上停了下来,张口就问:“白松,你中午……”

第四百二十二章　D计划？

白松认真地把笔录看了两遍。

田欢确实是招了，而且就目前实施的犯罪行为来说，招供得比较彻底。

关于司机的死亡原因，早就有了具体的报告，安全带肩膀那侧固定处被人做了手脚，内部卡扣和棘爪出了问题。

大部分汽车安全带都是三点式安全带。

最简单的安全带，通过螺栓将一根带子直接固定在车上，这样的安全带很安全，但很不舒适。

与赛车的六点式安全带不同，现在常见的三点式安全带有两处是固定在车辆 B 柱或者其他纵梁上的，而且固定位置下侧是螺栓固定，上侧是一个可以活动的带盒，除此之外在车座远离车门的一侧有一个卡扣。

带盒里的安全带，我们轻轻一拉就能拉出来，但是如果用力去拽，就会卡住。

这里面主要是离心力的作用，如果拉动安全带过快，过大的离心力会使得这里面的凸轮块快速转动，一个有弹力的棘爪就会钩住棘轮，从而卡死。

如果拉动得慢，离心力不够，这个棘爪就够不到棘轮。

如果发生事故，人身体迅速前倾，拉动速度足够快，棘轮就会卡死，保证人不会飞回去。

但是，人的思维大多有一个盲区。

多数人上车时如果检查安全带，基本上就是检查远离车门的卡扣一侧，而不会检查带盒里面的卡扣。

带盒里面的卡扣，只有把安全带全部拉出来，才知道终点处到底卡没卡住，问题是，有几个人会这么仔细？

司机上了车，把安全带拉出来，扣上，如果心细，还会检查一下扣住的地方是否结实，不过也就这样了。

安全带在设计上有一个不能算缺陷的小细节。安全带上有一个别扣，这个扣子没办法经过卡扣上面的槽，它的主要作用是使安全带的卡扣回收后不至于掉到下面，而是在上面那一侧。

但是，别扣只有一个，如果真的出现棘爪和带盒内卡扣同时失灵的情况，整根带子全部出来，司机右侧卡扣内的安全带会全部抽出来，而不会有任何阻拦。

这也是本次事故的原因。

这个详细的过程，田欢都招供了，是他按照奉一泠的指示，然后自作主张雇用了瘦子，对安全带装置进行了破坏。

本来的计划里，这一行为其实应该是田欢本人实施的。要说这个田欢也够坏的，得知瘦子感染了破伤风，不仅不给他治疗，反而任由他病情恶化且告诉他没什么大碍。

田欢觉得，买通瘦子不仅仅能让他闭嘴，而且许诺的高额报酬也可以暂不兑现，而等到瘦子死了，就更不用兑现了。

证据学上有个原则，有的事情，不是亲自参与，是不可能讲得出来的。从本案的其他情况来看，田欢本就对司机有强烈的杀人动机，而此次他所自述的过程，非参与者不可能讲述得如此细致准确，有着很强的自证力和排他性。

所以从这份笔录可以看得出来，田欢确实是凶手，也就是本案的间接正犯之一。

田欢并不知道这个人叫奉一泠，他对背后的这个人也是称呼“怡师”。田欢自述的情况，与在经侦总队的其他人提到的情况基本一致，区别则在于，田欢认识“怡师”的时间比较长，他招供了奉一泠的一个可能的住处。

其实他并不知道奉一泠的实际住处，但他也想过给自己留条后路，所以他曾经想方设法地了解到奉一泠住的小区。

这份供述价值极高，怪不得赵队如此兴奋。

“这个田欢很聪明，”秦支队跟大家说道，“他很明白趋利避害，虽然他对奉一泠可能有一些信念上的东西，但是无论如何，面对可能的严重后果，他还是做出了最聪明的选择。”

“是这样，而且他也没有完全按照奉一泠的要求做，而是随机应变，找到了罹患重症的瘦子当替罪羊。这说明，在他看来，这么做了之后，可能警察根本就抓不到他，他也就不用跑了。”李队道，“毕竟他在国内还是有不少资产的。”

今天的笔录取得比较成功，刑侦支队这边的领导对这个案子都保持了乐观的态度，脸上洋溢着笑容。

“我想，大家也不要太乐观了。”马东来指了指笔录，“有两个疑点：第一，他按照A计划是要跑路的，既然如此，他来天华市筹划这个行动的这段时间里，为什么不想着卖房，做好转移资金的准备？毕竟，他随机应变找到瘦子的时候，已经是临近案发了，他之前肯定是准备外逃的。

“第二，跟健康医院有关的那个人，我们目前怀疑他是奉一泠的手下，但是这个人已经被洗脑了，几乎一句话也不会说，这说明奉一泠确实有手段。那么，田欢这种人，她为什么会派他来执行这么大的任务？难道她不知道田欢可能没那么忠诚吗？以我对奉一泠的了解，她看人肯定是极其准的。”

马局长的话给大家泼了点冷水，会议室里一下子安静了下来。

“我想说几句。”白松听马局长说完，接上了话，“第一，关于马局长刚刚说的财产不转移的情况，我觉得这个田欢很可能已经转移了不少钱。我之所以这么说，是因为我觉得这个田欢虽然是个财迷，但是这些年还是有些资金的，他的律师说他在国外有一些资产，能折合人民币80万，我是不信只有这么少的。所以他已经开始了资产转移，至于房产为什么没有转移，这个不难解释，这是他在国内少有的合法财产之一，即便被冻结，以后还是会给他的妻子的。

“关于马局长刚刚提到的第二个问题，我也很疑惑，甚至难以理解。

“如果一定要有一个说法来解释这个问题，我更倾向于，这是奉一泠制订的D计划。”

“D计划?”会议室里的人开始琢磨起白松这句话的意思。

“嗯，针对我的D计划。”白松点了点头。

第四百二十三章　无缘出差

白松之所以这么说，还是出于他对奉一泠的了解。

真的，这个对手，无论怎么高估都不为过。

奉一泠会放弃谋害白松吗?

如果说会，白松假如真的信了，那他岂不是成傻子了?

白松其实很急，他现在根本不怕奉一泠再来一次，如果来，那么他一定可以顺着藤蔓摸回去。

他最怕的就是奉一泠销声匿迹，过了十年，等他结婚生子了，妻儿被针对。

虽然白松明白这种可能性并不大，因为如果要让白玉龙绝望，没有什么比杀掉白松更有效了，但是，这种事，他怎么敢赌?

当然，白松也知道，奉一泠更不愿意等。

白松赌不起，奉一泠更不愿意等。

奉一泠是什么人?

一个对钱都没了兴趣的人，既然她开始准备行动，自然是要成功，让白玉龙的后半生早点陷入痛苦。

也许这已经成了她目前唯一想做的事情。

因此，白松提出了 D 计划的想法。

也就是说，一旦 A 计划失败，白松没有死，后续的 B 计划、C 计划开始执行，那么过一段时间之后，在某个契机下，田欢主动招供，开始执行 D 计划——

田欢将会供述出奉一泠的一个地址，然后吸引白松去查。

从理论上说，这种线索白松一定会去查，到时候人生地不熟，尤其是在一些连监控都没有的偏远地区，如果再对白松发动什么袭击，那才是十拿九稳。

白松再强，贸然去一个陌生的地方，以奉一泠的智商，想把他害死也不是什么难事。

白松说出这个观点后，很多人都悚然，这个真的说得通！

当所有人都以为这是一个突破口的时候，只有白松敏锐地发现了这可能是一个陷阱。

如果不是这几个月的不断训练，白松也不会如此冷静。

今天他接到赵队电话之后的不冷静，已经造成了非常大的影响。

所以，此刻他非常冷静。

“如此说来，你不能去。”马局长第一时间对白松所谓的 D 计划表示了同意，既然明知是一个坑，他肯定不会让白松往里跳。

“对，别人去查都没危险，就你去有。”秦支队道，“这估计去查也没什么效果。如果真的有线索，别人去也能查到；如果只是陷阱，你去了更没意义，而且危险系数很高。”

大家纷纷发言请战，所有人都主动要求前往湘南省执行这次任务。尤其是王华东和王亮，不顾在场的都是领导，主动站起来就发话要去。

“不会只是陷阱的，田欢不傻。”白松给了两兄弟一个眼神，他俩就坐下了，大家也逐渐安静了下来，“田欢不会纯粹地胡编，否则，如果我出了问题，一经查实，他难辞其咎，按照他现在犯的这个事，那纯粹是找枪子吃。

“所以如果我去，肯定能把奉一泠给勾出来。”

“那你也不能去。”马局长下了定论。

“马局长，问题是，我不去，真的很可能什么也查不到。如果我猜得没错，只有我去才会引发一些东西。”白松道，“我申请过去。”

"我不批准。"马局长摇了摇头。

白松不敢继续说下去了，马局长都这么说了，他无论如何也不能继续反驳。

接下来的会议变得有些索然无味，至少对白松来说是如此。

接下来主要是对这次的笔录进行细致的分析。

上午获取这份笔录的时候，对于奉一泠所在的这个小区，李队等人问得非常细致，但是最终也只是确定了这个小区位于湖谭市的一个山庄内。

这里是一个别墅区，不少在市区小有资产的人都在这个地方买了房子。

开发商也不简单，对这个地方的开发，不仅仅是针对楼盘本身，更是打造了一个类似奥特莱斯的打折商品商店，聚集了大量的国际名牌。

事实上，除了真正的大富豪，一般的富人也喜欢打折的奢侈品，所以这个地区人气也比较旺。

商业区与住宅区相辅相成，因此这里的房价也不低，可不是普通人买得起的。

田欢称，有一次，"怡师"准备回家，她自己的车子出了点故障，于是打车回去。

"怡师"从来都不会让任何人送她回家，那次打车的时候，田欢长了个心眼，记下了牌照，然后从出租车公司那里联系到司机，花钱买通了司机，问清楚了"怡师"去的小区。

所以，信息就这么多。

秦支队从大屏幕上展示了这个山庄的规划图。

这个地方很大，有六百多栋独栋别墅，分为三个区域。

由于开发商本身打造的就是高端社区，所以这边的物业是不会保留业主的全部信息的，至于房管局的登记备案，想都不用想，奉一泠肯定不会把房子登记在自己名下。

毕竟她可是逃犯，已经网上通缉二十年了。

这次调查犹如在浑水盆里捞针。

主要存在三个问题：第一，水盆里到底有没有针；第二，如果有，到底能不能摸到针；第三，如果摸到了，会不会扎到手。

针对这些问题，秦支队组织了一个六人的团队，前往湖谭市展开这次调查工作，并为这六个人做好了长期工作的准备。

这次去的六个人，包括王探长、孙东等人在内，全是经验丰富的中年民警。

白松看得出来领导的深意：第一，这些人经验更丰富，不容易犯错误；第二，就是要做好长期调查的准备。

毕竟，相比较而言，年轻民警的工作任务更重一些，如果刑警这边一下子调走六个 30 岁左右的警察，很多岗位估计要瘫痪。

白松听完安排，有些感动。他们四人小组，居然一个人也没有被派过去！

这说明领导很希望他们几人在乔启的训练下奋勇向前，而且，白松也明白，这些人如果长期找不到奉一泠，他还是要去！

之所以把专案组的几个人都留了下来，就是希望他们一起好好训练，如果真的需要白松去，这些人都能成为白松的助力。

第四百二十四章　绳子

散了会，白松感慨万千。

这是一次比较特殊的调查，并不是大张旗鼓的出征，知道的人基本上仅限于在座的各位，被抽调的各位也都来自不同的单位，算是一次秘密行动了。虽说这六位警察未来的工作危险性不高，但是仍要无比谨慎。

敌暗我明的时候，应该怎么办？

关灯啊！

要暗一起暗，互相伤害啊！

所以，马局长给白松的建议是，今天坐车到了经侦总队之后，就在单位住上一段时间别出来，让敌人搞不清白松到底去没去，面对这种情况，对方肯定要露头来调查。

白松在天华市孑身一人，如果没什么特别的事情，在经侦总队住一年也无所谓。

现在正好是暑假期间，前段时间赵欣桥来了几天，刚刚离开不久，白松做好了把乔师傅“掏空”的准备了。

笛卡金融案前几天刚刚开始一审，最近也算是比较清闲，接下来的工作，就是和天华市第三中级人民法院对接了。

出了会议室，白松打开手机，看到有个未接来电，是赵欣桥的，便拨了回去。

“刚刚开会，设置了静音。什么事？”白松问道。

“没什么大事，你刚刚开完会，你中午……”

白松整个人都不好了，一下子打断了赵欣桥的话："中午的事，连你都知道了?"

"什么事?"赵欣桥有些疑惑，"我问你中午吃饭了吗？你总是忙得饭都忘了吃。"

"哦哦哦，没事没事……"白松呼出一口气，"我中午吃饭了。"

"不对，"赵欣桥何等聪明，"你中午干吗了？解释一下吧。"

白松都想自己打自己一巴掌，嘴这么快干吗啊?!

"没事，你不解释也可以的。"赵欣桥声音不大。

白松汗都下来了。

赵欣桥平时不怎么八卦，但是白松好像中午遇上了一件事，似乎还挺紧张，这肯定得问问啊。

既然要说，肯定就不能骗赵欣桥了。最关键的是，白松知道，他骗不过赵欣桥……

无奈，白松只能把这个事情给赵欣桥解释了一下，而且为了说清楚，还不得不把一些细节详细说一下。

这会儿，会议室里有几个人也出来了，跟白松打了个招呼，便擦肩而过。

这几个人聊着天，看了看白松，便走了过去。

听着他们说的话，突然，白松就安静了，整个人都不好了。

因为他赫然听到："白队怎么还跟别人在电话里主动聊起来这个?"

"是啊……哎，对了，我跟你说……"

"我听说中午的时候……"

……

赵欣桥在那边捂着嘴都快笑死了，白松这边的同事说的话她都听到了，可想而知，大家都没避讳白松……

"你混得也太差了吧，你的同事都公开调侃你啦。"

"才不是，关系好才……"白松反应了过来，"什么啊！这就是误会!"

闹也闹完了，赵欣桥突然想到了什么："你为什么学个脱困要把自己绑得那么专业？"

"这不是好奇吗……"

最怕空气突然安静……白松说完话，赵欣桥没接他的茬，过了几秒钟，白松只能说实话："上次你来我还跟你说过，我在跟着乔师傅学习健身和锻炼，他毕竟曾是特种部队的教官，这方面教得比较专业。"

"那你最近会去执行什么任务吗？"赵欣桥有些担忧。

"不会，最近我踏踏实实地在经侦那边待着，哪也不去。"

"好。"赵欣桥没有继续追问下去。

白松有些头疼，有个警校毕业的女朋友，基本上就别想有啥秘密了……就脱困，警校都没有这个课程，白松想糊弄赵欣桥实在是太难了。

"对了，你给我打电话什么事？"白松连忙岔开了话题。

"是这样，我开学就研三了，论文也写得差不多了，但是需要去法院实地调研一些事情，顺便在法院做做实习。但是，上京市这边的法院实习生太多了，尤其是我们这个区，大学生太多了。"赵欣桥说道，"我就想着问问你，天华市你有没有认识的人呢？基层法院或者中院都可以的。"

"你开学要过来？"白松很高兴，"没问题啊，我最近正好和三中院对接，那边我可以去帮你问问。"

"那好啊，我就不和学弟学妹们抢上京的这点资源了。"想在法院实习还是很困难的，但是对于法学生来说，这是很不错的经历，"辛苦你啦。"

"不辛苦不辛苦。"白松傻乎乎地笑着。

……

王华东和王亮收拾了一下东西，过来找白松，此时看到白松满脸的傻笑，莫名恶寒。

"你不会真的有那方面的倾向吧？"王华东坚决表示要和白松保持一定的距离。

"什么？"白松挂了电话，一脸疑惑，接着从王华东和王亮的脸上找到了答案。不过，对别人他还得解释一番，但是对他俩完全没必要，白松接着道，“明天我陪你们一起健身。”

“哥，我错了。”

“我也错了。”

王华东和王亮露出了人畜无害的笑容。

和白松一起健身?

乔师傅训练人已经够狠了，但是基本上还是按照他们的承受能力去做的，但是白松可不是，他就是一直和他俩比，还偶尔嘲讽几句。

都是大小伙子，谁受得了这个？他们每次都是跟着白松，白松练到哪里，他们就练到哪里。

要说白松也挺坏，很多时候他还没有到极限，但是装作马上就要到极限的状态，让他俩觉得有机会，于是每次和白松一起练，他俩都累得虚脱。

所以，他俩懂了，按部就班就好，再也不和白松一起练了。

白松满意地点了点头。

不过，他也只能在王华东和王亮这边厉害一会儿了，他并不知道，他的名气越来越大了。

第四百二十五章　闭关生涯

“白松，你这么玩，有点过了吧？”

“是啊，你这么练容易把自己练废了。”

这段时间，白松天天缠着乔师傅学东西，虽然不出去跑步了，但是每天的运动量都格外大，这不，肌肉拉伤了。

几个小伙伴都有点心疼白松，但是也觉得白松太不爱惜自己的身体了。

乔启叹了口气，给白松做起了康复。

“一周之内，不能做任何剧烈运动。”

“嗯。”白松点了点头。

“我说的是全身任何地方的运动都不能做。”

“啊？”白松还想着腿拉伤了，练练上肢力量呢。

……

下了班，三人围着白松，叫上他一起玩一款叫《部落冲突》的新游戏。

这款游戏是去年上线的，算是一款策略类的游戏，可以全球联网一起玩。三人看白松一天到晚也不放松，总是紧绷着这根弦，就想了个辙，带着白松玩游戏！

白松也知道大家的想法，盛情难却，就跟着下载了游戏。这确实是个不错的手游，从手机的 game center（苹果手机老版本的游戏中心）下载。

不知不觉地玩了一个多小时，王华东叫了点外卖，今天大家都不打算走了。

“啊？你们这是都住在单位了？”白松看到大家都不打算走，吃惊地问。

“是啊，我们一走，谁知道你又要干吗。”王亮说得理直气壮，“今天我们三个都在，从明天开始，我和华东、任旭轮岗，每天都有一个在这里，两个来回，正好七天。这七天，你除了简单的运动，休想健身。”

“……”白松只能领了几位好兄弟的美意。

这几天，出差的几位警察同事陆陆续续地传回来了一些消息。

湖谭市那边，刚刚过去的时候大家还没有什么准备，第二天就有了一次意外的接触。

很显然的是，四人被发现，周围似乎有人与他们进行了接触，接着就如潮水般退去。

这次出去，带队的领导是二队的王探长。

刑警这边一个领导也没派出去，主要是为了低调行事。

王探长经验很丰富，刚到地方，就把队伍分成了两部分，他和孙东单独在一个酒店住，其余四人住在一起。

当这四人被人接触的时候，他俩曾经尝试跟踪这批人，但是为了防止自己被发现，就放弃了。

这次接触，完全没有给大家任何准备的机会，要不是几名刑警反侦查意识强，甚至都没办法发现这是一次接触。

来的几个人都是当地人，没什么特别，就是对四人有着特别的关注，而且其中一个人对他们的关注显得很专业。

观察人是一门技术，这个人明显有足够的经验，但还是被发现了，只不过是四人坐在一起交流了一下才发现了端倪。

毕竟，出门在外，也不可能因为被人观察，就第一时间把人抓了。

王探长把这个事情汇报给秦支队之后，大家普遍认为，如果这次去的是白松，而且第一时间被发现，很可能会被迅速针对。

朗朗乾坤，居然还有这种事？真的让人有些心惊。

这段时间，白松对脱困等相关知识有了一定的了解，但是根据他的直觉，如果他和奉一泠相遇，或者说被对方发现，基本上不大可能出现电视剧和小说里常见的“绑好带回去”，按照奉一泠的行事准则，肯定是想办法一击必杀。

所以，他迫切地想学习一些搏斗和其他的对抗技巧，但是乔师傅一直也不教。白松问了原因，乔师傅的回答是白松的身体状态还不行。

因此，白松就把自己练伤了。

有了第二天的匆忙应对，王探长也找到了问题所在——虽然大家已经很小心，但是住得太近。这地方哪有那么多外人来？一下子来了四个大男人直接住下，第二天就一起出去溜达，过于扎眼。

但是这地方真的很麻烦，住宿的地方也不多，住得远了来回跑更不行，这地方的隐藏难度比起南黔省的那个村子要大多了。

南黔省的村子有很多人赌博，那种地方过夜的人多，各种小酒店也很多，而且村子里乱七八糟的男人也很多。

但是这里除了一处僻静的别墅区，只是一个晚上八点钟关门的商场，以及几个电影院、KTV，虽说也有酒店，但是情侣酒店居多。

这情况，四个大男人一起入住这里，就像明灯一样。

四明两暗，王探长就顺手这样安排了，让四名刑警在外面光明正大地查，去哪里都是介绍信、调取证据通知书开路，各种各样地摸底排查，而且四人始终在一起行动。

至于他俩，则再次分开，分到了两个不同的住处，每天四处转转，侧重于跟踪四个警察，试图找出来跟踪四名刑警的人。

……

就这样，白松被几个好哥们，拉着玩了好几个小时游戏，聊了会儿天，被迫十点就睡觉了。

第二天，乔启找到了白松。

“昨天休息得如何？”

“睡多了……”白松一脸幽怨，“我这就是个简单的拉伤，又不是残疾了，他们三个把我当危重病号养，昨天王华东叫的外卖，还给我叫了红枣粥什么的……”

“有人关心你还不满意?”乔启听到这个倒是蛮高兴，“你听我的话，好好养养，从下周开始，我就教你一些新的东西。”

“搏斗吗?”白松又燃起了斗志。

“你这个靠脑子吃饭的，怎么一天到晚这么暴力了?”王华东给白松泼了盆冷水，“你以为你是在电影里，有主角光环，一个人光着膀子去打人家一个师啊?”

“是啊，咱们是一个团队，你不能什么事都想着单打独斗。”王亮道。

“只是，现在的情况你们也看到了。”白松道，“从那边反馈的情况来看，如果咱们扎堆过去，很容易被发现。”

“我迟迟不教你对抗，就是怕你自恃能打，这样更容易把自己置于危险的境地。”乔启道，“你先踏踏实实地待着，等你懂得敬畏了再说。”

年轻人最怕就是气盛，大家为了白松，也算是操碎了心……

第四百二十六章　神来之手

在大家的悉心照顾下，白松的身体很快地康复了，乔启继续教他一些康复技巧，这些也是很重要的了。

人体是一个完整的机器，每一个关节、每一根骨头都是非常有用的，搭配得好，能有着巨大的杀伤力。

“今天开始，我教你一些格斗技巧。”乔师傅看了看其他人，“你们也可以一起跟着学。”

本来白松还很激动，但是听到后半句，他整个人都蒙了，他每天都拼命训练，就是为了能达到训练格斗技巧所需的基础体质，但是王亮、王华东、柳书元还有任旭，明显体能和他相比还有不少差距，怎么都能学了？

“乔师傅……”白松一脸担忧，“我知道您关心我，但是我这几个哥们，您也得关心啊，可别让他们练坏了啊。”

“我什么时候说他们练不了了？”乔启一脸疑问，“我说了，要等到你们体能达标再训练，你早就达标了，这不得等等他们吗？”

“我早就达标了？”白松瞪大了眼睛。

敢情自己这么多天一直拼命练体能，原来乔师傅迟迟不教，是因为懒得教第二遍，想一起教了？

“也只是基本达标，距离我想要的标准，你还差得远呢。”乔启不理白松那茬，“基础牢固一点好，毕竟我说的这个技战术，在国内也算是刚引进不久。当然，虽然正式引进时间短，但实际上我们十几年前就接触过了。

“这些年，部队对这款技战术也做过很多研究……”

乔启给大家介绍的两种技战术，分别是马伽术和柔术。2013 年 6 月，国际马伽术联盟在国内某基地对特警进行了第一次马伽术培训，乔启就参加了。

当然他并不是这个联盟的人，但是这种事情他肯定要去看看，取长补短。

马伽术主要是利用实际情况，迅速完成各种技术动作，这是一款为实战而生的战术，本身需要一定的身体素质才能学习。

除此之外，学习这个技战术，还需要对节奏、环境、目标的位置和行为方式都有足够的了解，可以在很多比较极端的情况下完成防御、移动和袭击。并且，还需要在心理学上有一定的造诣。

柔术就更不用说了，也是提高生存能力的技巧。当然，这两种技战术只要有一种能达到“熟练”的地步，就不是一般人了。

“白松，今天教你这个之前，你一定要明白一件事，”乔启再次嘱咐道，“技战术是为了提高生存和杀伤的技巧，但是，千万不能把自己想得太厉害。

“事实上，你再怎么练，估计也打不过我过去手下最普通的一个兵。你们以后接触和面对的人，虽然说很少有多么能打的，但是万一有呢？万一有人阴你们呢？

“警察，一定要发挥我们的优势，我们的原则是三个人控制一个人，明白吗？”

五人一起点了点头，动作非常齐整，仿佛在回应乔启：“我们更擅长五个人控制一个人。”

白松听着乔师傅的谆谆教导，记在了心里。乱拳还能打死老师傅呢，非要一个人上肯定是没脑子，毕竟谁也没有第二条命。

五人一起跟着学习和训练，每天还得参加一些其他的课程，使得中午和下班时间变得格外忙碌。

……

而就在昨天，远在湖谭市的六人小组，也不是一点收获没有，经过仔细摸排调查，他们终于抓到了一个人。

来的第二天的那一次接触，可能还是让对方低估了警察的能力，因此这个人第二次进行跟踪的时候，就被四人当场给擒获了。

“有结果了吗?”乔师傅下班回家，白松回到宿舍里，第一时间给三队的赵队打了电话了解这个情况。除了他之外，剩下的四人也都在。

任旭这段时间也进入了车祸案的专案组。这个专案组虽然在几人刚刚过来和笛卡金融专案组合并侦查的时候，任旭就作为其中一员加入了，但是支队那边的侦查一直也没有带上任旭，现在终于带上了。

倒不是不信任，这里面还有一些别的问题。

“传唤时间到了，人已经放了。”电话的另一边，赵队有些唉声叹气。

白松也无奈，毕竟这种没有丝毫证据的怀疑，警察能做的也只是传唤24小时了。当地的警察已经很配合了，但是也只能释放。

这个人承认了自己对警察的跟踪，而且仔细查了查这个人的资料，居然他还是个大学毕业生，履历很干净。

据参与询问的几个刑警的猜测，这个男孩对一些事情肯定是不了解的，他最多就是收了钱负责跟踪和采集信息，然后去某些不特定的地方传递信息罢了。

所以，放了也就放了，在这里关着也没用。

“可以和他谈合作啊，”白松叹了口气，“这种人别只是吓唬，利诱一下效果岂不是更好?”

“试了，他也配合，就是有人给他钱让他做这种事，但是在他提供的几个地点都找不到人，现在我们甚至无法得知他是被抛弃了，还是他故意乱说的。”赵队道，“不过没事，不用急，有了开头，总会好的。”

“嗯。”白松挂了电话，神色不惊。

“放了?”王亮问道，“那小子估计满嘴都没有真话，怎么能放呢?”

“那不放又能如何?”王华东也不高兴，但是没办法，“传唤期限到了，总不能非法羁押。”

“不甘心啊……”王亮挥舞了一下最近刚学的一个招式，“这要是我在……”

大家心情也都不怎么好，也知道王亮就是过一下嘴上的瘾罢了，白松道：“这就是个小喽啰，说句难听点的话，你就算把他打死了，他可能连老板是男是女都不知道。”

“是啊，如果说这是一个犯罪组织的话，他们之间的差距，也太远啦。”柳书元也感慨道。

“有道理……”白松回味着自己和柳书元刚刚的对话，好像有了什么想法。

“什……”任旭刚刚准备说话，王亮一下子拉住他，做了个“嘘”的动作。

白松的每次突然的沉思，都值得期待。

第四百二十七章　端倪

“书元，这个事，得你帮忙。”白松有了个猜想，于是跟柳书元说道。

“但说无妨。”柳书元说话一向比较谨慎，此刻依旧拍拍胸脯，“你说，我一定帮。”

“好，我想提讯一个人。”

……

白松想提讯的人，是去年就被抓，已经被判处死缓的邓文锡。

于师傅去世之后，法制的高师傅和白松的师父孙唐一起对邓文锡进行了三天的提讯，在大量的旁证和物证面前，邓文锡坦白了自己的犯罪事实，并最终被判处了死刑，缓期两年执行。

前文也提到过，死缓的意思是两年后执行无期徒刑，并非死刑。目前的邓文锡，正处于死缓考验期内，想见他并不是易事。

天华市的几所监狱直接隶属于天华市司法局，所以，想去监狱对邓文锡进行提讯，需要天华市公安局局长签字。

白松如果通过层层审批，也是能过去的，但还是通过柳书元更方便一些。

柳书元答应了，接着就离开了屋子。

王亮和任旭其实并不知道柳书元的身份和情况，所以二人也没明白白松的意思，不过也没多问。

十五分钟后，柳书元回了屋子，对着白松招了招手，白松便离开了屋子。

“怎么回事?”白松问道，“需要我回我们分局找局长先把手续签出来吗?”

“不用你管手续的事情，你要是方便，咱俩现在就去监狱，”柳书元道，“直接提讯你说的这个邓文锡。”

“这也行?”

本来白松想的是，明天找分局的值班的某个局长签个字，然后通过柳书元了解到市局某个局长的动向，再去找人家签字。今天是周五，估计办好手续去提讯只能等下周一。

但是，现在就行了?

还是晚上提讯?

白松感觉自己的世界观不大正常了：“我方便，不过，你说的是真的?”

“嗯?不就提讯吗?”柳书元倒是疑惑了，“又不是把犯人押解出来指认现场什么的，就进去见个面取个笔录有啥难的?”

……

“那好，”白松点了点头，“今晚咱俩就过去。”

回到屋里，白松简单地讲了一下自己晚上要出去提讯邓文锡的事情，就离开了屋子。

“我还以为啥事呢……”王亮耸了耸肩，“不就提讯一个邓文锡吗?怎么搞得这么大惊小怪的……等会儿，谁?”

“没谁，就一个判死缓的。”王华东学着王亮的动作也耸了耸肩，收拾东西准备离开。

“扯……的……吧……”王亮眼睛都瞪大了。

“怎么回事怎么回事?”任旭连忙问道。

“没事没事，回家吃饭，明天就知道结果了。”王华东拍了拍任旭的肩膀，出了屋子。

……

此时此刻，湖谭市那边吸引了大量的目光，而白松坐在柳书元的车后座上，悄无声息地离开了总队。

这边距离监狱并不算远。

健康医院已经整个被封了，远远看去，院子里颇有些萧瑟落寞。

四周的一切，似乎还是没有任何变化。

今天要去的监狱并不是与健康医院正对的这家，但是也在这附近，柳书元把车开到监狱门口的时候，已经有一辆车在这里等着他了。

柳书元下了车，从等待的一个警察手里拿到了手续，接着跟监狱的人说了一下情况，门卫检查了一番，柳书元就把车子开了进去。

监狱一般至少有四道大门。外面的门是双门，而且有程序控制，两扇门永远不能同时打开。进入这两道门之后，就是监狱的大院，这里是监狱的生活区和一些会见的区域，想进入狱区还得再过两道门。

当然，进了狱区门之后，里面还有很多门。

二人并不需要进入狱区，直接在这里就可以隔着玻璃墙提讯邓文锡了。

等待的过程并不长，二人刚刚坐好，玻璃墙对面的屋子门就开了，邓文锡戴着手铐脚镣，被两名狱警带到了椅子上。

“是你？”邓文锡看到白松，倒真的有些惊奇了，他被判处死缓之后，在考验期内，一个外人都没见过。白松当初作为小跟班，跟着两个老刑警参与了三天的审讯，邓文锡印象还是很深刻的。

那个案子中，白松表现得还比较稚嫩，虽然也算是主要侦查员之一，但是远远站不到前面。

“嗯，是我。”白松点了点头，“你最近怎么样？”

“虽然我并不怎么反感你，但是，咱们两个也远远到不了叙旧的地步，有话直说吧。”邓文锡对很多事已经没了兴趣，但是，这种时候，被两个年轻的警察提讯，他怎么也想不通，这令他很是好奇。

“你不是一直好奇，到底是谁把你供出来的吗？”白松问道。

邓文锡本来淡定的表情，似乎被揭了短，很快变得愤怒起来：“你大晚上，费了这么大力气来见我，就为了和我聊这个问题？你们警察是不是有毛病?”

“不，相信我，如果你回答我一个问题，我会告诉你答案的。”白松道，“都有谁对你的一些事有所了解?”

“哼，相信警察?”邓文锡嗤的一声笑了，“我都这样了，你们还想套我的话吗？把我供出来的，肯定是我身边的人，有一个人背叛我了，虽然我不知道是谁，但是我不会做同样的事。”

邓文锡这个案子，当初出境去抓，谁也不敢保证一个从犯不落下，但是能做到现在这个地步，已经算是比较完美的结局了。

而邓文锡虽然并不是多么配合，但是这个人还是很有骨气的，基本上他的手下犯的罪他都不坦白也不招供。

“嗯，”白松点了点头，“行了，我明白了。”

白松接着示意狱警自己问完了。

邓文锡眼神微缩，死死地看着白松，似乎想看出什么端倪，但是一无所获，他想说话，但还是没有张嘴，跟着狱警离开了屋子。

“得到想要的信息了?”柳书元收拾了一下东西，带着白松离开了监狱。

“嗯，”白松点了点头，“有三片迷雾，终于可以连起来了。”

第四百二十八章　是时候开脑洞了！

人，获得既得利益时，往往会忘了分析这个事情的根本，而容易把这些成就，全部想象成是自己的功劳。

很多富人，一旦久富之后，达到了一个新的阶段，他往往不会认为自己是占尽了天时地利，也不会认为是时代造就了自己，总之，功劳都是自己的。

这也正常，毕竟成功的人，说什么都香。

但是，这些，在侦查破案中，是不可取的。

……

道理谁都懂，现实却不是如此。

没有人不愿意躺在功劳簿上。

……

“12·11”专案，对这个案子有卓越贡献的人有很多，且不提荣获二级英模的于德臣师傅，单是本案产生的二等功、三等功就一只手数不过来。

这案子很多人都付出了辛劳，但是几乎所有人都忘了一个人的功劳。

小雨。

这个案子被抓的人很多，基本上全部被逮捕，但是只有她一个人办理了取保候审，后来随着案子的审判，她被判了缓刑，一直也没有进监狱。

算起来，现在小雨正处于缓刑期间。

缓刑是社区刑，不关押。

一般一个本来可能判一年有期徒刑的案子，如果判缓刑，就是两年左右。计算时间是从判决生效开始。

“12·11”专案案件审理时间比较长，判决的时间也不久，所以小雨两年的缓刑期才刚刚开始。

在这两年期间，被执行缓刑的人，属于司法局管辖，不能出入境，离开所在市县要经过司法局审批，同时也被限制会见特定同案人等。

小雨之所以能被判缓刑，最关键的原因就是有重大立功表现，在所有人都沉默的时候，她提供了“锡哥”的一点线索，从而确定了“锡哥”是谁，进而对案件的侦破起到了很大的作用。

当时，白松听说了小雨立功的消息时还很惊讶，但在当时，所有人的精力都放在南黔省那边，逐渐也忘了追问一个为什么，只当是小雨对一些上层的情况了解得比较多。

但通过这几次与奉一泠的接触，白松逐渐发现事情并不是那么简单。

犯罪团伙一般都是在阴暗的地方，组织越大，领头的越怕被抓，团伙中隔了两个层次的人，可能一点接触都没有。

在此之前，居然没有一个人怀疑这个事情?

小雨，很可能与奉一泠那边的案子有关，甚至她很可能与奉一泠认识，是某个核心人物!

邓文锡的“12·11”案、奉一泠的相关案件以及另一起案子，三片迷雾，白松把它们拼在了一起。

第三片迷雾就是——任豪那边的连环杀人案。

所有案子，都有一种东西贯穿始终——腊肉。

在我国，喜食腊肉的省份分布很广，但是最有名的应该还是湘南腊肉和广南腊肉。

后者偏甜口，前者则偏咸。

任豪那边的连环杀人案，第一个人就是吃的腊肉里面加了氯化钡，直接导致中毒死亡；第二个人是在酒桌上与人发生矛盾被刺死。

这个案子里，司机也喜食腊肉。

王亮等人去湘南省的时候，也吃过好几次腊肉。

任豪也一直觉得这两起命案有什么关联，但是始终没有发现端倪。

任豪不是一般人，白松对此是有领教的。

警察虽然说不分三六九等，但是对于任豪师兄，白松非常佩服，他已经是段位很高的警察了，但是任豪丝毫没发现两个命案的关联性。

这就好比两根高压电线，单独看几米，以为它们没有任何关联，但是从大范围上来看，它们根本就是一个整体。

第一起投毒案件的凶手已经执行了死刑，被枪决了。第二起的被判了死缓。

第一起像是寻仇，但是被枪毙的那个人，到死也没说出一二三来。

第二起案件像是酒后矛盾，但是又太巧了。

第二个受害者，也就是眼镜男，在第一个受害者被毒死之后，也中毒了，后来被孙杰带到医院急救，捡回了一条命。

结果，这条命捡回来还没几个月，人就没了，无论是谁也会觉得这里面有蹊跷。

任豪从他的角度来看，怎么也看不出问题。

但是白松现在站在了更高的位置，就似乎明白了什么事情。

如果杀这两个人，是奉一泠所为，这个事情就可以解释了。一般人，哪有在这个咖位上去搞这种谋杀案还能让行凶者至死不招供的？

当然，这里面也有一个问题。第二起案件发生的时候，第一起案件的凶手已经枪毙了，所以就造成了对第一起案件的轻视。而第二起案件发案之后，再去想审判第一起，已经晚了。

他提出了一个整体的猜测。

由于都是全国性的涉及网络的犯罪组织，奉一泠与邓文锡是有着交集的。

这可不是什么好事情。

同行是冤家，到了这个层次，互相渗透是很正常的行为。

小雨应该就是奉一泠集团里渗透到邓文锡集团的人。

而死掉的两个人，则可能是背叛奉一泠集团的人。

一般这类人，如果背叛了原组织，想逃跑很难，因为他们本身就不是什么光明正大的人，所以这两个人很可能是想来投奔邓文锡这个组织，但是，奉一泠就没想让他们活。

第一个受害者死了之后，邓文锡的组织被连根拔起，所以，针对第二个受害者的行为，就不用那么着急了，只是，眼镜男最终还是没有逃掉。

柳书元在白松旁边，听着白松在那里旁征博引，脑袋都疼了。

“你这个脑洞是不是太大了?”柳书元汗都下来了，白松接触的案子，除了车祸案以外，其他的他都没听过。

柳书元也接触过一些案子，但是比起白松提到的这些根本就是小巫见大巫。

“12·11”专案，是上级机关组织的，多省联动的跨境案，柳书元也算是略有耳闻，但是他真的不知道这个案子涉及了那么多人，而且内部如此复杂。

“一般来说，犯罪集团之间也不会闹这么大吧?”柳书元擦了擦汗。

“一般是这样。”白松点了点头，言外之意，这两个都不是简单的犯罪集团。

如果是这样，那在逻辑上确实说得通。

第四百二十九章　两路开花

“如果真的是这样，你说的这个小雨，可真就不是一般人了。”柳书元好好想了想，“这个人现在正处于缓刑期间，还得定期跟司法局联系，咱们可以想办法把她叫到司法局来，然后抓了就行。”

“不抓。”白松摇了摇头，“她跑不掉，不如对她进行一些监控和监视，说不定可以放长线把大鱼引出来。”

“嗯，这个不难。”柳书元道，“不过，你说的这些，真的会相通吗？我怎么听着有些悬呢？证据好像不太够。”

“‘12·11’专案你可能不了解，这个专案虽然是破了，但真的不是那么简单，”白松道，“几乎所有人都把功劳归于自己，归于警察。但是，事实上，我在南黔省的那个基地所在的村落待过一段时间，我很深刻地体会到这个犯罪集团的强大。

“甚至，我们多省联动，出境抓捕，提前做了那么多的准备，回来的时候，还是有人受伤了。你能说这些人普通吗？尤其是这个邓文锡，你别看他现在被抓了，这个人可是叱咤风云十几年甚至二十几年的人物，能抓住他是因为咱们水平高，外加运气好。”

接着，白松缓了缓，继续道：“这个小雨，加入这个犯罪组织没多长时间，但是，她居然知道邓文锡的一些事情，而且后续行动证明她提供的情报是真的，这是她简简单单就能听到的事情吗？就连她的上级，所谓的‘峰哥’，不也没说出这个邓文锡的线索吗？为什么小雨能？”

“照这么说，还真的有很大的问题。”柳书元道，“那这么明显的漏洞，为什么之前没有人想到过？”

“没人发现是漏洞，包括我。”白松叹了口气，“弱小和无知从来不是生存的障碍，傲慢才是。”

“唉……”柳书元叹了口气，这事怪不了任何人。

“而且，你真的觉得邓文锡不知道是谁把他供出来了吗？”白松反问道，“这邓文锡居然还反问我，‘你知道是什么原因吗’。”

“不知道。”柳书元老老实实地说道，他是真的不知道，根本跟不上白松的脑洞。

“邓文锡怎么会是傻子？他请的律师可不是一般人，所以，即便他再笨也该知道，这个案子，就一个人判了缓刑，就一个人从一开始就取保候审。所以，邓文锡就算是猪，也该知道是谁把他供出来的。

“所以，你看看人家奉一泠的手段，再想想这个邓文锡，他俩咖位如此接近的情况下，邓文锡能饶了这个小雨吗？

“所以，他肯定是展开了对小雨的报复，所以，他才会问我是谁供出了他，来试图证明，他对这个事不知情，如果小雨死了，也跟他无关。

“毕竟，他已经是在死缓期间了，如果再摞上一个可能的命案，那基本上死得透透的了。

“要知道，邓文锡现在在死缓期间，几乎见不到律师，外面的事情他也不知道。所以，咱们去找他，他可能还以为是小雨死了，我们去问他是不是他干的。

“这样才能解释邓文锡为什么会这么跟我们说话，为什么戒备心那么强。

“作为一个坦白了的已决犯（已经判决了的犯人），按理说他应该和我们和和气气才对，可是他没有。

“但是，反过来说，小雨现在还好好的，这又恰恰证明，这个小雨并不简单，在奉一泠团队里，她是个重要的人物，远不像她表现出来的是一个大学生这么简单。”

“……”柳书元沉默了一会儿，心里自我安慰起来，“一定是我没有参与这两起案子，所以我才听不懂，我才记不住的……”

“那你如何关联那两起命案呢?”柳书元缓了缓，继续问道。

“因为这两个犯罪组织，联系真的是有些紧密了。”白松道，“我们有时候见到的一些高科技设备，在日常犯罪中都是比较少见的，可是，我在奉一泠这里，见过一些高科技的信号干扰、发射装备，我在邓文锡那里也见过，而且型号还都差不多。

“我当时还以为这是同一个组织所为，但是时间一长，我发现并不是。这两个犯罪组织都有着十年以上的历史了，而且邓文锡这个人，我跟着两位师傅提讯过他三天，这人正儿八经是个枭雄，不可能有什么合作方，也没必要寄人篱下。

“以我对他俩的了解，除了成为敌人，没有第二个可能。

“虽然他们都和我们为敌，但是他们依然做不成朋友。”

“这么说来，也没什么用啊。”柳书元道，“你说的那俩疑似是奉一泠集团里的叛徒，不都死了吗？这灭口虽然是有点过于狠厉，但是也很有效，咱们现在也查无可查了。

“即便是第二个动手的，也被判了死缓，估计提讯也没什么价值了，这种被奉一泠洗了脑的蠢货，基本上问不出来什么东西。

“而且，我感觉这个奉一泠比邓文锡还要厉害一些，我可不认为从邓文锡这里能反过来查到奉一泠在哪里。”

“这不是有小雨可以查吗?”白松微微一笑，“而且，还有一个重要的人物，王安泰。”

白松接着给柳书元讲了讲王安泰的事情。

听完后，柳书元道：“照你这么说，王安泰现在还活着，他估计也不知道什么吧?”

“我之前也这么觉得。”白松想了想，“可是不对。王安泰一个修车的，刚在那里干了没多久，居然有钱改装越野车玩？这不正常，除非他们过得也是什么不安顿的日子，随时准备跑路。”

“这你都能察觉到问题吗?”柳书元脑瓜子嗡嗡的，问了最后一个问题，“那边估计会把很多事告诉王安泰，那这个王安泰，会不会很危险？要不要保护他?”

“不必担心。”白松看了看深邃的夜空，“他暂时没事。”

第四百三十章　探组出动（1）

柳书元也明白一件事，就是这个王安泰可能没有跟任何人提到过他对一些事是知情的。王安泰和眼镜男的关系很好，可能外人一般也不知道。

这不是什么问题，柳书元也能理解。

但是有些事他就比较难理解，比如说，白松眼里的一些“异常”，确实是和普通人想的不太一样。

王安泰喜欢越野车都不行吗？

在白松这里，就不行！

如果有一天，张伟告诉白松，他喜欢越野车了，那很正常。

而孙杰当时玩了几天之后，也喜欢上了越野车，这也很正常。

王安泰，一个新来的汽车修理工，刚去不久，就喜欢上了越野车，本身倒没什么问题。但是，很少有跑这么远来找地方打工的人会有那么多闲钱玩越野车。

如果有不错的条件，有多少人愿意抛家舍业跑那么远呢？

越野车有多烧钱，白松也有所耳闻。

“你这脑袋……好像结构和大家不大一样啊。”柳书元顺着白松的思路，把白松给他讲的几个案子全捋了一遍，越想脑袋越疼。

怎么说呢……

真正的天才，比如说爱因斯坦，提出了相对论，这是创世纪的发现。

而当时，就算当面听爱因斯坦讲，能听懂的估计都没有几个。

这之间的差距……

柳书元泡了茶，给白松递过去一杯："哥，喝茶。"

……

白松这一聊，把这些案子都讲完，已经是晚上十一点多了。

晚饭还没吃，而斗智斗勇外加思考这么多问题，实在是太费体力了，白松突然发现，自己已经饿得前胸贴后背了。

"不用担心，我找人送吃的过来。"柳书元掏出手机，发了条微信。

"这怎么好意思……"白松搓搓手，"我不挑，多送点肉过来就行……嗯……"

迷雾一散，花开两朵，都是很有用的线索。

二十分钟后，二人吃上了饭。

三口吃了一只大鸡腿，白松终于感觉到能量枯竭的身体开始有了些许力气："明天一大早，去我们分局一趟，我得申请出差一趟。"

"好，我也去。"柳书元道。

虽然说柳书元家庭不一般，但是他其实很不愿意使用特权。

今天提讯邓文锡，这也就是白松，如果是别人，他不可能帮这个忙。

即便是正事，但是人言可畏。

所以，柳书元也一样乖乖地递交了申请出差的手续，他也打算明天跟着白松一起出差。

当所有人的目光都集中在湘南省的时候，白松等人将秘密前往南黔省。这种事，电话里是不可能说得通的，必须当面。

想到这里，白松组建了新的微信群，拉入了五个人：王华东、王亮、孙杰、任旭、柳书元。

"明天我打算去支队申请一下，出差去一趟南黔省，你们谁想去，明天我跟马局长申请的时候一并帮你们申请了。"

虽然已经是晚上十二点了，但是白松说完刚刚五分钟，就收到了三个人的回复。

王亮、王华东和任旭都想去，而且根本就没问什么事情。

这么晚了都没休息，大家其实也都想着白松今晚提讯的事情，没有收到白松的信息，总是有些不踏实。

接着，白松提醒了孙杰："你这几天有事吗？"

"有事。"孙杰道，"这几天我打算陪女朋友。"

"？"

"？"

"？"

"？"

不仅白松，就连柳书元都在群里发了个问号。

接着，群里的人对孙杰进行了声讨，大家都这么积极主动，孙杰居然想着儿女私情？

"怎么，你打算结婚了吗？"白松问道，他还是很了解孙杰的，一般来说遇到什么事情他也都抢着去。

"嗯，最近在考虑呢。"孙杰说了实情。

听到这里，大家也都理解了，毕竟如果没什么特殊的事情，一般法医出差的也比较少。

而且，结婚，这可是大事，虽然大家大多也都有对象了，但是听说了孙杰要结婚的事情，还是很兴奋，再也没人问孙杰为什么不去了。

聊了几句，白松还是在一片祝福声中，打断了大家的话："明天，谁都可以不去，但杰哥你还是得去，我也不想瞒着你，这次去的主要任务，是找一趟王安泰。"

"那好，我去。"孙杰明白了白松的意思，丝毫不拖泥带水，"好，我和我对象说一声。"

"行，等这次回来再说吧，杰哥不好意思了，毕竟你也曾是眼镜男的救命恩人，和王安泰联络，非你莫属了，"白松道，"等我们这次回来，一起帮你筹划婚礼的事情。"

"那都好说，"孙杰道，"不急不急，你别这么说，你一这么说，总感觉在给我立什么 flag（旗帜），我都有些心虚。”

白松一提到王安泰，王亮和王华东坐不住了，连忙在群里问起了情况。

王安泰他们不熟，但也是知道他是谁。

这就让他们有些不解了，白松怎么突然想起王安泰了？

“明天去单位再聊吧。”这一天下来，白松实在是太累了。

“行，早点休息。”

白松把微信群名修改为“破案小组”，接着便退出微信。

柳书元本来打算在这里休息，但是想到明天要出差，于是跟白松告了别就走了，并且告诉白松，明天一大早来接他。

白松收拾了一下吃的饭盒，也早早地进入了梦乡。

第二天，早上七点钟柳书元就过来了。

柳书元换了一辆车，早早地就把手续办好了，全程跟着白松一起。这是一辆黑色的桑塔纳，也贴了防窥膜，在路上倒是很不显眼。

去九河分局刑警队的路上，柳书元有些激动，他昨晚回去跟父亲说了一下，就明白了很多。他看不透的事情，父亲看得透透的。

白松之所以准备带这么多人去，肯定不仅仅是为了找这个王安泰，很有可能是准备直捣黄龙。

知道了这个情况，柳书元有些心潮澎湃，这么大的事情，怎么可能不去凑凑热闹？

就这样，柳书元一路上把车开得飞快，很快地到了九河分局刑警队大院里。

第四百三十一章　探组出动（2）

今天是周六，但是探组里的六人一个都没有迟到，全部都提前到了这里。

白松好久没见孙杰，见到他感觉孙杰最近气色更好了，不由得让人感慨，这是准备结婚了，还是已经结婚了呢？

见到白松，大家像是有了主心骨，纷纷双眼放光，揪着白松问起了昨天的事情。

除了任旭之外，其他人对这些案子都是了解的，白松讲起来很快，昨天给柳书元讲的，现在只用了二十分钟就全部讲了一遍。

“真没想到，这个奉一泠居然还和邓文锡有这种关系？”

“最厉害的还是这个小雨，居然是这么牛的人物，我真是小瞧她了。”

“不不不，最牛的还是奉一泠，这什么手段啊，稳准狠啊……”

大家七嘴八舌地议论着，越讲越起劲。

任旭越听脑袋越疼，颇有些听天书的感觉。在几位大佬聊天的间隙，他终于有机会问了问：“有谁能给我解释一下，你们提到的‘12・11’，是什么案子。”

五人同时看了任旭一眼，接着扭过头去，继续聊起了案子。

……

“你的意思是，王安泰还在那个地方修车？”孙杰一脸不解，“他怎么不跑啊？”

“越是在那里待着越没人注意他。”白松道，“正是因为他在那里待着，所以没人会觉得他和眼镜男有什么深厚的交情。”

“有道理。”孙杰点了点头，“这确实是符合这个情况。”

对于王安泰来说，一旦逃跑，肯定会被盯上，那才是大麻烦。

聊了一会儿，大家心情都有些激动，毕竟这案子一下子有了两个大收获，这可不是小事情。

大家都填好了审批单，白松给秦支队打了电话。

“拿着出差审批单来我办公室。”秦支队听了白松的话后便直接说道。

“啊？秦支队？您今天不是休息吗？我还想跟您说一声，一会儿去找于政委签个字呢……”白松已经提前得知了值班表。

“也不知道是谁，昨天晚上就跟天北区的同事说要一起出差，昨晚一点多，马局长给我打电话问我咱们这里谁要出差了，搞得我都愣了一下，果然是你。”秦支队提起这个事，就有些生气。

“啊?”白松也没想到这事能传得这么快。

要说起来，出差本身不是什么难事，以前白松是普通警察的时候，出差得跟领导商量。

现在他已经是大队长了，虽然是副的，但是出差只需要支队长和局长审批一下就行了。

这本来没什么问题，但是带上了柳书元就麻烦了，毕竟他俩不是一个区的。

这种事哪能一个副大队长就做了决定?

柳书元昨晚就把出差的事情给汇报了，这倒是把天北区值班的副局长闹得有些不解，到底啥任务啊？怎么神秘兮兮的?

毕竟也不是小事，于是天北区的值班局长就给昨晚在分局值班的马东来打了电话。

马东来一头雾水，虽然他掐指一算应该是白松惹出来的麻烦，但是白松还没跟他汇报啊，难不成是跟其他局长汇报了?

这也有可能，毕竟各位局长虽然分管不同的工作，但是谁值班谁审批材料也是正常的。

但是，无论如何，白松是绕不开秦支队的，于是，昨晚马东来给秦无双打了电话。

白松这才知道自己闯了个不大不小的祸。

到了秦支队办公室，白松战战兢兢。

“知道来找我汇报了？”秦支队接过白松递过来的五张单子，放在了桌子上。

白松无言以对，他也不是小孩子了，只能道：“秦支队，我错了。”

“幸亏昨天值班的是马局长，你知道吗？”

白松羞愧地点了点头。

“有什么事不能今天来了再说？我现在睡眠本来就不好，昨天好不容易睡得那么香，一点多钟被叫醒了之后，再睡着，都快天亮了。”秦支队一脸怒气。

“对不起……”白松诚恳地道歉，“我也是觉得太晚了，就没好意思跟您打电话，出差的事情，是我考虑不周，我一定改。”

秦无双接着批评了白松几句，白松也乖乖听着，深刻地认识到了自己的错误。

“行吧，出差为了啥？怎么去这么多人？孙杰去干吗？”秦支队打算先问问具体是什么事，接着再收拾一顿白松。

白松早就准备好了说辞，把昨天的所得所想和提讯以及回来之后的推测，花了半个多小时的时间，给秦支队全部说了一遍。

“小雨可能是奉一泠团队的重要人物？王安泰可能是知情人？……”秦支队一口气说出了五六句话，接着道，“这么重要的线索，为什么昨晚不给我打电话说？”

白松傻眼了，怎么都是人家有理啊？

秦支队也没有继续说什么，抄起手机来就给马局长打了电话，接着跟白松道：“你去楼下，通知今天在岗的二队、三队的同志来我办公室开会。”

秦无双和马局长的对话，只持续了三四分钟。

秦支队来这边的时间比较短，对之前的案子不熟悉，但是马局长则非常了解，秦支队简简单单地串并分析了一下，马局长那边就全明白了。

收到信息的马局长，立刻表示要过来。

作为负责刑侦的副局长，马局长基本上每周都要来刑警队至少两次，听说了这么大的事情，他立刻准备过来开个会。

马局长来得很快，在他来之前，大家也基本上知道发生了什么事。

会议很快开始，没有人拖泥带水，会迅速就开完了。

经过一系列安排，经领导批准决定，九河分局派五名警察，同时和天北分局的柳书元一起，前往南黔省出差，白松副大队长作为领队。

马局长和秦支队都认识柳书元，之前电台案，抓获田欢那次，柳书元就做出了很大的贡献。而这次他也参与了之前的案子，马局长也没有多说什么。

而除了出差的人之外，剩下的人则从今天开始，正式对小雨进行细致的调查。

第四百三十二章　再临南黔

临行之前，马局长和秦支队把白松单独叫到了秦支队的办公室。

“刚刚人多，我没具体问，这个事怎么又牵扯了天北分局?”马东来先考虑到这个问题，主要是涉及了柳书元，他得明白这个事到底是谁的意思。

“这个事跟别人无关，主要是跟乔师傅有关。柳书元和王华东是朋友，看我们跟着乔师傅一起训练，他也一起跟着训练挺久的了。”白松说得很明白，“柳书元毕竟也是之前专案组的成员。”

柳书元和王华东，在田欢的小弟雷朝阳被抓的过程中都做出了不少贡献，所以柳书元不算是外人。

“行，那我就知道了，”马东来不再过问这个话题，接着道，“我看你打算带五个人过去，我明白你的想法，你是打算直接就从那边飞湘南了吧?”

“如果有了确切的线索，我有这个打算，毕竟，从那边飞过去不太显眼，”白松比画了一下，“这五个人都各有特色，我们配合得很好。”

“那个三木大街派出所的新警也是这个情况?”秦支队插了句话。

“嗯，我可以找房政委那边帮你要两个人，这样我也放心。”马东来关心地说道。

这名字还真的有日子没听见了，白松听到马局长提到房政委，也稍微激动了一下。

当初他们几人从南疆省李某父母家中归来时，正是有了房政委等人的支援，才使得那一趟任务有惊无险。

不过，白松现在听到这个名字，则是想有机会可以和房政委切磋一下……也许过两年，房政委手下最优秀的特警，白松也能与之抗衡了！

想了想，白松还是拒绝了马局长的好意，现在这边的工作压力也不小，最关键的是，白松想带点“自己人”出差，合作起来也比较方便。

这次出差，主要还是斗智，如果要攻坚，再来几个人也没什么用。

“这个任旭还是有他的特别之处的……”白松说得自己都有些违心，顿了几秒钟，白松接着道，“就我们六人吧，本来除了孙杰和柳书元外，我们四个就是在经总那边的，都走了也暂时不耽误支队的工作。”

支队最近案子也不少，夏天，入室盗窃案确实是高发，三队人手也不够。

“好，有直接线索的话，不可莽撞，跟当地机关联络合作并不会耽误什么时间。”马局长嘱咐道，“你现在可是九河分局的队长，这五个人都得由你负责，我不希望任何人擦破一点皮。”

“嗯！”白松用力地点了点头。

“行，路途遥远，你和秦支队一起安排一下路线，今天就出发吧。”马局长转身向秦支队问道，“支队这边还有钱吗？”

“有。”秦支队点了点头。

马局长还有其他工作要做，走了之后，秦支队给白松拿了三万块钱，又嘱咐了半天。

这些年支队也没有什么小金库，这些钱都是每年获得的集体二等功、三等功的奖金等。

出差的钱是分局报销的，最终由财政来报销。但理论上要先垫付，回来的时候拿着发票，对照着标准来报销。

出差前单位先给一点钱，回来报销完了再归还，也基本上是不成文的规定了。

这是白松第一次带队跨省出差，也是第一次自己从队里拿钱，白松接过了沉甸甸的钱，顿感自己肩上的责任大增。

秦支队不厌其烦地给白松讲各种事情，再次嘱咐了安全问题。除此之外，秦支队还特地嘱咐了关于任旭的问题，任旭不是刑警队的人，而且是新警，秦支队不了解，于是跟白松强调了，要额外照顾他。

这应该是分局有史以来，跨省出差平均年龄最小的一个队伍了。

最大的孙杰，今年27岁，其他人都是二十三四岁。

虽说年轻，但除了任旭，其他人都至少有三次跨省出差的经验，白松在三队担任探长的时候，跟着赵队，一起离开天华市抓人是家常便饭。

……

下午时分，一行六人，踏上了前往南黔省的旅途。

白松其实有句话没有说，之所以他会带上任旭，有一个很关键的问题。

乔启训练白松时，讲过一个很重要的伪装学知识。

伪装，并不是把自己变得不像自己就算成功，而是要把自己伪装得像别人。

比如说，往脸上抹上黑炭，再糊上一层石膏，那肯定不像自己了，但是走在大街上谁都会注意。

之所以带上任旭而不带老警察，是因为他们六人出行，可以完美地伪装成同宿舍的大学生！

一个宿舍的大学生，在暑假末，临近开学前，一起出去玩，实在是太正常不过的事情，现在又恰好是暑假末。

白松和王华东给大家都做了简单的伪装，并且中午时分都去理了个比较清爽的发型，每个人都显得年轻了两三岁，而且王华东和白松还戴上了墨镜。

本来六个人颜值都还可以，柳书元、王华东这种又是典型的高富帅，再配上一点合适的妆容，在机场频频引起小姑娘的注意。

这种褪去学生的稚嫩而拥有的成熟气质，外加阳光帅气的外表……

“等下了飞机，找了住处，重新换一下行头，别搞这么帅啊……”白松和王华东轻声道。

“底子好啊……”王华东贫嘴道。

“那个御姐你拿下了吗？还底子好，你下次再化装得年轻一点，说不定她就好这一口呢。”

“去去去去去……”王华东笑骂道。

白松声音不大，但是其他几个人还是能听到大概的，立刻围了过来，纷纷问道：“什么御姐？御姐在哪里？”

玩闹间，出差显得一点也不紧张了。

下午的飞机，到达目的地的时候，已经是晚上了，躲开了多位姑娘的目光，六人迅速离开了机场。

其他四个人一辆车，白松和任旭一辆车，六人一起到了住处，白松已经约好了租车行，明天早上就租车前往南溪村。

第四百三十三章　变迁

“你们支队这么抠吗？就给你这么点钱？”柳书元一脸嫌弃地看着白松租的车子。

“这还破？”白松挠了挠头，“这比上次的好多了啊，这是2010款五菱宏光啊，这车才三年多，算是很新的了，而且这是1.4L排量的高配版，马力有102匹！”

“是啊，你知足吧。”王华东拍了拍柳书元肩膀，“上次白松租了个老古董五菱之光，那车岁数都快有我大了。”

听到王华东也这么说，柳书元放弃了准备吐槽的想法，其实他也不是真的多嫌弃，有时候执行任务在脏乱差的地方一待好多天他也能接受，只不过他真的好多年没有坐过面包车了……啊不对，是MPV。

……

从住处到南溪村，还有一段路程，大家一路上心情很好，背着大包小包，颇有些自驾游的感觉。

这个车可以坐七个人，所以六个人坐还算宽敞，只是这样一来就没有太多储物空间。为了更像是出游，白松还特地买了五六箱水、一些吃的，看着还挺像那么回事。

“这样出差爽吗？”任旭左顾右盼，嘴里还嚼着火腿肠。

“出差爽不爽我不知道，但是我知道你再这么吃下去，咱们的零食就快没了。”王亮面无表情地看着任旭，和任旭待在一起的时间也不短了，他第一次感觉到任旭这么能吃！

“啊？白队不是说多吃点东西，能显得我们更像是旅行吗？”任旭接着打开了一包薯片。

“那也不是在车上吃啊！你吃给谁看啊？你把嘴上的妆都吃没了……”王华东抚了抚额头，想给任旭补补妆，但是想到他一会儿可能还会吃，就放弃了。

等下了车再说吧。

……

白松开着车，也有些想笑，除了任旭，大家似乎多少都有些紧张。

白松的几次出差，以及大家的几次出差，基本上都遇到了麻烦事，哪怕再有当地的警方配合，也都是一波三折，所以这次大家也都很重视。

无知者无畏，任旭第一次出差，哪哪儿都觉得新鲜，胃口也不是一般的好。

天华市这个时候，热得要死，每天都是三十五度以上，而南黔省属于高原地区，避暑胜地，连空调都不用开，这个气候，任旭的胃口更好了……

他们住的地方距离目的地比较远，中午时分，车子才到了南溪村。

虽然早有准备，但是看到南溪村现在的样子，还是让之前来过的四人感觉到有些震惊。

曾经，有个非常偏远的地方，很多村民在山上种植一些违禁植物，因为道路崎岖，警察来抓非常困难，每次一有风吹草动，村民们就跑得飞快，于是政府想了办法，花巨资修了公路。

有了公路之后，这地方再也不是“偏远”之地，警务室也建了起来，村里也有了网络，举报途径多而隐蔽，抓了几个人之后，就再也没有人违规种植了。

南溪村也一样，在骗子基地被破坏之后，赌博的风气却一点没好转，又接连发生两起命案，当地公安压力很大。

为了拆掉这一处建筑，顺便打压赌博的嚣张气焰，县政府拓宽了这里的公路，准备把这里修建成一个重商业区。

这周围本身就有不少工业基地，基础一点也不差。而且，能吸引这么多赌徒，不可能只靠农民，而更多的是靠一些打工的工人，消费基础也是可以的。

短短一年半的时间，几个商业区拔地而起，警务室也设立了起来，原先的棚户赌场也都销声匿迹了。

要不是有导航，白松都以为自己来错地方了！

……

白松和孙杰两个人去找王安泰，其他四人在村里转悠，看看有没有其他线索。

车子停在了一家老酒店附近，白松二人步行去了修车的地方。

再次见到王安泰，白松发现他的变化很大。

王安泰算是孙杰在越野方面的启蒙老师，孙杰是在这里爱上了越野这项运动。

越野，不是为了征服大自然的一草一木，而是为了征服自己。当通过越野，克服了诸多困难，战胜了自己内心深处的一些懦弱和弱点，才有更大的勇气和能力去获得内心的宁静和事业的成功。

曾经的王安泰也是如此，但是现在他似乎没了之前的神采。

哈弗越野车还在，改装的前后桥和避震、绞盘依然光彩，却没有之前的那股狠劲。孙杰从修车厂门口停的这辆车上，可以轻易看出每一处改装的具体需求，但是孙杰明白，这辆车，再也没有一个可以征服野性的灵魂了。

看到车子的那一瞬间，孙杰便知道了，王安泰真的是有很多心事。

短短不到两年的时间里，王安泰的眼窝下陷了足足两毫米，黑眼圈也显现了出来，颧骨突出了一点，看着比实际年龄要大上七八岁。

看到孙杰和白松的那一刻，王安泰疑惑了一下，然后眼神慢慢聚焦，认出了二人。

今天的伪装做得很简单，白松个子又格外高，王安泰还是慢慢地认了出来，然后他似乎喃喃地要发声，最终还是没有说出话来。

“别愣着了，找个屋子聊。”白松见王安泰之前，已经确定了这周围没有什么“眼睛”。

王安泰木然，愣了一会儿，还是朝四周望了望，转身进了修理店。

店没什么变化，如果说有，就是王安泰变成了店长。

今天是周日，店里有两辆车在修，几个修理工正忙活着，也没人注意店长带了谁进去，三人就这么来到了办公室里。

说是办公室，也只有六七平方米，各种黑乎乎的手套、螺丝刀随意地摆在了地上。王安泰从旁边找到两把椅子，挑了一块勉强算是灰色的抹布擦了擦，放到了二人面前，接着从自己的椅子下面拿出了两瓶矿泉水，给二人递了过去。

“我们是专程来找你的。”白松用一句开场白定下了基调。

听到这句话，王安泰终究还是抖了一下，强作欢笑道：“两位领导，你们怕是找错了吧？”

第四百三十四章　秘史（1）

白松没说话，孙杰开口了："你的车已经半年没有动了吧？"

王安泰没想到孙杰会说这个，看了一眼孙杰，还是没说什么。

"从你这里走了之后，我也买了一辆车，基本上每逢周末或者假日，我都开车出去转转，有时候还带着女朋友，"孙杰提到这个有些开心，"现在应该叫未婚妻了。"

王安泰到底还是和孙杰在一起待了好几天，无论如何也是有感情的，听到这里，还是拱了拱手："恭喜。"

"看你这个样子，我挺难受的，"孙杰实话实说，"我和你朋友其实没啥交情，但是我也把你当朋友，什么时候咱们这么生分了？"

"我朋友死后，当地警察找了我两次，我有什么话都跟他们讲了，有我的笔录，你们去找那边的人看一下就行了。"王安泰声音不大，"别问我了。"

"王安泰啊，你呀，确实是挺薄情的，"白松打算唱黑脸了，"你朋友死了，你连给他报仇的胆量都没有。"

"我只想好好活着。"王安泰也不反驳，他知道，孙杰和白松这次来，跟别人不一样。从几千公里之外跑过来，肯定是有了什么不一样的线索了。

"好好活着？"白松打开了自己的手机摄像头，切换到自拍模式，递到王安泰的面前，"你看看你这样，算什么好好活着？"

"那么，你说的这个警察，他放弃找凶手了吗？"白松接着就问道。

王安泰顿了一下，头埋得更低了。

“我不要求你去做什么救世主，也不会让你去鸡蛋碰石头。”白松道，“我可以很负责任地告诉你，这个案子不是我们办，主办部门可是公安部，你明白吗？上次我们一起把这个诈骗窝点打掉你还记得吗？直升机都出动了，这次，阵势比那次大多了，而且，我敢保证，今天你和我所说的，我不会告诉其他人。”

白松知道，王安泰确实是有秘密，但是无论如何他也是小市民心态，遇到强大的敌人总想当鸵鸟，不愿意出头。

这也很正常，都是为了保护自己，所以白松就扯了杆大旗。

对于朴素的百姓来说，这个大旗还是有用的，尤其是上次对这里的清剿让王安泰也有了一定的信心。

为什么很多人有冤屈了，总喜欢去上级部门举报？

朴素地来说，我们的人民还是相信上级或者上级的上级的。

至于白松所说的不会告诉其他人，这也只是安慰王安泰了。他在这里得到的任何线索，只要跟王华东等人一起侦查，大家也都知道来自王安泰，但是没任何一个人会外传。

只是，任旭不是支队的人，柳书元不是九河分局的人，难不成白松能说：“我不会告诉任何一个我们支队，哦不是，是我们分局……是我们市局之外的人。”

这么说肯定是不行的。

但是，他会做好保密，而且也不会主动提及此事，这是肯定的了。

这也是为什么白松只带着孙杰来。

孙杰接着道：“我知道你这里有一些很有价值的线索，刚刚白队长说得对，这案子既然我们查了，就一定会把案子侦破到底，把埋藏最深的那个女人抓住！”

“你们知道他们的老大是个女的？”王安泰脱口而出，随即觉得自己说漏了嘴，连忙闭上了嘴。

白松二人一喜，来对了！

王安泰知道的事情，果然不是一星半点！

白松和孙杰不说话了，静静地等着王安泰开口。

这种时候，说什么都对谈判不会有更多的帮助，王安泰既然开了口，给他一个安静的环境，他才会说得更多。

屋子里安静了足足十分钟，外面修车的声音叮叮当当地响着，几个当地的年轻修理工正嘻嘻哈哈地随口开着不荤不素的玩笑。

“你们这次来找我，是想知道什么？”王安泰开口问道。

“我不为难你，”孙杰想了想，“我们想知道真相，想知道背后的人的情况，越具体越好，也会为你的两个朋友报仇。最关键的是，我们解决了后面的人，你也能踏踏实实地生活，不用这么小心翼翼了。”

王安泰看了看孙杰：“我信你们，你们说得对，我已经没什么生活质量了，虽然我现在有不少钱。其实，我还有他们俩，我们都是一起的。我们不属于任何一方，既不是‘怡师’一方，也不是锡哥一方，但是我们和‘怡师’算是同乡。”

说到这里，王安泰像是打开了话匣子，点了一根烟，道：“七八年前，我们三个在一个师傅那里当学徒，一起学修车。2005 年那会儿，修车是个不那么常见的手艺，当时我们三个过得还都不错。

“正是十七八岁，气盛的时候，一次和客户有了点冲突，就打起来了。

“当时，我下手有点重，把人打成骨折，说实话，那是我第一次和警察接触，在派出所里可是没给我好受。

“你们上次来，我确实没看出来你们是警察，但是没过几天，这边被端了，我就知道你们是警察了。我对你们印象不坏，尤其是孙哥，其实我很感激的。即便这边窝点端了，我也是感激你的。”

“等会儿，”孙杰听糊涂了，“我怎么听你的这个意思，好像我们把这边窝点端了，还把你们给害了似的？”

“这个事，就说来话长了。”说到这里，王安泰有些愤慨，“当初，在派出所那次，本来我都以为我完了，那会儿小，哪懂那么多？就在那时候，有个女的来了派出所，出钱给我们做了调解，把我们几个都捞了出来。后来我才知道，那个女的，是锡哥的手下。

“当然了，天底下哪有免费的午餐？我当时也不懂那么多，总觉得人家救了我就是我的恩人，可实际上，他们肯定也是想利用我。我还天真地以为我没什么利用价值，肯定就是人家好心呢……”

第四百三十五章　秘史（2）

说到这里，勾起了往事，王安泰站起身来，确定办公室的门已经关好，自己拿出一瓶矿泉水喝了一口，便说道："当时我们在修车店打架，被打的那个人虽然是拿了钱不追究了，但是师傅不容我们，那会儿我感觉锡哥一定是个很厉害的人物，他手下随便派个人出来，就能轻松解决。

"大家也都觉得，跟这个有钱还讲义气的锡哥混肯定是不错的。那会儿港城的电影也很火，我们三个一合计，既然人家老大看中我们，就跟着人家混吧。

"但事实上，他救我们主要的原因是我们和'怡师'是同乡。

"锡哥和怡师他们两人，刚开始的时候，我们还以为是合作伙伴，因为总是搞得神神秘秘的，后来才知道是对立的。

"于是，锡哥希望我们加入'怡师'的团队，获取一些内部的资料，然后交给他。

"也就是说，锡哥想抓住'怡师'的一些把柄。

"可能我天生就不是犯罪的料，我在这个团队里丝毫没什么所得，基本上就是做做后勤工作，当当司机。而他俩就一直在里面参与一些事情。

"我的两个朋友也一直没有混入核心圈，甚至那个时候连外延都不算，我自然是更没有存在感了。

"后来，我实在是干不下去，就走了，自己在长河市开了一家修车店，然后慢慢经营了起来，有了点资本。

"于是，我找到我的两个朋友，问他们，能不能不要在那里帮忙，来我这里？

“等我再次找到他们的时候才知道，当初之所以我能走，完全是我这两个兄弟帮我的。毕竟当初人家掏钱帮我解决了问题，而且我还掌握了一点内幕消息，怎么会那么容易让我走？

“我知道真相之后，非常震惊，当时我也已经有点资本了，就想花钱解决这个事情。

“只是，他们根本不在乎钱，我的这些钱，在人家看来，根本什么都不是。

“而且，本来，作为一个小人物，锡哥那边都快把我忘了，我这主动找过去，倒是害了我的两个朋友。

“对他们保护我这事，锡哥那边不高兴，那个时候，锡哥已经在国外了，却还是找之前的那个女的对我进行了警告。

“于是，我不得已，再次去当了司机。

“其实，这种两边做马仔的日子，实在是不好过。我们三个人一合计，干脆就直接放弃‘怡师’那边，直接回来投奔锡哥。

“结果，我们刚回来，魔都那边就有一个锡哥的大据点被警察给端了，这下锡哥没有怀疑我们，但是他已经出国了，他手下的人并不信任我们。

“他们不接纳我们，我的两个哥们儿就不安全，于是就住在这个村子里。

“结果，眼见着我们表现良好，有个机会了，你们却来了。”

“你这还挺想加入他们的组织？”白松听了这些，倒是觉得很新奇。

“并不是，‘怡师’那边的手段你们也看到了，”王安泰道，“如果不是他们那边并不知道我的情况，我可能也不能在这里和你们聊天了。”

“正因为如此，你才在这里一直不敢动，”孙杰道，“正如之前，如果你们在那边不动不跑，就不会有人发现他俩有问题，但是一跑就出了问题，对吧。”

“对。”王安泰道，“但是，有些事也不好说，我感觉这段时间，这边的警察也发现了我的情况，有个姓任的警官给我打了好几次电话了。也许用不了多久，‘怡师’那边也能发现。”

“这你放心，”白松道，“‘怡师’从现在开始应该要自顾不暇了。”

“你们掌握了她的动向了？”王安泰一脸诧异，“那你们来找我的目的是？”

“她就在长河市。”白松肯定地说道。估计王安泰不敢回长河市，很可能因为奉一泠就在长河市，而且之前掌握的一些线索，也佐证了这一点。

这种时候，既然要蒙，就正大光明地蒙！

“哈哈哈哈哈……”王安泰突然哈哈大笑起来。

白松有些糗，但还是故作镇定地没有表现出来。王安泰笑了好久，才停了下来。

“这个‘怡师’，自作聪明，以为天底下谁也治不了她。”王安泰对着东方嘲讽道，“她怎么也想不到，自己躲的地方，就这么轻而易举地被警察掌握了。”

白松后背都出汗了，此时自然是深藏功与名：“不过具体的情况，我们还没有掌握，今天来找你，就为了这件事。”

“好，”王安泰对白松和孙杰有了更大的信心，“她现在已经不是一个普通人了，而且据我所知，她有自己的替身，肯定也有自己伪造的身份，经常出国。我只能给你一个她可能的生活地点，这地方位于长河市的……”

白松连忙记下了地址，心里却掀起了惊涛骇浪。

他一直认为，奉一泠之所以一直偏安一隅，是因为她挂着网上追逃的身份，所以去哪里都要躲着、藏着，不可能乘坐飞机这类交通工具，更不可能出国。

但是，王安泰却告诉白松，奉一泠不仅仅可以出国、有伪造的身份，而且还有替身！

这真的是之前都没有想到的！

一时间，白松脑袋都有些疼了，这可怎么查？

当然，有了这个地址之后，难度已经直线下降了，接下来可以做的事情有很多了。

接着，王安泰又继续给二人说出了不少线索：“我的这两个兄弟，到了最后，因为是‘怡师’的同乡，也基本上快要混入了核心圈了，但是一旦进了这个圈，再想离开就更难了，所以才跑了。

“这些年，我听他们聊天，算是知道了‘怡师’的一些手段。她特别擅长放烟幕弹，即便是她圈子里的一些核心成员，对她的身份都可能不会了解很多。

“如果我们的目的不是为了探查她，我们也不会发现这么多问题。

“这个人真的特别不简单，所以，我一度对所谓的报仇失去了勇气……”

白松拍了拍王安泰的肩膀，算是对他做了一番鼓励。

第四百三十六章　眼线

白松答应了王安泰不会提到这些话是他说的，也就默认了不会去查王安泰曾经做过什么、是否参与过违法等情况。

根据王安泰自己所述，他的两个朋友肯定是参与犯罪了，而他则没有参与。之所以这么说，是因为但凡他真正参与了奉一泠那边的事情，也肯定被人盯上了。

而现在王安泰虽然也可能受到特殊关注，但是不会有生命危险。

白松这里，只会考虑一个问题，那就是如何抓住奉一泠。

当第一个人遇害之后，眼镜男就考虑过自己的情况，本来他以为只要自己老老实实、小心谨慎，就不会有事。

但是中毒去医院急救的时候，他就明白了这件事远没有那么简单。

所以他把知道的事情都告诉了王安泰，然后又安安稳稳地度过了好几个月。

眼镜男一度以为自己没事了，结果一次疏忽，在打架中居然被人刺死。

“你知道吗?”白松道，“和你朋友发生争执的这个人，如果经后期证实，不是因为纠纷喝酒打架失手杀人，而是蓄意谋杀，法院可能因此改判，从死缓变成死刑立即执行。”

“嗯?”王安泰眼里透出了光。

白松知道，王安泰其实是个朴素的小市民心态，即便到现在他还是尊称邓文锡为“锡哥”，对奉一泠更是讳莫如深，所以，他可能连对这些人的根意都不那么明显。

当年秦将白起坑杀数十万人，侥幸逃出的人中有很多会痛恨坑杀亲人的秦兵，但并不是每个人都敢说自己痛恨白起，甚至连想都不敢想。

所以，听白松这么一说，王安泰显得精神头都足了很多！

虽然作为警察，如何判决跟白松一点关系都没有，但是这句话确实很有价值，王安泰的脸上一下子有了些血色，他直接道："如果这件事真的能把所有坏人都抓了，杀我朋友的人也能被枪毙，我给你们单位捐汽车！"

"不会有任何外人知道我们来过。"孙杰没有回复王安泰的话，"你继续踏踏实实地修车，这个村子发展得也不错，你能在这里继续发展下去，也不见得是件坏事。

"等案子结束，你也就彻底自由了，换个好点的车，环游中国，岂不是让我也羡慕了？"

"借你吉言。"王安泰看着孙杰，颇有些羡慕，"还是你们好，真的。"

"各有各的好吧。"白松没有多说，继续和王安泰聊了一些细节。

……

从王安泰这里离开，白松确认了周围没有乱七八糟的眼线，接着去附近的商业街转了转，吃了碗面，才回到了住处。

回到住处之后，白松召集大家一起交流了起来。

"你们在王安泰的屋里的时候，有人从那里路过了一次，而且还特地观察了一番。"王亮跟白松说道。

"你们不是去逛街了吗？"白松疑惑道，"怎么发现的？"

"我在酒店这里安了个摄像头正对着那边呗。"王亮拿出笔记本电脑，指了指屏幕上的一个人，"就是这个人。"

随即，王亮播放了这个人从这里路过的视频。

从视频上可以看出，这就是一个长相普通的矮个子男子，在这附近转悠着，漫不经心地东瞧瞧西望望，而路过修车店的时候，多看了好几眼。

从状态上分析，这个人显然不是单纯好奇，而是观察和打探。

"你啥时候这么靠谱了？"白松有些惊奇。说实话，他还没有习惯带团队作战，这次来这里所做的安排，也是他和孙杰去，其他人先待着，但是哥几个哪能真的闲着啊，一直也默默地做着后勤保障。

“你也不看看哥是谁?”王亮哼了几声。

“他看到我们了吗?”白松没接王亮的茬，直接问道。

“你放心，没有，”王亮道，“看这个样子，这个人就是吊儿郎当地打探，可能是奉一泠的某个手下，估计在这个村子一待好几年那种，早就不那么敬业了。”

“那他有没有在附近安装隐秘的摄像头?”白松面色有些凝重。

“不会的，”王华东道，“这视频我看了好多遍了，从这个人的神态来看，他如果安装摄像设备，肯定会往某个方向看一眼的，但是他没有。估计也是怕被别人发现更容易暴露吧。”

“对，我还出去转了转，也没发现摄像头，他们的监控时间以年计算，便携式的摄像头基本上也没用。”王亮道。

“那就好，”白松点了点头，“这个影像资料先留着，人先不动，等咱们抓了奉一泠，再把这个人的信息交给当地的任支队，让他们去抓就行。”

“你有信心抓住奉一泠了?”孙杰有些诧异，“只知道一个大致的地点啊。”

“这已经足够了，明天一大早我们就出发，”白松道，“现在得先把情报跟单位汇报一下。”

“今天不走吗?”柳书元感觉自己已经迫不及待了。

“不走，今天留在村里看看。这村子也不大，这个人不可能一天只出来一次，等他再出现，跟踪一下他，看看有没有什么收获。而且，咱们不能急，一切小心为妙。”白松解释道。

大家对白松的说法表示了理解，刚刚紧张的气氛也有些缓和。

白松一回来就提到了这么重要的线索，大家难免有些紧张。

和大家聊了几句，白松给秦支队打电话对今天的情况作了汇报。

秦支队听得很认真，白松讲得也很仔细。

“替身?”秦支队听到这里，不由得打断了一下白松，“所谓的替身，有什么具体的情况吗?”

“没有。他们虽然本身就是去刺探情报，但毕竟也不是专业的情报人员。我和他细聊了一下，他说，这个人和奉一泠很相似，性别可能是男的，当然这也只是猜想，不过，万一遇到了，我没有把握能第一时间分辨出来。”

“替身也无所谓，先找到再说，至于是不是，这件事情我这边来想办法。”秦支队道，“你接着给我讲。”

第四百三十七章　初临湘南

正跟秦支队聊着，王亮的摄像头里出现了之前跟踪的那个人。

白松本想挂了电话去一趟，想了想，还是让王亮、王华东和柳书元三人去了。

交叉掩护跟踪，是防止被发现的一个有效的手段。

几人出门之后，白松还有些许不放心，倒是秦支队听出了什么，笑道：“如果我没记错，你比他们三个都小一岁吧？”

白松暗道自己真的紧张了。作为带队领导，他全程都过于小心了，秦支队这么一说，他缓了缓，对自己的几个兄弟充满了信心。

尤其是王亮，可能是受之前遇到的一些电子设备的影响，自己从很多地方买了一些小的电子设备。

而另外两个人……比王亮靠谱多了。

白松与秦支队主要聊了关于去长河市长河区的侦查情况。

从白松告诉秦支队奉一泠所在的大致位置之后，秦支队就派人开始对这个地方进行了调查。

本来白松以为这个地方类似于目前王探长、孙东等六人所监控的，是个高档的山庄什么的，但是经过秦支队的调查，这个地方居然在城乡接合部，位于长河市郊区。

要不是白松对王安泰还是很信任，而且王安泰也确实没有理由骗他，白松都不大敢信。

这么有钱的人，怎么会住在这种地方？

……

一直到了晚上，三人才回来，顺便给大家带了一大堆烧烤。

“你们喝酒了?”白松一脸震惊，他担心了半天，这三个哥们居然好吃好喝地回来了?

“是啊，一起喝了个酒，我们闲着也是闲着。”王华东打了个饱嗝，淡淡的啤酒味弥漫了整个屋子。

白松了然，喝得不多。

“有什么收获?”白松说完，大家都凑了过来，任旭从几个袋子里拿出烧烤吃了起来。

“你慢点!”孙杰一把推开任旭，自己拿了一把，任旭今天把火腿肠全吃完了，只剩下面包，可把孙杰气死了。

……

三人一起吃着东西，从王华东等人那里听到了一些情况。

跟踪的人，其实并不是一个人，而是两个，两个人轮换着倒班，在这里已经待了很长一段时间了。

也不仅仅是观察王安泰，事实上，之前跟两个死者有关的很多人都在二人的观察之中。

白松承认，奉一泠手段非常厉害，也有一些人可以说已经被她洗脑，对她言听计从，但是这种人肯定不会多。

所以，对这边监控的人，估计也就是普通人，这些人哪会那么敬业，在这边时间久了，天天也就是吃喝玩乐了。

以前，这里还有一些赌场，两人手段比较不错，自己搞了一个赌场，现在被打击得干不下去了，搞得两人颇有些怨言的。

白松这才明白，之所以王华东等人喝酒了，而且说一起喝酒了，根本就不是三个人一起喝，而是和那两个哥们一起喝了……

“我还是低估了你们啊……”白松擦了擦头上的汗，“我还以为是你们坐在他们旁边偷听的。”

“是坐在旁边，但是喝着酒，就聊到一起了。”王华东道，“主要是聊生意。”

说着话，王华东不经意地摸了摸手腕。

白松顺着王华东的视线望去，无言以对。

即便白松再是外行，也知道王华东手腕上那块丑丑的绿不拉几的手表是什么东西——潜航者系列绿盘腕表，这么经典的也就这一款了，当然，它的俗名更有名一些——绿水鬼。

也是，王华东本就是商人家庭出身，柳书元也不必多提，王亮更是个大忽悠，三人一起，可把这哥俩忽悠瘸了，差点弃暗投明，跟着他们三个一起做生意了。

王华东也不敢把话说得太满，如果说在这里投资什么的，但是明天突然离开就没信了，也可能会引起怀疑。

所以三个人的主要任务就是吹牛、喝酒。

“我们要到了对方的手机号码。”王亮把号码给了白松，“给他们留的号码是个虚拟号，归属地是深州。”

“666。”白松都不得不承认了几人的优秀。

“喊什么6啊？记账报销啊！”王华东抽出一根签子剔了剔牙。

“哈哈，这没问题。”白松拍了拍自己的腰包，真的是……很久很久没有这么鼓了。

白松记下了号码，再次给秦支队打了个电话，把号码告诉了秦支队。

“你们是明天出发吗？”秦支队问道。

“是，明天上午九十点钟出发，我不想太早，车太少，显得很突兀。”白松道。

“嗯，好，我和马局长也商量了一下，明天，会有市局便衣总队的人，到时候我把负责人的电话号码留给你，你可以和他们联系。”秦支队道，“今天你们好好休息，当地的警方暂时先不要联系，等有了具体的线索再说。根据目前的情报，这个奉一泠不像邓文锡那样有个大基地，估计就是大隐隐于市了，真的遇到了，也不是靠人多取胜。”

“好。”白松表示同意，便衣总队的那些人确实是很适合，上次去抓邓文锡的时候，就有便总的师姐在帮忙，想来已经很久没有碰过面了。

便总的人一向都是很神秘的，基本上就是活跃在一些人员密集场所，即便是小偷里的惯犯也不太可能发现这些人是警察。便总基本上很少外出办案，不过白松已经遇到两次了。

晚上，白松安排了守夜。

之前在这个村子的时候，四人都有一个人守夜，现在六个人，虽然住三个房间，但还是安排了一个人守夜，大家轮换着。

一夜无话，什么事也没有发生，那两位估计被三人灌多了，晚上也没见到有人在附近转悠。

第二天上午，在第一个人在附近转悠了一圈之后，白松开着车，带着大家一起回到了租车的地方，把车子还了。

晚上的飞机，直飞长河市，凌晨一点多钟，飞机稳稳地停在了长河机场，一股热浪袭来，所有人都感到了潮湿。

第四百三十八章　落水救援

如果说，这个季节的南黔省是绝佳的避暑胜地，那么，谁这个时候往湘南省跑，那就是找罪受了。

长河市现在的正午温度高达 40 摄氏度。

即便是凌晨，下了飞机之后，大家也非常难以适应。

如果是从天华市直接过来，可能还好一些，但是，从气温 20 摄氏度的南黔省直接过来，就真的有些让人难以忍受了。

为了节省机票钱，白松订的都是比较晚的飞机，所以飞机降落后，肯定是就近休息了。

长河市是个有千万人口的大城市，后半夜了，机场的人也不少，在这种气温下，显得跟白天一般热闹。

下了飞机，上了摆渡车，一路都热得人头晕眼花，进了机场大厅才算是缓过劲来。

拿上了行李，几人逃命般地进了出租车。

下了车，进了入住的酒店才算是终于缓了过来。

这一趟还是有点赶的，大家也热得没什么胃口，直到入住之后才叫了一点外卖。

前文说到南黔省的饮食偏辣。

但是，如果和湘南省比起来……

几份炒饭和面条被外卖员送了过来，王亮捧着自己的一碗西红柿鸡蛋面偷偷乐。

除了西红柿炒鸡蛋之外，其他的，没有一个不辣的。哪怕注明微辣甚至不放辣椒，都是非常辣的。

白松仅仅吃了几口，就后悔了。

看到王亮幸灾乐祸的样子，白松深感自己年轻……之前王亮出差时，白松就嘲笑了一番，现如今轮到自己哭了。

事实证明，不作死就不会死。

第二天起床，除了王华东和任旭没事，其他人都或多或少地出现了局部不适。

上午白松租了两辆车子，三人一辆分开行动，中午之前，到达了长河区。

车子也不是啥好车，空调也不行，这也是没办法的事情，毕竟这种租车开销，在行程中，是不能作为费用报销的。按照标准，除了机票、火车票和住宿费之外，每人每天就一百多元的固定额度。

所以如果租个稍微好点的车，吃饭就吃不起肉了，这怎么能行呢？

不过，即便吃得还可以，来这边也吃得不习惯，因为水土不服，来这里的第一天中午，白松、柳书元、孙杰三人就中暑了。

要说中暑这种事，真的不是体质问题，不习惯就是不习惯，水土不服就容易中暑。

不过，这种水土不服的中暑倒也不是大问题，喝大量凉白开，喝多了会想吐，去洗手间全吐掉，回来继续喝一点，三人就好了大半。

与此同时，白松还买了一些藿香正气水，给大家分了分。

这个区临近湘江，因为附近没有架桥，江两岸的发展有一定的差异。

六人兵分两路，准备坐渡船前往较为落后的一岸。

当然开车也能去，但是要绕行一段距离，而且开车有点显眼，大家就都是大学生装扮，各背了一个包，轻装上路。

白松的打算是，今天先过去看看，晚上再回来。

临近渡口，几人察觉到了不远处的渡口有问题。

这边的河算是比较宽的，因为河流缓慢，所以比较适合做渡口。摆渡船都是人力船，一趟两块钱。

价格是真不贵，两个船夫一条船，船夫一天划上几十趟，一趟十个人左右，虽然坐不满，但是每天也是可以维持不错的收入的。

这里距离市中心有些距离，处于长河市的边界范围，再往南十公里，就到河潭市境内了。

从这边看，这应该是一条从对岸摆渡过来的船，但是不知道什么原因船上发生了争吵，闹得很凶。

这种大小的船载 10 人左右，其实算是超载了，但是好在这个地方河流很缓，外加船夫确实是有一定的控船能力，平时一般也没事。

但是，一旦闹起来，麻烦就比较大了。三五个男子一闹腾，船就有些不稳，而其中有几个人故意摇晃船，眼见着船就要翻了。

木船即使进了水也不会沉，但是这并不代表着船翻了就不会淹死人，几个在岸边的船夫看到这个情况，立刻把自己绑船的绳子解开，向着那边划去。

六人所在的地方算是高处，可以清楚地看到，船还是翻了，几个有点水性的人浮了起来，扶住了翻过来的船帮。

不会水的则麻烦大了，咕噜咕噜地就往下沉。

几个船夫急了，这都是人命，而且这里淹死人对谁都没有好处，大家水性都不错，纷纷扎猛子下去救人。

只是，船夫都跳船了，这些船没有锚，就有点随波逐流的样子。

这本不是什么大问题，水毕竟很缓，但是有一艘船，因为惯性，直接就撞到了倒扣的船上。

这个船夫是最先一个往这边划的，船速也比较快，他一跳船，船直接就向前撞了过来。

这一撞，有两个本来扶住了船帮的人直接就被撞开了。

事实证明，能抓住船帮的，不见得水性有多好，有些人就是运气好罢了。而这两个人都是如此，这一脱手，立刻就扑腾起来。

但是此时，所有救人的船夫都没注意这两人。

白松等人在事情发生之后，就凑到了码头口，这边也已经围了二十多人，此时大家都发现了这个情况，白松想也没想，把自己的包给了任旭，直接就跳了下去。

白松也算是了解过自己的这些队友的……只有任旭不会游泳。

这段时间，白松每天训练完，都去健身房游一会儿，看到这情况自然义不容辞，其他人也是如此。

第四百三十九章　船霸

任旭拿着六个包，其他五人纷纷跳了下去。

白松一米八七的个子，在很多时候很别扭，买衣服难、开车碰头，就连做伪装都很是显眼。但是个子高的优势也很大，比如说游泳，他就十分擅长，这会儿他已一马当先地游到了最前面。

五个人同时跳下河，这比刚刚船夫去救人还令人震撼。围观的人们都很震惊，有的拿出手机拍了照片，还有人打起了电话。

这里的河水不急，白松很快就游到了那两个人附近。

在水里不比岸上，视线很差，白松好不容易才找到了一个人，立刻就游了过去，扎猛子入水，一把拉住了已经下沉的这个人。

因为有几个好兄弟一起下来救人，白松抓紧时间把这个人拖上了岸。

白松才发现这是一个姑娘，此时已经开始出现喉部痉挛。

溺水的第一步一般都会屏息，憋不住气了之后，水进入呼吸道，先是喉部开始痉挛，阻止水进入肺部，初步出现高碳酸血症、低氧血症和酸中毒，然后人体开始不由自主地呼吸，水就会进入肺部。

在此之前，通常会通过食道大量喝水。

白松一看，就知道这个女孩问题不大，甚至都不需要抢救，上岸做一些溺水急救处理就可以了。

但是，其他几人救的那个年纪偏大的溺水者情况可能有些严重，但他还是被救了上来。

任旭也没闲着，在派出所当过几个月警察的他把所有围观群众都疏散了。溺水者被纷纷救上来之后，大家开始进行简单的急救。

除了老者，其他溺水者吸入的水并不多，很快就可以自主呼吸，包括女孩也是如此，但是老者不行。白松和王华东等人立刻对老者进行了口腔清理、双手抬下颌开放气道、人工胸外心脏按压和人工呼吸。

几分钟后，老爷子终于也开始咳嗽，可以自主呼吸，但是依然没有清醒过来。

女孩很着急，却也没什么办法，焦急地看着几个人在那里全力施救。

终于等到了 120。

之前已经有人第一时间打电话叫了 120，而且不止一人，所以白松六人也没有额外占用 120 的信道，正因为如此，虽然不是很快，但是也算及时。

“使用皮质激素和脱水剂，量大，快。”一个医生第一时间喊道，开始对老者进行第二波抢救。

第二辆救护车也来了，其他人都不用去医院，救护车连忙汇报塔台，不需要增派车辆。毕竟报 120 的时候，都说多人落水，所以一开始是尽可能地往这边驰援的。

在这里坐轮渡的大部分没钱，所以虽然有的人还是很不舒适，但是都不愿意去医院，两辆救护车就打算返回了。

“咱们也坐他们的车走吧。”任旭跟大家说道。

来之前，租的两辆车停在了距离这里一公里多的一个镇上，现在走过去需要大约二十分钟。

“为啥？”白松有些不解。

“刚刚有人把这个事报给当地的新闻电视台了。”任旭道，“我听他们说，这边给当地的卫视报新闻，一经采用，有好几百元的线索费。这地方虽然偏僻，但难保附近没有记者活动站。”

几人现在的身份比较隐秘，肯定是不愿意接受采访的，河对岸可以下次再去，或者开车去，没必要现在去。毕竟经过这件事，至少一个小时内，轮渡是不会开放了，好几个船夫还要去追自己的船，不少船已经漂走几百米了。

于是，几个人跟救护车人员说了一声，一起坐着车离开了这里。

“有多少人拍到了我们?”白松问道。

“都不是啥有钱人，没一个有好手机的，我看就两人拍了，而且那画质基本上都是马赛克画质，没事。”任旭道。

“哦哦哦，那还好。”白松舒了一口气。几人都做了伪装，虽然下了水，但是上来以后都跟落汤鸡一样，也没什么特别的样子，怎么看怎么像在校大学生。

不过，天气炎热也有好处，几人都穿着短袖短裤，这样倒是很凉快，而且用不了多久衣服就会干。

临近长河区的县城，没有拉老者的救护车接到了新的任务，要前往下一个地点救人，在这辆车上的王华东等四人就只能下车，打车去医院。

没办法，白松和任旭坐的这一辆车上有需要抢救的人，所以不可能中途停车，只能一口气到医院。

女孩也在车上，她是这个老爷子的孙女。在车上，老爷子的状态逐渐好转，她频频感谢白松，都要给白松磕头道谢了，搞得白松倒是有些不好意思，连忙架起了她。

白松问了问，这个姑娘和老爷子就住河对岸，也经常坐船过河，平时一直都安然无事，但是今天，船开到中游，有人在船上另收费。

这种情况也不是没遇到过，这附近有这种船霸地痞，有时候船到河中间，就跟大家多要钱，其实跟抢也差不多，但是并不直接动刀舞棒，就是无病呻吟，摇船闹事。大家为了省心，一般一人交 5 块钱就能了事。

但是今天，有几个小子，也就十七八岁，居然一个人要 50 块钱，这下谁能接受？于是就闹了起来，把船闹翻了。

遇上这种事，船夫一般也很头疼，有的时候到了岸边，就不收船费了。

和这个女孩聊着天，白松大致明白了这里的一些情况和风俗。

这附近这样的人很多，警察一直抓，但是总有，主要就是不好抓。这些人靠了岸就跑，因为平时一人就收 5 块钱，又少有人追究，更没人在船上打电话报警，警察来了想抓也比较困难。

而且，抓了一批，还有下一批。

据女孩说，这地方的坏人还是挺多的，算是比较乱的，但基本上作恶也不影响百姓，这种船霸地痞算是少有的恶心人的了。

第四百四十章　战国竹简

和姑娘聊着天，几人知道了这附近的大体情况。

这地方，岸这边算是县城的郊区，对岸类似城乡接合部，但是居民很多，两边人口有几十万。

大城市周围的远县乡大抵相似，因为距离太远，房价并不像城郊那么贵。人员构成以当地人为主，比城乡接合部的人员情况稍微简单一些。

“刚刚救上来的那些人里，哪个是找你们要钱的呢?”任旭问道。

“我不知道，我们这里人特别多，这样的小年轻没有一万也有八千……”

“这么多小混混?”白松吓了一跳。

“哦哦哦，不是不是，是年轻的男人很多，不是说有这么多坏人。我分不清是哪个，刚刚我一直躲在我爷爷后面，扶着船帮。”女孩估计也有20岁了，但还是有些胆小。

白松点了点头，明白为什么船翻了这两人还能扶住船帮。

和女孩聊了十几分钟，车子就到了医院，白松和任旭跳下了车子，想等着王亮等四个人打车过来再从长计议。

只是没想到，女孩又怯生生地跑了过来，找白松借手机。

女孩和爷爷的包都掉进了河里，这情况能保命就行了，财物没了也实属正常。

这个忙白松不能不帮。女孩借了手机后，给父亲打了电话，因为得知爷爷身体还算稳定，女孩倒不是很慌乱。

女孩打电话的时候白松在旁边听着，从电话里听到了一个地名。白松的记忆力不错，但是听不懂这边的方言，也就没太注意。

不过这会儿女孩爷爷被抬进了医院，医院需要做检查和输液，救护车上的人就过来找女孩收费了。

救护车和医院并不一定是一家的。很多救护车都是直接送病人去最近的医院，并不是送到救护车所挂的医院或者 120 指挥中心。

女孩身上哪有钱啊？不得已，她只能找白松等人借。

几百块钱，白松也就借了。

但是，很快，医院也催着交钱，女孩不好意思再找白松借了，跟医院保证了一下，半小时后她爸爸就过来。

医院还算是通人情，白松刚刚也从电话里听到了女孩爸爸往这里赶的情况。倒不是白松喜欢偷听别人的电话，他也不在乎这几百块钱女孩会不会还，而是他外出的时候对当地的情况总是尽量多了解一些，这算是一种习惯了。

而且，白松也不想多待了，怕媒体找到这里。眼见事情也要解决了，他便跟女孩说钱不要了，先走一步。

结果，女孩说没有还这笔钱，无论如何也不让二人走。

白松无奈，只能给王华东等人打个电话，让他们去想办法堵一下记者，无论因为什么，都不能上镜登报。

趁着这个时间，白松继续向女孩了解了这里的情况。

这里的警察口碑还算不错，打击犯罪力度也可以，基本上每过一段时间都能抓一些坏人，只不过可能是因为这里的社会环境不好，警察怎么打击也没办法根除。

而白松则知道，这可能与其他原因有关。

待了半个小时左右，女孩的父亲急火火地赶了过来，第一时间了解了情况，就把钱交了。

得知白松二人的事情之后，男子立刻过来还白松的钱，并且特别感谢了二人，本来打算多给他俩一些钱，但是被白松拒绝了。

男子很是感激二人，立刻便提出一会儿要请两人吃饭，白松倒也没直接拒绝，他还想从男子这里获得一些当地的情报，毕竟这个人一看就在这附近待了几十年，说不定了解很多事情。

这个中年男子听说自己的父亲溺水，心中比较焦急，但是脸上却难掩原本的喜色。听说老爷子没什么大问题了，男子的喜色渐显，这倒是让白松有些好奇，什么喜事啊，这么开心？

可能是听说这两个人是自己女儿和父亲的救命恩人，加上他俩看着也就是学生，男子也没什么戒心，从自己的包里拿出了一个绸缎小包，长长的，打开之后里面是一些干净的棉花，再打开，里面是十几片竹简。

“战国竹简？”任旭脱口而出。

任旭还是太年轻了，作为历史系的学生，他这些天一直都是跟着大家“打酱油”，什么忙也没帮上，而突然遇到了自己熟悉的东西，一下子有些激动，就不淡定了。

男子似乎没想到二人能看出来这是什么，可能是怕二人报警，立刻收了起来：“我这是从正规渠道买的，你们可别出去乱说。”

二人立刻表现出了然的神色，任旭也为自己刚刚的莽撞感到羞愧，接着道：“2006 年的时候，港城拍卖会上出现过一次，我去年看过视频，这可是宝贝啊。您能搞到这个，真的是厉害啊！”

男子一听，相信任旭能看出来实属巧合，便轻轻舒了一口气，只是再也不愿意给二人看了。

这一下子，四人的情绪就有些微妙了，男子本身对二人的感激之情中就带了一丝丝的防备，女孩则更觉得不舒服，却也不知道该说什么。

最终，只留下了一个电话号码，白松二人就匆匆离开了。

王亮那边，已经快要骗不住记者了。

刚刚，王亮他们用公用电话给电视台打电话，说几个救人的小伙子去了某某酒店，算是“调虎离山”了。也难得这个地方还有公用电话，而记者怎么也想不到还会有人骗他们……

按正常人的想法来说，谁这么闲啊?!

这也是没办法的事情，为了不暴露，也只能牺牲他们一点时间了。

但是，此时再不走很容易被记者堵到，几人就匆匆离开了医院。

从侧门跑出了医院，任旭显得很好奇，问白松："我怎么感觉你对躲记者这么熟练呢?"

"经验比较多。"白松找了个没什么人的方向，很快地离开了医院，和四人会合，找了个没人的地方交流了起来。

这时候所有人的衣服都干了，感觉格外热。

第四百四十一章　乱起

“你说的竹简，是什么东西?”白松不懂就问。

“这件事也怪我，嘴太快了。”任旭先是自责了一番，接着道，“我刚刚看了个大概，判断不出来这些竹简的真伪，但是感觉就算不是真的，也是仿得非常专业的，如果没看错，这应该是楚简。

“湘南地区，战国时期属于楚国的地域，这里也曾经出土过大量的楚简，因为年代太久，这东西在市面上是不可能随便流通的。”

“等会儿，不对吧，”白松下意识地问道，“楚国首都不是在湘北省境内吗?竹简这东西又不是货币，那个年代不是只有楚王待的地方才有这些东西吗?”

“也不是，这东西类似于书，楚国那时候文化很发达，很多文人骚客也都用这个。但是你说得对，郢都确实是在湘北省，但是公元前278年，秦将白起攻打郢都，楚国对首都安全很是担忧，于是大规模地搬运过他们的财物和文书，也就是竹简。

“除此之外，郢都陷落之后，一直到楚国灭亡，长达50年，湘南地区并不是秦国重点打击区域，而且楚军还多次在湘南地区击败秦军，那个时候，算是坚持到最后的地区之一了。

“直到最后实在是坚持不住了，很多竹简就被掩埋、销毁或陪葬，所以这边的楚简非常多。”

任旭简单地给大家讲了一下。

几人都不由得高看任旭一眼。当你有一种别人都没有的本事的时候，你总是能赢得尊重的。

“那这么说，竹简应该很多，为啥还这么金贵？”王亮搞不懂了。

“很多，也只是相对的啊，毕竟过去2000多年了，也就几个博物馆有藏吧。7年前，在港城拍卖会上，一套2000多块的竹简被拍卖了150万。也就是说，这个人的这十几根，要是真的，价格肯定也过万了，毕竟这些年藏品增值非常快。”任旭道，“但是这东西毕竟年头太久了，市面上又不流通，具体能不能值一个天价，我就不清楚了。”

“白松，你打算查这个？是不是有些节外生枝？”孙杰面露不解，白松可不是不顾大局的人啊。

“我们一来就有这种案子，你们不觉得有点太可疑了？”白松道，“如任旭所说，这东西一套有不少，哪有分开卖的道理？这东西直接找个有钱人包一套不就好了，分开卖不是更容易被发现吗？”

“有道理。”任旭也点了点头，“分开卖，价值大减。因为楚简上面的字，一般人根本就分辨不出来，我肯定也不行，就连我们教授也不是这方面的专家。这东西需要系统分析，然后大体地排一排顺序，慢慢破译。我可不信卖的人能分得清顺序，所以，分开卖的话，不可能是连着的。

“一根竹简上也就不到十个字，也就是说，这东西分开卖，只有收藏价值，文学和历史价值基本上为零了。”

“我刚刚听了一个地名，可能就是他买竹简的地方，不如我们去看看？”白松仔细地回忆了一下，说出了一个地名。

“这是什么方言？”众人都有些愣，“你怎么记下来的？”

“那女孩先问她爸在哪里，然后她爸就说了这个地方，我就下意识地记住了。”白松耸了耸肩，“打车去吧，司机肯定知道。因为我看那个女孩的样子，她都知道这个地方。”

……

司机还真的知道。

这地方距离这边有点远，距离大家停车的小镇倒是不远，也是一个镇子，只是更加繁华。

这个镇的名字叫大石镇，附近有个森林公园，是个水陆交汇的地方。

而目的地，就在大石镇的一侧，是个练摊的地方。

现在已经是下午四五点了，那里的人并不是很多。这种地方，一般是晚上人多，最关键的原因还真的不是怕警察抓，主要是晚上……赝品不容易被买家识破……

六人分开转了转，柳书元那边还真的看到有人夹着包——包里面应该是装着长长的东西——着急地跑了出去。

楚简并不长，但是包起来拿，就比较显眼了。

其实，这个市场上啥都有，连佛头都有，简直亮瞎人的双眼，但是基本上都是现代工业品。

“任旭，你过来。”白松找到了任旭，“我看到一个摊位在卖竹简，你过去看看。”

“摆大街上卖?”任旭立刻跟上了白松，到了那个摊位之后，转了一圈，把白松叫到一侧，“他这个摊位，摆摊年头最长的，应该是那个卖货的老头自己。”

……

转了一圈，大家也都明白了，卖竹简的确实就在这里，但并不是公开卖，买的估计也都是一些懂行的人，比如说任旭这种。但是东西的真伪，能分辨出来的人估计也不多，任旭也不确定能不能分辨出来。

几人分批离开了这里，白松看到了两个有些熟悉的身形。

警察。

这一看就是当地的警察，虽然是便衣，但是警察的味道比较浓，跟白松几人这种带伪装的还是不一样，一看就是过来查案子的。

“这地方闹得有点大了吧?”大家凑到了一起之后，白松说了这个情况，“警察这么快就来了，说明买的人可不是一个两个啊。”

“嗯，这里面有点阴谋的味道啊。”王华东道，“按照概率来说，咱们都遇到和看到好几个了，这说明很可能不是一个人在卖，估计都卖给几百个人了，要不然怎么会这么巧？”

“也不太可能是假的吧？”王亮有些疑惑，“我感觉买的人也都是内行啊。”

“我们教授讲课的时候，提到过一句话，‘内行骗内行，骗得更在行’。”任旭道，“这东西如果要骗纯外行，没人信的，但就是因为是内行，才会上当。如果是我碰到了，我可能也会以为是真的，毕竟我还没真正接触过这东西呢……当然了，我也算不上内行。”

“嗯，撤吧，抓紧开车去对岸，估计今天晚上这个地方就要变成是非之地了。”白松对大家道，“我们隔岸观火。”

第四百四十二章　你不是小人物

到了存放车辆的地方之后，白松可以确信的是，他们这次来这个摊位没有被跟踪，也没有被特别注意到，因为他们来得实在是太早了。但是，后续的情况就不好说了，比如来的两个便衣警察就可能会引起特别关注。

想到这里，白松立刻给秦支队打了个电话，把这个情况汇报了一下，主要是天华市局的便衣总队也派人过来了，白松并不希望便总的人对这里有过多关注，这地方不像是什么正经地方。

“这事发生得是不是太巧了?”白松打完电话后，跟哥儿几个一起聊起了案子，顺便望了望四周。

“也不能这么说吧，毕竟所有的案子，都能算是巧合，不是吗?”王亮道。

“嗯，如果是有人刻意安排，那就说明咱们所有人的行踪都暴露了。”王华东道，“咱们的行踪，只有咱们内部人知道。”

“对啊，”任旭道，“咱们救那几个人也是偶然，如果有人刻意那么做，咱们稍微晚一步，那两人就真的被水冲走了。而且，他们也不可能会预测到我认识战国竹简，接着就能来这里。”

“嗯，我同意你们几个的说法，”白松认真听完大家的话，接着说道，“但是，我觉得我的担忧也不见得是杞人忧天。大家都听说过蝴蝶效应吧?”

所有人都点了点头。

“我其实并不完全赞同蝴蝶效应这个观点，虽然也不能说这个观点是错的。

“一只蝴蝶造成扰动，引发风暴的前提是，这个风暴云之前不是绝对平静的，而且只需要一点东西就能搅动。

“这就好像一个超大型的多米诺骨牌，牵一发而动全身。

“但是，自然环境下，如果一个即将成为风暴的大云团已经出现，没有这只蝴蝶，就不会出现风暴了吗？

“这是不可能的。

“双摆的运行轨迹是混沌不可知的，宇宙中三体、四体以及多体星系的互相运转也是混沌的。在风暴云形成之前，这样的混沌点，可能有数亿亿个。

“这不是固定在地上的多米诺骨牌，而是在一个装满土制火药的弹药库里，有几百万个小火星随机乱窜。

“你可以称其中任何一个小火星为蝴蝶，但是即使没有它，弹药库该炸还是会炸。”

“所以，你想说什么？”孙杰好像明白了白松的想法，“你是想说，我们的一些动向可能被人掌握，并且对方已经做出了一些相应的计划。而即便我们在行动中有一些不可预知的、微小，也不会影响大势的变化，即使蝴蝶不扑腾，风暴还是要来，是吗？”

“大体是这个意思吧。”白松这次带队出来，明显压力过大，神经一直过度紧绷。本来，这才第一天，就遇到了两个比较大的变故，而且看似都是巧合，搞得白松真的有些没信心了。

“你已经很厉害了。”孙杰拍了拍白松的肩膀，“不用担心我们，而且，我们从来不认为你是一个小人物。”

孙杰说到这里，大家也纷纷伸出手，搭在了白松的肩膀上。

白松的目光逐个扫过每一个人，肩负重担的感觉，就是这般。

担任副探长至今，他第一次，带着自己最亲密的兄弟，直面最危险的敌人。

“这个奉一泠肯定是有手段的，尤其这里还是她的老巢，但是，她只是手里的牌暂时好一些罢了。”王亮道，“要我说，如果把目前的对垒比作一把德州扑克，我们都是两张单牌，唯独她是一对二，看似比我们大，但是胜算一点都不大。”

白松深深地呼吸了两次：“便总那边看样子已经不会去练摊的地方了，我得回去一趟。杰哥，你跟华东、王亮，你们三个，先开一辆车绕路走桥过河，看看能不能获得什么线索，不求有功。我和书元、任旭返回一趟，我得知道具体发生了什么。”

大家看着白松认真的样子，纷纷点了点头，孙杰等三人开上车就离开了。

白松等人开车返回，路上接到了秦支队的电话。

接到电话后，白松才得知，便总那里这次来了二十几个人，也发现了战国玉简的线索，正准备去那里进行查探，结果接到了秦支队的电话，便放弃了这个计划。

同时，秦支队那边还向白松分享了一个关键的线索，那就是通过湘南省王华东、王亮等人套到的两个人的电话号码，发现了一个与这两人有联系的电话号码，他还给白松分享了一个地址。

白松通过微信，看了看这个地址，神情有些奇怪——这地方距离练摊卖古玩的地方非常近。

天色渐渐暗了下来，白松租的这辆小轿车行驶在镇与镇之间的小路上，很不起眼。

刚刚在从大石镇打车回来的路上，白松感觉路上的车非常少，可能现在是下班的时间，车子稍微多了几辆。

这地方虽然都是乡镇，但是大部分务工人员依然是日出而作，日落而息。

到了大石镇，这个镇子也就是万儿八千的人口，沿路而建，东南至西北差不多有两公里，而西南至东北方向的宽度只有三四百米。

白松找了个距离古玩街四五百米的地方停下了车，先带着任旭和柳书元吃点东西。

这次白松学精了，先点了西红柿炒鸡蛋，然后特地嘱咐老板，任何菜都不允许放辣椒，一点点都不许放，只要放了一丝、一块辣椒，就不结账。

事实证明，这边还是能做出来不辣的菜的，三人来这边吃到了第一顿真正意义上的饱饭。就连任旭也一样，因为昨晚和今天中午他都没怎么吃饱。

饭后已经是八九点钟，满天的星光逐渐被乌云遮住，镇子上发出微弱灯光的路灯几乎也就是个摆设，而且看样子今晚要下雨了。

白松打开手机查了查天气预报，还真的是要下雨了，并且雨会在午夜12点之后逐渐变大，最终变为大雨或者暴雨。

也就是说，酷热的天气，终于有所收敛了。

第四百四十三章　大雨

小镇上的饭馆不少，因为邻近公路，公路两侧有三家旅馆，还有一些民宿，除此之外，在古玩街上也有一家酒店和几家旅馆。

三人把车留在了之前的小饭馆门口，就步行围着小镇转了转。

“这古玩街的设计有点意思，明面上的出口有六个，但是估计能出去进来的口有十五六个。”下午白松就已经对这里的地形了如指掌了，现在是晚上，光线虽然很暗，但是他依然能够整体地把这个地方的地形给辨认出来。

“我发现了几个比较不错的适合观察整体情况的点。”任旭说了几个制高点，这几个位置都很适合观察全局。

“这几个地方确实不错，适合观察。”柳书元也点了点头。

“你们说的都不能去。”白松听完，摇了摇头。

“为啥?”任旭和柳书元都一脸不解，尤其是任旭，这几个点他分析很久了。

“你玩过枪战类游戏吗?”白松问道。

“玩过。”任旭道，“主要是火线。”

“一个爆破类的模式，你进下一道门之后，第一时间会把枪瞄准什么地方?”白松问道。

白松这么一说，任旭一下子就明白了。

如果对一个地方的地形有足够的了解，一进到这里，有戒心的人就会习惯性地观察制高点。

现如今的吃鸡游戏更是如此，都知道找山头、找高处，但是敌人找你的时候，也会第一时间观察山头和高处。

所谓的制高点，你知道，别人也知道。

这也算是个思维盲区，即制高点其实是危险点。

被白松的话吓出了一身冷汗的任旭不再发表自己的观点，跟着白松随便去了一家阁子。

“白队，这有什么讲究吗？”任旭把嘴巴附在白松耳旁，问道。

“随便找的。”白松耸耸肩。

这是一家宣纸店，这类地方总会有一些卖文房四宝的店铺，因为湘南靠近皖南，宣纸也算是不错。当然，这里主营宣纸，其他的也卖。

“几位眼力不错，一眼就看到这几处，这可是正宗的皖南宣纸，怎么样，来几刀（宣纸单位，一刀等于一百张）？”外面天色暗，陆陆续续也有几个人转悠着进了店，“咱们这里马上就打烊了，欲购从速啊。”

“老板说笑了，估计一会儿外面就要下雨，几刀的纸也没办法拿啊，”任旭不吃老板这一套，隔空象征性地摸了摸纸，“正宗的宣纸，老板，且等我明日天亮雨歇，再来叨扰一番。”

这种事，任旭比白松和柳书元内行多了。人尽其才，白松知道自己在这方面远不如任旭，之前也就说好了，在这边遇到一切与古玩字画相关的东西，都以任旭为主。

老板一听，这是内行，一看就是真的有可能买，立刻客气了很多。

这纸，一刀好几万，利润可不小。

任旭毕竟是正牌的历史系毕业生，在文房四宝方面还是受过科班教育的。老板虽然经验丰富，但是有的地方讲起深度广度还比不过任旭，二人迅速地攀谈起来。

大学生与大学生之间的差距，大得惊人。

混了四年的，什么也不知道，努力学了四年的，可能已经可以写硕士论文了。

任旭也算是能吃、能聊，屋里原本来的人都不走了。但凡来这种地方的，多少是一些附庸风雅或者爱看闲书之人。

这个时间点，老板也不急着关门了，最主要的是吸引了好几个顾客，还卖出去了一支毛笔，就更不急着打烊了。

其实，这个古玩街，晚上 12 点之后，才是真正热闹的时候。

晚上，买家往往分不清真品赝品。

但是买家也不傻，为什么要半夜来呢？那自然是因为，晚上很多可能见不得光的真品也会被人拿出来，交易也更方便一些。

整个古玩街，没有一个摄像头。

通常，因为后半夜来的人不大可能买笔墨纸砚，店老板晚上八九点钟就关门了，今天倒是不着急。

屋子里的人逐渐凑得比较多，白松和柳书元因为来得早，占据了一个不显眼的位置，可以轻松地看到每一个进来的人。

不到一个小时的时间里，陆陆续续地进来了三拨警察，以及两拨不怀好意的人，白松都很难记下来这些人的样子。

这两拨不怀好意的人，进来就是若无其事地打量分析所有人，虽然不显眼，但还是被白松发现了。

于是，白松打算走了。

倒不是因为怕被发现，主要是，他的屁股都要硌坏了。

他和柳书元也都做了比较明显的伪装，在阴暗的环境下，基本上就是认识白松的人也分辨不出来。这里的人比较多，白松前面还有人，他就倚坐在一张木桌上面。这种店面的木桌非常厚重，都是大原木做的，白松这样坐着纹丝不动。

因为白松倚坐着，所以外人看来，他的个子也就是一米七左右，更不显眼了。

但是半边屁股卡着桌子沿实在是难受，白松给柳书元一个眼神示意，二人悄悄地离开了这里。

在约定的地方等了差不多十分钟，任旭才出来，这时已经开始下起小雨，任旭倒也没空手，拿着一个塑料袋就过来了。

任旭一看就是个大学生，也没人怀疑他的身份，自然也没人跟踪。其实这倒是挺好，这样一来，三人的身份也就能更好地隐藏了。

有一个身份，比完全没有身份，要容易隐藏得多。

“老板送了一块松墨，”任旭扬了扬手里的塑料袋，“估计值好几十块钱了。”

“这东西这么便宜吗？不是说文房四宝没有便宜的吗？”柳书元问道。

“你说的是卖价，我说的是进价。”

大家也不纠结于这件事，简单地聊了几句，就看向了白松，等待白松的下一步指示。

“这里水很浑了，晚上下大雨，就更浑了。咱们不着急，先去找个地方买点烤串，在车上待到后半夜再说。”白松看了看天色，“这雨，可是小不了哦。”

第四百四十四章　雨中激战（1）

雨大了，在车上待着，也不开灯，外面谁也不知道车里还有人。

“任旭啊，我记得晚饭你吃得不少，别急行吗?”柳书元这么淡定的人都有些想爆粗口了，总共要了四串鸡翅，结果他吃了一串肉，和白松聊了几句，鸡翅就快没了。

“我刚刚说了一个多小时，太累了!”任旭有些不好意思，“这鸡翅我就是拿顺手了，其实我本来不打算吃的……”

轰隆!

一道响雷炸响在上空，照亮了整个天宇。

任旭颤巍巍地把啃了一半的鸡翅放下：“元哥，给……给……你吃……”

柳书元看着沾满了任旭口水的鸡翅，一脸嫌弃，正要吐槽，白松嘘了一声。

“刚刚闪电那一下，我依稀看到好像有人在向我们接近。”白松面色极为凝重。

“靠近咱们?”柳书元和任旭一瞬间就认真了起来。

“走，回县城，此地不宜久留。”白松不是优柔寡断之人，打着火，立刻走。

什么古玩城，什么可能的大戏，那些都不重要，安全第一!

作为老司机，停车入位一定要把车头朝外，这样方便走。而且白松很谨慎，上车之前也习惯性地检查一下车子，没什么问题。

车子启动，打开车灯，白松一脚油门，车子出去之后白松立刻换二挡，拐了个弯，直接上了马路。

“怎么往这个方向开?”柳书元差点没坐稳，只见白松的车子根本就没有向县城的方向开，这让柳书元有些担心，白松这是心急，有些乱了?

“我现在已经可以确定，这个局就是为我设的，原路返回肯定更危险，那是人下意识撤离的方向。”白松当然知道前方也可能有堵截，或者可能陷入博弈的悖论里，但是此时不需要有任何犹豫，既然选择了这个方向，开车跑就是。

这边白松虽然没来过，但是他早已经看了地图，也知道去县城的路怎么走。柳书元和任旭也已经从最开始的慌乱中清醒了过来，立刻就开始帮白松导航并联系秦支队。

“手机没信号了!”柳书元连忙看了一眼任旭，“你的呢?”

“我的也没，”任旭的神色也有些慌乱，“无服务，110 都打不出去，信号被屏蔽了吗?”

“没事，路在我脑子里。”白松看了一眼车的里程表，他知道，过了镇口，再行驶差不多四公里，就能上国道，接着再走十三公里，就能到最近的县城。

“后面的镇上停电了。”柳书元从车窗处看到了后面一片黑暗。

“估计并不是信号屏蔽，”白松道，“这种地形和天气，用信号屏蔽器没那么大效果。110 都打不通，那附近的宽频、双频、三频、3G 单频信号都收不到了，这应该是人为地把附近的所有基站都关掉了，影响范围可能有上百平方公里。”

“这怎么可能?”柳书元不可置信地道。

“这不是城区，”白松摇了摇头，“大基站一共也没有多少个。”

白松说着话，将车速保持在时速七八十公里，雨太大了，再快就太不安全了。

这时候已经出了镇，走了差不多七八百米。

突然，白松发现了灯光下远处的阴影，立刻踩死了刹车。

在这个速度下，刹车距离本来是三十米之内，但这是雨天，五十米都不见得刹得住。当车子打着滑降到了时速六十公里的时候，白松才看到了黑影是什么。

三辆汽车，十几个人，一条钉带。

这公路的左侧就是湘江，右侧是农田，根本没有岔路，白松用屁股想都知道前面不是查车的交警，而在路滑的情况下，车子压上钉带会是什么结果他是知道的。

因为车子本来就在右侧行驶，白松想都没想，直接从右侧的两棵树之间开了进去，一脚油门就“飞”过了小沟。

在这种情况下不可能往左，大雨天跳河，基本上等于自杀。

车子落在了农田之上，因为有大片的稻苗，车子靠惯性往前走了十几米，就陷入了泥中。

“撤。”

其实不用白松说，柳书元和任旭都已经做好了准备，拿上包，迅速地下了车。

白松的包被任旭拿上了，白松没有什么后顾之忧，他一把就拿上了一大把烤串。

“怎么拿……”柳书元话说了一半，声音就被大雨给淹没了。

雨很大，稻田里本来就非常难走，三人的动作一下就受限了。

现在的稻秧倒是不高，这边是两季稻，现在是晚稻，稻秧只有半尺来高，但是稻田里根本就不能走，一脚下去就陷进去小半条腿。

雨很大，白松还是先往小镇方向的侧边走，找到了田埂。

“不要急着跑，注意脚下，谁追上来就放倒谁！”白松依旧淡定，三人并排一步一步地走。

白松走着，把手里烤串上的肉全撸了下来，给二人一人分了十几根铁签子：“不必留手！”

二人一下子明白了白松拿烤串的意图。

这种大雨天，脚基本上没什么杀伤力，而拳头打上去或者推倒，也很难对人形成什么杀伤力，被推倒的人爬起来还能继续追，但是如果插一根铁签，那杀伤力可就大了！

这时，加上车子冲出来的距离，三人已经走出了三四十米，白松并没有带着大家跑，而是大步快走起来。

虽说是田埂，但是此时也是泥泞异常，一脚下去陷进去十几厘米很正常。

后面的人也都纷纷追了上来。

应该有十几个人，因为天色很暗，后面的人全部打开了探照灯，一下子就能看到白松三人。

白松非常清楚，这就是冲他设的局，如果不是自己逃得快，以至于这些人没什么准备，仓促应战，他根本就插翅难逃。

即便如此，他们三人依然要面对十几个人，而且，这十几个人具体是什么身手、有什么武器，他们三人都不清楚。

如果是冲着弄死自己来的，白松绝不相信这些人会给另外两人留下活路，更不可能不带武器！

嗖！一支弩箭从白松和柳书元中间飞过。

“注意躲避！呈一列纵队，任旭开道，快走。”白松低吼道。这样的阵型最能避免杀伤。

第四百四十五章　雨中激战（2）

任旭一听让他开路，立刻自告奋勇跑到了前面，这才发现白松把最危险的位置留给了自己。但是，此时，不是考虑别的事情的时候，尽力，快，往前走！

雨很大，任旭顶着一个包，这样能保证雨水不会直接滴入眼睛，也更方便看路。

实际上，基本上啥也看不到，只能根据两侧的稻秧确定这是田埂，然后，向前！

任旭把白松的包还给了他，柳书元也把包给了白松，白松背着一个包，一只手扶着包，放在头后面。

这书包对枪没有任何防御力，但是面对弓弩还是能扛一扛的，尤其是雨天，弩箭飞了几十米，力道本就不大，书包里又都是衣服等物品，即便射中了问题也不……

咻！

一箭射到了白松的后背上，白松后背一疼，确定自己中了一箭。

这箭动能还挺大，白松踉跄了一下，心道，还好自己的包够大。

但是即便如此，白松还是感觉后背很疼，到底有没有刺破血肉他也不知道，只能伸手去拔，发现可以拔出来，没有扎进肉里，这才放心。

而后面的十几人，靠前的几个，已经快追上来了。

这些人都是年轻小伙子，白松简单地判断了一下，他们的身手就是普通年轻小伙子的身手，但是，携带的武器不详。

三人的速度并没有全力爆发，而后面的人则是全力在追，有几个直接就摔倒在稻田里，还有一个被自己人的弩箭伤了。

尤其是前面的几个没有拿弩的人已经冲到了距离白松十几米的地方，后面拿弩的就更不敢随便放了。

“签子给我。”白松对前面俩人说道。

细的铁丝、铁签，因为单根韧性差，抛射出去很难造成什么伤害，但是，如果集成一小捆，还是很有杀伤力的。

举个最简单的例子，手持一根钢丝，想把钢丝扔出去，扎进木板里，几乎不可能。

而拿着一小扎，用力一甩，全部都能扎进木板内。

量变引发了韧性和弹性的质变。

白松刻意保存了一下体力，与柳书元二人拉开了一点距离，让后面的几个人追得更近了一些。当白松甚至都能听到后面人的喘息声的时候，他手拿二十几根铁签子，转头看向后方，瞄准后全力一甩！这已经是一半的签子了。

第一波就奏效了，后面立刻传来了一个人的惨叫声，也不知道什么地方被命中了，这个人直接就摔倒了。

这种地方摔一跤，肯定是不可能只摔倒一个人的，他后面一下子绊倒了好几个。

而且，可能是伤到了重要的地方，他还需要人照料。

白松知道，这东西只有第一次最有效，但是，也让后面的人心生畏惧了。

主要是……这武器，没见过啊！

刚才这次靠近，让白松确定了一件事，这里确实是把基站停了，而不是信号干扰，因为他转头看到了后面的人携带了无线电电台……有小光源。

这种电台，在千米之内的距离通信，是不需要基站的。

没摔倒的几个，拿着明晃晃的尖刀，此时也分别靠近了白松。

但是，这个地方其实是很窄的，除了田埂，其他地方根本就不能踩。而田埂也非常狭窄，靠外面的地方宽敞点，有几米宽，但现在这个地方也就半米不到。

有两个人直接一脚踏入了泥浆，摔倒了。

白松趁此机会，瞄准一人，一次性把手里剩下的铁签子全部抛射了出去，打到了第二个人身上。

又是惨叫，再倒一个，后面的人更怕了，也更小心了一些。

可能是白松放慢了速度，后面拿弩的跟上来了，直接就是一弩。

这一弩直接就射到了白松的后背上。

因为这次的距离近了许多，力道更大，白松明显感觉后背钻心地疼。

白松又尝试着拔一下这支弩箭，结果，又轻松地拔了出来。

虽然有些不解，但他还是第一时间加速。

论起体能，白松现在已经非常不错了。

刚刚放慢速度让白松的体力恢复不少，现在他基本上连气都不喘了，而且，在泥泞道路上，腿长的优势就变得非常明显了，没几步就拉开了距离。

后面的人都有些“脸黑”了。

他们原来以为这个大个子是体力不支才变慢的，敢情可以跑得这么快！

这不扯犊子呢吗？放慢速度就是为了放暗器？

他们事前知道目标是警察，而且没有携带什么武器，但是怎么连暗器都带了？

暴雨梨花针？

白松没有灯，但是他知道前面肯定是安全的，兄弟都给探路了。

这时候，白松才想起来自己为啥没有被弩箭伤到——他穿了防刺服！

他生日的时候王华东送的那件，虽然是软的，但是，针对类似于弩箭这样的东西，防护效果可以说非常好。

虽然很痛很痛，但就是插不进去！

白松不确定这箭有没有毒，但肯定的是，防刺服算是救了自己一命。

也就是十几秒，白松就跑了五六十米，追上了柳书元的脚步。

“没事吧？”柳书元大声道。

雨太大了，不大点声都听不见。

“没事。咱们就按这个速度匀速前进。书元，你去前面开会儿路。”白松道。

“好！”

因为三人的合理配合，外加一直也没有全力奔跑，大家的体力还都不错，再加上晚饭吃了不少，问题不大。

尤其是任旭，体能比柳书元还要好一些，现在明显还没有到疲惫的程度。

因为没有尽全力，后面还是逐渐有人追了上来。

而且，这次后面的人也吸取了教训，冲上来的两个人，没有拿灯。

这鬼天气，手电筒也照不了多远，反而会完全暴露自己的位置。

但是，这样也有缺点，只能看脚印追，确定不了白松的具体方向。

白松都有些佩服这些人了，为什么会这么拼？这是下了死命令还是千万悬赏啊？

呃……可能都有？

几千万？啧啧……

面对这个情况，白松直接停了下来，转过身去，蹲在了地上。

这谁能看得见啊？

白松蹲着，双手各持一支弩箭，在两个人就要追上来的那一刻，暴起发难！

第四百四十六章　雨中激战（3）

这弩箭真的是够结实了，整体都是钢结构，锋利异常，若不然也不可能穿透这么多层衣服。

白松明显感觉自己这一次偷袭，直接把两根弩箭刺进了两个人的大腿里面。

两个人的叫声格外惨，白松怀疑这上面真的有毒，而且是见效很快的神经毒素。

够狠的啊……

对于偷袭这种手段，乔启师傅……是非常推崇的。

理论上讲，所有的狙击手都会偷袭，如果选择硬碰硬，那就不算是合格的狙击手。

战场上，活下来的人才有权利说话，才能戴上军功章，这地方还讲什么精神……

白松这次袭击，并不是没有目的，而是为了抢电台。

眼见两个人落单，他必须抓住这个机会。

白松轻而易举地获得了一个电台，本来他还想捡把刀，但是后面的弩箭已经飞了过来，白松可不想再赌一次，撒腿就跑。

电台里的声音还算大，但是在大雨天，也只有佩带电台的人听得清楚了。

"前面又伤了俩！嗯！被弩箭伤到了！快，把血清拿过来！"

"多坚持会儿，越野车马上到，别跟丢了！"

“电台丢了一个，快，换密码……”

“傻吗？换密码他听不到吗！丢失的电台号多少？直接从总台那里取消掉！”

过了半分钟。

“0384。”

接着，这个电台就没声音了。

而早在四十秒之前，白松就已经把电台扔掉了。

当对方发现电台丢失，就已经不会有什么有价值的线索了。

三人奔跑的方向，与白松扔电台的方向一致。

有大雨的冲刷，脚印最多只能存在三十秒，所以，这会儿，前一拨追的人已经跟丢了。

这电台肯定是有定位的，对方如果开越野车追，那么看到白松等人已经扔了电台，肯定会往反方向追。

这算是稍微有点脑子的人下意识追的方向了。

当然，车子可能不止一辆。

但是，实际上，白松不怎么担心。

越野车他还是有些了解的，这地方并不是什么高山险峻，而是类似于沼泽地。

这情况，几辆车也没用。

高原、大山、深沟、沙漠，都不如沼泽危险，懂越野的人都明白这一点。

但这里毕竟不是沼泽，稻田里可以跑拖拉机，自然也就有重度改装的越野车可以跑。

白松不一会儿就发现了自己的估计是错的，他很快地听到了机器的轰鸣声，看到了远方的射灯。

一共有四辆越野车开了过来，但是，仅仅有三辆可以跑，另一辆车一拐弯，就陷入了泥里。

这情况陷下去再想出来就很难了，绞盘没地方借力，差速锁啥用没有。

能在这种泥巴地里走，必须得依赖超大尺寸的轮胎和六英寸以上的底盘升高，而且轮胎要像拖拉机轮胎那样棱角分明。

但还是有一辆车向着这个方向追了上来。

探灯非常亮，有十几个改装过的激光大灯，这改装者丝毫不差钱……

另一辆车可能去了远处的另一个方向，这一辆则直接向着三人的方向缓缓驶来。

距离白松等人三五十米的时候，对方一下子发现了白松等人，即便三人都趴在稻田里，还是径直开了过来。

“这他×的用了热成像仪吗?!”白松都忍不住骂街了，这大雨里面，身穿短袖的人，在热成像仪里就好像灯塔一般明亮。

“书元，找机会破坏雨刷器，任旭，跟我上!”白松喊道。

此战胜算几成不敢说，毕竟这几人的体力一定很不错。

唯一的优势就是，白松等人对这里的环境更熟悉也更习惯，而且体力还尚可。

毕竟这里雨虽大，但是一点也不凉。

这都让白松有些感谢湘南省的气候了，要是在北方下一场冰雨，这会儿人早就没劲了。

即便是越野车，在这种情况下时速最多也只有四十公里，想撞人非常困难，而且高速行驶的车子也容易发生故障或者翻车，所以对方没有选择撞，而是跳下来四个人，朝着白松跑了过来。

这地方哪里能跑啊?几人跳下来的地方正巧是稻田，一下子就摔了俩，又挣扎着爬了起来。

白松和任旭找准机会，直接对上了两个没有摔倒的人。

马伽术白松是初学者，但是之前不错的基础和很好的领悟能力，让他在面对尖刀时相对淡定。

一门真正优秀的格斗术，保全自己是绝对的第一位，其中最实用的战术之一，就是利用敌人的武器杀死敌人。

对方出刀后，白松顺势一躲，接着双手一下子抓住了这个人的胳膊，然后用尽全力，把这个人的胳膊拉到自己的斜后方，对方此时一惊，以为白松要把他的胳膊折断。他胳膊上传来的巨大力道告诉他，这警察可以做到！

就在这个人伸出左手准备去能救自己的右臂的时候，白松的右腿猛地抬起，膝盖一下子顶在这个人的腹部上侧。

普通成年男子的拳力可能比职业同体量运动员差一半，而腿部力量可能会差三分之二到四分之三，主要就是没经过训练不懂得如何发力。

白松这一膝盖，顶得这个人的肋骨都断了，惨叫都发不出来，直接就晕倒在了地上。

白松顺势夺到了尖刀。

此时趴倒在地的两个人也都奔了过来，但在这种行动不便的地方很难形成包围的状态，白松没有理他们，而是直扑向和任旭对抗的那个人，一刀过去，对方虽然闪躲，但还是伤到了胳膊，失去了战斗力。

刚过来的两个人有些迟疑了，白松的战斗力远超他们的想象，本来他们都以为跑了这么远，这几人应该都是强弩之末了，没想到这么猛。看到两个伙伴受伤，其中一个生死不知，他们决定先上车，对白松等人进行骚扰并尝试撞击，并等待另一辆车增援。

白松其实没有想错，反方向追过去的那辆车确实是主力，每个人都是好手。

而这边的搏斗肯定会引起另一方关注，所以必须速战速决！

白松三人没有纠缠，即便对方有两个伤员要照顾也没有上前，而是迅速离开。

第四百四十七章　脱战（1）

白松压根就没考虑过抢车这种事。

以白松对奉一泠的了解，这车上不安装几个炸弹都算是客气的了！

甚至很可能，这车就是专门留给白松等人抢的！

因为有一个重伤员，这四个人在大雨中耗费了一分多钟才上了车，而白松等人早已消失在了雨中。

这时候，前一拨追白松的人，陆续地也追到了这里，但是体力基本上耗尽了。

他们刚开始冲得太猛了，丝毫没考虑保存体力，在这种自然环境下，人的体能消耗会比平时高三四倍。

但是他们即便来了，也帮不上什么忙，车里的伤员也没办法送出去，只能留在车里。

这边距离岸边已经有点距离了，以这几个人的体力谁也抬不动伤员，而且淋着大雨，伤员也受不了。

“先追！”副驾驶的人喊道，“咱们必须确定位置！”

“雨刷器坏了！”司机打开车窗，把头伸了出去。

“那能碍什么事?”副驾驶的人不以为然地吼道，催促司机快开，却发现什么都看不清了。

事实上，雨刷器坏了，真的是非常碍事。

常开车的人，试试大雨天不开雨刷还能看到一丁点路吗?

这个车经过爆改，柳书元在没有任何武器的情况下，想破坏这个车，几乎不可能，连玻璃都砸不碎。

而雨刷器这么简单的东西，一旦被扯坏了，在这环境下车基本上就不能开了。

想破坏雨刷器，只要能爬上去，五岁小孩都会，只要把胶条拆了就行，那根杆没有任何用处。当然，柳书元直接给拽烂了，以防对方有配件。

于是乎，副驾驶的哥们直接打开车窗把头伸出去："向前看看！"

这声音基本上都传不进车内了。

两个伤员被雨这么淋着，根本就受不了，而且副驾驶上也基本上什么都看不到。

最关键的是，没人有办法用热成像仪器了。

这个机器放在前座没法用，发动机上百摄氏度的心脏摆在那里，干扰能力太强了。

只能在后座用，而且要对着窗户外面，所以限制很大，只能探测侧面而不能探测前面，这毕竟不是专业的车载仪器。

没了热成像仪器，车灯照的方向又看不见人影，几人一下子失去了三人方向。

……

"都没受伤吧？"白松问道。

"没事。"

"我也没事。"

听着两个兄弟的声音，白松心中略定，此时他唯一能确定方向的，就是远处的那个还亮着的车灯了。

这车灯太亮了，隔着上百米依然能看到远处的光。

只是，那边看不到这里了。

白松没有选其他方向，又找了一条田埂，他在前方探路，喊道："准备全速，跟紧我的脚步。"

这是最佳的逃跑时间了，跑出去三百米以上，对方再想找到自己就几乎不可能了。

白松用力跳起跑步，每一脚都踩得很重。

这泥泞的田埂，一脚踏上去，可以把直径三四十厘米区域内的软泥踩得四溅，露出相对较硬的泥地。

这样非常耗费体力，但是跟着白松的两个人可以顺着他踩的坑，跑得更轻松一些。

白松踏出来的路，等柳书元和任旭跑过，也很快地被雨淹没了。

三人速度非常一致，白松也逐渐放缓了脚步，似乎又回到了每天跑二十公里的那种状态，但是此时就好像是非常艰难的负重跑。每个人的背包，因为下雨，都有二十斤以上的重量，但是白松不敢随便扔包里的衣服，只能这么背着。

任旭和柳书元的体能其实远不如白松，但是此时这样跟着，不知不觉地，连着跑了十几分钟，三人跑出了足足一公里多。

要是放在平时，这个时间，白松能跑出去三到五公里。

此时已经彻底没有了追兵。

第二辆车子也像无头苍蝇一般，在附近来回横向纵向地转悠，估计至少毁了好几亩稻田，还是没办法。

对方已经急了，谁也没有想到这都能让白松跑掉。

不仅仅是越野车，对方调过来的人数已经远超白松的想象。

到这一步，白松的几乎每个选择都是对的。

如果他不走，如果他往县城方向跑，如果……

但是，现在来再多的人也没用了。谁也不知道白松的去向。

这地方没有通讯了，电台的传播距离根本没办法超过一公里，几百米之间没有其他电台作为信号中转就接不到信息。

而没了通讯的话，这天气，基本上谁都是无头苍蝇。

“再往前……一公里……左右……应该……是……一个村子。”白松有些上气不接下气。

他之前通过车灯再次确定了一下方向，但是现在也不确定方向到底对不对。

但是好在田埂是直的，应该问题不大。

这个地方的田埂，基本上都是阡陌纵横，算是湘江测的一处平原地区。

白松体能再好，也必须得减速休息一下了。

这鬼天气，太累了。

任旭和柳书元也累坏了，扶着白松，大家放缓了脚步，慢慢地一步一步挪，呼吸频率才逐渐降了下来。

继续慢慢走了半个多小时，再次行进了差不多一公里。

“村子现在还安全吗?”柳书元问道。

“距离县城还有十五公里，就这个地形，咱们谁的体力也撑不住，必须去村子里，估计村子的路也都完了。这附近有三四个村子，对方还要在这里找我们，他们人再多，也不可能每个村子都有一大堆人等我们，这不现实。”白松道，“而且，问题是，不进入村子，我没办法继续辨别方向了。”

白松甚至都怀疑一公里处是不是村子……只要是村子，就算是龙潭虎穴也必须去，最起码，也得通过村子确定好方位再跑。

“白松，你有没有感觉水有点变深了?”柳书元问道。

“这种地方，村子地势应该偏高一点点，这不太可能啊……”白松知道，稻田里虽然都是水，但是排水效果是很不错的，尤其在旁边就是湘江的情况下。

“那怎么回事?”任旭环望四周，什么也看不到。

“是啊，明显感觉深了。”柳书元也说道。

“只有一种情况，”白松面色很沉，“湘江水满，溢出来，倒灌稻田了。”

第四百四十八章　脱战（2）

“湘江水倒灌？”柳书元听到这句话，感觉不是什么好事。

这片稻田面积很大，绵延几万亩，如果人工来浇灌，难度极大，但是如果湘江水从道路另一侧倒灌过来，那就跟往浴池里加水没什么区别。

大自然的力量，有时候就是这么不讲道理。

“别担心，这不是什么坏事。”白松道，“这边稻田和湘江的边缘也就是有一米的落差，水最多淹到大腿，问题不大，就是行动会很困难。”

“也不光是行动困难吧，这个水有半米深的话，一点田埂也看不到，方向也判断不了。”柳书元提示道。

“这个确实……”白松也知道了问题的严重，如果方向错了，可能出现的结果不是找不到田埂，而是一直转圈圈。

“尽量快点走吧，离开这附近，进了村子，那边地势稍高就好了。”白松算了算，再有半个小时就差不多能到村子了。

水很快地就没过田埂十几厘米，现在想跑起来，非常困难，只能一步一步往前蹚。

“别担心，这是好事。”白松看二人都有些过劳，不由得鼓励起大家，“水深不仅仅是影响我们，他们的车子一会儿也会全部趴窝，咱们去下个村子，可能他们就没人赶过去。”

湘江已经很多年没出现大的水灾，今天的雨白松也提前看过预报，虽然很大，但最多也就是淹没农田，不太可能出现很大的水患。

“来车了，进水。”白松看到了远处的灯光。

田埂上的水已经快要没过腿肚子，稻田里的水则足足有半米深。而车轮会陷进泥土至少二三十厘米，所以这会儿越野车的涉水深度有七八十厘米，没有涉水喉的车全完蛋了，仅存的这辆也得快点回村子上岸，不然也得趴窝。

越野车的涉水能力一般都是一尺左右，这种加装了涉水喉的车，进气系统放在车顶，涉水深度理论上能达到一米二，但这毕竟是车不是船。

就现在而言，这儿更适合开船！

这辆车驶向目标也是村子，因为怕熄火，车速也不快，时速只有 10 公里左右。

这速度已经比白松等人快多了，他们三人的时速连两公里都没有。

好巧不巧的是，对方也想走这条田埂，这会儿根本看不出来哪里是田埂了，但是司机能感觉到这个地方水浅。

白松三人立刻躲到了一侧的水里，因为后车过来至少还要半分钟，三人有足够的时间躲到了距离田埂十几米的位置。

“一会儿彻底埋入水里，千万不能露头！”白松喊道。

车子还未到，带过来一小波水浪，让三人很容易就从水里暴露出来，白松不得不去抓一大把稻苗，脚用力插入泥中，才能稳住身形不浮起来。

红外探测仪器，主要是探测因温度变化引起的红外线辐射。

如果是干净的水，对于红外线的阻挡能力并不强，但是万幸的是，这里的水比黄河最浑浊的河段还要浑，整个就是泥浆，十厘米深的水都看不到底，红外线根本就探测不到。

大家都尽可能地多憋了一会儿气，从水下听到车子的声音渐行渐远，白松才缓缓探出了头。

从头到尾，白松也没有探出头来看一眼这个车。

那些所谓的身上涂层泥巴沾点水就能阻挡红外线的说法，都是骗人的。

所有的仪器，都是为了能发现人的目耳鼻舌等器官无法清楚观察到的东西，所以一定是比人厉害的。如果白松能看得到车子的具体情况，那探测仪早就探测到人了。

雨大到这个程度，基本上也不打雷了，如果有闪电，白松还能大体判断一下村子的位置，没有的话，白松只能通过远处已经离去的那辆车来判断了。

“没有信号的情况下，这辆车跑的方向也不一定就对吧？”柳书元和任旭也都从水里出来，大家一个比一个惨。

“他们的方向和我们一致，只能考虑他们是对的。”白松道，“按照我的想法，我们距离这村子还有三五百米，除此之外，距离我们最近的第二个村子，差不多要四公里。”

“这村子能去吗？”任旭问道，他的体能已经差不多消耗一空了。

“不能去。”白松摇了摇头，他有一种预感，这辆车上的人可不是之前的那几个虾兵蟹将，以目前的体力状态，柳书元和任旭基本上没了战斗力，他的反应速度和体能也在剧烈衰减，哪怕只有一个持械的好手，他也打不过。

“找到新的田埂，横向走五百米，然后左拐，回公路。”白松咬了咬牙。

“湘江都泛滥了，再去公路岂不是找死？”柳书元瞪大了双眼。

“公路才是除了村子，地势最高的地方，这半个小时水面上涨了大约30厘米，根据这里的距离、宽度和湘江的状态，我判断公路上的水深不会超过十厘米，而且公路是硬化路面，相比水泥和大石头修建的河堤，路不会那么容易垮。”白松推算了一下，如果湘江在公路上的积水深度超过十厘米以上，倒灌的速度将远比现在惊人得多，可能十分钟这边就满槽了。

白松感觉到雨水已经有些凉意：“咱们必须上岸，不能再这么泡着了。”

“这太远了吧？”任旭有些晕，他体力已经不大行了，情绪有些低沉。

“并不远，这个路不是直的，往前走五百米，距离路边没这么远。”白松有句话没说，虽然没这么远，但是也很远……

只是，这个时候人是需要信念的，白松只能这么说，毕竟人还是比较愿意面对更轻松的目标。

“那走吧，这是最好的选择了。”柳书元同意了白松的话。

“嗯，跟紧我，这也是不得已的办法，我们没办法判断方向，现在湘江水倒灌稻田，水一直在往这边流，我们逆着水走肯定能找到路，等一会儿稻田水位与河水齐平了，那才麻烦。”白松走在了最前面。

任旭看了看白松的背影，咬咬牙，跟了上去。

第四百四十九章　脱险

不知道过了多久，可能是四十分钟，也可能是两个小时，白松一脚踏空，终于，到路边了。

路边的沟壑中此时的水深已经超过一米，这里是水泥沟壑，主要用于稻田的排水。

这水泥沟壑可以说救了白松一命，这一刻，白松非常感谢当地政府的投入。

因为视野很差，白松一直到这里，才勉强看到路边的树木。

而这个沟里，因为雨水的冲刷，现在已经全是淤泥，白松一脚踏空，直接就陷入了淤泥里。

沼泽比深河要恐怖多了，如果没有硬化的底，人陷进去只会越陷越深，但是即便如此，白松也被水没过了胸口。

柳书元和任旭，走了这么久，早已经形同机械人，彻底虚脱了，看到白松掉了下去，二人一惊，连忙想上前去拉。

“别过来!”白松这一秒钟经历了太多。

踏空的瞬间，肾上腺素飙升，他也有些慌，能做的只能是不乱动，因为踏空的是左腿，他立刻把右腿撇开，想增大接触面积。

但是这里冲积过来的土确实是有点软，右腿也陷进去一些。

幸运的是，左脚刚刚陷进去不到一秒钟，就踩到了石头，白松一下子安定了下来，颇有一种经历了空难落地后的感觉。

短短一秒钟，白松的心里就好像演了一部电视剧。

因为频繁的冲刷，沟里的水泥地上有不少石子沉了底，白松踩到的时候，一下子就停住了。

任旭和柳书元小心地探了探，找到了水泥水渠的边缘，踩着硬化的水泥，两个人费尽了全身的气力，才把白松拉了出来。

可想而知，这要是纯粹的泥沙……

探路者，永远是最危险的。

这段排水沟之前是白松开车飞跃过去的，也甩下了第一批追击的人，还让一辆越野车陷了进去，现在三人慢慢地游了过去。

重新站到了马路上，恍如隔世。

三个人的手机都进水，坏了，即便有信号也没有任何用处，雨还在下，路上的水刚刚能淹没脚背，现在基本上也不往稻田里流了——稻田已经灌满了。

此时马路上除了白松三人，一个人、一辆车都没有。任旭再也坚持不住，一屁股坐到了马路上。

“站起来，走，三公里外是国道，那边肯定可以搭顺风车！”白松喊道。

任旭挣扎着爬着又站了起来，一言不发，默默地跟着白松走了起来。

普通人在参加完一千米考试之后，虽然基本上没有力气再跑，但是慢慢走几步还是能做到的。任旭现在就是这状态，咬着牙想着，再走几步，再走几步……

白松知道两兄弟就快要力竭，刚刚为了把自己拽出来，更是用尽了力气，见柳书元有些站立不稳，便拉过柳书元的手，放到了自己的肩膀上。

任旭也快要站不稳了，他眼前已经开始晃了，眼见着就要摔倒，他的一只胳膊被一只大手拉住，也搭在了白松的肩膀上。

一左一右，白松扶着两个兄弟，慢慢前行。

这三公里的硬化路面，比泥潭好走太多，但是对于已经精疲力竭的三人来说，每一步都是一个挑战。

大雨已经不算什么了，身上的泥也已经全部被雨水冲刷掉，四周一片漆黑，能听到的只有雨声和河水的流动声。

白松现在唯一希望的，就是路一定不要出问题。

如果往前走两公里，遇到任何一个道路被水冲毁、桥梁断裂之类的情况，对三人来说，都意味着绝境。

好在这种大雨在当地也不算少见，因为这里靠近洞庭湖，蓄水调洪能力比较不错，道路的基石也很结实，并没有出现白松担心的情况。

走了接近一个小时，路上终于没了积水，应该是地势更高了一些，又走了十几分钟，终于来到了国道。

因为天气恶劣，加上已经是深夜，国道上也看不到车。

最关键的是，白松知道，这鬼天气，行驶在路上的车子，根本没几个愿意停下来拉人的，尤其是三个壮汉。

这荒郊野岭的，太容易被人误会是劫道的了。

三人谁也没说话，白松向右拐，扶着两个人，一起向前走着。

十几公里，平时，白松一小时就能跑过去，现在，很可能直接累死在半路上。

哪还有退路？

等，是窟窿；走，才是灯笼。

这种时候，能维持着几人前进的，除了信念，没有任何东西了。

没有人念叨，万一有人追过来怎么办？

没有人考虑，倒在路上起不来怎么办？

只有往前走。

……

国道很宽，四车道，应急车道也有好几米宽，偶尔路过一辆车，连灯光都照不到这里。

两旁的树木，因为大雨，树枝垂落，使得应急车道更加阴暗。白松也不愿意去主路上拦车，一是根本拦不到，二是太危险，三人的反应速度实在是不行了。

……

考虑到这一侧的马路会被追击他们的人巡查，白松还特地带着两个兄弟去了路的另一侧。

这样也能去县城，而且能够更早地发现对面来的车子到底是敌还是路人。

不知道过了多久，白松眼神都已经恍惚之时，远处突然亮起了闪烁着蓝色和红色的车灯。

警车！

这一刻，三个人像是各打了一针强心针，瞬间激动起来。

这一刻，就像是在战乱的国家看到祖国的军舰一般令人激动。

“先躲一躲，确定是警车再说。”白松保持了最后一丝理智。

二人惊醒，往路边躲开了几步。

警笛声由远及近，三辆车。

前面的车子在后车车灯的映照下，蓝白相间的车身令人感觉到那么安全。

白松太熟悉这个警笛声了，这绝对是正版，他连忙从路边跑了出来，用力地挥舞着书包。

……

三辆警车逐一刹车停住，十几名警察纷纷冒雨从车上跑了下来。

看到这一幕，三人再也支撑不住，直接瘫倒在坚硬的柏油马路上。

二十多只皮鞋，斩风踏雨，一起冲了过来。

第四百五十章　湘南震动

早在白松等人失联的时候，王华东等人就着急了，联系了当地的警方。

当小镇断电，信号也都中断的时候，王华东等人一再联系，距离最近的县城的警察就出动了，基站的工作人员也前往附近的基站冒雨维修。

小镇派出所就两名值班的警察、六七名辅警，外面发生了什么事都不知道。

就连正在古玩城里侦查的一众便衣，也都不知道小镇外发生了这样的事情。

这鬼天气，没电没信号，三十米外的房子塌了估计都没人能发现。

等县公安局的人到达，已经是半个小时之后了。

公安局的人到的时候，白松早就进了稻田，不知道距离路边多远了。

白松不知道的是，之所以他没在这条通往国道的县道上遇到围追堵截的，就是因为县公安局的人已经沿着这条路跑两趟了，抓了三四个人，截获一辆车子。

其实，如果白松上了公路直接往小镇走，那大概率也是能遇到警察的，但是他不敢赌。

他自始至终，做着他认为最正确的选择。

……

小镇在警察到达 20 分钟后恢复了供电，又过了半个小时，恢复了通信。

所以，那辆往村子跑的越野车，其实是在躲警察……

这一切的一切，白松都不知道。

他只知道，这床真舒服……

为了找到白松三人，附近几个县的警察都被调集起来，长河市局都前来支援了！

这是什么事？

当王华东等人报警说，白松等人很可能被人围堵，有生命危险的时候，县公安局就出动了。

如果三个外地警察在这个地方出事，县公安局局长会头大如斗！

这是什么治安水准?!

下面的小镇，居然会发生如此恶劣的事！

那个古玩街，算是大石镇的支柱产业，这样恶劣的案件报道出来，谁还敢来？

当然，即便王华东等警察来自兄弟单位，县公安局对这个事也是不太信的，但是，当警察们发现了白松开到稻田里的车子以及两辆趴窝的越野车的时候，就知道这件事非常不简单，立刻上报，这件事情就逐渐发酵了。

这一夜，岂止是这个县在行动！

因为找不到白松，邻县的公安部门也出动了，在附近搜寻，所以才出现了这一幕。

也许，谁也没想到事情会闹这么大，也许，奉一泠原本的打算，就是趁着月黑风高，来一场一击远遁的袭击。甚至，她都根本不打算针对另外两个人。

但是，这里面有太多她没有想到的东西，从第一个惊雷响起，从第一波袭击未果，从第一个伤员脸上被扎了铁签子送往外地的医院，事情就早已脱离了她的掌控。

这场难得的大雨，创造了绝佳的袭击环境，甚至使得刚开始的信号中断和断电都没有引起过多的重视，但是也被白松等人利用得淋漓尽致。

出入境、机场、车站、高速口，将开展连续 48 小时的检查工作！

一切似乎都在有条不紊地开展着。

现在，一切都风平浪静，一场大雨掩盖了太多太多的痕迹。

天晴雨停，大水第二天傍晚才缓缓退去，除了抓到的几个人和一辆车，几乎一无所获。

白松的车子和另外两辆趴窝的越野车被吊车吊了出来，当地警方核查后，一口气查封了三家改装车的地方以及一家汽车销售企业。

在三人昏睡期间，秦支队等人多次和当地的警方展开了情报共享。

参与本案的三地警方，一起连夜开了会。

既然事情已经铺开了办，就肯定是要合作的。

当湘南警方得知天华市查的这个奉一泠的相关情况时，甚至都不大敢信，在这么不起眼的地方，居然隐藏着这样的“大人物”。

天华市公安局还共享了一个非常有价值的线索，就是关于改装车的。

经核查，郑灿上次提到的那辆 6. 2L 排量的大皮卡，就来自这家汽车销售公司。事实上，这公司卖车就是幌子，背后里走私车、改装车的事情没少干。

奉一泠哪知道皮卡车暴露的事情，这条线也就没埋，结果被发现了之后，警方顺着这条线，一口气抓了十几个人，甚至，当地警方还表示，根据这条线，可能会直接查到奉一泠。

……

三人只是乏力，经过一夜的休养和输液，都恢复了一些。

人体的乳酸会在运动后半小时到两小时内逐渐代谢干净，现在的乏力是肌肉轻微损伤、疲劳、无氧阈值和氧债引起的，这是一个非常痛苦的过程，但即便如此，白松等人还是配合着当地警方取了一份详尽的笔录。

事情来得如此迅速，如此大的场面，白松也是没预料到的。

这次来，白松等人并没有通知当地警方，这次笔录的情况，也是提前做了信息互通后才进行的。

取完笔录，从公安局出来，已经是午饭后了。

谢绝了当地警方的挽留和建议，三人打车离开。

之前的那辆车，已经被保险公司拖走了，这些租车行的车子保险非常齐全，租金里也是包括保险费用的，所以倒不需要白松多考虑，各种手续等回头王华东那辆车用完后再处理。

出了当地的公安局，三人看着艳阳天，颇有一种重见天日的感觉，这一刻，40 度的气温丝毫没有给人任何不适。

衣服全部被晾干，白松的包和几件破损的衣服被当作了证据，好在任旭的个子也算高，衣服尺码也比较大，可以借给白松穿。

出来之后，白松第一时间和王华东等人通了电话。秦支队等人刚刚在公安局已经联系过了，很多线索也已经互通了，白松对现在的局势也有了大体的掌握。

接通电话，王华东等人还不错，昨天这边的事情对他们影响也不大，如果说有，就是昨天他们租的酒店一楼也进水了，大家被搞得有些鸡飞狗跳的。

“白松，你们因为什么被发现的?”王华东等人最关心的就是这件事。

“我们暂时也不知道。”白松叹了口气。

第四百五十一章　背叛

王华东、王亮、孙杰等三人，其实也没闲着，昨晚到了对岸之后，第一时间找到了当地的供电部门。

这是白松的安排，这种隐蔽的穷地方，想藏富其实很难，基本上都会有一些地下建筑。

但是，有个东西藏不住，那就是用电量。

一个巨大的别墅的耗电量和一个普通农户房子，肯定不是一个等级，地下建筑耗电尤甚。

这也是为什么白松要让王亮过去，因为查到的海量数据需要筛查，靠人力是不行的，必须依赖电脑。

经过王亮等人的核查，确实是发现了几百个异常用电的地方。

几百万条数据，在程序面前，异常乖巧。

但是，数字也不是万能的，这边数万户居民，沿河数十公里，有上百家大大小小的工厂、加工厂，进一步排查也需要很多时间。

白松并不看好当地警方的大规模排查，并不是不信任，而是对岸的那个情况，没办法从根本上做到彻底排查，让白松带队去排查也不可能，人员流动性太大了。

最关键的是，这边的人对奉一泠的情况几乎没什么了解，连张真正有价值的照片都没有，只有天华市公安局提供的手绘画像。

“你们排查的时候，尽可能小心一些。”白松道，“从时间上推算，对方发现我，应该是在我买烤串的那段时间。再晚，就不会有人开车来这里堵我；再早，我的车肯定被动手脚了。

“由此可以得知，对方似乎认定了我会来这边，但是对我的具体动向不是那么了解，因此盯梢了很多餐馆，毕竟大石镇的饭馆很少，而我的身高又确实是过于显眼。”

“你说得有道理，你的这个身高太麻烦了，要是能把你的腿截掉一段，再给你做做伪装，你就彻底安全了。”王华东道。

六人里，王华东的伪装技术是最好的，但是不要说他了，即便是乔启，也没办法把白松伪装得泯然众人。

“这也没办法，要不是我个子高，昨天晚上在稻田里，说不定就死那里了。”腿长、身形高大在那个情况下确实是很占便宜。

“所以，说到底，对方怎么这么确定你会去大石镇呢？”王华东百思不得其解。

“没事，我安全得很，现在肯定没人了解我的动向了，走着瞧！”

继续和王华东等人交流了一番，再次嘱咐了他们注意安全，白松就挂掉了电话。

白松要做的第一件事，就是去银行换钱。

他包里的两万多块钱，有一万昨天被弩射穿了，之后白松把弩拽出来，钱又被水泡了那么久，得早点去银行换成可以用的钱。

“白松。”走在路上，柳书元叫住了白松。

“怎么了？”白松身形一顿，问道。

“谢谢。”

这是柳书元有史以来说得最真诚的一句谢谢了，昨天的遭遇，如果没有白松拼命，他不可能活得下来。

甚至，就连任旭昨天也参与了生死搏斗，还探了很久的路，唯独他，从头到尾就是跟着跑，以及掰断了两根雨刷器。

白松没有鼓励柳书元说什么“掰雨刷器也很重要”这类话，而是说：“如果不是我，你们也不会陷入困境，不是吗？”

柳书元展颜，伸出手重重地和白松的大手击掌并握到了一起，任旭见状，也鼓起勇气伸出了手，白松伸出另外一只手，做了同样的动作。

他们两个，一个家庭特殊，一个初出茅庐，与白松共同经历了这般生死，哪还有什么隔阂！

“走吧。”

三人继续往银行走去。

路上，白松接到了秦支队的电话。

光头，抓到了！

在田欢被抓之前，光头就跑了，他一度被大家认为是案件的主犯之一。

但是，光头又很不符合主犯的特征，毕竟，光头的履历非常“干净”，多次进监狱的光头，是个实打实的天华市本地混混，应该没那么广的交际面才对。

但是，光头当时第一时间就跑了，而且跑得悄无声息。

经过交流，大家一致认为，光头确实跟奉一泠没什么直接关系，他跑掉，就是因为吓坏了。

以奉一泠的能力，如果光头真的是个主要人物，肯定不会让他在外面漫无目的地跑，如果他掌握了什么关键证据，那岂不是颗定时炸弹？

白松甚至以为，光头可能会被害死在某个荒郊野岭。

但是，真的没想到，他居然被抓了。

“是不是真的就是他自己跑的？”白松其实还是很想从光头这里得到什么额外的线索的。

“嗯，”秦支队道，“咱们之前的分析没错，这个光头，如果能被抓住，那就肯定是自己跑的。㞞人一个，没什么可多说的。”

“秦支队，当初是不是光头返回到二手车那里调查监控，然后发现的我？”

“不是，他哪知道那么多？这个光头纯粹是收人钱财，替人做事，其他的事情基本上啥也不知道。”秦支队肯定地说道。

白松之前曾分析过，第一次事故，在他被发现的那个时间点，他的奥迪车被人盯梢，除了很久以前他就被关注了以外，还有两个可能，一是郑灿那边的修车铺干的，二是光头干的。

但是现在看来了，这两点都被排除了。

“秦支队，支队现在的人手还富余吗？”白松突然问道。

“之前安排出去抓光头的人都回来了。”秦支队说完，细致的他发现白松有话要说，沉吟了两秒钟，“你有什么想法吗？”

“现在，立刻，派人前往南黔省，把王安泰，隐秘地、不着痕迹地监控起来！”白松说这话的时候，有些咬牙切齿。

秦支队略一思索，明白了白松的意思，道：“好，那边的事情不用你操心了，你这边最近也会有相关人员对你进行支援。王安泰那里，我先联络任豪任支队长。”

说完，秦支队就挂断了电话。

白松握紧了拳头。

他两次的行踪都被泄露导致被跟踪，尤其是这一次。

今天，就是天王老子来了，白松也不得不肯定一件事——王安泰，绝对有问题！

第四百五十二章　推理

这次六人的行动，为了绝对保密，连根警棍都没带。

之所以这么做，就是因为机场的安检会检查每一件物品，如果被周围的人发现了警棍、手铐之类的东西，难免会有人多想。

虽然概率不大，但是白松等人依旧非常小心。

白松已经采取了所有的保密措施，甚至不惜从南黔省绕一圈，但居然还是被发现了动向，那么丝毫不用怀疑，王安泰肯定有问题。

这么一说，很多的疑点全解开了。

白松第一次被发现其实就很蹊跷，奉一泠这么多年对白松也没怎么关注，白松毕业去了哪个城市也不是谁都知道。

毕竟，白松来天华市的第一天，举目无亲，谁也不认识。

除此之外，白松之前以为自己是在网络上被人发现的，但是，实际上，他在网络上可以说几乎没有露过正脸。虽然某社交平台上有个十几万粉丝，但他真的没那么大影响力，更不会受到什么热点新闻的关注。

但是现在，问题的根源出来了，如果王安泰从一开始就背叛了自己的好朋友们，自然也不会和白松、孙杰穿一条裤子。

这不仅仅能解释为什么王安泰至今安然无恙，更能解释为什么白松这次行动会被发现！

因为王安泰把奉一泠的藏身地址那么一说，白松他们百分之百会来长河区！

而与此同时，暴露的两个盯梢人员的电话通讯内容，以及到处散播的楚简，则几乎肯定能把白松吸引到大石镇！

剩下的，其实下雨不下雨，都无所谓，在这个地盘上，想弄死一个人，对奉一泠来说，不难。

即便白松等人不认识楚简，当地的警察也认识，不然也不会出现那么多的便衣人员。其实，在奉一泠之前的设想里，白松等人来这边肯定会联系当地警方，因此当地警方发现了楚简之后，白松等人也会知道。

但弄巧成拙，任旭的存在使发现楚简的时间提前了，也使得白松等人提前到了古玩市场。过早地熟悉了这里的地形，使得晚上白松等人到了之后没有到处瞎转悠，否则他的个子那么高早就该被发现了。

如果没有任旭，白松晚上再过来转悠，然后被人设下埋伏或者对方提前做好准备……

而如果没有王华东送的防刺服……

……

有团队的感觉就是不一样，白松又想起了前几天大家聚集时的样子，用力握了握拳，接着和柳书元、任旭讲起了王安泰的一些事情。

“怪不得王安泰一个乱七八糟的通话记录都没有，怪不得他还在那个村子里待着……那两个盯梢的其实都算是他的手下……也怪不得……”

白松喃喃了半天，脑海里逐渐地把很多事串联了起来。

第一次遇到王安泰的时候，他的朋友中毒，如果不是孙杰和白松在，眼镜男肯定就毒发死在路上了。

毕竟，如果他不打 120 而是选择自己开车去送眼镜男，路上会发生什么，很难说。

按理说，遇到有人中毒要送医院这种事情，怎么会有人热心帮忙？大家都避之不及。

结果，那次还真的出现了孙杰和白松这两个“热心群众”，才把眼镜男救了回来。

而那次，王安泰之所以那么积极，就是为了洗掉自己的嫌疑，让别人感觉他和眼镜男关系很好，这样即便眼镜男死了，警察来询问，也不会对他有什么怀疑。

可是，现在想想，当第一个人中毒而死的时候，眼镜男明明知道自己的情况，也知道自己可能是奉一泠的眼中钉，怎么还会那么不在意，还会随便吃东西？

那就肯定是王安泰在一些语言上引导了，而王安泰看白松二人在，不得不费了那么大的力气把眼镜男送到医院，并且把眼镜男救了过来，对眼镜男来说，他会认为王安泰确实是没有任何问题的，还是自己的好兄弟。

而王安泰上次就知道白松二人是外地来查案的警察，毕竟当时南溪村的风起云涌他是知道的。

正是那段时间与白松、孙杰的多日相处，让他发现了白松是白玉龙的儿子这件事情？

推理到这里，白松卡壳了，这不可能啊……王安泰怎么会知道白玉龙的事情？怎么会发现这个情况？

这只有一个解释，就是王安泰在奉一泠组织里的地位很高，什么事都能随时和奉一泠保持联络，而且把他和白松、孙杰相处的事情也告诉了奉一泠，还提供了不少照片。

白松与近二十年前的白玉龙，长得可是非常相似的。奉一泠认出他来，也不是什么困难的事情。

一切的偶然，其实都指向一个个必然。

白松讲完这些事情，然后给孙杰打了电话。

"赖我，我早该想到的。"孙杰重重地叹了口气，白松把事情一说，他也沉默了一会儿。

"怪谁也不能怪你啊杰哥，人性就是这样，可以理解。"白松平静地说道。

"可以理解？"孙杰有些不解，"他差点把你害死，你居然不生气吗？"

"生气，非常。"白松道，"只不过，这类人，我从未对他们的人性有过多的期待。从现在开始，我们才真正在暗处了。而王安泰，可能还不知道他已经被我们盯上了，他也不过是个可怜人，我还没那么 low（低水平），他并不配做我的对手。”

孙杰停顿了一下：“说真的，我刚刚听你所说，我非常愤怒，都在爆炸的边缘了，尤其是，我更担心你，没想到你居然能到这个层次。你说得对。”

说完，孙杰还在继续琢磨着白松的话，火气逐渐消减。

“所以，咱们不抓他，”白松轻轻一笑，“这个人可是我们目前唯一所知的可以与奉一泠保持联络的人，盯住他，说不定会有大收获。”

“咱们支队的人手还富余吗?”电话另一头，王亮问道。

“我听秦支队说，现在是让任豪师兄那边派专业人士过去。”白松道，“咱们这边，会有三方人员一起办案，我们不是孤军奋战。”

“三方?”柳书元一脸疑惑。

第四百五十三章　溯源

“我们、市局便衣总队、湘南警方。”白松疑惑地问道，“三方，有什么问题吗？”

“秦支队说的吗？”柳书元反问道。

“嗯。”白松挠了挠胳膊，“是他说的。”

“你们秦支队我还是有所耳闻的，这个人说话可是很严谨的。”柳书元道，“他说三方，既然一方是湘南警方，那能与之并列的两方，一定也是省级公安机关，比如说我们天华市公安机关整体算一方。”

“啊？”白松这才明白柳书元的意思，“如此说来，南黔省也插了一脚？”

说完，白松自己都不信，秦支队之前说联系任豪的时候，明显就是提前没有联络过才会是那种说话方式。

“不对，”白松拿起手机，想打个电话给秦支队问问，想了想，这点事没必要打扰秦支队，也就没打过去。

“也可能就是南黔警方了，毕竟，任豪师兄又不能代表整个南黔省厅……”白松自言自语道，没有过多地纠结这个问题。

目前，白松终于可以再次坐到棋盘上，和奉一泠对弈了，已经快要看到棋手了。

在此之前，白松一直非常小心翼翼，虽然最终还是被发现，但是他小心翼翼做的每个选择，都非常关键。

交流了半天，三人终于到了银行，已经快到银行下班的时间了。

“换钱？”银行的工作人员看到白松递过来的一沓钱，自己喃喃道，“怎么又来一个……”

白松耳尖，静静地等着银行的小姐姐把钱换完了，才问道：“昨天的雨这么大，看来不少人的钱都被淹了啊。”

银行的工作人员也不知道白松是警察，看了白松一眼，问道：“你这个钱是怎么回事？”

“家里孩子淘气，昨天拿锥子把这些钱戳破了，然后扔院子里被雨淋了。”白松说出了早已准备好的托词。

“哦，”银行的人有些爱答不理，丝毫没有考虑白松说的话到底有没有逻辑，随口说了句，“人民币单纯被雨淋了，用不着来换。”

“那您之前说的来换的钱能给我看看吗？”白松很是客气。

“给不了。”银行的女业务员看了看表，快要下班了。

“这个应该不违规吧？我就是好奇，还有人和我同一天来换钱，我看一眼就走，麻烦了。”白松道，“方便不？”

“不好意思先生，这个不在我们业务范围之内。”业务员又看了看表。

白松也看了看时间，唉，这样又要耽误人家下班了。

昨天晚上，白松等人的包全湿了，带的一些文书材料也全完蛋了，因此白松等人没有调取证据通知书之类的材料，不然直接就出示了。

这情况，白松只能联系当地的警察过来帮忙了。

可能，要多耽误一会儿她下班的时间了。

警官证的外壳昨天被泡得有点厉害，但是质量还是很不错，经过烘干，只是有点轻微变形，里面的硬卡倒是没任何问题。

白松三人出示了警官证，同时便联系了当地的警方。

“警官，您早说您是警察不就好了？”业务员很快翻了翻最下面的一个箱子，拿出三万元钱，“给您看一眼。”

银行的大堂经理也过来了，从柜台下面的U型槽里把钱取了出来，递给了白松：“警官，我们快要下班了，您看看，这是您说的那个吗？”

白松看了看这些钱，道：“可能你们今天得多加会儿班了。”

银行的女业务员以为白松是故意整她，针对她，脸都气黑了，她晚上要去陪男朋友吃饭，可不想晚下班，但是此刻她一点办法也没有。

白松倒不是真的要整她，他在没有文书的情况下，按理说，是否出示警官证他都无权看的……

仔细地看了看发霉的钱，这钱跟之前白松见过的两次发霉的钱如出一辙。

当然，要判断是不是同一批，仅凭肉眼肯定是不行的。

在白松的包里，有一个密封性非常好的小包。

并不是这小包里放了什么特别贵重的东西，而就是之前的发霉的钱。

他之前有 10000 元出自光头手里，还有 1000 元来自郑灿那里，但是因为他资金紧张，大部分去银行换掉了，但是每一种还保留了几张。

田欢的那笔钱是证物，白松倒是没有。但是他有的几张，因为本身就是发霉的，白松怕污染到背包里的其他东西，于是用好几层袋子密封保存，因此也是他包里昨天唯一没有湿的东西。

跟当地警方毕竟还是不熟悉，一会来的应该就是辖区派出所的人，白松既然已经发现这个钱可能有问题，还是要调取一下银行的监控的。

银行和一些小型企业不一样，没有正规的法律文书，就是警察来，也没办法调取录像的。

接着，白松又拨通了大学同学林雨的电话。

上次去上京市吃饭，白松听说林雨在公安部里负责警犬的部门工作，这事就得麻烦一下他了。

"你跑那么远？"林雨听了白松的话，他也挺惊奇，便道，"长河市区确实是有个大的基地，而且就在南部郊区，这样吧，你先等会儿，我打个电话，你把一会儿和你合作的当地派出所的名字发给我，我让他们去联系，公对公还是简单很多。"林雨给白松订了计划。

上级机关，到底还是有力度，短短 25 分钟，派出所的人刚刚来了不久，就有人牵着两条史宾格犬进了银行。

这两条黑白相间的狗，白松看着非常眼熟和亲切，破获当年李某被杀案的时候，白松就见过这个品种的狗。

这种狗一闻就能分辨出，来自三个人的三种发霉的货币是否源自一个地方。

这种事对狗来说，简直太容易了，虽然三份钱都不是在同一时期同一地点的发现的，但是两条狗都给出了统一的答案……这些钱源自同一个地方。

这一套操作让银行的人有些不明白了，不过感觉阵势倒是很大。

“这狗，能借我们几天吗？”白松问道，“我想找找这笔钱的源头。”

第四百五十四章　会师（1）

既然都麻烦林雨了，白松可不想就这么轻易地“浪费”这一次机会。

如果需要借用警犬，当地也会给很大的帮助和支持，毕竟白松昨天的事情闹得那么大，当地对此也是高度重视。

而通过私人关系借到的警犬，不仅不会引起任何注意，而且还能完全听白松的指挥。

这个很关键，作为目标，狗其实比人更明显。

大街上到处都是人，穿个便衣就很容易混入人群。但是如果大街上出现两只纯种黑背，那就有点招眼了，史宾格犬更是如此。

白松提出这个想法之后，驯狗的警官也有点为难，林雨也不是什么大领导，这也就是给面子过来帮个忙，借走几天还真的不是小事。

这狗，金贵着哩。

考虑到这点，白松把问题推给了自己的领导——秦支队。

领导，不就是做这种事的吗?

狗都借出来了，不能用可怎么行?

这里是银行，也不适合闲聊，白松打电话只是点名就要这两只狗，还有这个训练官，其他的什么也没说。

没有耽误银行的人太久，这边的录像拷贝结束，一行人就离开了银行，在门口派出所的警车里等了二十分钟左右，训练狗的冀悦警官就接到了自己上级的电话，请他配合白队长的工作。

在此期间，白松拿走了一份拷贝的录像光盘，当地派出所也会把他们的那个光盘送到自己分局的刑警队，这个案子两方是合作关系。

因为昨天把事情闹大了，白松在这边借力很容易，但是这边的动静会比较大，不太符合白松现在的要求罢了。

“你们这个辆太招摇了，能换辆车吗?”白松先是问了问冀警官，他现在没车子，如果这边有地方牌照的车，那就更好了。

“有，你们要是不着急的话，可以跟我回去换辆车。”冀悦道。

冀悦作为训练官，其实也没少跟着市里面的警察执行一些任务，只不过配合外地的警察还是第一次，两条狗精神状态也不错，令他心情格外愉悦。

冀悦是华国刑警大学警犬专业毕业的学生，跟白松等人都是一届的，因为工作原因和林雨认识，林雨还帮过他一个不小的忙。

华国警官大学是没有警犬专业的，刑警大学的警犬专业自然就是全国最好的。但是这就好比部队的训练员，学完几年之后，之前感情很深的狗，是不能直接被带走的，一部分狗就会被各地领走。

冀悦是北方人，因为他训练的那条狗被分到了湘南省，他特地为此来到了湘南。

不得不说，有时候，狗是比人要靠谱得多。

“不用，今天这么晚麻烦您过来，我也是无奈之举，明天再说。我给您一个地址，明天您带着狗过来就行，您那里有狗的便服吗?”白松问道。

“便服?”这个词让冀悦有些不明白了。

“是啊，就是很多宠物狗不都有衣服吗?这两条狗虽然个子不大，但是警犬味太浓。”白松道。

“哦哦哦，宠物服啊，我有很多。”冀悦是爱狗之人，明白了白松的意思，便答应了。

警犬是有自己的专车的，一辆大的依维柯汽车，后面有一个大的狗笼子，估计十几条狗都是放得下的。

“那行，明天我带着花花和花花一起开我的车过去就行。”冀悦很开心，两条狗都爱往外跑，一出来就兴奋，搞得冀悦也开心。

“你的两条狗，都叫花花？”三人一脸问号。

“是啊，不过音调不一样，一个叫花花，另一个叫花花。”冀悦认真地点了点头。

三个人沉默了一会儿，柳书元尝试着问道：“你叫它们两声给我听听方便不？”

“没问题，花花，坐下。”冀悦接着道，“花花，倒立。”

只见右边的狗直接坐下，左边的狗跑到了冀悦腿边，后腿蹬着冀悦的腿，完成了倒立。

这一幕让三人啧啧称奇，术业有专攻，不服不行。

“不会还养了其他的叫花花的狗吧？”白松叹服道。

“不不不，它们不叫这个名字。这两只，我最开始养的那只叫花花，另外一只是我后来养的，前面的训练员给它起名也叫花花，我就没改。”冀悦道，“它们能听得懂我在叫谁，这两条狗，现在都是我们这里的教官狗。”

“厉害厉害，”白松真不是客套，接着拱拱手，“明天辛苦您了。”

“嗯，没事。”冀悦很随和地点了点头。

冀悦离开之后，三人打了个车，准备去王亮那边。

从这边直接打车过去比较远，白松先打车去了距离那里最近的一个镇，然后从镇上再坐公交车过去，镇上没有出租车。

一路上，几人也没聊天，大家虽然睡得挺多，但还是都没缓过来，此时有这个机会，还是睡得很香。

到了目的地，司机把三人叫醒，结了账，白松看了看时间，已经没有公交车了。

天色已经暗了下来，这地方距离王华东那里也就十几公里，三人找了个地方住下，晚上八点多，孙杰、王华东和王亮便赶了过来。

一见面，孙杰等人就立刻上前按了按几个兄弟的胳膊腿，生怕有什么自己不知道的隐疾。

“别……”白松“嘭”了一声，这地方昨天被杵得太疼了，现在还不能碰。

在几个兄弟的要求下，白松不得不把上衣脱了下来，把后背露给大家看。

“昨天要不是白松在后面挡了两箭，我们就凶多吉少了。”任旭道，“算是救了我们一命。”

“说这些干吗……”白松摆摆手，“要这么说，你们也是被我连累了，而且我还得感谢有你们。咱们不说这个，等这个案子忙完，我请你们吃顿好的。”

“别，我请。”柳书元连忙拦住了白松，“你还是省点吧。”

柳书元这一开口，大家七嘴八舌地都说要请客，搞得白松有些无语，瞧不起他怎么的？

话说，白松没钱这个事情……怎么居然连任旭都知道了？

第四百五十五章　会师（2）

虽然分开只有一天，但是经过昨天的事情，颇有一种离开了很久的感觉。

说实话，幸亏分开了，昨天的事情，可不是人多就有用的，两三个人正好，人多了，万一被弩箭伤到，那可是带毒性的东西，麻烦就大了。

胜利会师，大家有很多很多话要说，任旭也早早地在镇上买了一大堆好吃的，以烤串为主。

任旭主动要求请客，不过白松没同意，还是记在了出差的费用里，但是大家还是对任旭的这个行为表示了肯定，毕竟每次买，他都能吃掉一大半。

吃着东西聊着天，王亮和白松把录像的内容也捣鼓了出来，王亮随身带着电脑呢。

“你们说，这个奉一泠，闹了这么大的动静，却没有成功，还会不会再来一次了？”王华东问道。

“很可能啊……她这次捣鼓的，不仅失败了，还被我们抓了这么多人，目前还没有人把她供出来。”白松又经历了一次生死，但是依然无所谓地道，“说明这些人中很多她都养了有一段时间了，或者是她手底下的人养的，被抓了嘴很硬。不过即便如此，昨天被抓的这一批，总有一些撑不住的，不着急。”

“你这话感觉前后有些不搭啊？”孙杰疑惑地道，“所以你说的这些，跟她还可能继续针对你有什么关系？”

白松正在看视频，难免有些心不在焉，这才缓过神来：“她要不是为了弄我，估计早就跑了，她怕通讯什么的被我们掌握，什么事都是当面吩咐那种，所以现在还在这边。她再牛，不是也失败两次了？这情况，她这个样子，说她宁可和我玉石俱焚我都信。”

“不可能吧？”王亮操作电脑的手都停了下来，“你个穷光蛋，人家家产几十亿，何苦和你一命换一命呢？”

“呃……”白松被唬得一愣一愣的，缓了缓才说道，“她的人生已经没什么大的追求了，对我的这次行动，水平比起第一次的精心设计，都要差了许多，看得出来她有些急啊。”

“这已经很厉害了吧？”孙杰反驳道，“那个王安泰，前天才得知我们的动向，昨天奉一泠就完成了这个设计，而且确实是把你引了过去，够厉害的。”

“这恰恰说明了一个问题。”白松道，“她距离这个地方并不远，不然也筹划不出来这么一起大行动，而且折损这么大还能保持这个状况……如果再来第三次，你说，她会不会亲自上场指挥？”

说到这里，白松笑了。

其他五个人都感觉白松的笑容瘆得慌，这被人“追杀”，还能这么津津乐道地分析，也真的不是一般人能干得出来的。

“所以，我才觉得王安泰提供的这个地址虽然大概率是假的，但是依然有查的必要，既然奉一泠选了这里，说明这地方距离她所在之处肯定不远，甚至，她就会利用这种‘灯下黑’，藏在这里也说不准。”白松比较了解奉一泠这个对手，“她的心理，已经开始疯狂和扭曲了。”

正如电影《大人物》里，赵泰后期的疯狂一般。虽然奉一泠也是个“大人物”，但是越是这种人，对求而不得的事情，可能越是疯狂。

“看这个，”王亮指了指电脑，“就是这个人。”

视频里的这个人，戴着口罩和遮阳帽，摄像头基本上拍不清。

因为兑换残币或者发霉的人民币是不需要什么太多的手续的，验明是真币即可。

“这完全看不到长什么样子啊?”王亮尝试了多次，依然没什么用。

“这是昨天晚上追杀我们的一个人。”白松看了看这个人的胳膊，虽然对方穿了长袖，但是明显能看出来，胳膊的外侧有敷药和缠绷带的痕迹。

“这你都看得出来?”任旭和柳书元凑了过来，昨天那么黑，白松是怎么认出来的?

“感觉。”白松指了指这个人的胳膊，“昨天，和任旭动手的那个人，被我伤到的就是这个位置，而且我看他走路的样子，非常相似。”

任旭看了看，点了点头：“没错。”

“从他这个包来看，如果装的都是钱，应该得有 50 万。”白松拿出手机，“我给他们当地公安打个电话，这个人需要网上追逃。”

说完，白松第一时间给当地的警方分享了这个情报，当地的警方也看了录像，不过还有些不甚了解，听白松讲了这个情况之后，非常重视，向上级汇报去了。

打完电话，白松接着说道：“这么说来，这个人昨天跑了之后，奉一泠的手下给了他 50 万左右的现金，让他跑路，但是这些钱用着不方便，他就先找个银行换一点，然后再跑，是这个意思不?”

“嗯，估计是，毕竟奉一泠肯定是不愿意用转账的方式，这样容易暴露，用现金，这一次性拿这么多，也只能用她库存的那些钱了。”王华东道，“这么说来，这次行动的善后工作，也确实是让她出乎意料，不得不做此补救，一次性在市面上铺出来这么多发霉的钱，也真的心大。”

“倒也还好，”柳书元道，“一两千万的总数，一辆小汽车后备厢可以轻松装下，分完钱不在附近换就好了。这个人是昨天第一辆车上的，这辆车白松还说可能都有炸弹，说明这车上的人也是炮灰，这种人不听指挥也是很正常的。”

“那这附近更可能是奉一泠的据点了。”白松轻松地笑了笑，“基本上现在我们和她算是面对面了，这样很有趣，她要藏着，我们也要藏着，谁先露头谁就有可能倒霉。”

“这么说来你岂不是没事了？”王亮问道，“她手底下的昨天参与追杀的人没有被抓的都遣散跑了，哪还有人手对付咱们？”

“怕就怕真正的精锐没有遣散。”柳书元知道白松昨天提到的第二辆车的情况，这些人还没有和他们面对面呢。

“嗯，”白松接着道，“大家都早点休息，明天会有帮手过来，我先给任豪师兄打个电话。”

第四百五十六章　一发入魂？

让白松没有想到的是，任豪接到他的电话，问的第一件事就是："前天上午，是你带着人去见了王安泰吧？"

"是我，秦支队和您联系了吗？"白松有些纳闷，怎么突然问起这个了？

"我前天就知道了，我还纳闷是谁呢，后来我看了照片，才认出来是你，你这还化装了是怎么着？"任豪问道。

"您前天就知道了？"白松很惊讶，"我确实是做了简单的伪装，怎么回事啊师兄？"

"从上次我和你打电话，我就对这个王安泰有些怀疑了，"任豪道，"他每次配合我们取笔录，说到他朋友的死，伤心的程度基本上是一模一样的，所以我自作主张，在他店里安插了一个线人。"

"线人！"白松惊了，任豪师兄也不是一般人啊，居然那么早就发现了王安泰的问题。

确实，朋友死了，正常人肯定是难过的，但是随着时间推移和每次经历不同的事情，难过的程度总会有一些变化，这是很自然的，想伪装得成功与否，就得看警察的水平了。

白松上次去见王安泰，看到他显得为朋友的死而伤感，白松还感觉他挺重情义的……当然这怪不了白松，毕竟这个案子发生之后，他只见过王安泰一次。

"嗯，就是附近村子的一个修车工，王安泰手底下的人。不过他平时做事基本上也没什么问题，我前一段时间还想取消这个安排，没想到前天去了两个人找他，倒是把我吓了一跳。”任豪爽朗一笑，“就是我这个线人不太给力，你们秦支队跟我说的两个王安泰的手下，我到现在还不知道呢。”

任支队倒是很随和，对之前的工作没有什么收获丝毫不在意，反倒是夸奖了白松等人的巨大收获。

“师兄您可真是客气了，我也是今天才发现王安泰有问题，您那么早就发现了，估计要不是我去了那边，用不了多久您那边也有收获了。”

“哎，不必吹捧。他那里招人，都是本地的修理工，想派过去卧底不可能，但是安插的这个线人也没什么专业能力，所以没什么大用。”任豪和白松叙了会儿旧，“王安泰他并没有发现咱们的监控，这次我派了专业的人过去，如果他要跑就抓，不跑就暂时盯一下。”

“麻烦师兄了，”白松道，“我有个想法，就是王安泰手底下的两个人，近期如果离开南溪村，在警力足够的情况下，也跟一下。”

“行，咱们互通信息，如果你那边直接抓到幕后真凶，这边我们就立刻拿人。”

“嗯嗯！”白松也希望如此。

……

案子目前主要牵扯了三个省级行政区，在很多地方这些兄弟部门也确实能提供足够的帮助，白松等人现在的作用显得不是那么大了，大家继续聊了聊，只能寄希望于明天的寻找了。

六人在一起，虽然远在湘南，但总感觉聚在一起就更踏实一些。

大家还是按照之前的安排，睡觉时每人守夜一个半小时。

这一晚上，白松睡得比昨晚还要踏实得多，虽然昨晚被同行救走，睡的地方很安全，但依然没有今天舒适。

早上七点钟，白松一觉睡醒，才发现一晚上都没人叫他起来守夜，一问才知道大家都觉得他太累了，前天晚上又过于危险，就把他的班给代了。

吃着孙杰早早买回来的早点，白松浑身舒泰，之前的不适一扫而空，显得格外精神。

天气不错，是个阴天，很适合今天的工作。

白松的计划是，他和王华东以及冀悦一辆车，车上带着两条警犬，剩下的四人一辆车。

白松的主要任务是带着两条警犬去一些用电异常的点进行简单的探查，让两条警犬判断这里有没有那种发霉的钱的味道。

而后面的这辆车，主要是负责跟着白松这辆车，观察是否有人跟踪。

冀悦开了自己的车子，是一辆很普通的长安面包车，就两排座椅，后面空间很大，已经提前给狗做好了铺设。

两条狗很兴奋，面对两个外人丝毫不怕生，就是嗅嗅，把两个人的气味给记住了。

“你说的这个情况有点难，”冀悦听了白松的话，“你可能不知道，这没办法在车上闻，汽车有尾气，还有很多别的气味，对它们影响比较大，只能下车之后闻才行。”

“那行，下车就下车，反正遛狗嘛，”白松看着两条狗道，“我开车，你们下去溜达就行。”

于是乎，白松开着车，王华东负责指路，大家就先到了第一个用电量异常的地方。

两条狗一下车，就立刻立正不动了。

“就是这？”冀悦一脸惊讶，转身看向白松，“就是这里。”

“什么？”白松和王华东都傻了，这不是开玩笑吧？

“你等会儿，我带它们转转。”冀悦还是很淡定，他对这个案子也没什么特殊的感觉，跟王华东一起，围着这处大院转了转。

这是个工厂，里面有个加工通信器材的厂房。

当然，这种地方倒不是生产什么高精尖的东西，说白了，就是生产信号塔的铁架子。

前天晚上信号中断的事，白松印象很深刻。我们日常所说的山上的大基站，其实都是有围墙的，现在有的都安装了监控，但是既然有人想犯罪，围墙总是能翻进去的，毕竟这些地方不会有人时时看守。

白松很怀疑，把基站停了的人就是这个院子里的人，他们本身就生产基站的铁架子，对这方面肯定是多多少少了解一些的，甚至可能和某些通信公司的内部人员都比较熟悉。

转悠了一圈，回来之后，冀悦告诉白松，就是这里没错。

这会儿，白松的情绪非常紧张，但还是若无其事地启动了车子，缓缓地离开了这个区域。而王亮等人，也跟着白松的车子，没有在这里做过多的停留。

第四百五十七章　准备行动

“这院子监控多吗？”开着车子，白松的心率已经飙升到了 120 以上，但还是装作不经意地问道。

“没……”

“有四个，位置都非常不显眼，不过没事，我跟花花说了，发现了不要叫出来。”冀悦打断了王华东的话。

王华东转头死死地盯住两条狗，眼睛瞪得巨大，颇有种人不如狗的感觉，接着问道：“它……它们……怎么……怎么发现的……”

“闻出来的啊。”冀悦一脸理所当然，“铁器本身是没有味道的，但是人的皮肤接触到铁器之后，铁被氧化形成亚铁离子，然后变成三价铁，最终把人体的一些过氧化脂还原成 1-辛烯-3-酮，这味道花花很敏感，而且它们发现的几个位置都挺特殊，肯定是摄像头。不过，也幸亏是砖房，如果是城市里的钢筋混凝土，就闻不出来了。”

对于狗来说，繁华市区、车水马龙才是噩梦，这些农村地区倒最适合它们能力的发挥。

“你看了？”王华东还是一脸震惊。

“我看了就暴露了呀，”冀悦摸了摸狗，“它们就是我的眼睛。”

“那要是没人摸过摄像头，没有这个酮呢？”王华东感觉自己必须要抬一下杠，维护一下人类的尊严。

“那也没关系，金属铁在加工的时候，纯度不可能太高，里面会有碳和磷。而南方雨水偏酸性，加上风吹日晒，一些铁器受到极为轻微的腐蚀，就会释放有机磷小分子，只要浓度在每立方米 0.1 纳克以上，它们就可以闻到。”冀悦理所当然地说道。

“10 立方米 1 纳克……”王华东抬杠失败，顿感人生惨淡。

前不久因为医院的案子接触过这个计量单位，白松和王华东都沉默了。

……

这会儿，白松感觉自己的心跳也平缓了很多，一种人不如狗的想法逐渐地和王华东达成了共鸣。

发现了安装如此隐秘的摄像头，白松不再磨叽，立刻给秦支队打了电话，汇报了这个情况，这地方一定有问题。

堵门！上！

虽然也有很大可能打草惊蛇，但是，难得有这么好的运气，不能错过！

虽然只是两条狗给的结论，但是既然大家第一个来这里探查，肯定是觉得这个地方嫌疑最大，因此也不能完全算是巧合，只能说王华东、孙杰、王亮等人确实靠谱。

而且，这两天与冀悦接触，白松对这个人很信任，一个能为了狗跑这么远的男人，比绝大部分人都值得信任。

白松的这个电话，可真的惊动了太多人。

他们把两辆车并列停在了百米开外，白松把情况给大家说了一下，静静地等待着支援队伍的到来。

“真的就在这里吗?”王亮瞪大了眼睛，“什么摄像头啊？我好想去看看啊。”

“一会儿你不就知道了?”王华东对两条狗很佩服，这会儿，已经化身小迷弟了，转过身跟冀悦问道，“这种狗好训练吗？我也想养一只怎么搞?”

“很难，”冀悦如实道，“培养它，比培养一个优秀的警察还要难几分，当然，它们也是警察的一分子。”

“嗯嗯，那肯定是。”王华东凑近了，想摸摸花花，但还是没有上手，算是对冀悦的一种尊重。

这种嗅觉灵敏的狗，很多时候，一些对人类没什么大不了的气味，但对它们是一种灾难。

过了半个多小时，白松接到了市局便总来的电话，表示人都已经在附近，随时准备配合行动。

在哪里?

白松四处看了看，才发现了几个貌似警察的人，如果没有这个电话，这么打眼一看，他也不知道这些人是警察。

接着，白松接到了当地公安局的电话，说已经派了一个特警中队过来，但是先来的还是派出所民警。

一切准备就绪，第一波进去的是“派出所民警”，当然，是伪装的派出所民警，进去的四个人，一个民警装扮，三个辅警装扮，都是当地的刑警队的人，防弹衣和枪支都派上了，进去做第一波侦查。

看得出来，当地的警方对白松等人提出来的事情很重视。

这也不得不说是因为前天晚上的事情闹得太大，这边的人精神已经过于紧张了。

48 小时不间断地巡查，并不是什么简单的事情。

长河市局的领导一直非常重视，所以秦支队向这边提出的求援才来得如此迅速。

实际上，省级行政单位的互联，是由专门机构负责的，不过负责牵线、真正对接的，一般还是秦支队这个级别的处级干部。

在直辖市天华市，处级干部可能显得不那么厉害，但是在很多地方的公安系统里，这已经是高官了。

白松压力也很大，这么大规模的行动，如果什么都没发现，所有的责任也都是由他白队长自己扛，不可能推给任何人。

但是对于担责任这种事，白队长从来没怕过!

四位刑警敲门，这大院没人开门，于是四人便一直敲门。

这附近一两百米范围内都是警察，也不怕里面的人开后门跑了，所以四位警察倒是沉得住气，慢慢敲门。

院子门缓缓打开，整个大院都盖了一层彩钢瓦，作遮风挡雨之用，显得有些落魄。开门的是一个青年男子，非常客气地给四个警察递了烟，问是什么事。

“有人报警说，你们院子里有违禁品，我们来这边看看。”身穿警察制服的刑警随手接过烟，点着了，“我们进去看看。”

“快请进、请进……”男子笑嘻嘻地把四位警察请了进去，“都是工厂，没地方坐，哎呀，我还以为是什么事，估计最近又不知道得罪谁了，您也知道，咱这种厂子虽然不大，但是效益不错，遭人嫉恨啊！违禁品……咱们这里怎么会有违禁品……”

男子顺势把手里的好烟塞到警察的手里，警察随手就装到了兜里。

看到这一幕，男子很高兴，立刻示意警察可以和他单独聊聊，摆明了是要给好处。

第四百五十八章　一触即发

为首的刑警很“上道”，点了点头，跟着小伙子一起进了彩钢棚户旁边的一间平房。

这院子占地有三四亩，长宽各有四五十米的样子，倒是不大，除了大院里的一个整体类似于车间的彩钢房之外，剩下的就是一圈平房，加起来有二三十间。

彩钢房下面，有十几个工人正在工作，拿着各种各样的工具加工铝合金用品和铁器，除此之外，还有一个人在加工木材，院子里有些吵，气泵和动力设备的声音不小。

警察独自跟着男子进了屋子，男子连忙倒了杯茶，显然刚刚警察在外面等着的时间，他也是有所准备的。

“警官，我跟您说，我现在啊，仇家不少，我这个车间你也看到了，工人们干得热火朝天的，收益还说得过去，但是，我的几个对头，总是举报我，您还算好呢，区里环保局的人总来，我可真的是有苦说不出啊。”男子打起了悲情牌。

“你们不容易，我们也不容易啊……”警察顺着男子的话接着道，“你不知道现在的形势，有困难找民警嘛！我们啥事都得管，你看，就你这个地方，报警说有违禁品，我都懒得来，但是也得来查查，还得拍一些照片。互相理解吧。”

“那没问题，拍，您查，咱这里是正规企业，随便查。”男子谄媚道，接着装作不经意地，在屋子门口的桌子上放了一张卡，就自己先离开了屋子。

警察拿起卡，笑了笑，没说什么，随手把卡塞到了桌子抽屉里。

警察打开门，男子瞅见了桌面上空空的，心中一乐：“您跟我来，您想拍什么地方，跟我说就行。”

“行啊，带上我的几个弟兄，转转吧。”警察很随意地说道。

“没问题。”男子给四人带起了路。

“对了，您刚刚说区里环保局的来了，是怎么个情况？是谁？那边我还认识几个人，可以帮你看看。”警察“收了钱”，准备“帮”他一点忙。

“我哪知道名字啊？”男子就那么一说，接着岔开话题，“没事了，那边我再想办法，不用麻烦您。”

“哎，没事的，不碍事。”警察随手拿出手机，“我和他们局长还一起喝过酒，管咱们这一片的梁主任跟我还算熟，我给你打个电话说一声。”

说着，警察就准备打电话，男子连忙拦住：“真不用，太感谢了，也不是什么大事，最近一段时间人家也没来。其实对我们老百姓来说，还是觉得警察最厉害，咱们辖区的居民嘛，什么事还不都得仰仗着您。”

“那都好说，好说。”警察配合着笑了笑。

经历了这么个插曲，基本上可以确定这里一定有问题了，四个警察不用交换眼神，就都知道了有问题。

如果没事，为什么这么怕查，还送礼？

“看看吧，”警察指了指周围这一圈房子，“我好回去交差。”

“来，您跟我来。”男子松了一口气，指了指几间房子，“来，拍这边。”

四个警察漫不经心地转了转，很快地就转了一大圈，到了门口附近。

“没有吧？”男子很高兴，“几位警官喝杯水再走啊。”

“谁说我要走了？”为首的警察指了指门口的一间破传达室，“这房子还没看呢。”

“这个破传达室……”男子面色一变，但又立刻恢复正常，“您要是不嫌破就看看。”

警察进了传达室，随便扫了两眼，跟几个“辅警”说：“来，给我拍个照。”

几个辅警装扮的人立刻给他拍了几张照片。

男子看到这个情况，很明白，形象工程嘛！立刻道：“几位警官，你们站一起，我给你们一起拍一张，工作留痕，这个我懂。”

“来来来。”警察立刻把手机给了男子。

男子拿起手机，半蹲在地上，好好地找了个角度，给四位拍了几张角度上佳的照片。

这时，手机突然响了起来。

男子瞄了一眼，手机上的来电人的名字是“孙所”，立刻递给了警察。

警察接起了手机，道：

“哦哦哦，孙所……

“对对对，我在这边的厂子呢……

“嗯，这边没什么问题，照片我都拍了……

“咳，也不知道谁这么无聊，最近总举报这些东西，你说举报啥不好，举报违禁品，烦都烦死了……

“就这么个小工厂，怎么会有违禁品啊？孙所，我刚刚已经全部看了一遍了，照片也拍了好几张了，等我回去就给分局指挥中心报过去，上午的那个就是这么糊弄过去的……

“什么，有病是不是？分局这些人天天想啥呢，这事还得这么兴师动众的？

“行行行，我服，反正也不是我去费心思，让他们弄吧，我支持……

“行行行，我就在这里等一会儿，让他们也来，拍几张照片不就完了……

“明白了孙所，我懂我懂……”

打完电话，警察也不顾男子，从兜里拿出一盒自己的烟，给其他三人分了几支，然后大家就吐槽起派出所工作多、烦人之类的事。

男子想插话问问，见这个情况也插不进去话，只能等着几个警察抽完烟再问。

抽完一支烟也就两三分钟时间，刚刚抽完，男子连忙上前，准备问点什么，警察突然先开了口："是这样啊，最近咱们对违禁品查得比较严格，这种事很麻烦，你也知道，分局呢，对我们啊，还是不太信任，也不知道怎么想的，派了两只缉毒犬过来。你放心，也就是走个过场，拍几张照片……"

警察说这话，根本就不顾及男子同意与否，他身边的其他人过去就把门直接打开了，冀悦带着花花和花花就走了进来。

男子面色一下子变了，他刚刚从视频里看到有人遛狗，就是这两条狗！当时他没多注意，但这才过去半个多小时，所以他一眼就认出来了。

本来看着这黑白相间的小狗没啥感觉，此刻，这两只狗却无比扎眼，他就算是傻，也知道出问题了！

几个原本在加工铁架子的工人一下子就反应了过来，缓缓停下了手里的工作，不经意间，往男子这个方向走了过来。

第四百五十九章　犯禁

这边的领导者也是有很不错的水准的，特意做这种安排也只是怕扑了个空而打草惊蛇。

派四个警察来这里，周围也看不到什么埋伏的人，大街上显得跟往常没什么区别。

所以，到警犬进来之前，这里的状态一直很平静。

而警犬进来后，本来平静的状态，立刻变得剑拔弩张起来。

两只黑白相间的警犬，一进入这个大院，就格外地兴奋。两只血统优良、不知道协助侦破了多少起大案的英雄警犬此刻丝毫没有对环境感到陌生，它们轻易地闻到了特殊的气味，并向主人发出了一点点指示。

男子身后的一个人，此时，稍微挪了挪手里的钉枪，对准了花花和花花。

气钉枪是很常见的钉钉子的工具，一般来说，这东西虽然可以把气钉子打出去十几米的距离，但是基本上只有距离钉口十厘米左右的才有足够的动能。

也有例外，比如这把就不是普通的气钉枪，这是经过专业改装过的气钉枪，射出去的气钉，堪比气枪子弹，甚至更厉害。

这种带高压电动气泵的改装气钉枪，在大院的主人的身体挡着的情况下，没有任何人发现。

花花突然不正常地汪了一声。

冀悦一瞬间就瞥见了后面的人，他想都没想，一把拉过了狗，自己一下子扑倒在地。

这一刻，冀悦没有任何思考，也没有任何迟疑，多年的训练让他对这个动作无比熟悉。

卧倒，大多是为了躲避风险，但是此刻不是。

就在冀悦倒地的一瞬间，钉枪响了，十几发钉子几乎是一瞬间打光！

咻咻咻……

谁都没有反应过来，这边就赫然先发动了袭击！

所有人的关注点都在人身上，没有人关注狗，但是事实上，只有这两条狗才是真正的主力。

人可以换，这两条狗今天可是换不了，院子里的人做了最正确的选择，先把两条狗杀掉，之后完全可以说是失手。

而这里，男子相信，如果没有狗，警察是很难发现问题的。

等到新的狗过来，不知道要到什么时间，这样完全是有时间给地下的人做转移的。

是的，这地下不一般，而且有着很远的转移通道，只要拖上一个小时，事情就简单了。而这一个小时的时间，要从现在开始算。毕竟在这一刻之前，他们谁也没想到是真的暴露了。

但是，谁也没有想到冀悦居然用自己的身体，为狗做了盾牌。

三根长长的钉子，一下子就扎进了冀悦的后背、大腿，瞬间整根没入了身体。

冀悦痛苦地哼了几声，浑身颤抖起来。

这不是子弹的爆破伤，而是几个深度的穿透伤，但是依然非常恐怖，四五厘米的钉子，很难预料到会从后背插到哪个脏器中。

为首的刑警反应非常快，几乎在发现了这个情况的一瞬间，就拔出了枪，丝毫没有犹豫。

……

砰！

当外面的人，突然听到枪声的那一刻，所有人的神经都紧绷了起来。

埋伏在附近的一个特警中队，一马当先，几乎是冲刺似的从不同的位置跑了出来，飞速奔向了唯一的大门。

除了特警之外，一众便衣也迅速对周围的其他地方进行了控制，同时又有多人，包括白松等人，紧随其后，一起跑进了大院。

谁也未曾想到，这么快就有人受伤，而且居然是训练狗的警官。

等白松进入的时候，现场已经彻底控制住了，十几个人被特警一一按倒在地上，三五个人围着冀悦，在呼叫支援。

花花和花花围着冀悦，疯狂地叫着，谁也哄不住，平时温驯的史宾格犬此时凶得吓人，牙齿外龇，围着冀悦打转。

“怎么回事?”白松看着冀悦的样子，怒目圆睁，一瞬间把头转向了被特警按住的人，“谁干的?”

没人说话，这些特警甚至都不知道白松是谁，但是白松此刻能进来，肯定是警察。

白松一眼就扫过了十几人，一下子看到了一把钉枪，在他凌厉的眼神下，明显有个人闪躲了一下，而且他所站的位置恰好就在钉枪的附近，白松想都没想，几乎是一瞬间，两步就跨了过去，伸手就要打。

几个特警哪能让白松打到人，立刻就过来拦，三个特警一起凑了过来，这一刻都没拦住白松，白松上去就把这个人劈头盖脸地打了一顿，下手丝毫没有留情：“你对两条狗下手，你也算人?!”

最终白松还是被拉开了，被打的人痛苦地想护住自己的头，却动都没法动，几个人把白松拉开了，他又被按住了。

“白队长，别动手啊!”几个当地的刑警这时候才跑了过来，拉住了白松。

“人怎么样了? 医生什么时候到?”白松知道不可能再冲到那个人身边了，连忙关心起了冀悦的伤情。

“叫了紧急支援了，刚刚联系了医生，这种伤我们不能碰他，乱动的话容易造成二次伤害，不能颠簸，钉子都在肉里面。”

“就外面这个路面，怎么能行?”白松立刻道，“有没有直升机? 多少费用都无所谓!”

“是，直升机!”王华东立刻接话道，“不要在意任何问题!”

白松深深地吐出了一口气，看到刑警队长立刻去打电话，他有一种深深的愧疚感。

这是白松第一次这么不顾后果地打人，他很可能会因为这个事情，被就地免职或者开除，但是他不后悔，打这个人都是轻的！要不是钉枪的气泵被特警关了，白松都想插进去一排新钉子，给这个人来一梭子!

是他的错啊！谁知道连训练狗的警官都会有危险啊……

为什么没有给冀悦穿一件轻便点的防弹衣啊!

白松虽然不是现场的总指挥，但也算是指挥人员之一，冀悦虽然算是当地的人，但是如果白松当初给了建议，也不会是这种情况。

此时现场没有别的声音，唯有两条狗疯狂的叫声。

第四百六十章　人心

冀悦并没有昏迷，只是疼得浑身战栗，额头上不断地有豆大的汗珠流下，他紧紧闭着双眼，眉头锁在了一起，显然已经疼到了极限。

在场的人都能感觉到这种疼痛，一整根钉子扎入大腿，一般人都会痛得满地打滚，而大腿一根，后背两根……

就算是这些精壮的特警，也不敢说挨上一根能一声不吭，何况三根呢?

谁也不敢碰他，只能看着冀悦在那里剧烈颤抖。

所有人都不忍直视，纷纷把目光投向了白松刚刚打的那个人。

这个男子被这么多目光盯着，也战栗起来，原因一半是自己刚刚被打，一半是被吓的。他毫不怀疑，按住他的这些人，哪个都有在几秒内把他打死的能力……

不少人看向白松的目光都多了一丝认可，这个年纪轻轻却被叫作“白队长”的大男孩，确实是有一些特别之处。

打人肯定是严重错误，但是在场的这些警察，都打算回去的时候如果被问起，就说……

还说啥啊，这外地警察咱谁也不认识。

“白队，直升机十五分钟内到。咱们需要把他移到外面的空旷地带。”当地的刑警队长过来和白松说道。

按理说没必要和白松说，但是白松进来的短短一分钟的时间里，就占据了一定的主导地位，这跟职务没什么关系。

“刘队，咱们能不动他吗？等着医生来不行吗?”白松问道。

“不行，刚刚跟我说了，不是医疗直升机，是普通的救援机，只能载四个人。为了来得快一点，只有驾驶员带着一个医生和设备，他们也没办法轻松把人抬过去。”为首的刑警队长道。

“那行，找板子，做个简单的担架。”白松也不是磨叽的人，连忙指挥王华东等人去找材料。

好在这院子里的木材还是挺多的，两根硬木外加七八根短木棍，就可以做一副硬质担架，上面铺上两床被子即可。

做担架最便利的工具就是钉枪，白松拿起钉枪，启动了高压泵，瞥了刚刚打人的那个人一眼。

这个男的看到白松的眼神，连哼哼都不敢了，连忙低头缩着，生怕白松给他来一梭子。

几个警察也有些紧张，真怕这个白队长冲着这男的脑袋扣动开关。

不过白松也不会这样，他拿着钉枪，便开始了加工。

刚刚安装新的排钉的时候，白松就差点没忍住。

这和普通的排钉完全不一样，钉子并不平直，而是有点流线型，想必也是特殊工艺。

这么长的钉子……

白松紧咬牙关，把钉子一根根打进木材中间。

钉枪声音不大，甚至可以被气泵的声音遮盖大半，但是此时，躺在地下的这个人的身子，却随着钉枪的声音，一次次地颤抖着，仿佛每一发都响在了自己脑袋上。

从进来到现在，其实也仅仅是两三分钟的事情，在多人的帮助下，担架几乎一分钟之内就被拼接了起来，还垫上了被子。

七八个人围住了冀悦，十几支粗壮有力的臂膀，用“捧”的方式，把冀悦非常轻地抬了起来。

冀悦疼得哼了几声，本来已经接近昏迷，又被剧痛折磨得清醒了。

花花有些着急，一口咬在了一个特警的靴子上。

这一刻，冀悦似乎一下子有了点气力，轻轻咂巴了一下嘴，两只狗狗立刻显得非常委屈，不再乱叫，乖巧地蹲在了冀悦的面前。

冀悦颤抖着，睁大眼，看到了白松，向着白松，竖了一下大拇指。

白松有些不解，啥意思？

很棒？

白松没看懂，花花和花花看懂了，依依不舍地看了看冀悦，跑到了白松的面前，蹲坐在了白松身边。

白松明白了，这是让狗狗听他的命令。

四个人轻轻抬起担架，把冀悦抬了出去，白松也想去陪着冀悦，但是此时他守着也没有任何用处，走到了门口，转头就跟王华东和柳书元说道："你们俩负责把他送上直升机，直升机里肯定没有多余的位置，你们开车去一趟医院。"

安排完，他带着狗狗就回到了院子。

花花和花花都有些迟疑，看了看冀悦，还是跟着白松进了大院，然后一起嗅了起来。

有问题的屋子就是门口的这一间破烂的门卫室，白松跟在警犬后面，找到了破沙发的一个扶手，仔细地看了半天，也没什么收获。

两个人过来想把这个沙发抬开，才发现了问题。这个沙发根本抬不起来，被固定在了地上。顺着沙发腿，白松才找到了沙发扶手下面的一个机关，尝试着打开了之后，发现里面是一个常见的密码锁，还需要掌纹。

"你，过来！"刘队长指了指之前说话的那个男子，"这个，打开。"

白松冲刘队摇了摇头，走出了这间屋子，指着外面被特警按住的那一排人，走到了那个被打成猪头的人旁边，接着踹了一脚这个人身边的一个秃顶男子："你，起来。"

白松刚刚可不是真的纯粹为了打人，他在丝毫没有顾及自己的情绪的同时，也观察着现场人的反应。他早就趁乱看明白了，这个人才是这个院子里的指挥者。

无他，白松太了解奉一泠了。

越是位于大门口的破屋子，越可能有问题，越是站出来带头的人，越可能是喽啰，总之，越是和人的潜意识行为相似，就越不是真的。

矮个子光头被拎出来时还是蒙的，白松直接在现场吩咐道：“你们把他们一个个分开带进不同的屋子，有愿意说什么的，或者投诉举报的，记清楚，算立功。如果提供重要线索，按照重大立功表现来处理。”

话刚说完，这些人短暂地骚动起来，但是没有任何人说话，毕竟当着这么多人的面，谁也不可能公开说。

虽然这些人，一个个都是精挑细选、值得信任的人……

但是，仅仅是刚刚那一瞬间的反应，白松等人知道，这个头头也知道，人心，可能不像平时想象的那么忠诚。

第四百六十一章　地下室

白松和任旭两个人带着这个头头到了门口的屋子，架着他把他放到了沙发旁：“别让我费劲。”

这个头头名字叫马宝成，此时他眼珠子乱转，在想一个最好的方案。

他知道，此时其他人已经被带到了不同的屋子，而且无论是谁招供了，警察都会为那个招供的人保守秘密，这种情况下，这么多人，谁还讲究江湖义气？

此时此刻，他哪里还有什么最好的方案？

就算不自己动手，也会被人把手按上去，于是，他把左手放在了上面，小屏幕上显示了一行字，“请在120秒内输入密码”。

几个人脸色一下子变得铁青，大家都知道，这种情况，如果不在两分钟内，把这个密码输进去，机关肯定就彻底被锁住了。

而且，这个马宝成，是肯定不会说出密码的，装作紧张乱输入几次就能拖延过去，甚至，两次输错密码，机关就可能锁死。

这居然还有密码！马宝成可以一下子打开掌纹锁，这已经可以证明白松的眼光之准，但是此时已经来不及考虑这个了。

在场的都是聪明人，但是此刻都看着白松，想看看他该怎么办。

白松看了王亮一眼，王亮端详了几秒，摇了摇头。

王亮虽然是电脑高手，但是想短时间内破译这个密码，是绝对不可能的。

这个短时间不是说一两分钟，而是说一小时之内也不可能，王亮可不相信这种地方的锁会被设置成弱智程序。

白松当机立断：“刘队，通知您这边的特警部门，从这个院子的中心，准备定向纵深爆破。”

这里一定有地下建筑，而且，一定有人在里面，最关键的是，白松相信，这地下建筑的出入口肯定不止这一个地方，其他的出口可能更隐蔽，甚至通向几百米之外，此时周围到处去查找显然不是很现实，所以不能在这里等下去。

所有人都被白松的这一举动吓了一跳，这么强硬？

这个天华市的刑警队长，有点莽啊……

白松这么一说，刘队都不敢接茬了：“我得跟上级……”

“你是现场指挥！”白松说话丝毫不客气。

“好，爆破。”刘队也不拖泥带水，这种时候，有问题他扛了便是，总不能在兄弟单位面前显得没有主见。

白松选择的爆破点是有讲究的，就在院子中间，对于整体建筑是不会有影响的。

而且，如果这里有一处比较大的地下建筑，为了安全起见，肯定会选择往院子中间修建，这样才能保证周围其他部门进行水管铺设等情况时不会干扰到。

“刘队，”一个刑警跑了进来，“有个人说有重大的线索要举报。”

刘队看了眼白松，看了看还有机关屏幕上显示 70 多秒，虽然没说话，但是意思已经很明显，想听听白松的意见。

“先爆破，我们这就过去。”白松转头看向马宝成，“你是什么人我不清楚，但是你记住你现在的选择，这是你唯一一次可能立功的机会，你自己掌握。”

说完，白松直接跟刘队道：“那边的人估计也不知道密码，说不定知道别的出口，这个不等了，爆破继续，咱们过去看看。”

说着，白松就带着刘队往外走，却听到后面马宝成连忙道：“我开我开，你们可得给我保密！”

说着，马宝成瘦削的手指飞快地在数字键盘上飞舞，在最后一秒前，把长长的一串密码输入了进去。

纵使王亮一直看着，而且对键盘非常熟悉，也没有记下来这一串数字。

如果白松刚刚说有人知道这个密码，马宝成是不信的，但是，这地下的建筑，哪有不漏风的墙？有人知道其他出口，还真的是可能的！

而且，从中间开始爆破，真的是能从上方炸开这个基地的！

马宝成知道，这个个子很高、前天晚上被人去算计和针对的刑警，可绝不是在跟他开玩笑，他说炸是一定会炸的！

所以，他还是做出了最正确的选择，输都输了，这种时候，人不为己天诛地灭。

白松点了点头，也是偷偷地舒了一口气。

刘队等人此时则是被这个个子高高的年轻人，真正地折服了。

不服是真的不行，从进这个院子到现在，也就十几分钟，白松做出的这么多决定，就没有一个是错的，而且，每个决定看似临时想起，却往后算了三四步。

随着密码的输入，沙发在一阵轻微的机械声中缓缓升起，然后被机械臂托举到了一侧。

白松看着沙发下面是一层砖石，和这里的地面一模一样，砖石下面是石板，石板下面，是一层金属结构的托板。

这是一层很厚重的金属板，如果说这是金库大门白松都信，想炸开这个结构，普通炸药根本是没戏的。

当然，这只是大门，整个地下建筑，不可能全是这个结构。

大门刚刚打开，就露出了向下的台阶，下面很明亮，白松刚准备进去，就被刘队拦住了。外面几个特警，迅速穿戴好防毒面具，鱼贯而入。他们手持 95 式自动步枪进入了地下室。

花花和花花显得有一丝振奋，绕着这个向下的入口转了两圈。

白松不懂狗语，但是他也已经闻到了那股霉味。

也许是白松真的闻过多次，他的鼻子也灵了起来。

从狗的这个反应大体可以判断出，下面确实是有他们要找的东西，而且没有毒。

白松直接跟着几个特警人员就下到了地下室，他这一下去，刘队等人也跟了下去，但大部分人还是留在了上面。

这下面别有洞天！

白松一下来，整个人都震惊了。

这下面的规模之大，超出他的想象！

一般我们提到地下室，都会想到阴暗、潮湿、低矮、空间小等形容词，但是这里……

考究的木地板，挑高超过三米，支撑的主体结构有的是钢筋混凝土，有的是两人才能合抱的红木柱子，每根柱子上都刻着栩栩如生的雕像。

一眼望去，光是面前的这个客厅就有上百平方米，后面延伸出去不知道多少个房间。

第四百六十二章　抉择

因为是地下室，这里使用了大量的灯具，使得这里看着比楼上还要明亮，整体的装修风格类似于欧洲中世纪和中式古典的融合。

进来的没几个识货的，最识货的王华东和柳书元都在外面等飞机，所以没人知道这里面很多看似普通的摆件，其实价值不菲。

白松不懂那些，但是他可以看得出来，这里面的家具，没有一件是大型家具。显而易见的是，除了柱子之外，所有的家具都可以从刚刚下来的那个门运进来。

也就是说，在建设这里的时候，并不是整个挖大坑，然后家具全部用吊车吊进去，再做顶封上，而应该是先偷偷挖了洞，偷偷装修，再往里面运送东西。

桌子上有一些还没有收拾的餐具，白松看了一眼，应该是有两个人就餐。

这可是完美的 DNA 提取环境。

白松还在因这里的情况感到震撼的时候，花花和花花可比他敬业多了，汪汪地叫着便向前跑去。

暗道了声惭愧，白松连忙跟着警犬走过了这段奢华的走廊，到了侧面的一个屋子，同时，白松通知大家，卧室确定无人后，先不要翻找，留给后续侦查人员提取相关线索。

打开警犬关注的屋子，这里有一个巨大的保险柜，比白松的个子还要高，看着就很难开启，但是那股淡淡的霉味任何人都能闻出来，白松无须多想，这保险柜就是放钱的地方。

只是，这里距离河潭市的那个地方还是有很远的距离的，距离长河市区也不近，而且，这地方虽然是地下室，可是并不算潮湿。

白松倒是很纳闷，奉一泠有很多钱，或者把很多钱放在了不少地方，他可以理解，但是钱为什么会发霉呢？

白松凑近了保险柜，在保险柜的门缝处闻了闻，基本上可以确定，这个保险柜近期开过门取过钱，至于里面现在还有没有钱，没人知道，目前也打不开。

端详了一小会儿，白松也不跟这个东西较劲，退出这间屋子，大体看了看周围的几个房间。

这是一个估计有四百平方米的地下建筑，但是只有三间卧室，其他都是生活起居的场所，从卧室来看，推断有两个人在这里居住，应该是一男一女。

白松虽然知道王安泰不是好人，但是他同样对王安泰的话有比较细致的分析，比如说，奉一泠是有替身的这件事情。

所以这里居住的这一男一女，很可能就是奉一泠和她的替身。

白松已经迫不及待地想要知道从这里提取的 DNA 的鉴定结果了！

整个房子里都没有人，白松找到了一件女士的衣服，让花花闻了闻，花花便四处转悠了起来。接着，白松又找到一件男士衣服，让花花闻了闻，两只警犬只需要分别记住一个味道，难度系数就小了很多。

很快，警犬找到了房子的角落，这里有一扇门。

大家连忙跑到这里，准备打开这扇门。

看得出来，刚刚有人从这里离开，但是门目前是打不开的。

“破拆。”白松跟下来的刘队道，“咱们准备破拆工具了吧？”

“嗯，这个简单。”刘队招招手，后面就来了两个人，带着破门的工具，很快，这扇门便被打开了。

“幸亏这不是保险柜的那种门，不然麻烦了。”白松看了看这个门的状态，“别让狗过去了，我过去看看。”

门的后面，有一个有高度一米八左右的甬道，具体通往哪里，从这里基本上也看不到。

白松还没行动，三四个特警打开战术手电就跑了进去。

刘队见状，也准备和白松进去，这时有个刑警从一楼跑了下来：“刘队，有情况。”

“什么事？”刘队身形一滞，白松也跟着停下了脚步。

“直升机到了，飞行员刚刚说，他们路过湘江的时候，看到了一艘快艇在湘江中间停着，然后有两个人从水下出来，坐快艇跑了。”刑警说话很快，看样子显得很急。

“什么，从湘江下面出来了？”白松看了看门的方向，心道坏了！

周围一两百米确实都看了，但是这里临近湘江，倒是没人会关注。

白松前几天刚刚体会过一次湘江小怒的厉害，如果湘江发一次大水，上次他可能就凉了！谁抓人会跑到河里去抓啊！

白松这才注意到，这个门通往可不就是湘江的方向吗？

直升机刚刚到，就恰好看到有人上快艇，这就意味着，这两个人在大约三分钟之前就离开了这里。

“我这就联络江上警卫队。”刘队火急火燎地拿出手机，却发现地下信号不是很好，噔噔蹬几步跑回了一楼。

白松咬咬牙，道：“杰哥，这里交给你，你配合一会儿到的勘查警。这甬道你也进去看看，注意安全，另外，一定要注意这边警察的安全。估计马上这里就会有一大堆人过来，如果人家把这边接管了，你就撤。狗我带走。”

说完，白松带上任旭、王亮还有两条警犬，也去了一楼。

刚刚到一楼，白松明显感觉院子里这几分钟之内多了不少人，他上来以后，就有五六个身穿制服的警察拿着箱子和照相机去了地下室。

刘队此时已经打完了电话，看到白松，立刻跑了过来：“白队，如果现在立刻让直升机升空提供位置支持，应该能追上，四五分钟的时间，以这个船的航速，应该已经能跑出去三四公里，但因为大体已经有了方向，直升机有很大的概率找得到这艘船。但是，附近其他的可以调用的直升机，最快也要 20 分钟才能过来。”

这会儿的天气条件，直升机的视野还是非常不错的。

“医生说，冀悦的状态如何?”白松停顿了不到一秒钟，就往门口走去。

“不理想。”刘队点了点头，明白了白松的意思。

人跑了可以找可以追，追丧家之犬的难度，总是要比追深藏不露的人容易得多，但是冀悦要是有问题，就啥也别说了！

第四百六十三章　分头行动

直升机内部很窄，白松飞快地跑到了飞机旁，飞机的旋翼还没有彻底关闭，显然是在等待命令。

飞行员是当地救援机构的人，与警方也算是熟悉，他刚开始看到一艘快艇时还没什么特别的感觉，后来快要降落，回头一看就发现了问题。

降落后，飞行员第一时间和警方通报了这个发现，看到警察的表情和动作，他知道这一定是件很大的事情，但是看着医生在救援躺着的男子，他也有些纠结。

如果真的委托他去侦查，这个人怎么办呢?

“快点把人送去医院!”白松冲出来喊道，“最近的三甲医院，快!”

说着，白松就冲上去帮忙，不由分说，准备把人抬上飞机。

在飞机等待的这一两分钟里，医生给冀悦做了一个简单的处理——在身体的一些部位和与专业的担架之间做了固定，之前的担架早已经被抛弃了。

同时，还给冀悦打了急救的药物，这会儿冀悦已经不那么颤抖了。

四人座直升机的后排空间也不大，但是这个担架是直升机上配备的一款担架，刚刚好可以放下。前期的处置工作使得冀悦腿部弯曲，身体刚好与担架同高，顺利地进入了机舱，关上了门。

看着飞机缓缓升空，在几十米的空中开始调整方向，白松轻舒了一口气，转头和刘队长说道：“船去了哪个方向？我们分头去找。”

“好，我们这边派一名特警跟你们走，你们没携带武器太不安全了。”刘队缓过神来，安排道。

其实，刘队算是有点蒙，他此刻明显感觉自己的指挥能力不够格了。

白松等人一小时前上报这个情况的时候，长河区派了特警中队、刑警中队过来，而且由刘副大队长带队，还有几个部门随时待命，可以说是非常重视了。

但是，即便是前几天白松等人遇到了一次紧急状况，长河区看似已经为此做好了十足的准备，却依然远远不够。

区里的刑警是大队编制，重案队是中队编制，刘副大队长如果论起行政级别和白松是一样的，在这里也算是实打实的现场指挥了。

刘队已经相当于白松他们支队的副支队长了。

刚刚进来的时候，和那个送烟送卡的男子接触，刘队还算是游刃有余，但是自从警犬进来，钉枪响起来，对这后续 20 分钟的事情，他现在都在检讨，自己做得不果决啊！

从大城市来的这位，20 多岁就当上领导的年轻人，果然是有过人之处的。

白松手里拿着冀悦的车钥匙启动了车子，警犬很熟练地跳上了车，白松带着任旭、王亮还有一名叫栗东方的特警，一起向着快艇行驶的方向跑去。

此时他莫名地有了一丝丝庆幸，幸亏有直升机，不然根本都不知道有快艇的事情，而一旦等他们探索到甬道的尽头，发现人已经通过特殊的通道，从水路离开，那又得浪费五分钟以上。

但是，一想到直升机，白松的手又莫名地绷紧了，他将油门踩到底，车子飞奔而出。

一路上，王亮负责给白松规划路线，任旭负责跟其他部门联络。

这里的情报，这会儿才和秦支队那边达成了共享，秦支队告诉任旭，这种瞬息万变的情况，一定要跟着白松的脚步走。

同时，白松也和这边的便衣总队的一位领导有了信息的共享，刚刚有人看到了一艘快艇在江面上跑，方向与直升机看到的大致相同。

在湘江的这个流域，向下 100 公里左右才能到达洞庭湖，在此之前，平日里没什么可以让船通行的支流，而想汇入长江，那得穿越整个洞庭湖。

这么说来，其实很好追，毕竟这是大白天，从下游堵就是。

但是，已经有了差不多五分钟的空档，人具体去了哪里，不好说。最关键的是，前几天的大雨，使湘江水位居高不下，很多平时连船只都不能经过的小水沟，现在基本上都能过快艇了。

刘队那边已经向多个部门做好了探索的规划，包括对快艇第一时间行进方向的反方向也做了规划。

白松这条路，也算是发现快艇概率很大的一条路了，只不过计算起来，即便白松能把车子开到时速七八十公里，想追上快艇也不是容易的事情。

白松心无旁骛地驾驶着，刘队那边传来了最新的情报。

甬道探索完毕，没有人，甬道的尽头，有一个闸门，初步判断，这个闸门是双门，因为这里没有一点水渗入。

这种双门结构，类似于航天员的外出舱，平时两道舱门之间是空气，通过第一道门后，关上门，接着打开第二道门，把水放进来，然后水压正常了，再出去。

甬道的另一侧的门肯定打开了，所以在这里不能贸然开启。

“这个甬道差不多有200多米长，整体是斜着向下的，建筑防水的标准非常高，应该有专业人士参与，我们分局这边准备对相关公司展开排查。”刘队和白松说话的时候，丝毫没有把他当外人，说得比较细致。

“200多米长？”白松降低了车速，“那是不是都到河中间了？”

“嗯，差不多。”刘队理所当然地说道，“湘江虽然深度一直保持得比较稳定，但是遇到干旱的年头，水位并不高，估计地下建筑设计者是怕水下的东西露出来，或者被船舶、渔网等东西碰到。”

“湘江水有多深？”白松问道。

“这个季节，这个位置比较窄，河中间差不多30多米吧，湘江最深的地方，环山的区域，河中间五六十米的地方都有的，所以这地方没被发现，确实也挺正常。”刘队解释道。

“30多米深！”白松一脚踩住了刹车。

刘队听了白松的话，似乎一下子也明白了问题的关键点在哪里。

这大夏天，刚刚下完雨，河水又混浊又深，他们是怎么上来的？

游泳游上来的？

如果是30米深的标准泳池，或者海里，假设是专业运动员，能尽全力克服压强变化，还是有可能的。

但是，这可是大河！

第四百六十四章　紧急分析

这是吃了没文化的亏啊……

北方的河，白松也是游过的，比如说天华市横贯市区的天河，中部水深一般在6—9米，而且水流还算是平缓。

白松所就读的大学门口的护城河，高一点的车开进去都能露头。

这，看似不起眼的湘江，最深的地方居然有五六十米？

白松经常游泳，水平算是不错，他也在10米深的泳池学过潜泳。

合格的游泳者学上十几天潜水，戴上水肺，深潜三十米也不是什么不可能的事情。

但是，那是游泳池！不是大河，更不是刚刚泛滥过现在还混浊的湘江！

而按照直升机飞行员所说，登船的人就是从水里出来，直接上了快艇，可没什么专业的潜水设备。

没有水肺，除非是非常专业的人士，否则根本不可能！

白松感觉自己应该是被贫穷限制了想象力了，这个地下建筑投资了这么多钱，有个潜水艇，很合理吧？想到这里，白松随意地查了查手机，就把推测给大家说了一下。

“你在逗我吗？玩红色警戒吗？”王亮听了白松的话，一脸鄙视，“这东西不管制吗？”

“管制个屁啊，你有钱也能买，”白松轻轻地关闭了刚刚从手机上查到的信息，淡定地说，“民用潜水艇90年代就有了，主要是观光用的。大一点的长江两岸的造船厂，都能生产80座的民用潜水艇，可潜深近百米。”

“白队长，这你都懂?!”任旭满眼小星星，这也太博学了吧。

白松压了压手，示意低调一点，把手机放入口袋：“民用潜水器的航速一般不超过10节，当务之急是确定到底存不存在我说的这个情况。”

“你的意思是，奉一泠会乘坐潜水艇跑掉吗?”王亮问道。

“有可能，”白松点了点头，“不过，我觉得吧，可能她就根本不在这里。”

“这地方肯定是她的基地啊，”任旭惊讶地道，“这手笔可不小。”

“这可能只是她的一个住处，但是不可能是她的基地。”白松摇了摇头，“因为之前见过发霉的钱，我第一次去银行换发霉的钱的时候，特地了解了一下，人民币在保险柜里放的时间太久确实是容易发霉，但是需要满足两个条件，第一是湿度大，第二是时间长。这些都是2005年之后的第五代人民币，年头不长，而且，这个地下室有一套不错的排风系统，颇为干燥，所以，这地方不像是基地。”

“你这么一说确实是有道理，问题是，排风系统在哪里?”王亮问道。

“围着房子转一圈，花花它们能闻到味道，那排风系统应该就设在墙里吧。”白松道，“排风系统只有设在墙里才会不被发现，毕竟我们也没发现什么其他的出口。”

“有道理……”王亮道，“那咱们还继续向前找吗?”

“这条线路不找了，咱们现在基本上是饱和式寻找，咱们不查这条线，也会有其他人查，咱们还是商量一下下一步的打算。”白松道，“不知道这边的DNA技术怎么样，要多久才能拿到这几份DNA的检测数据?”

“您说的潜水设备的事情，这个得快点跟分局上报，”栗东方道，“您这边需要我帮忙吗?”

“只是猜想，别被误导。快艇还是要找，这东西不可能凭空出现，平时这么大一艘船停在附近也很容易被发现，如果说从警犬进去那一刻，地下室的人开始做准备算起，这个快艇开过来的时间不会超过十分钟，而这附近的码头平时会停放快艇的，一只手肯定能数过来，现阶段还是以排查快艇为主。”白松考虑得比较周全。

“行，我接到的命令就是负责你们的安全。”栗东方点了点头，抱住了自己的枪，不再言语。

当务之急还是循规蹈矩地查，与其说去找一个完全没有线索的虚无缥缈的潜水设备，不如把这个快艇查出来，把下面的两个人抓住，这才是正途。

白松对这个潜水设备有了一个基本的判断，如果真的是有潜水艇这种东西，肯定不是大型潜水艇，估计载客人数也就是3—5人。

但凡大一点，也不会随便用类似于郑灿的那种车辆来运输钱，直接用这个不就好了？而且，这个潜水艇应该是平日里就放在这里的，这东西要是有水下建筑物，倒是好藏。

“这边的水上治安队查得严吗?”白松对着栗东方问道。

“水上的无动力船只没人管，比如说那些渡船，但是有动力的，都是要有牌照的，管得挺严的。”栗东方道。

“那是不是很快就能排查出来，这艘船是从哪里出来的?”

“应该是这样，毕竟这附近像样的码头没几个。”栗东方道，“具体的我就不清楚了，你要去问刘大队他们。”

“行，谢谢，我过会儿跟刘大队打电话问一下这个事情。”

“这个奉一泠确实是挺有手段的，这都准备后路了，而且可能还不止一条后路，真行。”王亮感慨道。

“没事，这么说来，这也算是动用底牌，仓皇而逃了。”白松笑道，“她那么多底牌，终于快要被我们掀完了。”

“我还是有些不解，王安泰为啥要把我们骗到奉一泠的真正的落脚点呢？他就不怕我们端了奉一泠?”王亮问道。

“这地方更方便处理我吧？奉一泠的力量在这边是最强大的，而且，如果真的有潜水艇这种东西，把我杀了之后，往水下一藏，估计我死都不知道怎么死的。

“估计奉一泠准备把我了结之后就离开这个地方吧。”白松轻蔑地一笑，

“只是她太小看我了，我是什么人啊……”

王亮按了按白松后背的伤：“好了伤疤忘了疼？”

“咝……”白松疼得差点咬王亮一口，这都什么人啊！

“我得问问刘队潜水员那边的情况，得知道，到底是不是潜水艇，或者就是水肺，上岸前扔掉的那种。”白松想着，就给刘队拨通了电话。

第四百六十五章　短信

“潜水员马上就下去了，”刘队接到白松的电话，“刚刚做好定位，估计五分钟后就有大致的结果了。”

“嗯，刘队，我这边有个猜想得跟您说一下。”白松道，“我怀疑，这下面的两道门之间，可能平时会存放一艘小型潜水艇，上了快艇的人，不见得就是全部的人。”

“潜水艇？不可能的，”刘队道，“咱们这边的潜水艇也不是没有，但都是登记在册的，没有正式登记，一般船厂都不会卖的。”

“那是一般情况，这个情况您也看到了。”白松道。

“其实，刚刚你们秦支队还跟我提过这个潜水设备的事情，让我关注一下，但是也没什么结果。”刘队道，“咱们这边的河道里也有定期巡逻的，如果真的有，我估计早就发现了。”

“如果是一直锁在两道门之间，那就查不到吧？”白松虽然对秦支队提到这个问题感觉很诧异，但是也没有多问，接着道，“我也推测，对方的这个可能存在的潜水艇以及快艇，都是准备的后路，不可能平时开出去到处瞎转悠。”

“唔……”刘队想了想，“要真的确定是潜艇，就得向上级好好汇报一下，这件事情就不是我们能解决的了，说不定需要找这边的驻扎的单位借一架反潜直升机来。”

白松愣了几秒钟，玩得越来越大了！

反潜直升机是什么？

“咱们的江上警卫队没有舰艇装配声呐吗?”白松问道。

“有，但是那都得是大一点的船，这附近目前的几个小艇子可没这个东西，从几十海里之外逆流调过来一艘船，得一两个小时。”刘队道，“你不用担心，如果一会儿潜水员真的发现那里有潜艇开出去的痕迹，相关部门肯定愿意参与的。毕竟这种事，说小，是我们公安的案子，说大，指不定算是间谍行为了。”

……

白松感觉自己是在做梦，但是此时他格外激动。

反潜直升机!

一般来说，长江这类大河，作为我们的内陆河，很少有人会潜入的，但是依旧不能不防。而湘江作为主要支流，更是直通洞庭湖，这种事当地政府肯定是非常重视的。

潜艇，按目前的政策，是不被允许随意在水下行驶的，一般的观光潜艇都得获得审批在一个特殊的区域内才行。

而水下的探测，其实真的没有想象那么难，主要还是依赖科技。

反潜直升机有多厉害白松大体也是听说过的，安装的吊放式声呐，可以让直升机飞临某一探测点，低空悬停，将换能器基阵吊放入水中最佳深度，以主动或被动的方式全向搜索，能一次性搜索方圆十公里的范围。

如果真的有这个大杀器，那……呵呵……

这算是降维打击了吧?

白松用手摸了摸自己的下巴：“刘队，这就看您的了。”

“你先等会儿，”刘队道，“潜水员一会儿就有线索了。”

白松又和刘队长继续聊了聊这个案子的其他情况，不久潜水员成功地返回了水面。

根据潜水员的叙述，这下面有一层很厚重的不锈钢门，是电动液压结构，而且是防水设计的电路，目前处于开启状态。虽然电路是防水结构的，但现在也已经彻底断电了。

除此之外，里面还有一个进水的口，打开后可以让水迅速进入其中，使得两道门之间的舱室内很快被水充满，达到内外压强统一，这样有助于液压门的开启。

这个舱室长宽五米左右，而且液压门很大，基本上能满足人横着进出这里的需求。

由于河底泥沙沉积，在这短短的时间里，舱室已经被填了很多，当然具体进了多少沙子也没人知道，反正很难判断这里的深度，从仪器上大体可以判断出，高度应该在5—8米。

河底的泥沙随着水流缓缓进入这个舱室，基本上可以说，再过一小时，这个舱室将全部被泥沙填满。

也就是说，这里的逃生线路，基本上就是一次性的，不能作为常备手段。

“这情况能判断有潜水艇吗?”白松问道。

“恐怕不行。”刘队面色阴沉，“我也没想到水下这么混浊，咱们的潜水员一点有价值的线索也发现不了。这难度太大了，等这里彻底被掩埋，估计就更没有办法找线索了。

“地下甬道的门，也基本上不敢开。这情况，咱们不能兴师动众，毕竟反潜机不是闹着玩的东西，军地合作，这么多年我也只是见过一次而已。”

白松表示理解，刚刚激动的心情有些平静了下来：“那还是调集声呐船过来一趟吧。”

“行，我先问问分局，附近有没有携带声呐设备的渔船和打捞船，现在，水上治安队的船也正在往这里开动。”刘队道，“这件事交给我们就行。”

“嗯，刘队，我再麻烦问一下，咱们这边的DNA检测结果什么时候能出来?”

“勘查人员已经都取完样了，估计需要8小时以上。”刘队道，“这已经是最快的速度了。”

“行，明白。”白松点了点头，这已经算很快了，天华市那边的实验室如果加班加点，基本上也需要这么长时间。

“嗯，你们那里提供的犯罪嫌疑人奉一泠的DNA序列我们已经送到了DNA鉴定中心了，这个你不用担心，有结果了，我肯定第一时间告诉你。”刘队长道，“我们分局的李局长一会儿也到现场了，估计再过半小时，市局和省厅的人就都到了，白队，你们那边还过来吗？”

“不了，我们那里有一名法医，您帮忙多照顾一下就好，您还是和我们便衣总队的人接触一下吧，”白松道，“我在外面找找这个潜艇的线索。”

“这事也没什么好的线索，急不得。”刘队道。

“线索现在确实是……”白松刚刚说了一半，手机突然收到了一条短信，他一下子愣住，接着浑身战栗起来，“刘队，我可以确定有潜艇了！”

第四百六十六章　人间真情

这条短信，白松盯了好几秒才确定，发件人是：

老爸！

白松怎么也没有想到，居然能收到白玉龙的短信！

老爸居然也在这边！

白松看着短信，愣愣的。

“奉，已入其家，未乘快艇。阅后即删。”

只有十三个字，白松看了一遍，下意识地删除，然后慢慢地思考起这十三个字的意思。

“白队长？白队长？”刘队着急忙慌地问了好几遍，白松这才回过神来。

“哦哦哦，走神了……”短短几十秒的时间，白松脑海中已经闪过了几十个念头，但是依然没有从震惊中缓过来。这十三个字，信息量之大，让他感觉脑瓜子嗡嗡的。

“你刚刚说的线索？”刘队有些焦急，但依然放低了声音，生怕打扰了白松的推理，如果不是白松确实比他儿子也就大十岁的样子，他都差点脱口而出“您”。

“刘队，这个季节，湘江的流速是多少？”白松问道。

“刚刚潜水员下水的时候测量过，现在差不多每秒流速在 1.5 米左右。”刘队直接道，也没有问白松为什么这么问。

“每秒流速 1.5 米，折合时速就是 5.4 公里，折合航速差不多等于 3 节，按照小型民用潜水艇的最大航速 10 节计算，逆流的实际速度差不多是 7 节，也就是时速 13 公里左右。从刚刚直升机发现问题到现在，应该过去了 35 分钟，也就是说，逆流的距离，在七八公里。”白松自顾自地推论道，“估算小型民用潜水艇的最高航速，不超过 15 节，不低于 8 节，那么，范围应该是上游的 4 公里到 12 公里。”

还没等刘队说话，白松接着道：“如果是顺流而下，这个范围应该是下游的 11 公里到 18 公里……

“上游更接近河潭市，下游更接近长河市，按照当初找郑灿运输钱的起点在长河市这一线索来推论，最大的概率就是，潜水艇去了下游，而且，快艇应该是掩护，主要用于探路和吸引注意力，一旦发现水上巡逻队的船只，快艇有足够的机动力量把可能有声呐的船只引走。

“所以，刘队，收缩力量，拿出一大半的力量，集中搜索从潜水员下潜的地方往下游 10 公里至 20 公里河段，搜索河内是否有建筑，加大两岸的排查。”

“什么？”刘队听着白松自言自语了半天，愣愣地不知所措，说话就说话，怎么开始算起来五年级数学应用题了……前几天儿子还拿这些题考他来着……

缓了几秒钟，刘队道：“你的意思是，确定有潜水艇，而且现在就停在下游你说的范围中是吗？”

“是这样，”白松道，“潜艇已经进入基地里了，应该有一些特殊的防声呐的手段，需要别的仪器。”

“白队，”刘队叫了白松的职务，“现场指挥权很快就要移交给长河市局的领导了，我现在就把你的方案往上报，你能告诉我，你的情报线索是从哪里获得的吗？”

“你可以相信我。”白松转头看了看花花和花花，“有任何问题，由我承担。”

“那我明白了。”刘队挂了电话。

……

挂了电话，王亮等人很激动，连忙问起了白松具体是什么情况。

白松想了想父亲的话，还是没有说，只是摇了摇头，拿起手机，拨打了王华东的电话。

别的都好说，白松最关心的，还是冀悦的情况。

“怎么样了？”白松拨通电话，第一时间问道。

“进抢救室了，有一根钉子从后背插进肠子里面了，其他两根还好，但有一根差点进入心室……”王华东道，“不过，医生说冀悦命真大，而且，幸亏送得及时。”

白松轻轻松了一口气，神经放松了一点，虽然冀悦还没有脱离危险，但是基本上不会有大碍，只要医生这么说就还好。

哪怕是子弹对肠子造成贯穿伤，最坏的结果是截掉一段，只要不影响主要脏器、发生大面积感染，一切都好说。

听别人讲病情的时候，“但是”和“不过”后面的话才有用，前面说得再好，后面一个“但是”，也白搭。

白松最担心的三个问题——伤及重要脏器、钉子带毒、异体进入人身导致的紊乱都没有出现，真的是不幸中的万幸了。

冀悦的这一挡，有多重要呢？

如果没有冀悦的阻挡，几厘米的钉子，对于警犬来说，命中头部就是致命伤，而一旦警犬死了，想发现这个地下建筑，就得依赖其他警犬或者相关金属检测仪，或者需要审讯。

这至少需要半个小时。

而且，如果不是冀悦受伤，就不会有直升机，更不会发现快艇，这个案子拖不起。

一切的努力，终于把时间追了上来，而白玉龙的这条短信，使得落下的半个小时的线索，又被追了回来。

情报这东西，最重要的就是时效性、真实性和有效性。后面两者往往可以通过努力获得，但是获得有时效性的情报，往往是需要运气的。

父亲在干什么？

白松不得而知，但是白松感觉自己一下子想明白了许多问题。

“咱们这里距离我说的下游10—20公里的位置很接近，我们去这个位置的一侧15公里处等着。”白松说道，“把地图找出来。”

白松转头看向王亮手机上的地图的时候，突然看到，花花和花花都在瞪大眼睛盯着他，似乎在等待着什么。

这么有灵性的吗？

白松惊了，他似乎可以看出来，两条警犬知道他刚刚的那个电话是在询问它们主人的情况！

白松突然鼻子一酸，下了车，坐到了第二排，终于还是伸手摸了摸两条警犬，轻声道：“没事了，冀悦他没事的。”

白松说没事的时候，下意识地想摇摇头，但是怕被警犬误会什么，还是一下子僵住了自己的脖子，然后换上一个笑容，很开心的那种笑容，摸了摸警犬：“冀悦，很好！”

说完，白松竖了竖大拇指，他相信，警犬是听得懂“冀悦”这两个字的。

两只警犬瞬间就惊喜了起来，尾巴疯狂地摇了起来。

第四百六十七章　锁定目标

最美人间至真情。

无论是父亲突然发来的信息，还是警犬疯狂摇起来的尾巴，都让白松感觉到了无与伦比的舒泰。

人生所求，还有比这些更重要的吗?

这种时候，白松不需要特别努力，脑子里的各种信息就可以信手拈来，状态非常好。

开上车，白松很快根据地图找到了距离地下室 15 公里左右的河流处，把车停在了一边，接下来，就是等待当地的支援了。

河流两侧，加起来有 20 公里的距离，想要做一个彻底的查控，需要大量的人力、物力。

很快下游的声呐船就到了，停在白松这个位置，声呐船的探测范围基本上就可以覆盖整个 10 公里范围的地下水域!

剩下的，就是让一个专业的水下探测机器人慢慢找了。

“她不会还有其他的地下通道吧?”王亮似乎明白了白松的意思。王亮觉得，白松应该是得到了具体的线索，得知奉一泠真正的藏身之处，就在这段河里，而且还是个真正的水下基地，比刚刚那里的有二道门的舱室还要大一些。

“如果是，那些钱不至于发霉成那个样子。”白松颇有信心，“这应该是一个纯粹的水下基地，这种基地其实也不难建，尤其是有其他桩体的情……”

说到这里，白松连忙道："地图拿过来！"

大桥！

白松拿过王亮的手机上的地图，放大了看。

前面一公里多的位置，有一座横跨湘江的大桥！

这里比起之前的位置，河道宽阔了很多，水深估计也浅一些，这里有一座建设了有一些年头的跨河大桥。

"你的意思是，基地就在大桥下的水底？"王亮明白了白松的意思。

"对，快过去看看。"

白松说完，也不废话，直接启动了车子，就直奔大桥。

此刻他心情非常紧张，车子的方向盘都快要握不紧了，他不得不降低了车速。

就一公里多的距离，车子很快地便停到了桥旁。

"就在这里，一定是这里，没错了！"白松差点喊了出来。

看着这个桥梁的构造，白松直拍大腿："完美啊！完美！"

"你没事吧？"王亮摸了摸白松的脑袋，确定他没发烧，刚刚准备松了一口气，突然想到，神经病跟发烧不发烧也没有直接关系啊……

"你不知道！"白松道，"我专门看过建筑方面的书，其中就包括桥梁建筑！

"湘江比起长江来说，差得不是一星半点，所以，这个桥虽然不小，但也只是普通的'大桥'，够不上'特大桥'的标准。在我国的桥梁分类里，特大桥是指多孔跨径总长大于1000米或单孔跨径大于150米的公路桥梁，以及桥面的长度大于500米的铁路桥梁。

"公路大桥桥长一般就是100米到1000米之间。

"这座桥桥长300米左右，属于大桥里偏小的，而且桥桩子设计使用的是十年前最先进的沉管建设法，就是把管子沉入水里，打入足够的深度，然后再填装混凝土，这种方法建造的桥桩子非常坚实，再过四五十年都不会坏。

“按照我国的《公路桥涵养护规范》，墩台与基础主要检查内容是墩台和基础桩子是否有滑动、倾斜、下沉或冻拔，台背填土是否有问题，以及是否有冻胀、风化、开裂、剥落、露筋、砌块断裂、通缝脱开、变形，砌体泄水孔是否堵塞、漏水、侵蚀……

“必要时对大桥、特大桥的深水基础情况应派潜水员潜水检查。

“而事实上，很多特大桥会定期派人潜水检查，但是大桥如果不存在以上那些现象，就不会有任何的潜水检测！

“最关键的是，这个地方，湘江水流一向平缓，桥桩子是尖角，就算有跳河的也不会选择这个地方，所以，这里的桥墩子，20米以下的位置，几乎永远不会有人去查！

“把基地建在那里，比直接固定在河床上，要容易得多！”

……

白松说完，车上的人都傻了。

花花和花花也一脸茫然地看着白松。

“你懂这么多，你爸妈知道吗？”王亮表示自己听懂了，但是不明白白松想讲什么。

白松懒得理王亮，接着开车，把车停在了桥上。

这桥在附近算不上主干桥，车流量不算很大，白松把车紧紧地靠路边停下，大家就下了车。

花花和花花到处嗅来嗅去，依然一无所获。

白松并不灰心，这也很正常，毕竟隔着这么深的河水要是还能闻到味道，那这就不是狗鼻子，而是“千里眼”，不对，是“透视鼻”了。

这会儿，刘队的电话打了过来。

“白队，你方便联系一下秦支队吗？”刘队有些扭捏地问道。

“怎么了？”白松察觉到了不好的预感。

“嗯……新来的领导……还是准备执行原计划。”刘队吞吞吐吐地，还是说了出来。

“理解。”白松也明白，他没有任何证据，这里的领导肯定是不会轻易相信他一个小年轻的。

不求有功，但求无过，也称不上是错的，毕竟领导考虑的是大事，快艇一定要抓住，这要是抓不住，谁当领导谁有责任！

刘队今年 40 岁，正是年富力强的时候，作为县局刑警副大队长他不怕担这个责任，也很信任白松，但是他远远不够级别。

这让他非常羡慕白松，这么年轻，就能负责大案了！

这白松的领导哪里算是放权啊，简直就是纵容了……不过话说回来，人家确实也有被纵容的资本……

“先不用联系秦支队，刘队，我不需要那么多警力了，您那边，之前的两个潜水员，能再借我用一下吗？只需要潜水员，不需要别的。”白松问道。

“这个应该没问题，我和领导说一下，估计很快就能给你调过去，你的位置在哪里？”刘队感觉这件事情还是没问题的。但是，他依然要向领导汇报一下。

即便很可能因为有重大发现而立功，也不能得罪领导偷偷派人去……确切地说，越可能有大发现，越要汇报，不然日后……

白松没有想那么多，把位置发了过去，就静静地等待着。

湘江的水，后浪拍着前浪，一刻也不曾停歇。

第四百六十八章　江边

没有人打扰白松，王亮和任旭都知道，白松现在静静地站在大桥的最边上，并不是准备跳河……

……

白松要是知道王亮现在这么想，非得气得掉下去不可！

……

白松脑海中，还是在思考父亲发的这十三个字。

这十三个字的意义非常重大，不仅仅是提供了一个线索，而且里面的信息量非常大。

知子莫如父，知父何尝不莫如子？

白松对这个案子了解得很深，对奉一泠的了解也很深，就为了这么一个看似简单的情报，到底需要付出什么，他大体是能想象出来的。

他此时才明白，秦支队说的三方合作是哪三方；

他终于知道，为什么支队这边如此轻易地得知了那么多关于奉一泠的多年前的原始线索，那么轻易地获得了 DNA 数据。

白松也终于明白了，秦支队说的会提供的支援是什么。

他一直以为，是分局对接了烟威市的刑警领导获得的资料，但是现在想想，这种事，白玉龙怎么会不知道？

烟威市就那么大，老一辈的刑警部门的人，有几个白玉龙不认识的呢？

即便白玉龙已从刑警岗位上退下来了，他也从未停止过关注奉一泠的案子。

正如白松不想让父亲担心，这件事情从头到尾他都没有告诉父亲，而白玉龙自然也明白，所以一直也没有告诉白松其实他也参与了案子，不然会让白松分心。

儿子大了，他总不能一直守在儿子身边，不是吗？

如果说还有人比白松更了解奉一泠的话，那么一定非白玉龙莫属。

当得知了天华市的一些相关线索之后，白玉龙就秘密地参与了这个案子的调查，不仅是他，当初跟他一起的很多老刑警也非常振奋。

但是时代变了，那个时候的很多刑警现在要么退休，要么身居要职，已经没有多少人还能继续去忙活这个案子了。

九河分局在和烟威市局对接、共享情报的过程中，白玉龙逐渐发现了一个他不得不承认的事实：

儿子比他牛，基本上所有的新线索、新发现都来自儿子那边！

烟威市公安局秘密成立的专案小组，一直在分析白松那边获得的新线索，但是一直追不上进度！

也就是说，这边基本上就没得到过什么新的有用的线索，一直走在白松等人的后面。

这可真的让白玉龙长脸！人到中年，没有什么比看到儿子比自己有出息更高兴的事情了。

这次来湘南，白玉龙已经不是带队领导，甚至他原本都没过来的资格，但烟威市局刑警支队出于多方考虑，还是同意了白玉龙的申请。

近二十年来，烟威市市局刑警一代新人换旧人，没几个人认识白玉龙，这也使得他的存在感接近于零。

白松遭到袭击之后，白玉龙比任何人都担心，也很想去看看儿子的情况，但是得知白松并无大碍的消息之后，他还是默默地开始了调查。

当长河区公安分局通过白松提供的那辆大排量皮卡车的线索，一口气抓到了十几个人之后，白玉龙并未放弃这个线索，而是这几天的时间里，先后调查了十几家可能关联的改装厂，其中还包括一些小型船坞和长河机场。

两天的时间调查这么多地方，而且就他一个人，这听起来几乎是一个不可能的事情，白玉龙不仅仅白天查，晚上也没有停下来。

有些仇恨，不仅仅关乎职业荣誉，对白玉龙来说，这事情已经牵扯到了国仇家恨、新仇旧账。

白玉龙不是一个话多的人，在烟威市派来的队伍里，这个老同志显得不那么合群，这两天更是称“身体不适”就一直“窝在酒店”。谁也不知道，这两天白玉龙基本上化身为007，在好几个可疑的交通工具上装上了一些小玩意，其中就包括那艘停靠在码头的快艇。

这些小玩意都是一些便携式的小仪器，电池只能用几天，但已经足够。

而这艘快艇，昨天就被白玉龙重点关注了。

人是要吃饭的，比如之前收费的小渡口，船夫有艘小舢板就是要凭这个吃饭的，船夫如果用快艇拉人，确实是快，但是基本上赚不到油钱，所以这里有快艇的码头，基本上都是用于开发旅游项目。

而这艘快艇，虽然也用于旅游，但是，开船的明显和其他人不一样，简单来说，就是不靠这个赚钱。有点类似于富二代开车送外卖，纯粹是体验生活，状态和正常送外卖的多少是不一样的。

这种不一样，白玉龙一眼就能看出来。

……

白松看着江面，他估计，用不了多久，快艇就会被找到，大概率会停靠在某处，船上的人已乘坐车辆离开。

父亲那边做的一切，白松基本上都知道了，唯一理解不了的就是，“阅后即删”是什么意思。这也是白松思考最久的问题。这句话白松第一时间就领会到了一部分意思，就是不要跟外人说，也不需要告诉任何人白玉龙得知了这个线索。

但是，为什么呢？

难道父亲此刻有什么难言之隐？抑或是父亲有危险？不对啊……

白松看着奔流不息的江面，想着想着都有些走神了。

“你再这么站下去，真不怕掉下去吗?”任旭提醒了一句。

白松一个踉跄，还真的差一点掉下去。

“你这是想扎猛子下去看看吗?”

“没事没事。”白松从岸边退了回来，看了看时间，“潜水员要过来了，要是还有多余的水肺，我也下去看看。”

“你可别下去，专业的事情让专业的人做，你不是总说这个吗?”王亮有些担心，毕竟这地方可没那么简单。

“半专业的人凭借专业的设备，也是可以的。”白松表达了自己的意思。

行吧……

谁让你是领导呢……怎么说怎么有道理……

“看看那边，是刘队说的潜水员吗?”王亮指向了远方。

白松看向桥的另一侧，一艘小快艇正快速向这里驶来。

第四百六十九章　瓮中

船由远及近，白松等人也跑到了桥下，迎接他们。

“白队长，快艇找到了。”刘队看到白松，先说了一下，基本上和白松想象的差不多。

快艇上被人泼了不知道多少桶汽油，逃走的人点燃了汽油，引发了快艇的爆炸，被发现的时候，船已经烧得什么也没了，刚刚到的船只试图取水灭火，但是对汽油的燃烧一点用没有，只能看着快艇燃烧。

这让白松舒了一口气，在他看来，父亲肯定是提前找到了快艇才能发现这个线索的，他还担心父亲的做法会被人发现，但现在这个情况肯定是不会了。

看来，白玉龙已经考虑到了这个情况，就是快艇在被找到之前可能会被毁掉。

姜还是老的辣。

但是白松还是搞不懂，就算被发现了又如何呢？这不是立大功的事情吗？

都是同行，用得着这么偷偷摸摸的吗？

……

“白队，声呐船刚刚过去了，没有发现潜水器。”刘队道。

“嗯，我知道。”白松点了点头，“咱们查查水下吧，这边的潜水设备有备用的吗？”

“有……”刘队一脸惊讶，“你准备下去？不行不行，这水太浑浊了，我们这边的潜水员都是职业的，你不能下去。”

“我也是职业的，SPECIAL COURSES，五级潜水员。”白松信口胡扯，看得王亮直撇嘴。这些年，他算是亲眼看着白松说瞎话的能力直线上升的。以前就连个小姑娘都骗不了，现在连刑警大队长都照骗不误……

潜水员等级，目前基本上有 12 个等级，一般二级就可以做一些夜潜和深潜了，四级就可以当救援人员了，六级算是业余水准的最高等级，再往上就是教练等等了。

两个潜水员只拿了四级证，被白松说得一愣一愣的，敢情这警察还是全才啊？

刘队问了问两个潜水员才知道白松的等级居然更高，但还是说道：“这片水域你不熟悉，你可不要逞能。”

“不碍事，有绳索，我要是有问题，拉三下绳子，你们就把我拉上去。”白松云淡风轻地说道。

“行，有氧气罐倒是问题不大。”刘队算是答应了。

一行六人一起上了船，王亮留在岸边陪警犬，没办法，栗东方可比他壮实太多，关键时候还能帮个忙。

白松穿戴设备的时候稍微慢了一步，虽然他用过水肺，但是用的次数其实就两次……远远谈不上熟练，只能说他的游泳技术和潜水技术本身还可以，倒是能很顺利地穿上这套设备，白松跟着两个潜水员一起下了水。

水肺的出现不足百年，它能让潜水者在水下 50 米，依然能从氧气罐里呼吸到一个大气压的氧气。白松保持着镇定，跟在两个潜水员的后边，开始检查这一根桥桩。

水下的能见度比水面上看着要稍好一些，从水面往下看，半米都看不清，水下不存在光线折射，倒是有个一两米的能见度。

白松刚刚考虑过这里的问题，基地不可能是凿洞建在桥桩里面的，这样太容易影响桥桩的强度，而且桥桩灌浇后是实心的，抠洞太难，基地应该是一个附着式建筑。

下潜比较缓慢，三人还得对抗着河水的流动，不过好在下面的桥桩多少有一些被腐蚀，有坑坑洼洼的感觉，扶着桥桩可以慢慢下潜。

慢慢地，三人就下到了底。

下来之前，两位刚刚下过水的潜水员曾经告诉过白松，这里的底部有一些带着泥的沙子，在这附近行动一定要小心。倒不是担心陷进去，毕竟已经是潜水员了，主要是稍微扑腾一下，就啥也看不到了。

在强光手电的照射下，三人围着这桥桩做了一番细致的探查，一无所获。

上浮要比下潜更注意一些，20 米深的水就已经压力很大了，到了水面之后，两个潜水员突然发现了一个问题，氧气不多了。

他俩已经下潜过一次，而且在那边经过了比较细致的探查，现在每个人的氧气量应该只够使用 15 分钟左右。

再下潜一次也不是不够，不过就比较难应对其他情况了。

白松与他们商议了一番，由他去探查一下其他的桥桩，发现问题了再叫他俩。

可能是白松刚刚一直扶着桥桩，也没显示出什么潜水的水平，所以两个潜水员对他还比较认可，船只到了下一个桥桩之后，就是白松直接下潜了。

说实话，白松心里略微有些紧张，不过这里环境并不算复杂，他还算是可以胜任的。

到了水下，白松小心翼翼地沉到了下面，绕着桥桩转了起来。

流水的声音比较杂，白松也听不到其他的声音，没什么特别的感觉，因为他技术不太过关，所以始终扶着桥桩，一直也没松手。

到了桥桩背后，白松突然感觉到桥桩有一丝不一样的震颤。

这震颤的幅度很小，若不是白松一直都扶着桥桩，还真的感觉不出来。

白松一下子紧张了起来，下到了最底部。

下面什么也没有，这让白松有些疑惑，用手电筒到处去照，也没发现什么问题。

他是个很敏感的人，对这个发现肯定不能轻易放弃，于是白松离开了桥桩，向着附近游了过去。

在这个流速下，白松还是有点难以控制好方向，只能边逆流游边尝试转换方向。

费了好大的力气，白松才游了七八米的有效距离。

然后在附近大体转了转，白松一下子就看到了异常。

有一处地方水流有些异常，白松游近了才发现，这里有一组塑料叶片的螺旋桨，就这么简单地留在河底，数量有十几个，应该连接了下方的传动设备。

这是水下发电机的叶片吧？白松一眼看出了问题，通过刚刚约定的暗号，白松拉动了两下绳子，示意另外两位可以下来了。

有这一组叶片的存在，可以源源不断地给水下的基地提供足够的电能。

白松心跳有些快，他明白，真正的基地找到了，剩下的就是把这个瓮打开，是时候找找里面有什么了。

第四百七十章　水下分析

刘队心情一下子激动了起来。

两下是有情况，三下是需要拉绳子。

刚刚绳子颤动的时候，他心一颤，下意识地以为白松出事了，但是只拽了两下，并没有拽第三下，这说明有发现！

刘队没有和白松说的是，之前他跟局长说找潜水员帮忙，确实是获得了同意。

结果在赶来的途中，上级给他打电话，说快艇找到了，让他把潜水员调配到快艇那里，探查一下快艇下面的水域。

按理说，乘坐快艇的人就算疯了，也不会还在水里，肯定是开车跑了。但是领导想的是，快艇爆炸时，肯定有一些艇内的物件掉进了水里，虽然价值不详、打捞困难，但这是程序化要求。

这程序也不是错，穷尽当前线索，尽力而为，自然没有错。

但刘队下意识感觉白松比他们局长都靠谱……想到这里，刘队自己都吓了一跳……

没办法，刘队只能和上级说潜水员已经下去了，而且氧气已经告急，请示领导往那边增派新的潜水员。

这么说虽然多多少少得罪了上级，但毕竟之前的请示是被允许的，所以也称不上不守规矩。

而此时，真的发现了问题，刘队心情极为激动，赌对了！

虽然想了这么多，但也就是一瞬间的事，刘队立刻指示二人，顺着绳子去找白队长。

很快，二人就潜到了白松附近，很轻松地踩着水，保持着水流中身体的方向。再看白松，似乎想保持住在水里的位置都有些困难……

这五级潜水员的水准好像不是很高啊……

来不及吐槽，两人迅速赶了过去，人家警察能发现这里，确实是有真本事的，毕竟这里能见度只有一两米。

二人也很快地看到了白松指的东西，这个时候，白松已经把这附近的泥沙扑腾开了一点。

河流有河流的好处，要是在海底没洋流的情况下，这扑腾半天也看不到底，在这里倒是能慢慢把浑浊带走。

这些螺旋桨并没有动力，是靠水流带动的发电设备，也没什么切割能力，甚至有三四个已经被缠上了一些东西，停了下来。

这让白松有些疑惑，这些发电设备的功率看起来并不高啊。

看来还需要定期维护？白松仔细地看了看，发现这应该是可以伸缩的。

这是怎么保障供氧的呢？到底为何产生震动呢？

白松知道，之前的那个基地，应该是奉一泠日常居住的地方，留在那里的潜艇是一条退路，而且潜艇那个液压门的打开方式是逆流开启，这样使得门打开后很快地会被泥沙掩埋，想探查里面的情况和发现潜艇的痕迹变得很难。

而这里应该是顺流开启，可以多次使用。

这么说来的话，刚刚的潜艇就在这下面，已经停好了。

白松由此得出一个结论，就是奉一泠应该不止一艘潜艇，毕竟这一艘只用于紧急情况。

在水下建造基地本身就是极为困难的，尤其还得偷偷摸摸地建设。

这个基地，根本没必要建设一个能放下两艘潜水艇的舱室，这会使得这个基地的建设难度呈几何级上升，毕竟潜水艇可不是小玩意。

白松刚刚分析，这个基地应该是附着在桥桩下面的，而且里面此时正有什么机械在动，整体都是在泥沙下面，每次开启后，随着河流的冲刷，很快就能恢复原样。

桥桩上能感受到的轻微震动，不是发电机或者内部的制氧设备造成的，据白松分析，应该是排水设备。

只有大功率的排水设备才会使用这种柴油或者汽油，水下缺电，潜艇进入水下之后，舱室里的水需要排出去，就得利用发动机。

但是，这里有个问题就是，无论什么样的内燃机，都是需要大量氧气的，比起人的消耗量，一个小型发动机一个小时就能消耗掉一个人几天需要的氧气。

用发动机来发电，再用电解水来制氧是不符合能量守恒定律的，所以只能用压缩氧，潜艇里的大部分空间必须用于运输氧气罐……

奉一泠本身就有一些医疗相关的黑产！这方面倒是很容易掩人耳目，搞点氧气罐没有任何难度。

也就是说，这下面的氧气，是外带的，不是电解水，数量是有限的。

短短几十秒的时间，白松就想到了很多事情，对这个基地有了一个大体的分析。

这里，是一定会潮湿的，因为这下面对空气的净化可能都要依赖过氧化物或者外排放，空气除湿这东西近乎不可能出现。

排放？

没有看到气泡的话，就是有压缩机压缩到罐里了？

真不是小手笔啊……

这下面，如果不出意外的话，肯定存放大量的钱，至少曾经存放过，这也是钱发霉的原因。

想了这么多，白松突然想到一个问题，既然可能有两艘潜艇，这里只能放一艘，那，另一艘在哪？

这东西不小，如果日常出动，湘江这里日常的江面巡逻发现不了潜艇，那就别混了。

除非，巡逻的人里有问题！

白松是那种一旦有了新的推论，就会不由自主地分析的人，一旦有了一个想法，便一发不可收。

两位潜水员发现了泥土之下几十厘米处的钢结构，连忙让白松来看，白松上下挥了挥手，表示知道，示意二人先浮上去再说。

二人氧气不多，也就跟着白松一起浮了上去。

白松第一个摘下氧气面罩，还未上船，就忙问道："刘队，你之前说的声呐船，是咱们市局或者分局的水上治安科的吗？"

天华市公安局有直属的水上治安科，主要负责天河的一些治安问题，白松不知道这边的水上治安部门是不是也是这么规划的。

"不是，江警船都是小快艇，咱们湘江没有长江那么宽大，很多船都属于渔业与农业部门的执法队，这艘船就是。"刘队伸出了手，"下面什么情况，你们先上来再说。"

"好，上去再说。"

第四百七十一章　我输了

一艘百吨级的中小型江艇正在水面上慢慢逆流而上，两侧扬起的水花对称好看，几百米外都可以看到尾流。

“我手机没信号了，你呢?”船上的一个工作人员询问旁边的男子，“开飞行模式再关也不行啊。”

“我也是，咳，没啥事，前一段时间大石镇那边下大雨基站全坏了，后来整修了一次，估计又有哪里接触不良了。”旁边的人懒洋洋地说道。

“也对，不着急，哎，什么声音?”说话的人看了看船上的雷达，“有船接近?”

“我看看，”这人把头探出了舷窗，“是警察的艇子，这又咋了?”

“警察?”看雷达的男子惊了一下，“他们不去抓人，来找咱们干吗?”

“咱们接到的指令不是配合警察巡查盗捕吗?”另一人有些疑惑地问道。

“警察嘛，他们的工作不就是抓人?”男子看了看自己的手机，想趁人不注意的时候，把手机扔到河里去……

……

白松发现这个大型水下基地的事情，震动了整个湘南的相关部门。

作为一个年轻人，白松之前的猜想可能不会被当地的领导重视，但是有确切的发现就不一样了。

十几分钟内上级就派来了六名专业的潜水员带着很多设备来到了这个水下基地，制定了一系列的方案，甚至有人提出，直接将长江里的800吨级的中大型船吊请过来，一次性把这个水下基地给“薅”出来。

很多领导赶到了这里，白松则离开了这里。

水下基地整体为不锈钢结构，长有七八米，宽五米左右，舱门难以从外部打开，水中难以使用爆破等方式，主要是怕造成不可逆的证据损毁。

通过相关设备的查看基本上可以判断，这里面是有一个人的。

目前的主要方案还是劝降，而且白松的分析也被证实，这下面的氧气一定是有限的，等待也是一个办法。

确定了这个基地的大体构造后，白松知道一定还存在一个日常通行用的潜艇。

这水里偶尔会有潜艇，而且应该还经历过动静不小的建设期，但附近的巡查船只却从来没有发现过问题，这要是说他们没看出问题，白松是不信的。

如果有问题，从这里出发的潜水艇可能已经到过这里，并且再往下游行进数十公里了，也就是说，进入长河市区了。

当然这纯粹就是猜想了，需要证实。

刘队在白松的建议下，第一时间联系了长河市区的水文站，调取了刚刚的记录，发现确实是有潜艇通过！

长河市毕竟是大城市，船只非常多，观景的水下潜艇也是有的，这也是近几年才兴起的，但是数量实在是不多。

水文站也只是内部记录一些东西，而这个记录被调出来之后，引起了高度重视。

没有报备的水下潜艇，事可大可小。

但是在这个时候，这件事就大了。

之前提的直升机携带声呐的情况，白松本来都不敢想，结果这个部门真的调了过来！

而且，因为前期多次成功的预言和对案件的精确理解，为了能精准地发现目标，白松被派到了这架直升机之上。

说话有没有力度关键在于自己，年轻人一般没有太多的话语权，但白松争取到了。

当警察能当到这份上，也算是可以吹一辈子牛的了！

要抓到奉一泠，必须跳过当前情报！

白松一直追在奉一泠的身后，他将奉一泠的线索从二十年前追到了几个月前，接着追到了几天前，刚刚更是追到了半小时之内，但是还不够！

差半个小时，就会一直差半个小时，而一着不慎，就可能彻底失去线索。

不能循序渐进，要直接跳过情报，才能跳过时间差！白松对这个水下基地的兴趣，在发现后几分钟就消失大半，抓不到奉一泠，其他都没有意义，即便发现几十亿赃款。

坐在这架特殊的直升机上，白松激动万分，他第一次使用绳索直接从船上上了飞机，美国大片也不过如此。

而白松这次登机，也让他得到了不少机上成员的尊重，毕竟未经训练能直接空手爬垂降绳，对普通人来说还是很困难的，如果不是因为这下面是江面，也没人会允许白松这么做，万一摔死了怎么办？

直升机的速度非常快，时速超过 200 公里，短短十分钟，就飞过了水文站监测的水域，然后到了一个既定的地方，放下了机载声呐。

这东西是真好用啊，看着这些人的装备，白松眼馋得不行，他也参与过不少案件，当初邓文锡的案子也动用过警用直升机，但是那种和这种完全是两个概念。

“就是这里，前方 2.6 公里。”很快，操作声呐的人就发现了目标。

“好。”直升机立刻拔高，微微倾斜机身，迅速向前飞去，接着继续下探了雷达，目标近在咫尺。

这就是目标！

白松知道，这就是了！

“水下不明潜水物，请迅速向我方表明身份，上浮水面，接受检查。”一个精壮的男子在一个电台设备上喊道。

“水下不明潜水物，请迅速向我方表明身份，上浮水面，接受检查。此次为二次警告。”

白松虽然看不懂这个屏幕上出现的画面，但是，依然知道，那个潜艇好像准备靠岸逃跑！

这两边有不少船，只要靠了岸，再尝试逃跑，可能还真的有活路。

“水下不明潜水物，请迅速向我方表明身份，上浮水面，接受检查。此次为三次警告，30 秒内未连接本信道投降或逃跑，本机有权发射鱼雷。”

太牛了！

白松想给小哥喊一声 666……

扬眉吐气，不过如此，憋屈了这么久，终于要见到奉一泠了！

如果说，这情况下还有人敢过来支援，这些小哥都会高兴得不得了！快来啊，“会跑”的三等功！

“我投降。”开放的无线电信道里，传来一个白松很陌生但是似乎又无比熟悉的声音，“我输了。”

第四百七十二章　人呢？

这一天的经历，真的是过于跌宕起伏了。

潜艇里的人，说了投降和认输之后，就关掉了潜艇的动力，启动了排水电机，开始上浮，然后就一点声音都没有了。

这一举动明显是投降，但潜水艇并没有主动打开舱盖放弃抵抗。

完成了排水的潜水艇静静地浮在江面上，几个小伙子通过垂降绳跳到了潜艇上，拿出超宽谱雷达生命探测仪对潜水艇进行了探测，接着便把绳子绑在了潜艇上，顺着绳子上了直升机。

“先拖到岸边，找个人少的河滩。”指挥的队长说道。

“什么情况？”白松问道。

“里面没有生命迹象，具体情况交给你们处理。我们的任务已经完成。”

直升机拖拽无法携带升空的大型物体是有危险的，但是飞行员经验非常丰富，始终也没有让绳子绷得过紧，而是保持着一个比较慢的速度，慢慢地把潜水艇拖到了一处人少的岸边。

早在直升机到达之前，这附近的派出所干警就已经到达了，此时沿岸的警察看到直升机拖着一个大家伙向岸边靠近，立刻明白了来意。岸边的领导迅速指挥警察拉了范围巨大的隔离带，一直到江边的马路上。

潜水艇慢慢地被拖到了岸边，停在了浅滩上。一个小伙子顺着绳子滑了下去，解开了绳子，接着三下两下又爬了上来，这速度比白松可是快了不只一星半点。

“白队长，合作愉快，我们先走了。”这边的小队队长跟白松说道。

自始至终，白松也没有问他们的名字，只是点了点头，道了谢，顺着绳索就下去了，然后飞机立刻收起绳子，头也不回地直接飞走了，仿佛没有来过。

白松已经得知了结果，艇里面不仅没有生命痕迹，也没有任何的军工痕迹，所以交由警方处理即可。

由于活着的生命体有不可逆的周期性呼吸、心跳和肠胃蠕动，会使得从人体反射出来的电磁波呈现周期性变化。这些都可以轻而易举地被雷达生命探测仪发现。

所以，艇里面的人，应该是自杀了。

本来白松还真的以为只是普通的投降，还在考虑一会儿怎么做，怎么对付，甚至在考虑见面之后第一句话说什么，第一个眼神是什么，但是——

现在都不需要了。

也许，短短的几秒钟里，水下的人也不愿，更不考虑见面了，白松有些沉默。

这是给自己推了一针安乐死的药吗？

很快，一些人携带着设备赶了过来，还有人迅速搭起了架子和临时帐篷，几辆汽车也有序地开了过来，准备把潜艇拖上岸。

一切都非常井然有序，轮不到白松指挥，当地的公安部门效率很高，应该是提前就做好了准备。

不得不说，之前找刘队要潜水员的那个局长，可能冒险精神不足，但手底下还是有真章的。

两辆大马力的警用汽车开过来，轻松地将长七八米、宽两三米的潜水艇拖了上来。

早已准备好的数人迅速用大帐篷将潜水艇围了起来，一行七八个人开始对帐篷进行密封工作。

即便是民用潜艇，也是绝对密不透风、外壳坚硬，而此时，从前面的舷窗玻璃上看，里面一个人也没有，白松距离潜艇四五米，心里咯噔一下。

人呢？

人呢？

不在驾驶室，是进舱室内自杀了？

是因为安乐死的药剂不在驾驶舱？

白松想靠近，但是被拦住了，这边的领导做了具体的分析，这个潜艇里，不排除有有毒物质的可能，所以现在所有靠近的人，都穿了防护服，携带氧气设备，以防万一。

潜艇从外面打开实在是太难了，这里几分钟内就成立了临时指挥部，来协调处置这个潜艇，白松也跑到了这里，当地分局的副局长都来了。

“白队长，你的意思是，这里面已经没有活人了吗？”负责指挥的孙局长问道。

“对，刚刚已经做了检测，这里面没有任何生命迹象了，他们已经确定了。”白松点了点头。

“畏罪自杀了吗？”孙局长琢磨了一会儿，“如果是这样，就不着急了，先派卡车来把这东西拉回去再慢慢研究怎么打开，不行就切割入口门。”

“孙局长，我倒不是怕嫌疑人自杀，我怕的是，这里面没有人怎么办？”白松心跳很快，有些紧张，别说里面没有人，就算是有人，一时半会儿也打不开。

“刚刚你们不是听到里面的无线电了吗？”孙局长眉头一皱，他很重视白松提到的情况。

“那可能是AI（人工智能）程序的自动触发装置。”白松道，“这在技术上并不难实现，无人潜艇也不是什么新东西。”

“AI？人工智能吗……”孙局长点了点头，显然是对这个新兴事物也是有了解的，对着身边的人道，“李主任，抓紧时间联系一下消防，看看能不能暴力打开。”

像孙局长这类领导干部，定期都有培训，对新兴事物、新型犯罪的了解都是走在最前列的。

“孙局，我看这潜艇前面有个大的玻璃半球，要不直接带一套高压氧乙炔切割机过来，把这块玻璃给取下来不就可以了吗？”李主任提出了自己的建议。

“刚刚我和市局领导交流过，就怕这里面有一些爆炸性气体，毕竟这个嫌疑人据说不是什么好人，而且尤为擅长利用他人的行为达到自己的目的。

“这样的话，切割一旦引燃了爆炸性气体，麻烦就比较大了，刚刚上游那个快艇不就被他们炸掉了？”孙局长道。

“行，我这就去准备。”李主任说完便准备离开。

“等一下，”白松伸手拦了一下李主任，“我有个办法，您可以和专业人士商议一下，这个情况，我建议可以带一罐液氮过来，这种高强度玻璃被液氮冷冻到零下一百五十度以下之后，拿小锤子一敲就可以敲碎。”

李主任看了看孙局长的脸色，见孙局长轻轻点了点头，便明白了什么意思，转身便离开了。

第四百七十三章　又一条信息

液氮虽不是稀罕玩意，但是三两分钟内也是变不出来的，警察这里平时也不准备这东西，一般在生物制药公司、兽医院、医院可能会有留存，李主任迅速联系到了一家，十几分钟后就能送到。

在等待的过程中，这个帐篷的密封措施已经做好了，一旦有有毒气体泄漏，也有其他办法补救，而且白松提出方案，可以先给这个玻璃开个小洞，气体检测合格后再扩大洞口，想封上洞口也不难，用耐低温的贴纸就能暂时封住。

“你们抓这伙人，可真是大场面，这种案子，我已经很多年没有搞过了。”孙局长拿出一盒烟，给白松递了一根，“白队，看你的年龄，不到25吧？”

“谢谢孙局，我不抽烟，”白松连忙摆了摆手，“嗯，我今年23岁。”

“嗯？”孙局长点烟的手一抖，“23？”

“对，”白松摸了摸头，“不过我已经工作两年了。”

“到底是大城市的。上午去那个院子的时候，我们局里就收到了情报，我从头到尾看在了眼里，确实是英雄出少年啊。”孙局长轻叹一口气，吸了一口烟。

“您过誉了。”白松有些不好意思，“对了，孙局，桥下那个基地怎么处理的？”

“那个啊，市里面已经调了一艘船吊过去，打算整体打捞，一会儿还得过去一艘。这些年国家大力发展风电项目，海上风机的建设，需要不少的千吨级船吊，咱们长江附近就有船吊的生产线。”孙局道，“美中不足的就是咱们这边的几个桥洞通过能力不够，技术人员分析了一下，需要两艘300吨的船吊配合一下。”

“嗯，”白松知道专业的事情还是得交给专业的人士完成，对这个分析表示了认可，“那下面有人吗？”

“应该有，但是不确定，”孙局弹了弹烟灰，“你也知道，咱们的设备，有时候没人家那么专业。”

“那边场面比较大，真可惜不能亲眼看看啊。”白松话虽这么说，其实倒是真没有这种感觉，他现在满脑子都是这个潜艇里的情况。

白松现在什么乱七八糟的也不想，基本上全在考虑这里的事情，桥下基地、村庄的基地包括水上的那艘有声呐的船，白松都没有过度思考。

孙局长自然也明白白松在想什么，没有说话，把烟掐灭后就出去打电话了。

白松的方案经过了优化，具体怎么实施的白松也不清楚，但总归还是用得到液氮。

在等待的过程中，白松越来越感到烦躁，与刚刚从声呐那里发现潜水艇的感觉是完全不一样的。

奉一泠这么小心的人，即便能买通一些人，但是声呐这东西也不是那么稀罕，她怎么敢开着潜艇到处跑呢？

难道不应该是到了当时没被警察控制的水域，早点停下来，上岸再逃离吗？这个水路只能用于平时的躲藏，真的要是被查了，反而是最危险的。

奉一泠应该不敢这么大摇大摆地开着潜艇过水文站吧？

这么说来，奉一泠早在一个小时之前，就从水下基地上浮，然后离开了潜艇上岸，接着，再设定对潜艇的遥控或者自动行驶？

如果真的是那样，在发现那个基地的那一刻，就去查附近的监控，再去跟着找，还是有希望的，但现在难度直线上升。

白松到了那个桥之后，虽然跟刘队说了这个事，刘队也把这个线索第一时间向领导作了汇报和情报共享，但是依然没有太多人重视。

而事实上，在白松确定了水下基地的那一刻，就展开追捕也还算来得及，那个时间如果大规模地查找附近的监控，也是能查到线索的。

但是现在，如果潜艇里真的没人，那就意味着又被拉开了一个小时的时间差？

一个小时的时间差，这真的就不好追了，基本上已经可以算是追丢了。

“白队，想什么呢？”孙局又走了过来，“液氮马上到。”

“嗯，孙局，我没事。”白松收回了情绪，“麻烦问您一下，那边怎么样了？”

“那边下面肯定有人，有点折腾，五分钟前咱们的潜水员下去勘探的时候，那个水下的基地就停止排水，开始蓄水了，看样子是要增加自重了，不过蓄水的时候被发现，然后咱们的人堵住了蓄水孔。之后，水下基地应该还有一个小通道，可能是排污用的，在几分钟前，开始往外撒钱。”孙局笑道：“撒了估计有上百万吧，不过大部分被拦截下来，那个口也堵上了。”

“撒钱？”白松听到基地蓄水，就感觉到不太妙，听到撒钱，面色逐渐苍白起来。

“嗯，估计有个十万二十万的会漂到这里，实在太散了，没办法一张一张捞了。”孙局看到白松的面色，关切地问道：“白队长，你没事吧？”

“谢谢孙局，我就是觉得，水下基地的负隅顽抗，可能说明一个问题，”白松咬了咬下嘴唇，“人还在逃，并没有被抓。”

此时的白松，对钱啊什么的一点兴趣也没有。

孙局眉头紧锁，看了看棚子的方向，转身走了过去。

这时，相关人员已经进入了帐篷，开始了“暴力”破拆。

汽车的前挡风玻璃都属于强度比较高的玻璃了，假如倒上一盆液氮，玻璃并不会碎，但是此时只要随便扔个苹果，都能把玻璃打碎。

民用潜水艇玻璃也就那么回事，很快地就被砸开了。

没有让人担心的毒气。

也没有人。

尸体也没有。

孙局长面色铁青地离开了这里，拿起电话便作起了汇报。

白松已经做好了一切心理准备，面对这个结果，依然能接受。他对潜艇里有什么没有太大的好奇心，一个人静静地离开了现场。

没有人关注白松，此时现场的焦点不在他身上。

然而，没有人知道，白松的手机，此时此刻又收到了一条短信。

“孟起区维来路友来客栈 301，带上自己的队伍速来，阅后即删。”

第四百七十四章　终遇

友来客栈？

白松看到这个名字，像是某个旅游区里面的客栈，此时他不敢迟疑，他最担心的是父亲出事了！

他明白，很大的可能性，是父亲那边有了什么进展和线索需要跟他分享，但是这营造出的紧张气氛，作为人子，白松不得不做最坏的打算。

难道父亲现在的情况非常危险？

如果是这样就麻烦了！

为什么让他带着自己的人？如果是救人，带着这边的人去不好吗？

难道是情况特殊，不能招摇，不能让警察光明正大地去，而是要秘密前往吗？

做最好的期望，做最坏的打算，白松找到孙局长，协调到了一辆警车，即刻出发了。

本来白松还想协调一些警用装备，但是那就过于刻意，不太符合父亲在短信里提到的要求。

白松提前看了一下导航路线，然后通知了任旭、王亮和孙杰，让他们在约定位置等他，接着就全速前进了。

长河市的主要干线和地标性建筑，白松都能在脑海中标注出来，只是这个小客栈白松不可能记得住。用导航找了一下路线之后，白松就关掉了导航，知道了具体的地点，也设计出了接队友和去目的地的最佳路线。

很快，白松接到了自己的三个队友，路上还让王亮顺便问了一下冀悦的情况，得知已经脱离生命危险后，他终于可以心无旁骛地投入这个案子了。

“究竟是什么事?”王亮看到人齐了，才问道。

刚刚白松接到的是他和任旭，现在孙杰也上了车，王亮看其他两人都不开口问，他还是没忍住。

“我有一个线索需要查，我只能信得过你们，”白松踩油门的脚丝毫没有松，“一会儿到了那边，见机行事，跟上我。”

“要打架吗?”王亮摩拳擦掌，上一次的事情他不在，让他遗憾了很久。

“不排除这个可能，但是应该不会有什么大问题。”白松减速拐了弯，“还有十几分钟就到了，一会儿我把警车停在距离那个客栈二三百米的地方，然后咱们步行过去。”

既然父亲让白松“带上自己的队伍”而不是“带几个好手”，言外之意就是没什么非常危险的情况。

“行，听你的。”大家都提高了警惕。

很快，车子就停在了合适的地方，白松看了看，四下无人，便招呼着几人一起下了车。

人多一点，就可以把后背交出去，也有足够的退路。

“附近没有发现什么可疑的人物。”白松道。

“附近也没发现什么可疑的电子设备。”王亮观察了一阵子说道。

“附近也没发现什么特殊的标记和痕迹。”孙杰仔细地观察后说道。

“附近……”任旭一时语塞，“额，有两个妹子挺漂亮的。”

三人下意识地要去看，却突然想到都不是单身了，就没转过头去看，白松自言自语道：“回去得给任旭找个对象了，这应该……不难。”

白松不知道的是，这句话，有毒……

从白松说完这句话，一直到白松几年后离开天华市，任旭……一直是队伍里唯一的单身汉。

任旭哪知道那么多，紧张地跟着三人，任劳任怨。

这一路出乎意料地顺利，很快地就到了这家客栈的门口。

“手机信号减弱了。”王亮提醒道。

“是特殊情况吗?”白松问道。

“你们都拿出手机看看，应该全部都减弱了。”王亮提醒道。

大家纷纷拿出手机，然后纷纷点了头，确实是出现了信号的减弱。

这地方靠近旅游区，人流量还算比较大，这客栈的人流量也还可以，四个人一进来，立刻过来了一个服务人员问他们是否入住。

白松摆了摆手，说是来找朋友的，服务员就离开了。这地方年轻人多，有的屋子类似于青年旅社那种，一个屋子可以住七八个人，所以年轻人过来找朋友太正常不过了。

“老板，你们这手机信号怎么这么差啊?”几个小伙子在楼梯口大声问道。

他这么一说，立刻引起了好几个人的附和，“是啊，信号不大稳定。”

“嚷什么嚷，又不是没信号了，一会儿就好了。”老板一点也不客气，作为附近最便宜的旅店之一，他不怎么缺客人。

“有屏蔽器，功率不大。”王亮小声道，“咱们的手机还都有一部分信号。”

“明白。”白松点了点头，直接去了三楼。

该莽还是要莽，白松最怕父亲出事，前面浪费的时间比较多，既然都到了这里，朗朗乾坤，怕什么?

白松一脚就踹开了301的房间门，木制的房门根本没什么阻挡，一下子就开了。

嗯?看这个情况，刚刚压根就没上锁?

……

这里都是一些仿古代的建筑，既然都说是客栈了，基本上以木质结构为主。

这一脚，惊动了不少人，周围六七个年轻人围了过来。

“有人被绑了?”一个年轻人往里探探头，随即惊叹道。

不得不说年轻人的好奇心真的重，而且无知者无畏，白松还在考虑的时候，这个小伙子就先探头看了一眼。

白松迅速地探头也看了一眼，只见一个高挑的女子被绑在了一个椅子上，头上还戴了头套，而且，浑身上下都湿透了。

这一幕让普通人看到肯定是足够刺激，小伙子一蹦三尺高，似乎要施展什么英雄救美。

“警察。”白松等人一下子亮出了警官证，小伙子一下子便偃旗息鼓了，其他人也看不到屋子里的情况，本来都想凑近了看看，但是王亮和任旭挡在了门的两侧，大家也只能远远看着。

孙杰把小伙子带离了屋子，嘱咐了一番，暂时没让他走，同时要求这个小伙子不能说话，白松自己进了屋子。

进了屋以后，白松四望了一番，没发现什么危险，便上前，轻轻摘下了这个女子的头套。

这是，‘怡师’？额，也就是……奉一泠？

第四百七十五章　没有比脚更长的路

白松从未见过这个人，但是，她却与之前取过的二十多份笔录，与当时制作的那份人脸素描有着六七分的神似。

白松又仔细地回忆了一番，这个女的，确实是与父亲当初通缉令上的人非常相似。

二十年前的那张画像，就是凭着奉一泠的妹妹的照片以及白玉龙的复述来绘制的，虽然不是很清晰，但是，可以肯定的是，那张照片，与现在这个人，有着不少的神似之处。

奉一泠，没整过容?

这得多自信?

或者，这是替身?

不过，替身能当成这个样子，是不可能的。

形似易，神似难。

而且，父亲是不会认错人的，最起码，父亲不会认错奉一泠。

白松这时候才明白了所有的事情。

……

看了看现场的情况，他轻舒了一口气，强忍住内心的激动，简单地了解了一下这里的情况。

一台小型设备，除此之外，别无他物。

白松把王亮叫了进来。

“便携式的信号屏蔽器，影响范围比较小，一般在建筑内影响周围几米。”王亮解释了一下，这应该就是这里信号差的主要原因，“快没电了。”

一般来说，常见的钢筋混凝土结构的楼房里，如果不专门安装的信号AP设备，那基本上一点信号也接收不到，尤其是厕所里面，经常出现没信号的情况。这个问题并不难理解，主要是楼房的钢筋结构形成了法拉第笼，对无线电波的遮蔽效果很好。

这也是火车上信号差的一个关键原因。

由于这个客栈整体上是木质结构，对无线电的屏蔽能力比较差，所以也使得屏蔽器的干扰范围增大了一些。

父亲如何抓到奉一泠，白松大体是明白的。

当白松向刘队提到这个水下基地的时候，刘队那边与很多部门也进行了情报共享，白玉龙是唯一一个把关注点放在这个桥两侧的其他情况的人。

也是唯一一个通过视频录像，追上了真实情报进度的人。

在一对一的情况下，即便白玉龙年纪已经不小，但制伏奉一泠，依然不是难事。

这段历程，白松没有目睹，但是看着奉一泠湿透了的衣服，白松大体明白了整个过程。

她确实是乘坐潜艇上浮，到了水面后游到岸边，这点白松虽然也想到了，但是晚了一个小时。

而父亲第一时间就想到了……

老爹真的狠啊……白松叹了口气，服。

想青出于蓝而胜于蓝，暂时是没可能了。

不过，现在的情况是，这个屏蔽设备到底是做什么用的？

白松看着奉一泠的样子，有些疑惑。

“这是目标吗？”王亮此时颇为激动，“这就是奉一泠？”

“小点声，”白松道，“这屏蔽器到底是干吗用的？”

“不懂，也不知道有啥需要屏蔽的。”王亮把玩了一会儿，屏蔽器就慢慢地没电了，这东西确实有些费电。

白松看了一眼奉一泠，似乎明白了什么，“这个女的身体里有定位设备，估计用不了二十分钟，就会有人找过来，甚至可能更快。”

一瞬间，白松明白了一种可能性。

以奉一泠的性格，她做任何事都注定有很多个后手，所以她会随身携带一个能主动发射自己位置信号的小型设备。这个设备平时她是不会开启的，万一被手下获取了位置信息，不一定是好事。

她不可能轻易信任自己的手下的。

但是，当她遇到了白玉龙之后，她就知道这事麻烦了，于是打开了信号设置，然后把这个东西吞到了肚子里，这样白玉龙根本取不出来。

这个小型设备本身就像胶囊的，外壳无法被胃部环境破坏，这样很快就会有人来救她。

只不过，白玉龙准备得太周全了，直接就带了屏蔽信号的设备。

对于对手的情况，白玉龙一直在补课。白松与奉一泠每一次的交手，白玉龙都会非常认真地分析。

可能是觉得刚开始的时候，奉一泠分享出去了一个位置，之前的那个点已经不太安全，所以白玉龙才把奉一泠带到了这里，又把奉一泠捆了起来。

如果按照这个推论，现在，奉一泠的位置又暴露了，必须迅速离开！

但不必如此，毕竟敌人只是纸老虎。

白松一方面第一时间让孙杰联络当地的警察，另一方面开始给奉一泠解开绳索。

这捆绑的方式着实厉害，若不是白松曾经专门学过捆绑方面的知识，都解不开。

而且白松知道，父亲系的这个绳结，被捆绑的人几乎是不可能解开的。

接着，白松让任旭跑到外面把警车开到门口，打开警灯以震慑宵小之辈。

如果顺利的话，来救援奉一泠的手下也会被当地的警察给堵住，正好就一起抓了。

绳索解开了大半，白松才彻底明白了父亲到底是想做什么。

这种事，白松也做过。

把功劳让出去。

白玉龙因为曾经的错误被免职，如果能抓住奉一泠，而且还能通过奉一泠来确定当初被白玉龙击毙的奉一泠的妹妹参与了违法犯罪，这不仅仅能免除他之前的所有处罚，还可能重新被任命到某个岗位担任领导，而且，最起码是一等功！

这不是不可能的事情！

但是，白玉龙放弃了，他所谓的阅后即删，根本就不是为了别的，只为了让儿子去查到关键性的线索。

这次，更是直接把游戏玩通关，打败了最终 Boss（老板），让儿子捡装备……

白玉龙想把这件事的功劳都让给儿子，白松肯定是不能答应的。

奉一泠还没有清醒过来，也不知道老爹用了什么手段。

绳索解开后，奉一泠坐的椅子背处，有一张纸条。

白松拿了起来，看到了父亲熟悉的字迹。

“没有比脚更长的路。”

看到这个，白松轻轻一笑，听着越来越近的警笛的声音，心中无比踏实。

父亲啊父亲，你是想让我从这一步开始丈量自己，然后一步一步前进吗？

只是，父亲啊，你可别忘了，我白松，从来都不缺少再次奋进的能力与勇气，这一步，是你替我丈量，是你替我铺路，但是，我必然也会告诉所有人，这路的先行者是——

白玉龙。

第四百七十六章　没有比人更高的山

这个案子，到了这一刻，就变得格外顺利了。

来自天华市公安局的队伍，抓到了主犯！

不仅如此，可能还会有一部分主犯的手下正在赶往目的地！

这可真的是谁也未曾想过的事情，正当长河市这边对于这个案子一筹莫展的时候，传来这样的消息，不啻一道惊雷！

除了正在配合打捞水下基地的警力和第一个住处的留守力量，长河市调集了附近所有的闲置警力，全部前往孟起区维来路一带，展开饱和式堵截。

没有任何一个领导对白松的这个情报表示过质疑，短时间的相处，所有人都对白松充满了信心，也正因为如此，才没有出现只派两个派出所警察来看看这种情况。

白松还在琢磨着父亲的这步棋。

这是附近少有的纯木质结构的客栈，可以轻而易举地将信号发射出去，因此肯定会引来奉一泠的人前往此处救援。

前文说过，钢筋混凝土的屋子有信号是因为安装了可以与基站以及手机互联的 AP 设备，而这个信号发射器显然是连不上 AP 的。

这个客栈居住人数有很多，房间也很多，即便有人找到了这里，想很快找到具体是哪间屋子也没那么简单。毕竟这些人不可能挨个把门砸开，能做到的也只是想办法私下暗查。

“白松，刚刚有辆车子从客栈旁边路过，车里的人好像仔细地看了咱们这边的三楼一眼。”王亮被白松安排在窗户旁盯着，王亮刚刚过去就发现了问题。

“几个人?”白松问道。

“一个人。”王亮道。

“那没事。”白松摆了摆手，还能是谁?肯定是白玉龙，确认儿子已经到了，而且听到了警笛的声音，才放心离开。

解开了父亲绑着的绳子，白松又给奉一泠重新绑了一次，这次没有绑在凳子上，只是绑住了手和脚，对这个人，再小心也不为过。

“白队长!”这个时候，距离这里最近的派出所的三名警察第一批赶到，已经上了楼，连忙和白松打了招呼，“我们接到命令，在我们的指挥部没过来之前，听从您这边的协调安排。”

“你先让人把警车开走，顺便通知一下我们楼下的那辆警车，也暂时开到门口看不到的地方。”白松道，“一会儿可能有人来。你们留两个人在这间屋子里。”

当地的警察来了，白松就有了底气，之前为了安全他故意把警车停在门口来吓唬人，现在有了枪，坐等鱼儿上钩即可。

白松现在的能力，处理一个案子还是可以的，但是如任豪一般什么事都能考虑好、运筹帷幄还是非常困难的，只能一步步地安排。

弄好了之后，白松让当地警察帮忙盯着奉一泠，自己跑到了窗户旁。

可能白玉龙也没想到，白松居然是一脚踹开了门，以至于动静闹得有点大，现在外面还有很多人在看，这样的话找奉一泠的人到了客栈就会很容易找到这个房间。

不过，眼下当地警察迅速到来，这一切都不是问题了。

很快，白松一下子看到了一个熟悉的车子，一辆经过爆改的吉普越野车!

这辆车白松实在是印象太深刻了，前几天追逐白松的就是这辆车，应该还有一辆，估计很快也就到了。

穿着制服的警察还是和不穿制服的不一样，刚刚派出所的三个警察转了一圈，所有的围观者都乖乖地回到了屋子，客栈变得比平时安静了很多。

越野车围着这个客栈转了一圈，确定了就是这儿。白松从窗口上看，附近又出现几辆车，包括另一辆越野车。这附近又是个旅游度假区，高楼不多，白松在三楼，已经能看到远处闪烁的警灯了。

父亲的这步棋，走到这里，才算是进入了尾声。

所有能收到奉一泠的信号的人，应该都是奉一泠的心腹，这样一来，他们一个也跑不掉了，这步棋下得，着实是高明。

白松的每一步，白玉龙都看在眼里，这天底下，除了他，没有任何一个人，对白松和奉一泠都了解得那么深。对白玉龙来说，无论是敌人还是儿子，都在自己的脑海中留下了非常深的印记。这虽然不具有可比性，但确实是深刻。

也许，仇恨可以暂时被压制，但，当白松第一次出了偶然的车祸后，白玉龙就充满了危机感。

白松第二次遭遇人为的车祸，怎么可能瞒得过白玉龙呢？

……

这个三楼，真的是，最佳的观赏点啊。

“这三楼，还真的在这附近，算是高的地方啊。”白松感叹了一句。

“嗯？”王亮听到白松的话，道，“确实啊，可以看戏了，本来还想着有什么打架的机会，看样子是没希望了。”

“别总想着打架啊，”白松无语道，“你以为奉一泠的那些手下，一个个都如我上次碰到那样吗？上次我要是遇到了楼下这几批她的心腹，估计来两个人我就彻底栽在那里了。”

“这么夸张？”王亮一惊，“我听任旭回来说，你一个人放倒了两队人啊。”

“那都是侥幸，真的是侥幸，再让我去一次，我可能运气都不会那么好。”白松轻轻摇头，“你一个玩电脑的，别总这么暴力，感觉你跟乔师傅学了几招后，动手欲望明显大了不少，你这可是将来要吃亏的节奏啊。

"我跟你说，遇到真正的高手，别说你了，我都撑不了几个回合，而且一着不慎，丢的是命。有些时候，真正的生死战，可能一秒钟就没命了。你想想乔师傅多厉害就知道了，而且别忘了，乔师傅已经 50 多岁了。"

"好……"王亮也是听劝的人，再也不提动手的事情了。

这会儿，外面很多警车已经开始对这一大片区域进行交通管制、拉网式排查了。

奉一泠的手下们，哪里想过这居然是如此大的陷阱？

白松站在高处，想了想父亲留下的话，这才明白了其中的含义。

没有比脚更长的路，没有比人更高的山。

站在高处，白松看得很多、很远，未来的路很长，但所有的山峰，都可以登顶。

第四百七十七章　父子相见

白松相信的是，这个案子会火，会成为一个大新闻，但是他没有想过，真正引爆这个新闻的，是钱。

湘江上有人捡到了漂浮的人民币！

有人足足捡到了一千多元！

钱啊，是最能直接引发热点的东西了。半个小时之前，这件事情已经在网上发酵了，而当到了当天晚上，天华市公安局、鲁省公安厅、湘南省公安厅联合发布了捣毁多个犯罪团伙，抓获多个系列案件的主犯的通告后，短短半个小时的时间，相关新闻在各大平台上均上了热榜。

在×乎上，“如何看待……”系列问题，与这个案件相关的，同时有三个话题上了热榜。

而此时此刻，鲁省公安厅也派了专人过来。

无他，只想把奉一泠带走。

当 DNA 对比结果，以最快的速度被公布，确定了这个被抓的嫌疑人，就是鲁省近二十年前的重特大案件的逃犯奉一泠时，大家都坐不住了。

天华市想要人，不仅仅这案子是天华市公安局一手推动的，而且其中的每一步棋，都是天华市公安局的人下的。除此之外，笛卡金融案也是部里非常重视的特大案件，主犯就是这个人，这个案子属于天华市管辖必然没有问题。

鲁省也想要人，这是他们网上追逃的逃犯啊，而且最早的案子就在鲁省出现。据天华市公安局内部的警察透露，鲁省的一名老警察在这个案件中做出了最大的贡献，居功至伟。

湘南省自然也想要人，为了抓这个人，湘南省公安厅还联络了特殊部门，而且动用了大量的人力、物力，发现了多个犯罪窝点，抓获了十几个身手矫健的犯罪嫌疑人，包括好几个案件的逃犯，其中还有两个是外省的在逃杀人犯！

最关键的问题是，人被湘南省公安厅暂时押着……

而此时，最关键的两个人，白松和白玉龙，态度则与他们完全相反。

……

“白松，这件事不是我的功劳，你也知道，市里面给我下了死命令。”马局长亲自飞了过来，跟白松讲起了这件事情。

“马局长，刚刚我也跟您说了实话，这个事情，最大的功劳并不是我的，而是烟威市公安局的一个户籍民警，他叫白玉龙。”白松认真地说。

“你的话我也知道，但是这案子你的功劳很大，分局和市局也一直给了你那么大的支持，你也是咱们局的领导干部了，有些事不能考虑得那么简单。”马局长不得不这么说，他来这里可不是代表自己。

“马局长，我是实事求是，这件事，确实是白玉龙同志的付出最大。”白松道，“一切都得实事求是。”

“你们爷俩……”马东来都无语了，“你知道你爸怎么说的吗？他说跟他一点关系都没有，把功劳全推给了你。”

“不可能，马局长，手机短信被我删了，但是，你要是把我的手机做数据恢复，肯定能看到的，或者去电信公司查记录啊，肯定有。”白松听到这个，急忙道，“马局长您得相信我啊。”

“白松，我理解你，也了解你。”马局长道，“我向你保证一件事，就是你父亲的功劳，谁也抹不掉，他的事情，市局肯定会写专门的报告。但是在此之前，人要带回去，这样更有利于案件侦办。”

白松知道，这是拿捏了他的死穴了……

……

三方的争论，最终因为白松的参与而告终。湘南省这边的领导，看到白松，都不大好意思争，毕竟这个案子确实是白松从头到尾办下来的，而且白松在当地遇到袭击，当地的警方脸上也无光。

至于鲁省，几个领导给白玉龙做工作也没做通，白玉龙反而声称病得更厉害了。

在三方开会的现场，白松听说了父亲生病了，第一时间就问了情况，离开了会场，去了父亲休息的宿舍。

虽然父亲大概率是装病，但是此时也应该见见面了。

只是白松没有想到，父亲是真的病了。

敲开父亲的门，给白松开门的是一个年轻人，岁数与白松相仿，看到白松，便询问白松的身份，得知是白玉龙的儿子后，看了看白松的面庞便确定了他的身份，让白松进去了。

“爸，您怎么了？”白松看父亲正躺在床上，盖着被子，连忙跑了过去。

这可是湘南的夏天，这个季节都是开冷气的，而这个屋子，不仅没开冷气，而且父亲还盖着被子？

“我没事。”白玉龙道，“你不在那边开会，怎么跑过来了？”

“您生病了，我能不过来吗？爸，您也太厉害了，我到现在都不敢相信，DNA 结果真的对上了，抓到了。”白松看到父亲，还是有些少年心性，接着把手探到父亲的额头上，“你有点发烧。”

好久没和父亲单独这么坐着聊天过了，白玉龙的额头上多了几道皱纹，头发也斑白了。

“师父他是脱力了，累的。”站在白松后面的小伙子，把话接了过去。

“师父？”白松这才反应过来，这是老爸收的徒弟？

“忘了给你介绍，”白玉龙打起了一点精神，“这是户籍科新来的警察小王，叫王鑫，是鲁省警校去年毕业的学生，电脑玩得很不错，今天调沿街录像找人，多亏了他帮忙。”

“你好你好。”白松连忙伸出双手和王鑫握了握手，“谢谢。”

“别谢我，”王鑫有些不太待见白松，“师父今天，为了确认那个女的上岸的地方，自己还跳下水感受了一下流速，今天跟我追录像，全程都一路小跑，最后更是扶着一个一百多斤的已经昏迷的人上了三楼，让我去引开别人别引起注意……”

“谢谢你。”白松再次感谢了一番，“我知道这有多难，但是，王鑫，你既然是我爸爸的徒弟，你就应该明白，这个事对他来说，对我而言，到底有多重要。”

白玉龙笑了，伸出手来，握住了儿子的手，此时此刻，那种血脉相连的感觉，似乎可以从脉搏中感受得到。

第四百七十八章　父与子

白松哪里也没去，就在这里静静地陪着老爸，直到父亲吃了点药，沉沉睡去。

五十多岁的人了，哪能这么拼？两天两夜几乎无休，一直都在到处调查，今天追线索更是一直精神紧绷，跳入河水乃至追人，与之搏斗，到最后，还亲自把嫌疑人带到了三楼……

看着父亲睡去，白松把父亲的被子往胸部拉了拉，这里太热了，盖紧被子容易把人捂坏了。

“谢谢你了兄弟，咱们留个联系方式吧。”白松跟王鑫道。

“不用谢我……”王鑫看到白松一直都特别客气，也有些不好意思，他虽然看到自己师父的情况有些于心不忍，但是多少也对这个案子有一些了解的。

“跟案子没关系，我真的就只是谢谢你陪着我爸，也谢谢你对他的照顾。”白松言辞恳切，“我这个做儿子的，真的不如你。”

“啊？”王鑫挠了挠头，“师父对我，真的特别好。”

白松和王鑫聊了几句才知道，王鑫居然也出身于警察世家，但是他父亲在一次禁毒案件中英勇牺牲，母亲说什么也不让他当刑警之类的，硬是把他安排到了户籍部门。

据王鑫说，他妈妈找的人是大领导，所以，他这辈子基本上也别想离开户籍或者内勤部门了。

而且他这次出差，也是偷偷摸摸出来的，不是按照出差的方式，而是以请假的方式出来的。所以，烟威市局那边都不知道王鑫在这里，只有白玉龙知道。

听到这里，白松不由得默然，英雄之子啊……这么一聊，两个年轻人就没什么距离了，白松仔细地问了问这两天父亲做的事情，算是对一切都了解了。

白玉龙一直都很保护王鑫，从头到尾也没怎么让王鑫抛头露面，所以王鑫对案情的了解并不够深，最后去客栈的时候，王鑫帮白玉龙引开了一些人之后，白玉龙就让他先行离开。

“兄弟，我比你大一岁，哥哥得跟你透个底，你别生我的气。”白松拍了拍王鑫的肩膀。

“怎么了?”王鑫一脸疑惑。

“我爸这个人你也知道，他这么秘密地做这件事，就是不想要什么功劳，他想当圣人，但我能允许吗？你说对吧?”白松拿出兜里的手机，“所以，我刚刚录了个音，你放心哈，你偷偷出来的事情我不会公开的，我就是拿这个要挟我爸，该是他的功劳，别往我身上摞，我二等功都有好几个了，再给我摞，我得遭多少人记恨啊。”

“呃……”王鑫也是聪明人，知道白松是什么意思，但还是略有不爽，“你们当刑警的，心思这么多吗？咱们可是自己人啊。”

“是啊，自己人，所以你看，我这立刻就告诉你了。”白松一脸无辜，“我们分局那边我也不是不信任，但是，我是以防万一。”

“行吧……”王鑫表示心累，这都什么人啊，坑人都不带眨眼的。不过他也理解白松为什么这么做，稍微聊了两句，他就要回屋睡觉了，再不走指不定被师父的儿子给卖了还帮忙数钱。

王鑫走了之后，白松擦了擦额头上的汗，躺在了父亲的旁边。

这鬼天气，不开空调真的是难熬，白松把王鑫赶走也是不希望他在这里一起受罪。

给马局长等人发了信息后，白松沉沉睡去。

虽然闷热，但白松已经许久没有这么踏踏实实地休息了。

……

一夜无话，第二天早上五点多，白松还是被热醒了，实在是受不了，看老爹的被子也早就被蹬到了地上，白松也没给他盖，捂出痱子怎么办……

轻手轻脚地起床，白松想出去买点早点，没想到父亲还是醒了，白玉龙看了看身侧床上的汗渍，笑道："这么热的天，你也不知道开个空调？"

"空调怎么能开啊？"白松给父亲倒了杯水，"你多喝点温水，多出出汗就好了。"

"我没事，"白玉龙摆摆手，"这件事解决了，我也就彻底踏实了。"

"嗯，确实是，"白松点了点头，"踏实了你就回家好好养老，50多岁的人了，这次回去，不许再去刑警岗位了，好好在户籍部门带徒弟就挺好的。"

"你啊，还编排我了，不过我这个岁数，去干刑警也是给人家添乱。"白玉龙笑道，"不过你说得对，我确实是该养老了，以前你妈跟我说让你早点结婚，这个案子拖着，我一直也不敢说什么，怕连累到人家姑娘。

"现在好了，事情解决了，你也不小了，抓紧时间给我抱个大孙子回家，我也准备过退休生活啊。"

"还孙子呢，我才23，你催什么啊？我妈都没有你唠叨……"白松听到这个颇有些头痛，"这样吧，爸，你不如催催王鑫，你看他，家里就他母亲一个人肯定更寂寞，对吧？"

"拿他当挡箭牌没用，"白玉龙摇了摇头，"上次那个姑娘我们也见了，确实是不错，你妈回来以后问了我不知道多少次。

"要不是上次去的时候遇到你那起车祸让我一直担心这个案子，我早就给你打电话问了。

"对了，现在怎么样了？我可跟你说清楚，要是姑娘怀孕了，一定要生下来，咱们家养得起。"

"爸！"白松第一次发现自己的眼睛可以瞪这么大，这还是严肃认真、古板威严的老爹吗？这还是当年一个人追嫌疑人三十里山路一个人制伏了两个歹徒的白队长吗？这还是连着忙了几天，最终把系列犯罪的一号人物绳之以法的老警官吗？

“唔，”白玉龙跟儿子说话自然不需要遮掩什么，“这话不中听，但是中用啊。”

白松不知道该怎么解释了，也就懒得理父亲，不过他看父亲的气色还是恢复了不少，心中也略显安定：“你想吃什么？我去给你买。”

“这边的早点我吃了几次有点吃不惯，”白玉龙轻轻挪了挪屁股，“只要是不辣的，给我带什么我吃什么。呃，我说的不辣，是连青椒也不放的。”

第四百七十九章　奉一泠

这个案子，除了湘南省和鲁省之外，南黔省也往这边发了函，要求对该案的情况进行共享。

对奉一泠的调查，几乎每一个小时，都有新的进展，这个人，有一个替身。

在水下基地里待着的那个人，就是奉一泠的替身，这个人最终还是选择了畏罪自杀。而这个人的背后势力，是湘南省的一个著名企业家。

拔出萝卜能带出泥，拔出这棵大树，带出来的就不仅仅是泥。

后续的工作之多，需要多方合作，这也让白松感慨，这次的成功，有太多的幸运成分在里面。

这已经是回到天华市的第四天了。

白松第一次坐到了奉一泠的对面，和王亮一起。

在此之前，从这个讯问室里取出来的笔录，已经有十几份，涉及了很多领域。给奉一泠取笔录，难度颇大，主要是她全凭心情，心情好了，和警察聊几句，心情不好，一句话也不说。

这种情况谁也没什么好办法，市局也来了好几拨人，依然如此。

倒不是拿不下什么关键证据，实际上，奉一泠对自己的结局非常清楚，所以连律师都没请。而且很多证据也不是必须奉一泠自己供述，本身就能查到。

有时候，个案比较难侦破，主要是因为证据太少难以互相联系，但是这个案子不会出现这个情况，取笔录也只是必须要走的程序。

“你来了。”奉一泠戴着手铐，却似闲庭漫步，轻轻地坐在了座位上，“你们公安还真是麻烦，程序那么复杂，你这么优秀的一个警察，居然因为一个回避制度，今天才过来。”

“即便今天过来，我和你的每一句话，也都不能作为证据使用。”白松耸耸肩，“就是冒着违反规定的风险，来见见你。”

“来见见我失魂落魄的样子吗？”奉一泠一侧的嘴角微微上扬，40岁的她，却丝毫没有什么岁月的痕迹。

“你说是就是了。”白松道，“总是应该见见你。”

“好了，见到了。”奉一泠笑容不减，“其实我也是第一次见到你。”

“帅吗？”白松脱口而出。

王亮扶额，轻轻转过头去，似乎想装作不认识旁边这个人。

白松倒是没觉得啥，他脸皮一直都这么厚……

“帅啊，年轻多好。”奉一泠道，“当年我姐姐死的时候，也是如你这般年轻。”

“你姐姐？”白松一愣，“不是你妹妹吗？”

“唔，你们不知道也正常。双胞胎之间很少互称姐妹，一般都是叫名字，她喊我妹妹，我也喊她妹妹。实际上，她是我姐姐。”奉一泠聊到这里，话似乎多了一些，“她走了，比我早走20年，我只能承认她是姐姐了。”

“所以，这些年，你过得并不好？”白松聊着天，像是和一个朋友交流。至于姐姐妹妹那个争论，其实并不重要，对案件事实不会有什么影响。

“并不是，其实，我过得很不错，喜欢我的男人很多。”奉一泠摊了摊手，“实际上，这并不是一件好事，但是也不是什么坏事。

“如果一个女人，又漂亮又聪明又有钱，还没有良知，多少是有些可怕的，所以，五年前，我就有了十位数以上的财产，然后也有了很多很多的东西，说真的，这种情况如果还说过得不好，就有些乱讲了。”

“但是失去了你姐姐，你依然觉得很痛苦，不是吗？”白松尝试着去理解奉一泠。

“痛苦?”奉一泠有些嘲讽地笑了笑，不知道是在嘲讽自己还是嘲讽白松，“你觉得，像我这样的人，真的会在意那么多吗?

“你猜猜，当初我发现警察马上就要找到我，就让我姐姐先跑出去的那个人，是谁?”

白松眼睛一下子眯了起来，当年的事实是如此吗?既然这样的话……

他不是不懂人性的恶，只是不明白，既然如此，为何要冒这么大的风险来针对他?

“搞了半天，你以为我是因为她的事来报复你的?”奉一泠也眯起了眼睛，“怪不得……”

“因为小雨?”白松大脑飞速运转，一下子抓住了关键点。

“嗯，她是我女儿。”奉一泠也不隐瞒，“你们最近不是也安排人对她进行跟踪了吗?是不是没发现任何有价值的线索呢?”

“小雨都放了，你何苦呢……”白松突然感觉有些头疼。小雨是奉一泠的女儿，这也确实是……不过白松查过小雨的很多历史，发现她就是一个普通家庭的孩子，这隐藏得真的够深的。

只是，奉一泠既然敢这么说，就意味着小雨也不会有什么其他的犯罪事实可以被警察抓住把柄了。

“我了解过你，你办的几个案子，尤其是抓邓文锡的案子，你确实是不太让人省心，如果你笨一点、普通一点，我不会冒这么大的风险。可是后来我又了解到，你爸就是当初那个警察，所以就没办法了。”奉一泠拢了拢头发，似乎一点也不在意手铐的束缚，“没想到你运气这么好。这事要是没有你们父子俩，嗯……”

奉一泠似乎又不想继续说了。

白松继续尝试着问了几个问题，奉一泠一直就在那里玩头发，跟之前几次完全一样。

他也没什么太多想问的，毕竟问出来什么都不能作为证据，而且想定奉一泠的罪也不太依赖口供，旁证、直接证据和间接证据都很多，完全足够。

“其实，我没你想得那么厉害，”走之前，白松也感慨了一句，“真正把你抓住的，是一个你最看不起的人。”

白松这句话是实话，奉一泠听得出来。

这句话，却使得她真正地皱了眉，这么多天，还是第一次。

她不愿意开口问白松，轻轻地哼了一声，捏着发丝的手也有些停滞了。

离开了讯问室，白松知道，奉一泠有些心绪不宁了。

失败并不可怕，但就好像玩游戏，输给了职业选手和输给菜鸟，感觉是完全不一样的。

这个人不是别人，就是郑灿。

第四百八十章　小雨与奉一泠

人不能活在历史里，但所有正在发生的事情都必然会成为历史。

案子总有结束的时候，再大的事情也会逐渐尘埃落定。

但这个案子，到了最后，还是起了一点小风波。

白松专门找到了小雨，小雨最近一直被监控，但是总的来说过得还可以。

作为被判了缓刑的诈骗犯嫌疑人，小雨对此毫无感觉。

对于普通人来说，有了犯罪前科，可能是一件非常麻烦的事情，找工作多多少少都会受影响，甚至结婚都会被对方挑剔，但小雨丝毫不在意。

“你看到我来，似乎一点都不好奇？”白松看小雨的样子，颇有些好奇，因为小雨状态不错，而且看起来有些放松，这真的是让白松有些诧异。

“为什么要好奇？”小雨坐在椅子上，慢慢用勺子调咖啡，调好了一杯，递给了白松，“白警官，你来一杯。”

见白松接过去不喝，小雨微微一愣，拿出另外一个杯子，从白松那个杯子里倒出来一点，然后自己喝掉：“没毒的。我惜命着哩，你要是在我这里出事，我不死定了？”

“我不太喜欢喝咖啡。”白松没有承认自己的谨慎，轻轻把咖啡推到了一边，想要杯水，但还是没有张口。

“你案子都忙完了，怎么看你这样子，还是那么谨小慎微？”小雨喝了一口咖啡，“你知道这杯咖啡多少钱吗？”

“什么屎咖啡？”白松不确定地道，他了解的咖啡，也就这种好像比较贵。

“噗，”小雨喝的小半口一下子喷出了一点，好不容易才憋住，拿纸巾擦了擦嘴，“这就是 40 块钱一罐，还送一罐咖啡伴侣的那种咖啡。”

“哦，我还以为你喝的都是高档货呢。”白松也没多想什么，这东西他也不感什么兴趣。

“从小我见过很多高档货，也用过很多，”小雨咕咚咕咚喝了两大口，一整杯都要见底，“其实也就那么回事。”

“嗯，你有那么个妈，物质生活应该没什么大问题。”白松点了点头，别的不说，奉一泠有很多财富，这是不争的事实。

“妈？”小雨愣了一下，有些惊讶地看着白松，“她不是我妈。”

可能知道白松会误认为她是闹脾气，小雨道：“你说的那个女人，应该算我小姨。”

“什么意思？”白松眉头一下子紧了起来，“她是你小姨？”

“是啊，按辈分算，是叫小姨。”小雨有些嘲弄地说道，“你们的人盯了我这么久，也没发现我跟她联系过什么，不是吗？”

“唔……”白松不愿承认派人盯着小雨的事情，“有话你直说就好。”

“其实没事的，我非常感谢你们派人盯着我，说实话，你们盯得有点晚，导致我一直心绪不宁。”小雨继续搅拌咖啡。

“何出此言？”白松有些不解。

“因为盯着我，算是保护我啊。”小雨尝了尝咖啡的温度，小抿了一口。

“所以，你和她闹僵了是吗？”白松苦思了很久，问道。

“前几年，我在学校玩够了，毕业了，当时我看了一部电视剧，挺逗的，说里面有个男的，被媳妇绿了，结果媳妇怀了俩孩子，一个是他的，另一个是给他戴绿帽子的人的。这挺有意思，我当时闲来无事，把我和她的 DNA，做了一个亲子鉴定。”小雨说这个话的时候，就轻轻地看着自己的手指，“结果医生说我和她的 RNA 和蛋白表达图谱差距有点大。

“她这个人，特别小心，她的头发什么的都不会随意被别人拿到，但是我想拿到也不难，而且实验是在国外做的。

“你也知道，她们是双胞胎，DNA 序列基本一致，但是，由于成长环境不同，RNA 和蛋白表达图谱还是有区别，当时国外的医生告诉我，我有可能不是她的女儿。

“你知道我当时多傻吗？这种有趣的事情，我旅游回家之后，第一时间就告诉她了。

“呵呵……”

说到这里，小雨看着自己的手，似乎看到了世界上最可笑的东西，面目有些似笑非笑的狰狞：“她当时那个表情，你知道吗？我一眼就能看出敌意。

“我的这个小姨，是个可怕的人，其实在此之前，我就调查过一些事情，当初她为了逃命，把我生母骗出去引开警察，结果我生母被杀。那个时候我还很小很小，什么也不懂。

“我也不是什么好人，所以这种事我知道了也无妨，尤其是我以前一直以为她是我生母，她害死的是我大姨。

“可是，看到那一刻她转瞬即逝的眼神，我明白了一件事，那就是，她不信任我了，她居然，想杀了我。

“呵……

“原来她养了我那么多年，她还是那个她，虽然我也承认她爱我，至少对待我比对待她的手下都要好一些。但是，即便是我，一旦对她产生潜在威胁了，也是她的敌人。

“哪怕我是她养了那么久的‘女儿’，哪怕那个时候我对她并没有敌意。

“毕竟在我眼里，她虽然是我的养母，但对我的生母我反而没什么感情。

“但是，她不一样，那一刻，看到她那一瞬间的表情，我就知道了，我会死。

“我没地方躲，所以，我只能找到了她的一个对头，所谓的锡哥，并且，我还偷偷对外透露了一个线索，就是她以前的一个小基地。那个地方，现在已经被河水淹没了，是她以前的一个水下基地，因为我的举报，她不得不放弃了那个基地，找别的途径把钱运走。

“除此之外，我还偷偷举报了她的几个账户有违规操作，迫使她那段时间不得不使用那些发霉的现金，结果，当地那帮警察，到最后也没有把她抓住。”

说到这里，小雨似乎有些口渴，又拿出两个杯子，倒上了两杯纯净水，递给了白松一杯。

白松点了点头，把水放在一边，脑子里还在思索小雨的话。

这些东西，似乎就要连起来了。

“你真的是个很有趣，也很无趣的人。”小雨看着白松没有喝水，自顾自地喝了一大口。

第四百八十一章　有趣与无趣

“我确实是一个比较无趣的人，有时候我女朋友也这么说我。”白松耸了耸肩。

“唔，对，你有女朋友。”小雨似乎被白松突然提到的这个名词提醒了，“也对，你这样的人，值得有个真正爱你的人，而我们这类人，不值得。”

“你把你自己归于和你生母、养母一样的人吗？”白松问道。

“是又如何，不是又如何呢？我身上流着生母的血，用着她赚来的黑钱，我难道要说我是一个四有好青年吗？”小雨显得有些落寞，“其实，你这种出身，我是真的挺羡慕的。”

“你认真的？”白松摩挲着自己的手指，“你也是很爱自己的一个人，不是吗？”

说完，白松端起水杯，喝了一口。

“嗯，你说得没错。”听到这句话，小雨显然有些高兴。

“唔，”白松道，“看来你也不像想象的那么好，你在给自己找一个定位，似乎，你被认定是一个自私的人，你反而会觉得那样更符合自己的人设，像是被肯定。”

“可以，虽然你有些无趣，但还真的是难得的聪明人，和聪明人打交道是很舒服的。”小雨伸了伸懒腰，青春的气息显露无遗，“所以我才愿意和你聊这些。”

“你也没什么可以聊的人吧。”白松已经感觉收获颇丰，但还是有个问题想不通，问道，“你说，奉一泠为什么要跟我说你是她女儿？毕竟她已经被抓，我一找到你不就能揭穿她的谎言吗？这样的谎言有什么意义呢？”

这个问题白松觉得小雨可能不会回答，但是前面的得到的信息已经颇多，这个问题能问出结果最好，不能也无所谓。

“你还是不了解她。”小雨本来不想聊这个，但是今天心情不错，就给白松解释道，“她是个自私的人，其实我也是。

“可能是我没做过那么多坏事，我没杀过人，也没经历过她那么多社会的阴暗面，所以我还有点人性。她呢？

“你如果想找一个词来形容她，我想，任何词都不可能形容得了她。

“她就是很……怎么说呢，反正一切都是为了她自己，这些年，她的性格越来越难以捉摸了。比如说，她跟你说我是她女儿，其实就是很随意的话。这种话，本身没什么意义，但是那一刻，她觉得这样说她开心，就这样说了，即便她已经到了末路。

“总的来说，我觉得她这样的人，精神多少还是有点不正常的。”

白松仔细地想了想小雨和奉一泠的话，最终还是确定小雨说的是实话。

如果小雨真的是奉一泠的女儿，怎么也不会跑到邓文锡那边当个小业务员，她图什么？

“如果这么说，那我父亲岂不是你的杀母仇人？”白松也不避讳谈这个话题，直接问道。这件事不说清楚，白松还是觉得有些隐患。

“话说到这里，也就是我没钱，有钱的话，我都恨不得花钱去保护你爸。我话都和你说到这个份上了，你爸要是出了问题，我第一个倒霉。

“其实关于这一点，我挺瞧不起她的，她虽然聪明，也很谨慎，但是太小瞧别人了，什么事都是想把人杀掉以绝后患，我虽然自认不是什么好人，也不会做这类蠢事。”

“这么说，你还是个好人？”白松对小雨这话有些不信，正如小雨所说，她不是好人，“既然如此，为什么不和警察合作，直接把奉一泠抓了，你不是就没后患了吗？”

“我跑出来后，过了一段时间，我的处境逐渐安全了以后，我偷偷泄露了她的一个住处，但很快她就转移了。那时候我才知道，虽然表面上我是她的女儿，其实她从最开始就对我有防范，她真正的基地在哪里我也一直不知道。而且，如果我和你们合作，把所有线索都告诉你们，那么我应该告诉谁呢？你们中间也没有我可以信任的人。

“我是个很没安全感的人，被你们抓了之后，按理说看守所里很安全，但是看守所里也有其他犯人，我怕她会安排一个手下进来，偷偷把我掐死，所以我想方设法出来了。

“出来之后，我才知道只有我一个人申请到了取保候审，我又一直睡不踏实。后来我发现，有人开始对我进行调查，我一直很担心，那个时候我还有侥幸心理。

“如果你们再因为我得到一些线索，大张旗鼓地去查，那谁能保证我的安全？

“即便暂时保证了，如果她逃往国外，你们警察还能保护我一辈子吗？”

“其实你说了这么多，你还是怕她，对吗？即便你办理取保候审已经被她发现，你也依然没有跟警察联系，没有正面与她对立，你还是怕她，非常怕。”白松听明白了，“所以，你说的你瞧不起她的一些手段，反而是最能挟制你的手段。”

沉默了一会儿，小雨道：“你说得对。”

“对什么对？”白松恨不得敲小雨一个脑瓜崩，“她用那样的手段，所以她的结局你也看到了；而你，正因为你还有一点人性，所以你现在可以坐在这里喝咖啡，所以你这辈子还有希望。”

“唔……”比起白松，小雨也只是多知道一些白松不知道的秘密罢了，真的聊开了，她哪有白松能扯？又沉默了一会儿，“你说得对。”

极端的手段，有时候会有很大的震慑力，但是也自然对应着极端的后果。

“所以，你这次算是代表官方会面吗？”小雨问道。

“并不是。”白松耸耸肩，“算我个人找你聊天吧，你聊的这些，现在对案子也没什么影响。而且，说到这里，无论怎么说，也算是我救了你一命，虽然我不奢望你做个好人，但还是送你句话吧，把你这辈子，嗯，过得有趣一点。”

“嗯？”小雨没想到白松会说这样的话，面露异色，接着沉默了一会儿，开始收拾起了杯子。

白松见状，起身离开。

小雨看着白松离开的背影，脸上逐渐有了点笑容，自言自语道：“还真的是个有趣的人啊。”

第四百八十二章　授奖大会（1）

“过来啊，白松，站那么远干吗？”秦支队穿着一身崭新的冬季警用常服，胸前十几个勋章熠熠生辉，离秦支队不远处，如此装扮的警官还有七八个。

每逢表彰大会，总是会出现这么一幕。

哎？

为什么要说总？

白松心里有些许不舒服，主要是听到了一个消息——这一批部里面批准的一等功名单里，没有白玉龙的名字。

一等功是由部里面统一审批，然后各省负责颁发的。

难道父亲这么多年的勤勤恳恳和最后的这一次大功劳，不值得一次一等功吗？

虽然，白玉龙也谈不上有荡荡之勋，但积日累劳是有的，勤勤恳恳是有的，这次事件，不仅最终查实白玉龙当初开枪打死的人是系列犯罪的参与者，而且立下了最大的功劳……

“秦支队，我这就来。”白松跟身边的几个好友说了声抱歉，快走了几步，胸前的几个勋章发出了轻微的金属碰撞声。

在这边聊天的都是在职领导，除了白松之外，秦支队算是很年轻的了，这次表彰大会，主要表彰在奉一泠的系列案件，包括市经侦总队侦破的笛卡金融案中表现出色的干警，参与案件的很多人都得到了嘉勉，今天是个好日子。

白松、王华东、柳书元、孙杰、王亮包括任旭都来了，白松刚刚和他们在一起聊了半天了。

“还在纠结你父亲的事情?”秦支队看到白松的样子，自然明白白松情绪不佳的原因，“你可是我这么多年见过的，最年轻的一等功获得者，而且还毫发无损。最起码今天，你应该骄傲，也值得骄傲，不要想那么多不开心的事情。”

“英雄出少年。”这时候，旁边走来一个熟悉的身影，不是曹支队还能是谁?

白松回来已经有几个月了，天气渐渐凉了下来，眼见着又到年底了。

笛卡金融案已经进入尾声，随着主犯被抓获，案件的进展非常顺利，一部分被害人的资金已经开始按比例返还了。

人真的很奇妙，认定了一件事之后就很容易陷入其中难以走出来。

之前投资笛卡金融的投资者们，少拿一毛钱的收益都要闹腾一下，而公司被查封后，所有人想的都是能拿到本金即可。

而到了本案真正被认定为非法吸收公众存款案件之后，很多人觉得能拿回来一半的钱就烧高香了。

所以出现了一件很有意思的事情，就是最后开始按比例返还受害人资金的时候，有的人虽然暂时只拿到了四五成资金，却依然带着锦旗来到这里。

有时候把钱借出去也是这样，在感觉拿不回来的时候，意外得知能拿回来一半都很高兴，即便那些钱都是自己的。

这几个月，经侦总队收到的锦旗堆满了一仓库。

得益于大家的努力，经侦总队还找了专门的会计师事务所，请了六位注册会计师对案子做了具体的审计，资金的返还方案基本上也达到国内的先进水平，部里这两个月还组织了几次外省来本地的培训会。

白松基本上结束了经侦总队半年的借调工作，乔师傅的本事他也终于学到了一些精髓，剩下的就是持之以恒地锻炼了。

如果此时的白松，再次回到在湘南省遇袭的那一幕中，可能会处理得更好。

当然了，乔启师傅对白松的教导还一直萦绕在他耳旁，水平越高，越要低调，不然一不小心打死人就麻烦了。

“说起来，白松就这么离开经总了，我还真的有点舍不得。秦支队，要不这样吧，你那边刑警队精兵强将也多，我找我们孙总批个条，往市局报一下，让白松来我们总队得了，我这边还有几个大案没有牵头人呢。”曹支队跟秦支队道。

“这事你得找我们马局长说，我做不了主啊。”秦支队不是第一次听曹支队找他说这个事了，这次虽然是当面聊，而且白松也在，但他还是把皮球踢了出去，“再说了，曹支队你可不能拿我开玩笑，我们刑警这边什么年龄结构你也看到了，整个支队百十号人，比我年轻的不到二十个，这还是从反诈重组要来了一些年轻人。我这可是，真的很缺人才啊。”

“秦支队啊，你们马局长不是不在吗，我就是给你说一声。你们分局今年年初竞聘的，距离下次竞聘还有三年，但是经总这边，明年下半年就可以竞聘了……”曹支队聊到这里，一下子就换了话题，“对了，白松，跟你说件事。我托朋友问了问烟威市那边关于这个案子的奖惩情况，这一批年底的二等功、三等功名单里，也没有你父亲的名字。”

“谢谢曹支队。”白松感谢道，无论如何，曹支队能想着他的事情，都是让白松很感激的。

曹支队会意地一笑，就离开了。

“怎么样，曹支队说的这话，你有什么想法吗？”秦支队问道，“我也跟你实话实说，曹支队明年差不多就能调任副总队长了，你如果个人有意愿过去，也是个机会。”

“秦支队，我今年才 23 岁啊……”白松摊了摊手，“现在的工作我都快忙不过来了。”

“行，算你有良心，马局长没白疼你。”秦支队心情很好，说话也比较随意，“你听出刚刚曹支队的意思了吗？”

“什么意思?”白松有些不解。

“都说你聪明，怎么这会儿变笨了呢?”秦支队道，“你爸评英模了呗。”

“英模?”白松听到这个词先是一惊，毕竟在他的印象里，除了主持多个大案的领导以及于师傅这样因公牺牲的，很难有人能获得这种荣誉。

“本来就是那么优秀的刑警，明明是立功的事情，却被认为是犯错而降职，但即便如此，他依然勤勤恳恳地工作，任劳任怨，不忘本职工作长达近二十年。最终，还在这个大案中带病工作，最终亲自抓获犯罪嫌疑人，这要是评不上英模，那什么是英模呢?”秦支队微微一笑，“吾辈楷模，理当如此。”

第四百八十三章　授奖大会（2）

父亲会被评上二级英雄模范吗？

这类荣誉称号，一般都带有总结性质，白松这个年龄是无论如何也评不上的，除非牺牲。但是，如果父亲拿到这个荣誉，白松真的比自己立功受奖还要激动。

二十年，人生有几个二十年呢？而人生中最巅峰、最有价值的二十年，只有一个。

户籍警，又何尝不是最基础的警种呢？也许有的人很喜欢这个岗位，如果把他调到刑警队他可能会受不了，但是对于白玉龙来说，真的挺煎熬的。

为什么没有申请换岗位？也许对他来说，坚守任何一个岗位都是有意义的，既然当初因自己的错误被处罚，就得认。

但是，在最平凡的岗位上，最终却取得了如此不平凡的功绩，这不是模范是什么呢？

“谢谢秦支队。”白松道。

“谢我干吗？”秦支队微微一笑，“今天，还会有惊喜的，你等着就好。”

“惊喜？”白松这回真的不懂了，什么惊喜？

“一会儿你就知道了。”秦支队给白松卖了个关子，他心情也不错。

白松带着一脸问号，回到了哥几个的队伍里，把刚刚和两位领导聊的话和大家分享了一下。

“叔叔获得这样的荣誉也是应该的。”大家纷纷向白松表示了祝贺，也都表示有机会要去烟威市蹭杯酒水喝，白松听到这个也很开心。

聊到秦支队说的惊喜，这倒是让大家猜测了起来。

“惊喜？”孙杰听到白松这么一说，沉默了一会儿，“我是没什么内幕消息，不如问问书元？他内幕消息比较多。”

“别看我啊，”柳书元连忙摆手，“我哪知道什么内幕……呃，我好像听说，今天在大会第二阶段结束后，介绍完案子，还会给几位给本案提供了重要线索和帮助的群众授予功勋，不过具体是谁我就不知道了。”

“这还不叫内幕？”王亮鄙视道，“你估计啥都知道。”

“我冤枉啊……”柳书元双手捂住了脸。

“你们说，会不会是把郑灿请了过来？”王华东道。

白松想了想，还是摇了摇头：“应该不会。”

在这个案子中，郑灿到底有多重要呢？第一，他与白松的偶然相遇，让白松知道了发霉的钱的事情，还知道了奉一泠转移财产的情况；第二，郑灿提供的 GPS 线索虽然没有被作为直接证据使用，但是对河谭市的那次调查，也触动了奉一泠的神经，使得奉一泠更加疯狂，也因此暴露了许多东西；第三，郑灿提供的改装车的线索，算是神来之笔，白玉龙发现那艘快艇，也是根据这个汽车的情况找的改装厂。

没有郑灿带来的一系列偶然，也就很难产生后续的一系列必然。郑灿的出现，就好像那天上飘来的一朵神云。

当然，即便如此，白松依然不认为郑灿会来，毕竟郑灿那么简简单单的人，对这些并不会多么在意，即便有这类颁奖，他多半也不会来，而是会在家等着相关部门给他把奖送过去。

对于郑灿来说，离开湘南省，是很不美好的记忆，估计他再也不想离开家乡了。

“可能是王安泰手下的修理工吧？”孙杰道，“任豪支队长不是说过有线人吗？而且，我前一段时间还听说，南黔省在最终抓获王安泰的过程中，有两三个群众提供了不小的帮助。”

提到这个名字，白松有些遐想。王安泰被抓后，由南黔省公安厅负责侦讯，相关的提讯录像和笔录复印件白松是看过的，但是确实再也没有看到过这个人。

这个案子，虽然现在没有真正宣判，但是光死刑犯就已经有好几个了，王安泰估计也是他们中的一员。

“可是，王安泰手下的那几个人，就算奖励，也轮不到咱们奖励吧？人家南黔省厅也不是闹着玩的。”王华东反驳道。

“也对，那可能是周璇?”又有人提出了猜想。

聊了很多，最终还是到了入场时间，大家安静地陆续进了场。

今天参加会议的领导很多，白松坐得很直，静静地等待着会议的开始。

因为有“惊喜”，白松一直有些心绪不宁，以至于领导讲的话也只听进去一半，读到他的名字的时候，他差点站起来答“到”。

要不是秦支队轻轻拽了他一下，估计他就出名了……

秦支队轻轻扶额，这孩子，怎么心里存不住事情呢？这想起来还没完了？

大会有条不紊地进行着，领导纷纷发表了讲话。

九河公安分局刑侦支队荣立公安部集体一等功。

马东来、秦无双、白松荣获个人一等功。

孙杰、曹支队等二十余人荣获个人二等功。

……

“恭喜……

“向受到表彰的单位和个人，表示崇高的敬意和衷心的祝贺，并提出三点期望。

“一是，不遗余力，勇于担当，继续奋勇向前……

“二是，砥砺前行，牢记使命……

“三是，珍惜荣誉，加压奋进，发扬成绩，再创佳绩。

……

“让我们以最热烈的掌声，向以上获得荣誉的单位和个人表示由衷的祝贺和最崇高的敬意。”

这会儿，白松已经领完了自己的一等功勋章和证书，正坐在座位上等待大会第二阶段结束。

今天的流程已经被简化了，可能是有社会人员参会的原因，也就一个小时，大会前半部分，就已经到了尾声。

主席台上，主持人被坐在主席台中间的那位叫了过去，耳语了几句。

白松突然有了一个不祥的预感。

“下面有请本次获得一等功勋章的代表，来自九河分局刑侦支队十大队的副大队长白松同志，上台发言。”

白松想伸手揉揉太阳穴，却发现已经来不及了，不知道多少道目光已经聚集在他身上。

好在，他已经是见惯了大场面的人，生死之间的大恐怖都见过数次，于是自信起身，一步步走向了主席台。

刚刚站定，还未说话，礼堂的大门缓缓打开，白松一眼就看到了一个熟悉的身影，整个人都愣住了。

怎么可能?!